# Brenda Novak

*Un completo desconocido*

*La otra mujer*

Tiffany™

Editado por Harlequin Ibérica.
Una división de HarperCollins Ibérica, S.A.
Avenida de Burgos, 8B - Planta 18
28036 Madrid

© 2024 Harlequin Ibérica, una división de HarperCollins Ibérica, S.A.
N.º 165 - 1.1.24

© 2005 Brenda Novak
Un completo desconocido
Título original: Stranger in Town

© 2006 Brenda Novak
La otra mujer
Título original: The Other Woman
Publicado originalmente por Harlequin Enterprises, Ltd.
Estos títulos fueron publicados originalmente en español en 2006 y 2007

I.S.B.N.: 978-84-1180-691-6
Depósito legal: M-33628-2023
Impreso en España por: BLACK PRINT
Fecha impresión Argentina: 29.6.24
Distribuidor para México: Distribuidora Intermex, S.A. de C.V.
Distribuidores para Argentina: Interior, DGP, S.A. Alvarado 2118. Cap. Fed./Buenos Aires y Gran Buenos Aires, VACCARO HNOS.

MIXTO
Papel procedente de
fuentes responsables
FSC® C159065

# UN COMPLETO DESCONOCIDO

## BRENDA NOVAK

# **PRÓLOGO**

Una capa de hielo negro cubría la carretera. Hannah Price se echó hacia delante e intentó ver la tira estrecha de autopista entre los limpiaparabrisas, pero la oscuridad del campo y la nieve que caía dificultaban la visión. Agarraba con tal fuerza el volante que el blanco de los nudillos brillaba a la luz de los instrumentos del salpicadero. Respiró hondo e intentó calmarse.

No podían estar lejos. Los encontraría.

La idea de que se llevaran a sus hijos sin su permiso le llenaba el cuerpo de adrenalina, de tal modo que apenas parpadeó cuando los neumáticos resbalaron en la curva siguiente. La parte de atrás de su minifurgoneta osciló y estuvo a punto de chocar con el quitamiedos que separaba la carretera de una pendiente pronunciada. Pero la mujer recuperó rápidamente el control y aceleró pensando en Brent y en Kenny. Según su vecino, el señor McDermott, su exmarido le llevaba menos de cinco minutos de ventaja y, si se daba prisa, podría alcanzarlos.

En la radio sonaban villancicos, pero ella no prestaba atención. Tenía que encontrar a Russ, quien, según su vecino, había cargado el Jeep de cerveza y era evidente que ya había bebido antes. El señor McDermott también le había dicho que lo seguían dos coches de compañeros de Russ. Sin duda se divertirían mucho en la cabaña, emborrachándose y disparando contra todo lo que se moviera. No era un lugar seguro para Brent y Kenny y, además, según los papeles de la custodia, sus hijos tenían que pasar las vacaciones con ella.

Se acercaba a la parte más peligrosa del viaje entre Dundee, su pueblo, y Boise. Consiguió pasar la primera serie de curvas sin resbalar por toda la autopista, pero luego quedó detrás de una camioneta que apenas se movía.

Frenó con una maldición. A ese paso, Russ cruzaría a Oregón antes de que ella pudiera llegar a Boise. Si eso ocurría, sus hijos la perderían hasta que su ex se cansara de la responsabilidad de cuidar de ellos y se dignara a devolvérselos. Siempre que sobrevivieran hasta entonces.

Tenía que recuperarlos ya, antes de que hubiera otro incidente como el del año anterior, en el que uno de los amigos de Russ le había puesto un cuchillo en el cuello a Kenny.

Miró con ansiedad las líneas dobles amarillas en medio de la carretera oscura y brillante. Pasó al otro carril con la esperanza de poder adelantar a la camioneta. Pero no era posible. Las curvas eran demasiado cerradas.

Hannah sintió pánico. Pasaba el tiempo y Russ se llevaba a los niños cada vez más lejos.

Su exmarido insistía en que el accidente de la navaja había sido una broma. Pero a Hannah no le parecía divertido y Kenny tampoco se había reído mucho. Para ella, la broma había sido haberse casado con Russ. Si su madre no hubiera muerto cuando acababa de terminar el instituto dejándola sola... Estaba tan sola y tan desesperada por echar raíces que sucumbió a la persecución de Russ y se quedó embarazada.

Pero ya no tenía sentido lamentarse por eso. Había cometido un error colosal, pero entonces era joven e ingenua. Y cuando se quedó embarazada, pensó que no tenía elección.

Ahora solo importaban Brent y Kenny. No podía permitir que Russ le sacara mucha ventaja, pues no sabía dónde estaba la cabaña.

Se puso de nuevo a la izquierda, con los ojos fijos al frente para intentar ver algo a través de la nieve.

Era inútil. No podía adelantar.

Volvió a su carril y tocó el claxon con la esperanza de que la camioneta se hiciera a un lado o aumentara la velocidad.

Vio las luces de los frenos que indicaban que el conductor había frenado todavía más... Solo había conseguido irritarlo.

Faltaban treinta kilómetros para salir de las montañas. Hannah quería golpearse la cabeza con el volante. Tenía que adelantar. Solo sería un momento. Unos segundos y podría seguir su camino.

Miró de nuevo el tráfico contrario. Pasó un coche y después nada. Había otra curva no muy lejos, pero estaba segura de que podría adelantar antes si no vacilaba.

Pasó al otro carril y se puso en paralelo con la camioneta, pero de pronto surgieron unos faros de la nada enfrente de ella.

Hannah pisó los frenos con fuerza e intentó volver al carril derecho, pero sus neumáticos no se agarraron al hielo de la carretera. La minifurgoneta osciló de lado a lado y los faros siguieron acercándose con su brillo deslumbrador.

Un movimiento brusco lanzó su pecho contra el volante y Hannah soltó un grito. El ruido de metal contra metal sonó en sus oídos. Notó sabor a sangre y todo empezó a darle vueltas mientras la furgoneta caía por el borde y se precipitaba al fondo del barranco.

# I

*Agosto, casi tres años después*

Gabe Holbrook vio con el ceño fruncido que Mike Hill salía de su todoterreno y se dirigía a la cabaña. Sabía que Mike iría a verlo y llevaba más de una semana esperándolo, desde que se enteró de la mala noticia de la familia Hill y asistió al funeral, pero todavía no estaba preparado. ¿Qué podía decirle?

Mike llamó a la puerta y Lazarus, el alaskan malamute de Gabe, se acercó con expectación.

Gabe suspiró y cruzó la sala con su silla de ruedas. No podía fingir que no estaba en casa. Mike sabía que, desde el accidente de tres años atrás, salía muy poco.

Por lo menos no había llevado a su esposa consigo. Gabe todavía no estaba preparado para ver a Lucky.

Como siempre, la alfombra gruesa dificultaba su

avance. Giró demasiado pronto y chocó accidental-
mente con la esquina de la mesa de la cocina.
Como la mesa era de metal y todavía no había terminado de redondear sus bordes, se cortó en el
hombro. Lanzó una maldición y abrió la puerta.

La expresión sombría de Mike se convirtió en
preocupación en cuanto vio su brazo.

–Estás sangrando.

–Solo es un arañazo –Gabe retrocedió y silbó
para que Lazarus hiciera lo mismo.

–¿Quieres pasar?

Mike, alto y delgado, de pelo castaño y ojos avellana, se quitó el sombrero de vaquero y entró.

–¿Cómo te has cortado?

Gabe se miró el bíceps. Cuando oyó el coche de
Mike, estaba haciendo pesas y solo llevaba una camiseta de tirantes.

–Por la maldita moqueta –dijo. Se encogió de
hombros.

–¿Y por qué no la arrancas y pones suelo de ta-
rima? Eso te facilitaría la vida.

Porque Gabe le permitía pocas concesiones a su
condición. Las concesiones lo hacían sentirse débil...
inútil. Además, no pensaba pasar mucho más tiempo
en silla de ruedas. Volvería a andar.

Pero no lo dijo en voz alta porque sabía que
Mike le sonreiría con condescendencia. Nadie lo
creía.

Sonrió.

–¿Me tomas el pelo? La madera buena me costaría una fortuna.

Mike enarcó las cejas.

—Te lo puedes permitir.

Gabe no estaba deseoso de hablar del motivo de la visita de Mike, pero tampoco quería que su amigo empezara a darle la lata una vez más con que tenía que dejar de encerrarse en la cabaña y volver a la vida.

Él tampoco consideraba que aquello fuera vivir. Por lo menos, no era la vida que siempre había conocido. Evitaba a la gente, incluida su familia, y asistía a pocos eventos. Pero meditaba, entrenaba, cultivaba su comida y trabajaba. Mike no lo entendía porque él no se había quedado paralítico y no había visto cómo se derrumbaba el sueño de su vida. No se había visto obligado a ver desde fuera cómo su equipo de fútbol americano perdía la Supercopa porque su quaterback tenía una lesión grave en la espina dorsal, concretamente en la parte baja de la espalda, lo que implicaba que podía hacer más que muchos parapléjicos, pero seguía siendo algo que los médicos no podían arreglar. Le hablaban de la investigación celular como una posibilidad para el futuro, pero Gabe no podía consolarse con algo tan incierto y tan lejano. Tenía que ponerse manos a la obra y vencer los efectos del accidente con trabajo duro y pensamiento positivo. Como había lidiado siempre con todo lo demás.

—Estoy seguro de que no has venido hasta aquí para hablar de mi moqueta —dijo.

Mike hizo girar el sombrero en sus manos en un movimiento circular.

—No.

Sus ojos se encontraron y Gabe tuvo la incómoda sensación de que Mike iba a pedirle algo que él no podría darle. Pero hacía mucho tiempo que eran amigos y era imposible evitar escucharlo.

—Siéntate —le señaló el sofá, que era prácticamente el único mueble de la cabaña que no había hecho él. Trabajar con madera, y últimamente con otros materiales como el metal, le daban un objetivo más allá de su terapia.

—¿Qué le pasa a la mesa? —preguntó Mike, cuando Gabe se acercó a buscar una toalla de papel para limpiarse la sangre del brazo.

Gabe miró el mueble en el que trabajaba en ese momento. Medía dos metros cuarenta por uno ochenta y estaba hecha al estilo misionero, pero la capa de metal y las cabezas grandes de clavos le daban un aspecto urbano.

—Amplío mi trabajo.

—Es rara, pero... está bien. Muy creativa.

Su diplomacia hizo reír a Gabe. Echaba de menos los tiempos en los que habían sido buenos amigos. Antes del accidente. Antes de que Mike se casara con Lucky.

—Veremos cómo acaba —se acercó de nuevo al sofá y observó el rostro de su amigo. Las líneas de fatiga en torno a los ojos y boca indicaban que los últimos diez días habían sido duros. Pero eso era de esperar, después del infarto imprevisto del entrenador Hill.

—Siento lo de tu padre —dijo.

Y no mentía. El entrenador Hill había sido un segundo padre para él. Fue él el que reconoció su talento y lo admitió en el equipo de fútbol del instituto. Sin su influencia, Mike no habría llegado al equipo de la Universidad de California, que fue donde maduró y empezó a sobresalir.

—Gracias por venir al funeral —repuso Mike—. La mayoría de la gente hacía mucho que no te veían.

Gabe no respondió. Intentaba imaginar lo que sentiría él si hubiese muerto su padre. Apenas había hablado con él desde el año anterior, cuando el senador Garth Holbrook había arruinado sus posibilidades de salir elegido congresista al hacer público algo que había conseguido mantener oculto durante veinticuatro años.

—He estado ocupado —dijo—. ¿Qué puedo hacer por ti?

—Creo que sabes por qué he venido.

Gabe se pasó los dedos por el pelo, que le caía a capas casi hasta los hombros. Ya apenas se molestaba en cortárselo, porque eso implicaba ir al pueblo.

—Y creo que tú sabes lo que voy a contestar.

—Te vendría bien.

Gabe hizo una mueca. Todo el mundo creía saber lo que necesitaba.

—No me digas lo que me vendría bien.

—Pues hazlo por el pueblo. La temporada empieza dentro de dos semanas. Los de la Junta Escolar están frenéticos, no saben dónde contratar a un sustituto. Sé que te aceptarían sin dudar, si tú quieres el puesto.

—No lo quiero.

Si quisiera trabajar, tenía otras muchas oportunidades. Lo habían llamado de varias cadenas para comentar partidos y se había negado. No se conformaría con menos del anillo de bronce, el anillo de la Supercopa que le habían robado de las manos. No podía permitir que nada lo distrajera de su objetivo, y menos si eso era entrenar al equipo de fútbol de un instituto pequeño.

—¿Por qué no se encarga uno de los ayudantes de tu padre?

—¿Quién? ¿Owens?

—No. Su artritis va de mal en peor.

—¿Entonces propones a Melvin Blaine?

Gabe levantó la barbilla.

—Supongo que sí, si no hay nadie más.

—Seguramente será el que elija la Junta si no te ofreces tú. Pero tú jugaste en ese equipo, Gabe. Recuerdas el temperamento de Blaine. No quiero que tenga más poder sobre los chicos del que tiene ya. Mi padre tampoco lo habría querido.

—¡Pero yo no he entrenado nunca!

Mike dejó el sombrero a su lado y se inclinó hacia delante con los codos en las rodillas.

—Nadie sabe más de fútbol que tú.

—No se trata solo de saber de fútbol. Entrenar es conseguir que un grupo de individuos juegue como un equipo. Es... inspiración.

—Tú puedes enseñarles eso. La mayoría de los chicos te adoran. Eres un héroe.

Gabe sentía el comienzo de una jaqueca y se frotó las sienes.

—Adoran lo que yo era antes.

—Todavía eres el mismo hombre.

No, ya no era el mismo. El accidente le había costado algo más que su capacidad para jugar al fútbol. Lo había privado de su identidad. Ya no sabía qué era lo importante para él. Antes creía que su familia... hasta que se enteró de la decepción de su padre. Tenía que encontrar el camino de vuelta al hombre que había sido antes. Y entrenar interferiría con eso.

—Sería demasiado para mí. Cada entrenador tiene un estilo diferente y cuando solo faltan dos semanas para el primer partido...

—Tú podrías lograrlo.

Tal vez sí. Pero se negaba a dejarse distraer por nada. Tenía que aferrarse a lo que había sido, puesto que no sabía lo que era ahora. Y había otro problema.

—¿Kenny Price no juega este año en el equipo?

Al fin Mike pareció sentirse incómodo.

—No tiene por qué. Solo está en el décimo curso.

—Pero es bueno.

Gabe lo sabía porque lo había visto jugar. Cuando empezaba la temporada del fútbol americano, bajaba al pueblo a ver partidos. El estadio y el supermercado eran de los pocos sitios a los que todavía se molestaba en ir.

—Es normal que te sientas raro con respecto a su madre. Si crees que no puedes tenerlo en tu equipo, no importa. Puede jugar un año más con los juveniles.

«Raro» no describía bien lo que sentía Gabe hacia Hannah Price. Pero a los dieciséis años, Kenny era mejor delantero que Jonathon Greer o Buck Weaver.

—Yo no haría jugar a un chico por su edad, sino por su talento. Y no sería justo ni para él ni para el equipo.

—Gabe, si tú no aceptas el trabajo, se lo darán a Melvin Blaine.

Gabe se dijo que, si podía rechazar un contrato de muchos millones de dólares con la cadena ESPN, podía rechazar también aquello.

—Podéis dar este año por perdido y sustituir a Blaine cuando termine la temporada y podáis encontrar a alguien mejor.

Mike lo miró como si estuviera loco.

—¿Dar el año por perdido? ¿Crees que eso es justo para los chicos? ¿A ti te habría gustado partirte el trasero por un equipo que no tuviera ninguna esperanza?

Gabe era demasiado competitivo para eso y Mike lo sabía.

—Además, no será tan fácil reemplazar a Blaine —continuó Mike—. Si entra, se quedará hasta que haga alguna estupidez. Como lo que te hizo a ti. ¿De verdad quieres darle esa oportunidad?

Gabe siguió frotándose las sienes, pero no dijo nada.

—Vamos. Solo una temporada.

Gabe arrugó la toalla de papel con la que se había secado la sangre del brazo y la lanzó a la papelera de la cocina.

—Yo quería a tu padre, Mike. Le debía mucho. Pero...

—En ese caso, hazlo por él.

Los recuerdos que Gabe intentaba combatir se

colaron por fin en su mente y vio al entrenador Hill diciéndole que fuera a hablar con él al principio del tercer curso de instituto, después de que lo pillaran haciendo pellas. Como era mucho más joven que los demás, se sentía obligado a probar su valía, lo que a esa edad implicaba beber y despreciar las notas y en general todo tipo de reglas. No había imaginado nunca que el entrenador Hill se hubiera fijado en él. De hecho, ni siquiera había entrado de suplente hasta que Duane Steggo se lesionó la rodilla.

Pero el entrenador sí se había fijado y una tarde lo llamó y se sentó a hablar con él en los vestuarios vacíos. Le explicó que había dos tipos de hombres: hombres fuertes, que se mantenían fieles a sus ritmos internos independientemente de todo lo demás; y hombres débiles, que se dejaban influir fácilmente y acababan negándose a sí mismos todo lo que podían ser. Le dijo que él solo quería hombres fuertes en su equipo y le preguntó qué clase de hombre quería ser él. Fue entonces cuando Gabe decidió dejar de preocuparse por encajar allí y dedicar su energía a ser el mejor en todo. Y acabó graduándose con honores y con una beca para la Universidad de Los Ángeles.

No sabía si aquello habría sido posible sin el entrenador Hill. Su padre había intentado motivarlo de distintas maneras, pero había sido el entrenador el que había conseguido llegar hasta él.

—¿Gabe? —insistió Mike.

Él se pasó una mano por la cara y frunció el ceño al ver que Lazarus ponía el morro en sus rodillas y lo miraba como si le suplicara en favor de Mike.

Él podía rechazar un programa a nivel nacional, pero no podía rechazar a Mike, teniendo en cuenta lo que este significaba para él.

—Muy bien —dijo al fin—. Pero dile a la Junta Escolar que me busquen un sustituto lo antes posible porque no pienso dedicarles más de un año.

Mike se levantó y le estrechó la mano.

—Muchas gracias. Sabía que podía contar contigo —se acercó a la puerta, pero vaciló un instante.—. Supongo que no te apetecerá venir a cenar con Lucky y conmigo algún día de las dos próximas semanas.

Gabe apretó la mandíbula. Mike le hacía esa invitación siempre que se veían. Pero Gabe no podía tenérselo en cuenta. Mike quería a Lucky y se esforzaba por darle todo lo que ella deseaba y, desde que el padre de Gabe se hiciera la prueba de paternidad, no era ningún secreto que ella quería hacerse amiga de la familia a la que acababa de descubrir.

—Quizá en otra ocasión —repuso.

Mike suspiró.

—De acuerdo. Por hoy me conformo con lo que ya he conseguido.

Gabe casi se arrepentía ya de su decisión. Pero sabía que le debía aquello al entrenador Hill. Y además, odiaba a Melvin Blaine.


—Mamá, ¿dónde estás? —el hijo mayor de Hannah Price cerró con un portazo y subió las escaleras de dos en dos—. ¿Mamá?

Hannah sintió un escalofrío de aprensión al oír la voz alterada de su hijo. Había sido una semana difícil. ¿Qué pasaba ahora?

—Estoy en mi despacho —gritó.

Dejó a un lado el marco que examinaba. Uno de los fabricantes con los que llevaba varios meses trabajando había empezado a enviarle material defectuoso y tenía que hacer algo al respecto. Pero eso podía esperar.

Kenny entró en la habitación como una tromba, con pantalón corto de gimnasia, una camiseta empapada en sudor y deportivas llenas de barro.

—¿Qué pasa? —preguntó ella, preocupada.

Él se dejó caer en el taburete que usaba Hannah para colocar cosas en los estantes superiores del armario y ella se fijó por enésima vez ese verano en lo mucho que estaba creciendo. De pequeño, había sido más regordete, como Brent, su hijo de siete años, que había llegado por sorpresa mucho después de que ella hubiera decidido no tener más hijos. Pero en los últimos años se había estilizado mucho al crecer. Con su pelo castaño abundante y sus ojos marrones, se parecía mucho a ella y a veces eso no le gustaba nada porque la gente le decía que era casi tan guapo como su madre.

—¿Por qué ha tenido que morirse el entrenador Hill? —preguntó con voz quejosa.

Ella le sonrió con tristeza.

—Lo echas de menos, ¿verdad?

A ella le ocurría lo mismo. Como madre soltera, agradecía especialmente al entrenador de fútbol que se hubiera interesado por Kenny y hubiera sido un modelo tan bueno para él. Sobre todo porque su trabajo, el estudio de fotografía que había instalado en el garaje y el cuarto de invitados, implicaba que no siempre podía estar disponible para su hijo.

—Los chicos dicen que no jugaré esta temporada —repuso él.

—Claro que jugarás. El año pasado jugaste en todos los partidos.

—Eso eran juveniles, mamá. El entrenador Blaine me pasó ayer con los mayores. Y ahora que el entrenador Hill ha muerto...

—El que ocupe su lugar sabrá reconocer tu talento.

—Ya tienen a alguien.

—¿Quién?

—Gabriel Holbrook.

Hannah se sobresaltó.

—¿Qué?

—Ya me has oído.

Kenny parpadeó con rapidez, como si estuviera al borde de las lágrimas, y ella comprendía por qué. Oyó en su mente el golpe del accidente que atormentaba todavía sus sueños.

—Los chicos tienen razón, ¿verdad? Seguro que me odia.

—Claro que no te odia —repuso ella. Pero no estaba segura. ¿Qué sentiría Gabe por su hijo? ¿Querría que sobresaliera en un deporte que él ya no podía jugar por culpa de ella?

Kenny la miró implorante.

—A lo mejor tú no tuviste toda la culpa. A lo mejor él iba muy deprisa y...

—No, sí fui yo.

Por supuesto, de no ser por Russ y el pánico que sentía por sus hijos, no habría ido conduciendo como una loca, pero sí, ella había sido la que chocó de frente con Gabe, que iba a su casa a pasar las fiestas de Navidad.

Kenny se apartó el pelo de la cara.

—Mucha gente me ha hablado de ese accidente, pero tú nunca. ¿Qué pasó exactamente, mamá?

Hannah negó con la cabeza. No podía darle detalles. Las repercusiones de aquella noche dolían todavía demasiado. Ella había conocido a Gabe toda su vida. Había sido un chico con talento, carismático... el hombre que lo tenía todo.

Y ella lo había destrozado en un abrir y cerrar de ojos. El nuevo Gabe escondía mucho dolor detrás de sus ojos azules y casi nunca se dejaba ver en público. Pero seguía siendo muy atractivo. Moreno, ojos azules, rasgos fuertes y cuerpo duro como una roca.

—Conozco a ese hombre y no te castigará a ti por mí.

—¿Le pediste perdón?

—Por supuesto.

—¿Te perdonó?

—Creo que sí —pero eso tampoco lo sabía de cierto. Las pocas ocasiones en las que había podido decirle cuánto sentía aquello, él le había sonreído y le había contestado que la culpa era del destino.

Su generosa actitud solo conseguía que ella se sintiera peor aún. Unos meses atrás, después de que se encontraran en el supermercado, incluso le había enviado una nota para decirle que dejara de discul-parse y que no volviera a pensar en ello.

—Me parece que el entrenador Blaine se ha ale-grado tan poco como yo de que venga Gabe —dijo Kenny.

—¿Por qué?

—Porque pensaba que él iba a ser el entrenador jefe.

—¿Ha dicho algo?

—A nosotros no. Pero cuando ha venido Mike Hill a decírnoslo, se ha puesto colorado. Y yo le he oído murmurarle al entrenador Owens que, si creen que un jugador tullido y acabado puede ser mejor entrenador que él, están muy equivocados.

Hannah se llevó una mano al pecho.

—¿Lo ha llamado jugador tullido y acabado?

—Sí.

La mujer sintió un nudo en el estómago. Ya había hecho bastante con arruinarle la vida a Gabe. No quería que su hijo se viera mezclado en el drama del instituto.

—¿Kenny?

El chico levantó la vista.

—Quiero que hagas todo lo que te diga el entre-nador Holbrook, ¿me oyes? Que te esfuerces todo lo que puedas y no te quejes nunca.

—¿Y si me deja en el banquillo porque soy tu hijo?

—Lo haces igual.

—Pero mamá...

—Él es el entrenador, Kenny. Tiene que contar con tu lealtad, tu respeto y tu apoyo.

—¿Y el entrenador Blaine?

—¿Qué pasa con él? Nunca te ha caído muy bien.

—Con algunos jugadores está bien.

—Tiene sus favoritos y tiene sus chivos expiatorios. Que tú seas uno de sus favoritos no significa que me gusten sus métodos. Aléjate de él todo lo posible —repuso Hannah.

Pero no sabía si su hijo le haría caso. Sobre todo teniendo en cuenta que, cuando estaban en el instituto, Russ había perdido su puesto en el equipo a favor de Gabe y seguramente daría a Kenny otros consejos.

## II

Como Gabe se había convertido en un recluso, Hannah imaginaba que su cabaña sería una especie de cobertizo rodeado de maleza y con barriles llenos de agua de lluvia a un lado. Lo que vio cuando aparcó el coche fue una casa de madera de dos pisos con un jardín bien cuidado. La chimenea de piedra estaba cubierta de hiedra y una hamaca oscilaba suavemente en la brisa.

El aroma a tierra y pino llenó su olfato. Aunque más tarde haría calor, todavía hacía frío en las montañas, y veía salir humo de la chimenea de Gabe.

Se acercó a la puerta con nerviosismo. Dentro sonaba música de rock, por lo que llamó con fuerza. Lazarus, el perro, empezó a ladrar, pero Gabe no apareció.

¿Estaría trabajando en la parte de atrás? Hannah había oído que hacía muebles y, después de ver las sillas del porche, comprendió que no era ningún aficionado. Quizá quisiera venderle una. Podía hacer muy buenas fotos de niños sentados en una silla así, sosteniendo un perro o un conejo...

Volvió a llamar.

Solo le contestaron los ladridos de Lazarus.

A un lado de la casa había una puerta en la valla de madera. Llamó para anunciar su presencia y entró en el jardín, donde encontró un porche aún más grande, con más muebles de exterior. Siguió un camino de cemento que cruzaba un jardín espectacular en dirección a un taller grande, cuya puerta estaba abierta.

—¿Gabe?

Metió la cabeza y no pudo verlo, pero sí vio muchas otras cosas interesantes. Había un armario tallado de madera de caoba sin barnizar, un dinosaurio de metal que encajaba bien en un jardín tan elegante como aquel, un reloj de pared, varios relojes y partes de relojes más y tres mecedoras de distintos tamaños.

Hannah nunca había visto muebles tan hermosos. Las mecedoras, talladas a mano, eran fabulosas.

—¿Puedo hacer algo por ti, Hannah?

La joven se sobresaltó y se volvió.

—Siento interrumpirte —dijo—. He llamado en la casa, pero no has contestado.

Lazarus se acercó a darle la bienvenida con un olfateo y un lametón en la mano.

—Estaba en la ducha.

Hannah vaciló un momento.

—Supongo que te preguntas por qué he venido.

— Imagino que tiene algo que ver con Kenny —Lazarus volvió a chuparle la mano, pero Gabe silbó y chasqueó con los dedos y el perro volvió de inmediato a su lado–. Este año estará en mi equipo, ¿verdad?

–Sí.

–Por lo que he visto, es bastante bueno.

–El fútbol es muy importante para él.

Cruzó las manos con nerviosismo detrás de la espalda. El fútbol también había sido muy importante para Gabe.

De pronto le pareció estúpido haber ido allí. Ella no era la persona indicada para ayudarlo. Gabe estaba en silla de ruedas, pero era todavía una presencia poderosa. Blaine no presentaría ningún problema para él.

Pero ya estaba allí y era demasiado tarde para retroceder.

–No he venido a hablar de Kenny –dijo–. Quería advertirte de que vas a encontrar cierta enemistad en el entrenador Blaine.

Él se frotó la barbilla con los nudillos.

–¿Por qué dices eso?

Gabe la había besado una vez, en una fiesta de graduación. Por algún motivo, Hannah no pudo evitar pensar en eso en aquel momento.

–¿Hannah?

Ella, que se había quedado mirando la forma de sus labios, carraspeó, y sintió que se ruborizaba.

–Por algo que me comentó Kenny ayer, cuando vino de entrenar –contestó.

–¿Y qué fue?

La joven no pensaba decirle lo que le había llamado Blaine.

–Básicamente, tiene envidia de que te hayan dado el trabajo a ti.

A él no parecía impresionarlo que ella hubiera ido hasta allí para decirle eso.

—¿Y...?

Hannah parpadeó sorprendida.

—Tengo miedo de que conspire contra ti o quiera dejarte en mal lugar.

—¿Y...? —repitió él.

—Y... quería decirte que tuvieras cuidado.

Lazarus ladró, pero Gabe le puso una mano en la cabeza y guardó silencio.

—Sé cuidarme solo, Hannah. No necesito que tú me protejas.

—Lo sé. Yo solo... —se interrumpió. Él tenía razón. Si no hubiera estado en silla de ruedas, ella no habría ido allí. Habría sabido que podía lidiar solo con Blaine.

Todos los remordimientos que sentía desde el accidente le provocaban un dolor agudo en el pecho. Quería redimirse de algún modo. Arreglar el desastre. Pero no había modo de hacer eso.

—Lo siento —dijo.

Notaba los ojos llenos de lágrimas. Las combatió e intentó salir, pero él la agarró por la muñeca antes de que pudiera salir por la puerta.

—¿Hannah?

El calor de su mano parecía envolverla como una manta. Recordó de nuevo aquella noche de veinte años atrás en que la había besado. Deseó que volviera a besarla, que pudiera ser el hombre de antes. Ella había salido del accidente con solo un brazo roto y una brecha en la frente, pero no sabía si se recuperaría alguna vez de los remordimientos.

—Estoy bien —dijo él con firmeza—. Tienes que perdonarte a ti misma, ¿de acuerdo?

La soltó, pero ella no se movió. Quería echarle los brazos al cuello y sentir los latidos de su corazón. Sabía que él tenía razón. Los dos tenían que olvidar el accidente y seguir adelante. Pero él estaba en una silla de ruedas y sentía furia y amargura, aunque intentara no dirigir esas emociones contra ella.

—¿Qué?

No tenía derecho a pedirle nada, pero el dolor hacía que le resultara imposible alejarse. Incapaz de encontrar palabras, le pasó dos dedos por la mejilla.

Él la miró a los ojos y ella vio en su mirada la necesidad intensa de él, y lo sorprendió tanto ver derrumbarse sus defensas, que se quedó sin aliento. Parecía hambriento de un contacto humano, y no era de extrañar. ¡Había perdido tanto! Y lo que no había perdido, lo había rechazado.

El perro gimió y Gabe recuperó su máscara de indiferencia.

—No me hagas favores, Hannah —gruñó —retrocedió un poco con la silla—. Olvídate de mí y sigue con tu vida.

La mujer dejó caer la mano al costado.

—No puedo olvidarte —confesó. Pero antes de que él pudiera contestar, Lazarus echó a correr ladrando y Mike Hill entró en el jardín.

Gabe, que luchaba por lidiar con las emociones que lo habían embargado de pronto y sin previo aviso, silbó a Lazarus y se centró en el avance de

Mike. Hannah se marcharía pronto y su pulso se calmaría. Solo tenía que esperar, ignorar el anhelo repentino por ella y seguir con su programa de ejercicios para recuperar su vida algún día. Desde el accidente se había apartado de todos, incluida su familia, y era normal que echara de menos el contacto físico con otros.

—Hola, perrito —Mike sonrió y acarició a Lazarus, pero Gabe notó que estaba sorprendido. Hannah debía de ser la última persona a la que esperaba encontrar allí.

—¿Qué te trae por aquí otra vez? —preguntó Gabe.

—Te traigo la lista del equipo —Mike le tendió la carpeta que llevaba en la mano y se llevó la mano al sombrero para saludar a Hannah—. He visto tu Volvo fuera. ¿Cómo estás?

—Bien, gracias —murmuró ella, ruborizándose.

—¿Cómo va el trabajo?

Gabe sabía que Hannah trabajaba duro para mantener a sus dos hijos. También sabía que no tenía más remedio que hacerlo. Era de dominio público que Russ Price no contribuía mucho a la familia. La mitad del tiempo estaba sin trabajo.

—Muy bien —repuso ella—. Ahora que casi se acaba el verano, está aflojando un poco, pero no está mal, necesito ayudar a Kenny y Brent a prepararse para la vuelta al cole.

—¿Kenny juega de nuevo con los juveniles este año? —preguntó Mike.

—El entrenador Blaine lo ascendió de equipo la semana pasada —repuso ella.

Mike miró a Gabe.

—No lo sabía.

—Yo tampoco —comentó Gabe—. Pero me parece perfecto, ya que yo pensaba hacer lo mismo.

—A Kenny le alegrará saberlo —ella tomó una pelota de tenis del suelo y se la lanzó al perro—. Tengo que ir de compras. Será mejor que me vaya.

Mike la observó alejarse, mientras Gabe jugaba con el perro y la pelota.

—¿Qué hacía aquí? —preguntó Mike cuando ella hubo desaparecido.

—Nada. Ha venido a decirme que el entrenador Blaine no está contento con mi nombramiento.

—¿Y te ha dicho cómo lo sabe?

—No —Gabe lanzó de nuevo la pelota que el perro acababa de dejar en su regazo—. Creo que Kenny oyó algo en el entrenamiento.

Su amigo frunció el ceño.

—Yo también percibí que no le gustaba cuando les di la noticia de que te habían contratado —dijo. Y parecía casi tan preocupado como Hannah.

A Gabe no le gustaba nada que lo trataran de un modo tan distinto al de antes.

—¿Por eso has hecho cincuenta kilómetros en vez de dejarme la lista en el campo? —preguntó—. ¿Para avisar al pobre tullido?

Mike lo desarmó con una sonrisa.

—Perdona. No esperaba interrumpir nada importante. Y menos con Hannah Price.

—Mike... —le advirtió Gabe.

El otro colocó las palmas de las manos hacia arriba y se encogió de hombros.

—Me alegro de ver que no le guardas rencor por el accidente. Lo que pasó fue culpa de Russ.

Pero no era Russ el que chocó con él. Si Hannah hubiera pasado dos minutos antes o dos minutos después... o simplemente hubiera esperado a que Russ le devolviera a los chicos...

—Cualquier madre habría ido tras sus hijos —declaró Mike.

Gabe a veces estaba de acuerdo y a veces no. Generalmente, intentaba no pensar en Hannah... Ni en ninguna otra mujer.

—¿Por qué te muestras tan insistente? —preguntó.

Su amigo sonrió.

—Quizá porque he visto cómo te mira.

Gabe no quería seguir por aquel camino.

—¿Podemos volver al fútbol?

—Tienes muchos años por delante. No hay necesidad de vivirlos solo.

Mike empezaba a hablar como su hermana Reenie. Todo el mundo pensaba que debía conformarse con lo que pudiera sacar de la vida en una silla de ruedas. Pero Gabe nunca había sido conformista.

Lanzó la pelota a Lazarus y el perro salió corriendo. Mike subió la rampa que llevaba al porche y se sentó en una silla que colgaba de las vigas. Estaba hecha de enea y tenía forma de tazón. Era uno de los últimos experimentos de Gabe.

—Y creo que deberías invitar a salir a Hannah —insistió—. Seguro que decía que sí.

Gabe también estaba seguro. Ella se sentía tan culpable por el accidente que haría casi todo lo que le pidiera. Pero a él no le interesaba para nada explotar su compasión ni la de nadie.

—Olvídalo.

—A ella le vendría bien un respiro. No es fácil criar sola a esos chicos.

—No está sola.

—Russ solo consigue dificultarle las cosas.

—¿Y eso cómo lo sabes?

—Esto es Dundee. Aquí nos conocemos todos. Siempre le causa problemas. Hace una semana, cuando los chicos estaban con Russ, Kenny sorprendió a Brent viendo una película porno.

—¿Y de dónde la había sacado?

—Se titulaba *Mi gatita*. Pensó que era de animales.

Lazarus ladró y Gabe le lanzó la pelota.

—¿Kenny también la vio?

—No creo.

—¿Cómo lo sabes?

Russ lo contó en el pub el lunes. Encontraba divertidas las preguntas que le había hecho Brent sobre lo que había visto.

—¡Qué idiota! —Gabe movió la cabeza con disgusto—. ¿Cómo se casó con alguien así?

Mike puso los brazos detrás de la cabeza y colocó los pies en un escabel cercano.

—¿No te acuerdas de lo que pasó entre ellos? —preguntó.

—No sé si lo he sabido alguna vez.

En aquella época, Gabe estaba en la universidad, ocupado en hacer realidad su sueño, y prestaba poca atención a lo que sucedía en Dundee.

—Se casaron unos meses después de que ella terminara el instituto porque estaba embarazada.

Gabe miró el césped y vio que el perro perseguía a una ardilla.

—No me la imagino acostándose con Russ en primer lugar.

Mike se encogió de hombros.

—No sé cómo ocurriría. Pero ella no pudo irse a la universidad como nosotros; ella tenía que quedarse a cuidar de su madre y Russ vivía en la casa de al lado.

—¿Qué le pasaba a su madre?

—Cáncer.

—¿Y el padre?

Murió en un accidente de avión cuando Hannah era pequeña. Sé que les dieron algo de dinero, pero estuvieron las dos solas hasta que murió su madre.

Gabe se pasó una mano por el pelo. Seguro que ella se había sentido muy sola.

—Mi madre cree que ella lo hizo por la familia de él —comentó Mike.

Gabe lo miró sorprendido.

—Había oído que una mujer se case por el dinero de un hombre, pero nunca por su familia.

—Cuando la madre de Hannah se puso enferma, Violet Price la ayudó mucho. Es posible que, cuando se quedó sola, Hannah quisiera cimentar esa relación, aferrarse a la gente a la que ya apreciaba.

Aquello sonaba razonable. Pero a Gabe no le encajaban los cálculos.

—Kenny tiene dieciséis. Si se quedó embarazada al terminar el instituto...

—Tuvo un aborto —Mike lo miró de soslayo—. ¿Hay más preguntas sobre ella que quieras hacerme?

Gabe hizo una mueca.

—Has empezado tú. ¿Tienes algún problema?

—Ninguno. Necesitas que alguien te cuente lo que te perdiste todos esos años que pasaste presumiendo tanto en la tele.

Gabe sonrió a su pesar.

—Teniendo en cuenta la diferencia de edad entre Kenny y Brent, estuvo con él muchos años —comentó—. ¿Por qué no lo dejó después del aborto?

—Si no te interesa Hannah, ¿por qué quieres saber tantas cosas de ella? —preguntó Mike.

—Porque quiero conocer la situación familiar del capitán de mi equipo. Los entrenadores hacemos esas cosas.

Mike se echó hacia delante en la silla.

—¿Kenny va a ser la atracción principal?

—Por supuesto —contestó Gabe.

Su amigo se encogió de hombros.

—No sé por qué se quedó tanto, y más teniendo en cuenta que Russ no era un buen marido. Cambiaba a menudo de trabajo, iba al pub todos los fines de semana, volvía borracho a casa muchas veces y compraba cosas que no podían pagar. Mi madre ha sido muy amiga de Violet muchos años y mueve la cabeza siempre que sale el nombre de Russ.

Mike se puso en pie y su amigo alzó la vista hacia él.

—¿Entonces ya mantenía ella a la familia con la fotografía?

—Los primeros años, no. Trabajaba en el restaurante.

—¿Y cuándo empezó a hacer fotos?

Mike cruzó el porche.

—Ni idea. Pero debió de ser antes del divorcio, porque me enteré de que Russ había pedido pensión alimenticia de ella.

Gabe lo miró sorprendido.

—Dime que no la consiguió. Dime que ella no lo mantiene.

Su amigo sonrió.

—Tendrás que preguntárselo tú.

—¿Qué?

Mike bajó la rampa y empezó a alejarse hacia la parte delantera de la casa.

—Llámala.

—No pienso llamarla.

—¿Por qué? Invítala al cine.

—De eso nada.

—A lo mejor te lo pasas bien. ¿Tan malo sería eso?

—Sí.

Mike cerró la puerta de la verja tras de sí y Gabe lo miró con furia. Pasarlo bien con Hannah sí sería malo. Porque entonces quizá quisiera volver a verla. Y no podía permitirse sentirse demasiado cómodo. Tenía una larga batalla por delante. No podía darse el lujo de rendirse y conformarse con pasar el resto de sus días en una silla de ruedas.

—No pienso invitarla a salir —gritó.

Pero Mike se había ido ya y solo le respondió el ladrido de Lazarus.

# III

El día era caliente y seco. El calor golpeó a Gabe cuando abrió la puerta de la furgoneta. Sacó la silla a la acera y se sentó. Sentía que lo miraban desde el campo de fútbol. Hasta las animadoras que practicaban delante del gimnasio se pararon a mirar cuando salió.

Tomó la carpeta del equipo del asiento de atrás, la colgó en el respaldo de la silla, silbó a Lazarus y empujó la puerta de la verja.

El perro, animado por la promesa de actividad, corría en círculos a su alrededor. Gabe estaba bastante seguro de que el entrenador Hill nunca había llevado un perro a los entrenamientos, pero no le importaba. Si a la Junta Escolar no le gustaba, podían despedirlo. Él no había pedido aquel trabajo.

El entrenador Owens se acercó en cuanto lo vio. Se encontraron en la pista de carreras que rodeaba el campo.

—Hola, entrenador. Hacía mucho tiempo.

Entrenador... Gabe se preguntó si le costaría mucho acostumbrarse a su nuevo título.

—Gracias. Yo también me alegro de verte.

La artritis de Owens había avanzado y distorsionaba sus manos, pero su sonrisa no mostraba ninguna hostilidad, ni siquiera al mirar a Lazarus, y Gabe decidió que seguía siendo tan abierto y amable como siempre.

Blaine, por supuesto, era otra historia. Estaba de pie en el extremo más alejado del campo, con un silbato en la boca y los brazos en jarras. Miró a Gabe de hito en hito, pero este se negó a dejarse intimidar por un hombre que ni siquiera era capaz de controlar su temperamento. Él le había visto arrojar a jugadores contra las taquillas, lanzar un balón a la nuca de un hombre y tirar una carpeta al otro lado de la estancia. A él le había metido una vez la cabeza debajo del agua por no hacer la jugada que le había marcado. No importaba que Gabe hubiera interpretado bien la defensa contraria y supiera que la jugada de Blaine estaba equivocada. Y tampoco importaba que hubiera ganado el partido con aquella jugada. Solo importaba que todos sabían que no había hecho lo que decía Blaine y a este no le gustaba que le quitaran protagonismo.

Teniendo en cuenta su falta de control, era un milagro que siguiera entrenando en el instituto, pero llevaba tanto tiempo allí que seguramente todos lo consideraban ya una parte inevitable del equipo.

Gabe miró a los chicos, que se habían vuelto

hacia él con expectación. Curiosamente, sus rostros estaban ya sucios de tierra y sudor, como si llevaran tiempo practicando.

—¿Llego tarde? —preguntó.

Owens se tensó visiblemente.

—No. Es solo que el entrenador Blaine quería empezar hoy pronto.

Gabe observó a los aproximadamente cuarenta chicos que lo miraban con curiosidad.

—¿Llamó a todos esos chicos para que vinieran temprano hoy?

Owens se secó el sudor de la frente con la toalla que llevaba al cuello.

—Yo empecé la lista de llamadas y los chicos la fueron siguiendo.

—¿Y a nadie se le ocurrió avisarme a mí?

—Supongo que todavía no estás en la lista.

—Pues ponme en cabeza. A partir de ahora seré yo el que empiece las listas de llamadas.

—De acuerdo, entrenador. Lo que tú digas.

Era evidente que Blaine ya había iniciado las hostilidades para ver hasta dónde podía llegar. Gabe no cedería ni un centímetro ahora si no quería encontrarse el doble de resistencia más adelante.

—¿Y te importa decirle al entrenador Blaine que quiero hablar con él, por favor?

Owens vaciló un momento, pero hizo lo que le decía. Los chicos, Gabe y algunos padres sentados en las gradas lo vieron acercarse a Blaine y hablar con él. Blaine se acercó entonces despacio.

—¿Querías verme, Gabe?

Este esperó a que se acercara porque no tenía

intención de anunciar públicamente que ya tenían problemas el primer día de entrenamiento.

—Bueno, Melvin, parece que no se me ha comunicado que había un cambio en el horario del entrenamiento.

Blaine sonrió.

—No vi la necesidad de que vinieras temprano. No sabía lo flexible que podías ser con... —miró la silla—. No estaba seguro de tu horario y sabía que Owens y yo podíamos encargarnos solos.

Gabe apretó la silla con fuerza. Recordó de nuevo la mano de Blaine en su nuca cuando le empujaba la cabeza debajo del agua. Él tenía entonces dieciséis años y Blaine unos cuarenta. Pero cuando el pánico se apoderó de él, se revolvió y tiró al entrenador al suelo. Todavía no sabía lo que habría ocurrido si el entrenador Hill no llega a entrar en aquel momento en los vestuarios.

Ahora respiró hondo.

—Está bien por hoy, pero más vale que no vuelva a ocurrir. ¿Hablo claro?

Hablaba tranquilo y una expresión tan agradable que el otro tardó un momento en asimilar sus palabras.

—No pensaba que...

—La próxima vez no pienses. Así lo harás mejor.

En la barbilla de Blaine se movió un músculo. Aparte del color del pelo, que se había vuelto gris, seguía igual que cuando entrenaba a Gabe.

—Owens y yo hemos hecho esto desde que tú ibas en pañales —siseó.

—Sí, y ahora estoy en silla de ruedas —repuso Gabe—. Pero eso no va a cambiar nada.

Blaine no dijo nada. Gabe tampoco. Era un forcejeo silencioso de voluntades. Blaine tenía que entender que, con silla o sin ella, Gabe era tan competitivo como siempre. No había pedido aquel trabajo, pero ahora que estaba allí, no permitiría que nadie lo espantara.

—Seguro que traer un perro al entrenamiento va contra las normas de la escuela —dijo Blaine al fin.

Gabe se encogió de hombros.

—Presenta una queja.

—Distraerá a los chicos.

—Se acostumbrarán.

Blaine apretó los labios, pero no dijo nada.

—Si no tienes más preguntas, creo que esto es todo —comentó Gabe—. Llama al equipo. Quiero hablar con ellos.

Kenny había esperado con impaciencia la nueva temporada de fútbol americano desde que terminara la anterior. Le daba algo en lo que centrarse que no tenía nada que ver con su vida personal. Pero el entrenamiento de ese día había sido tenso, Kenny no había visto a Blaine tan molesto en mucho tiempo.

—¿Quieres que te lleve? —le preguntó Matt Rodríguez, cuando salieron de los vestuarios.

—No, gracias —Kenny dejó sus cosas en el suelo y se sentó en el bordillo, al lado de la valla que rodeaba el campo.

—¿Viene tu madre? —preguntó Matt.

—Mi padre —lo que implicaba que tendría que esperar. Su padre siempre llegaba tarde.

Matt sacó las llaves del coche de su bolsa deportiva.

—Hasta mañana.

—Adiós.

Kenny lo miró con envidia subir a una camioneta vieja. Él también tenía carné, pero no coche. Su madre no podía prestarle el Volvo porque lo necesitaba para ir a hacer fotos y sabía que no podía esperar que su madre lo ayudara a comprar uno, aunque fuera uno viejo. Russ Price tenía suerte de tener un coche para él.

Lanzó una piedra al aparcamiento y apoyó la espalda en la valla. Pensó en el fin de semana. La idea de pasarlo en la caravana de su padre no le atraía nada. Y seguía enfadado con Russ por haber dejado la película porno al alcance de Brent.

El ruido de un coche le hizo levantar la vista.

—¿Te llevo? —Tiffany Wheeler, una de las animadoras, le sonrió desde el interior de su Escarabajo verde.

—No, gracias. Estoy esperando.

—¿Esta noche irás al baile?

Kenny titubeó. Estaba casi seguro de que le gustaba a Tiffany, lo cual era un gran cumplido, teniendo en cuenta que era un año mayor y que muchos chicos iban detrás de ella. Pero no podía ir al baile porque no quería dejar a su hermanito a solas con su padre. No podía estar seguro de que Russ no se fuera a beber y dejara a Brent solo en casa.

—Esta vez no.

—¡Oh! —la expresión de ella parecía decepcionada–. Está bien. Que te diviertas con lo que quiera que hagas –dijo.

Haría de canguro, lo cual no tenía nada de divertido. Pero él era la única protección de Brent cuando no estaban con su madre. Y si le contaba a ella las cosas que ocurrían en casa de su padre, volvería a pedir la custodia completa en los tribunales y Kenny no quería que ocurriera eso. Las batallas legales aterrorizaban a todo el mundo, sobre todo a Brent, que quería mucho a Russ a pesar de todo.

Kenny también quería a su padre, pero le habría gustado que fuera capaz de organizar su vida y enorgullecerse un poco más de sí mismo.

–Hasta luego –dijo.

Media hora después, el entrenador Blaine pasó a su lado sin decir nada. El entrenador Owens, que apareció cinco minutos después, le dijo adiós.

–¿Kenny?

Al ver que se acercaba el entrenador Holbrook con su perro, el chico se puso en pie.

–¿Sí, señor?

Holbrook lo observó un momento.

–¿Te llevo a algún sitio?

Kenny miró la entrada del aparcamiento con la esperanza de ver el viejo Jeep de Russ, pero la entrada y la calle estaban vacías.

–Mi padre probablemente esté en camino.

Gabe enarcó las cejas.

–Eso de «probablemente» me preocupa.

Kenny intentó dar más convicción a su voz.

–Seguro que llega en cualquier momento.

–¿Y si no viene?

—Iré andando —dijo el chico, aunque había cinco kilómetros hasta su casa, estaba ya agotado y hacía mucho calor.

Holbrook miró su reloj.

—¿Le dijiste a qué hora terminabas?

Kenny le había dicho que terminaba media hora antes de lo que en realidad terminaba, una estrategia con la que a veces conseguía acortar la espera.

—Sí.

—Lleva casi una hora de retraso.

—Supongo que estará ocupado.

Gabe apretó los labios.

—Vamos. Yo te llevo.

El chico recogió sus cosas y lo siguió de mala gana por el aparcamiento. Cuando Gabe empezó a salir de su silla, vaciló. ¿Debía ayudarlo y cargar la silla?

El hombre debió de percibir su titubeo.

—Está todo controlado —dijo con brusquedad.

Kenny se disponía a subir a la furgoneta detrás del perro cuando su padre aparcó por fin a su lado.

—¿Qué pasa? —gritó Russ desde el Jeep—. ¿Hoy ha terminado antes el entrenamiento?

Kenny no contestó. Tomó sus cosas.

—Ha llegado mi padre —dijo—. Gracias, entrenador.

—Eh, Brent, ¿has visto eso? Es Gabe Holbrook —dijo Russ—. ¿Sabías que fue mejor jugador del país dos años seguidos?

Hasta Brent parecía temeroso de que su padre los pusiera en evidencia.

—Abróchate el cinturón —dijo Kenny a su hermano.

—¿Ahora entrenas al equipo? —preguntó Russ.

Holbrook se sentó al volante antes de contestar.

—Sí.

Russ miró a Kenny con aire acusador.

—¿Por qué no me lo habías dicho?

—No te he visto desde que ha ocurrido —repuso el chico.

Rezó para que su padre se pusiera en marcha de una vez, pero Russ no lo hizo.

—Tengo que admitir que eso me pone algo nervioso —dijo—. Este chico tiene talento. Tú no la vas a tomar con él por lo que hizo Hannah, ¿verdad? Kenny no tuvo nada que ver con que acabaras en silla de ruedas. Y es el mejor quaterback que tienes. Debería ser el capitán.

Kenny sintió que se ruborizaba. Gracias a su padre, seguro que acababa en el banquillo. ¿Por qué tenía que meterse en eso?

Gabe miró a Russ con frialdad.

—Tú preocúpate de tu trabajo como padre de Kenny —dijo—. Yo me preocuparé del mío como entrenador.

Cerró las puertas y salió del aparcamiento.

Russ movió la cabeza.

—Ese tipo va a ser un problema, seguro. Tenemos que invitar a una copa al entrenador Blaine.

Gabe miró su reloj. Pensó que, antes de volver a casa, seguramente debería ir a ver a su madre. No lo hacía a menudo porque no quería encontrarse con su padre. Pero había sesión en el Senado, por lo que seguramente Garth no andaría por allí.

Aparcó delante de la casa de sus padres. Aunque su madre no tenía la culpa del lío que había terminado con una medio hermana que Gabe no quería, le molestaba que se empeñara en mostrarse tan comprensiva con el tema. ¿Cómo podía recibir a Lucky en la familia después de lo que había hecho Garth?

—¡Gabe! —su madre abrió la puerta antes de que él llamara.

Lazarus se adelantó y la mujer le acarició la cabeza.

Después del accidente, sus padres habían contratado a un albañil para que instalara una rampa. En cuanto Gabe llegó arriba, su madre lo besó en la frente.

—Hola, mamá. ¿Qué tal?

Tenía buen aspecto. Había engordado unos kilos y su pelo moreno empezaba a ralear. Pero el brillo de sus ojos azules siempre la hacía parecer guapa.

—Muy bien. Me alegro mucho de verte.

—Estaba en el pueblo y se me ha ocurrido pasarme.

—Me alegro. Entra a tomar algo. Tu padre sentirá no haber estado aquí.

Gabe se detuvo un momento antes de cruzar el umbral. Su madre siempre intentaba arreglar las cosas entre su padre y él.

—No empieces, mamá.

La mujer sostuvo la puerta abierta y Lazarus entró delante. Celeste lo llevó a la cocina, donde sirvió un vaso de té helado a Gabe, pero no cambió de tema.

—Gabe, ¿cuándo vas a superar esa historia de Lucky? No soporto cómo está afectando a tu padre. Quiero recuperar a mi familia.

—¿Una familia que incluya a Lucky?

—¿Por qué no? Ella es tan inocente como tú.

A cierto nivel, Gabe estaba de acuerdo. Pero la situación era demasiado abrumadora para lidiar con ella en ese momento.

—Yo no pretendo hacerle daño, solo quiero que me dejen en paz a mí. Vive y deja vivir.

—Ella pregunta mucho por ti.

—Mamá...

—Y tu padre...

Gabe dejó el vaso en la encimera con fuerza.

—¿Te preocupa papá? Él tiene la culpa de todo.

—Tienes que valorar su vida entera —dijo ella con gentileza—. No medirlo todo por un error. Todo el mundo puede cometer un error.

Tal vez sí. Y en otro momento, quizá él se hubiera tomado aquello de otro modo. Pero se había enterado de la aventura de su padre y de la existencia de su hermanastra justo cuando su vida empezaba a hundirse bajo él. Creía que su padre era la única persona en la que siempre podía confiar... hasta que Garth le hizo aquella terrible confesión.

—Tuvo una aventura con la prostituta más notoria del pueblo, mamá. Peor aún, tuvo un hijo con ella —hizo una mueca—. Y yo hice campaña por él y recaudé fondos diciéndoles a todos que tenía integridad y que sería un buen congresista.

—¿O sea que todo esto es porque te avergüenzas? —preguntó su madre.

—Claro que no. La humillación pública solo es una parte de eso —repuso Gabe—. Pero ahora no quiero seguir hablando de Lucky. He venido a decirte que tengo un empleo.

—¿Sí? ¿Dónde?

—Aquí. Entreno a los Espartanos.

—¡Eso es maravilloso! ¡Tu padre estará tan...! —Celeste se contuvo—. Hasta Reenie se alegrará de oírlo.

—Sí, bueno —él se encogió de hombros—. Ya veremos cómo va.

Sonó el teléfono. Contestó su madre.

—¿Diga? Sí, querida, ya me he enterado. Es una buena noticia. De hecho, ahora está aquí. Sí. Te veré el jueves. Lo pasaremos bien. Me encanta comprar antigüedades. Está bien. Hablaremos pronto.

Gabe la miró.

—¿Quién era?

—Lucky.

Otra vez Lucky. La gente más importante de su vida gravitaba en torno a ella. Suspiró.

—Tengo que irme.

—Gabe, no te vayas todavía —le pidió su madre.

Pero su hermana entró en ese momento.

—Hola. Me ha parecido ver tu furgoneta en la puerta. ¿Has decidido mostrarte un poco humano y salir de la cabaña?

Gabe no contestó. Llamó a Lazarus con un silbido y se marchó.


¿Dónde estaba Kenny?

Hannah estaba sentada en su escritorio mirando

el teléfono, presa de la ansiedad que sentía casi siempre que Russ se llevaba a los chicos. Tenía miedo de que su ex condujera borracho con ellos, de que quemara el remolque con un cigarrillo, de... Imposible saber lo que podía hacer Russ.

Sonó el teléfono y contestó enseguida.

—¿Diga?

—¿Hannah?

No era Kenny, era Betsy Mann, la mujer que había llamado dos horas atrás para quejarse de que Russ había ido muy tarde a recoger a Brent, quien había ido a jugar con su nieto, y ella había tenido que perder su clase de canto. A Hannah le irritaba que la gente esperara todavía que se disculpara por los fallos de Russ. Después de todo, llevaban ya casi seis años divorciados.

—¿Has encontrado a Kenny? —preguntó Betsy.

Hannah se apoyó en la mesa y descansó la frente en el hueco de la mano.

—No. Russ no contesta y el entrenador Blaine tampoco, pero Owens me ha dicho que seguía esperando en la acera cuando se marchó él.

—¿Has ido al instituto?

—Sí, pero no lo he visto. Ni allí, ni por el camino.

—Me han dicho que Gabe Holbrook es el nuevo entrenador. ¿Has probado con él?

—No.

—¿Tienes su número?

—No.

—No te preocupes. He llamado a Celeste, la madre de Gabe, por si no lo tenías, y me lo ha dado.

A veces la gente de Dundee se empeñaba en

ayudar más de la cuenta. Pero a Hannah en ese momento eso no le importaba.

—No viene en la guía, ¿sabes? Pero yo soy amiga de Celeste y me lo ha dado enseguida.

Hannah anotó el número.

—Gracias —dijo.

Colgó el teléfono y se quedó mirando el número mientras hacía acopio de valor para llamar.

Gabe bajó el volumen de la cadena musical con el mando a distancia y se acercó al teléfono.

—¿Diga?

—¿Gabe?

—¿Sí?

Supo instintivamente que era Hannah. E inmediatamente temió que la hubiera llamado Mike para sugerirle que salieran juntos.

—¿Has visto a Kenny? —preguntó ella.

Él suspiró en silencio. Recordó con disgusto el comportamiento de Russ.

—Su padre ha ido a buscarlo.

—¿De verdad? —preguntó ella, con evidente alivio—. No he hablado con ellos y no estaba segura.

—Ha llegado tarde, pero ha llegado —explicó él.

—Me alegro.

—Encantado de ayudar —Gabe estaba impaciente por dejar el teléfono; ya había tenido que lidiar con demasiada gente ese día—. Buen fin de semana.

—¿Gabe?

—¿Sí?

—Me preguntaba...

Él se puso tenso. ¿Qué iba a decirle? ¿Habría hablado Mike con ella después de todo?

—¿Qué?

—Si hay alguna posibilidad de que...

—No.

Lazarus, tumbado a su lado, levantó la cabeza y ladró, seguramente por la tensión que percibía en él. Hubo un largo silencio, durante el cual Gabe pensó cómo podía suavizar esa brusca negativa.

—Pero no sabes lo que te iba a preguntar —dijo ella al fin—. Tú haces muchos muebles. No puede ser que una silla sea tan importante para ti. O, si lo es, quizá puedas hacerme una igual.

Aquello lo pilló por sorpresa.

—¿De qué hablas?

—De la silla del porche delantero de tu casa. Me gustaría que me la vendieras.

Gabe parpadeó atónito... Y se sintió bastante tonto.

—¿Quieres mi silla?

—Si puedo pagarla, sí.

El hombre sonrió a Lazarus, como si el perro pudiera compartir su vergüenza, y movió la cabeza. La culpa de aquello la tenía Mike. Tal vez su vanidad también tuviera algo que ver, pero, después de todo, no era la primera vez que una mujer lo invitaba a salir.

—Puedes llevártela —dijo.

—No, así no. Prefiero... ¿puedes ponerle un precio?

Gabe no sabía cuánto cobrarle. Nunca había vendido ningún mueble y no necesitaba dinero.

—No es nada, de verdad. Te la llevaré mañana después del entrenamiento.

—Ahora me da vergüenza haberte preguntado.

—¿Por qué?

—Porque no puedo aceptarla si tú no aceptas algo a cambio. ¿Y si hacemos un intercambio?

—¿De qué tipo? —preguntó Gabe con curiosidad.

—No sé. ¿Yo tengo algo que quieras?

Él se enderezó en la silla. Su mente se llenó de pensamientos eróticos.

—Sugiere tú algo.

—Soy buena fotógrafa. Puedo hacerte unas fotos.

—¿A mí?

—¿Por qué no? Puedes regalárselos a tu familia por Navidad.

—No, gracias.

—O puedo fotografiar a Lazarus.

—¡Ah! —Gabe miró a su perro, que había vuelto a tumbarse tranquilamente en el suelo—. Me encanta Lazarus, pero no me imagino colgando una fotografía grande de mi perro.

—Puedo cocinar para ti. Ahora estarás ocupado ¿no? Si quieres, puedes venir a pasar a recoger la cena después de los entrenamientos y calentarla cuando quieras comer.

Gabe no quería que nada lo distrajera de la vida que había planeado. Pero sabía que la oferta de Hannah no se debía a la silla, sino a que, después de tantos años, ella seguía buscando un modo de sentirse mejor por el accidente.

—Podemos probar —dijo—. Y así llevo a Kenny a casa de paso.

Hannah se apresuró a aceptar y empezó a hablar de los detalles, pero Gabe supo enseguida que había cometido un error. Que hubiera consentido en entrenar a los Espartanos no implicaba que tuviera que dejar a más gente colarse en su vida.

Colgó el teléfono en cuanto pudo, pero el recuerdo de la voz de ella permaneció en su mente. Decidió que le permitiría cocinar para él una semana y después le daría las gracias, insistiría en que ya era suficiente y volvería a sus costumbres de los últimos tiempos.

# IV

Generalmente, Hannah agachaba la cabeza e intentaba pasar desapercibida cuando alguien mencionaba a Gabe Holbrook. En el pueblo había muchas personas que todavía no la habían perdonado por destruir a su estrella de fútbol favorita y que todavía movían la cabeza cuando la veían pasar, sobre todo al comienzo de la temporada de juego o en las semanas que precedían a la Supercopa.

Ese día, la mención de su nombre le afectó como siempre. Cuando Trudy Johnson empezó a hablar del nuevo entrenador, Hannah maldijo en silencio y se escondió detrás del libro de cocina que había llevado a la peluquería.

—Yo no esperaba que aceptara el puesto —decía Trudy.

—Yo tampoco —repuso Shirley Erman, a la que Ashleigh Evans ponía rulos en ese momento—.

¿Lleva tres años viviendo como un ermitaño y ahora de pronto se pone a entrenar? Pero yo creo que le sentará bien.

Hannah estaba de acuerdo. En su opinión, Gabe necesitaba sentir de nuevo pasión por algo. Pero no dijo nada.

—Lo hará bien —declaró Rebecca Hill, que le estaba cortando el pelo a Trudy.

—Ser un buen jugador no quiere decir ser un buen entrenador —respondió una voz cercana.

Hannah se asomó por encima del libro de cocina y vio que la que había hablado era Deborah Blaine, una de las hijas del entrenador Blaine. Bajó el libro.

—Ser un buen jugador no quiere decir ser un mal entrenador —dijo, saltando en defensa de Gabe a su pesar. Ahora que él se aventuraba de nuevo a volver a la sociedad, quería estar segura de que recibía el apoyo que merecía.

—Yo solo quiero lo mejor para él —intervino Shirley—. Si entrenar le da un propósito en la vida, yo estoy a favor.

—¿Aunque no lo haga bien? —replicó Deborah.

—Aunque no gane mucho —repuso Shirley—. Puede que mi marido no esté de acuerdo, pero no podemos esperar que todas las temporadas sean tan buenas como las últimas. Y Gabe necesita esto.

Deborah tenía un rostro anguloso y delgado. Apretó los labios como si hiciera acopio de paciencia para lidiar con personas menos educadas que ella.

—Gabe no necesita ese trabajo —repuso—. Ganó

millones como jugador. Y nadie debería conseguir un puesto de entrenador por lástima.

—La lástima no tiene nada que ver —protestó Rebecca, antes de que Hannah pudiera intervenir—. Gabe está muy cualificado.

Deborah movió la cabeza.

—Vosotras no lo entendéis —dijo.

—¿Qué hay que entender? —preguntó Hannah.

—Pensadlo bien. Ser entrenador principal lo coloca en una posición en la que tiene mucho que perder y nada que ganar. El dinero no lo necesita. Si gana el equipo, no pasa nada, porque hemos ganado muchas veces sin él. Y si el equipo hace una mala temporada, toda la culpa será suya. ¿De verdad queremos ver caer más aún a Gabe de su pedestal? El accidente casi lo destruyó. ¿Qué va a hacer si fracasa en esto?

Hannah sospechaba que Deborah tenía más miedo de que triunfara.

—No fracasará —dijo.

—Eso tú no lo sabes.

—Yo me alegro de que lo intente —insistió Shirley—. La gente que no intenta algo por miedo a fracasar se derrota ella misma. Por lo menos él no hace eso. Su problema lo causó una fuente externa.

—Y tú sabes mucho de eso, ¿verdad, Hannah? —preguntó Deborah.

La interpelada apretó los dientes. Deborah no era lo que se dice perfecta. Cuatro años atrás había tenido una aventura con el profesor de música del instituto, lo cual había causado un pequeño escándalo y roto dos matrimonios. Tenía entendido que se había arrepentido enseguida e intentado recuperar a su marido, pero no le había sido posible.

—Todos tenemos algo que lamentar —dijo.

—Eso ha sido muy bajo incluso para ti, Deborah —declaró Rebecca.

—Aquí no se trata del pasado, sino del futuro —añadió Shirley conciliadora—. Y la comunidad tenemos que apoyar a Gabe.

—¿Por qué? —Deborah se puso en pie—. ¿Por qué es diferente al resto de nosotros? Si yo tuviera un accidente y acabara en silla de ruedas, ¿crees que esta comunidad haría algo por mí? Que antes pudiera lanzar un balón a ochenta yardas no significa que sea mejor que el resto del mundo.

Salió de la peluquería sin esperar respuesta y Hannah miró por el escaparate y la vio acercarse a su coche.

—Había oído que quiso a Gabe —comentó Shirley—, pero no lo había creído hasta ahora.

—¿Crees que él la rechazó? —preguntó Ashleigh.

—Supongo que sí.

Hannah dejó el libro de cocina en la silla contigua a la suya.

—Deborah estaba en mi clase en el instituto —dijo—. Él le gustaba, sí. Pero gustaba a muchas.

—Seguro que no la miró ni una vez —aventuró Shirley.

Hannah no estaba segura de que el rechazo fuera la causa del malestar de Deborah. Seguramente tenía más que ver con que su padre no hubiera conseguido el puesto de entrenador principal. Pero sí entendía que encontrara atractivo a Gabe. Seguramente no había ni una sola mujer de por allí que no hubiera tenido fantasías con él. Era fuerte, inteligente, con talento y atractivo.

Había veces en las que ella también lo deseaba.

Pero aunque alguna vez pudiera perdonarla, seguramente nunca olvidaría lo que ella le había costado.

Kenny apartó su plato vacío en la mesa del Café de Jerry y dijo a Brent que terminara sus costillas con patatas. Su padre se había levantado a las once y media, así que aquello era más un almuerzo que un desayuno tardío. Pero saltarse el desayuno no era algo raro cuando estaban con Russ.

Brent empujaba las patatas con el tenedor.

—Estoy lleno —protestó—. No puedo comer más.

Kenny miró a su padre, quien había empezado a dejarse perilla para compensar su pelo ralo.

—Ha terminado —dijo—. ¿Podemos irnos?

Russ hizo señas a la camarera para que pasara con el café.

—No. El entrenador Blaine no ha llegado aún.

—Tenía que haber llegado hace media hora. Seguramente le habrá surgido algo.

—No tenemos prisa. Podemos esperar.

Su padre nunca tenía prisa, pero Kenny no quería esperar y no quería ver a Blaine. Miró a Brent, que echaba en ese momento azúcar en la mesa. Su padre le quitó el azucarero para endulzar su café, pero se lo devolvió en cuanto terminó de usarlo.

—¿No te importa que ensucie la mesa? —preguntó Kenny, irritado porque su padre no se mostrara más como... bueno, como un padre.

Russ se encogió de hombros.

—Yo no tengo que limpiarlo.

—Pero alguien tiene que hacerlo.

Su padre hizo una mueca.

—Cada día hablas más como tu madre.

Brent, que no hacía caso a ninguno de los dos, echó ketchup encima del volcán de azúcar que construía en la mesa. Kenny reprimió las ganas de quitarle el ketchup. Su padre se reiría o diría que tenía que ir a vivir con él antes de que su madre lo convirtiera en una damisela.

Miró a las otras mesas y se quedó inmóvil al ver a Josh y Rebeca Hill, sentados en un extremo con Booker y Katie Robinson. Al igual que su hermano Mike, Josh era muy amigo de Gabe Holbrook y Booker tenía el único taller de coches del pueblo, por lo que seguramente se ocupaba del mantenimiento de la furgoneta de Gabe. Y aquello implicaba que, si aparecía el entrenador Blaine y Kenny pasaba tiempo sentado con él, seguramente se enteraría el entrenador Holbrook, porque su padre y Blaine actuaban como si tuvieran algún problema con Holbrook. Kenny no quería eso. Su madre le había dicho que fuera leal a su nuevo entrenador y, a pesar de sus preocupación por si lo dejaría jugar, él quería serlo.

Se obligó a estar inmóvil cinco minutos más. Después insistió con su padre.

—Blaine se retrasa mucho. No creo que venga. ¿Podemos irnos ya, por favor?

Su padre lo miró de hito en hito, pero dejó un billete de veinte dólares en la mesa.

—Siento llegar tarde —el entrenador Blaine se acercó a su mesa antes de que pudieran levantarse.

Kenny reprimió un gemido. Blaine llevaba camiseta y pantalones de correr. Estaba sudando, lo que indicaba que acababa de hacer ejercicio.

—Me alegro de que hayas venido —dijo Russ.

Blaine hizo señas a la camarera para que le llevara café.

—¿De qué querías hablarme?

Russ parpadeó sorprendido.

—Estoy preocupado, por supuesto. ¿Tú no?

—¿Por qué?

Mucha gente en el pueblo no se tomaba en serio a su padre. Evidentemente, Blaine era uno de ellos.

—¿Tú qué crees? Por los cambios en el instituto, claro. Tú has dado treinta años de tu vida a ese equipo. No me vas a decir que te encanta que hayan colocado a otro por encima de ti.

Blaine apretó los labios.

—Dicen que solo será un curso.

—Yo conozco a Gabe y seguro que decide quedarse. ¿Qué otra cosa va a hacer ahora que está en silla de ruedas? Y si decide quedarse, ¿quién le va a decir que no lo haga?

Blaine se secó el sudor que le cubría las sienes y se encogió de hombros.

—No se quedará.

—¿Por qué no? —no pudo evitar preguntar Kenny.

Blaine esperó a que se alejara la camarera para contestar.

—Seguramente tenemos el equipo más débil que hemos tenido en años —dijo al fin—. Y ahora también un entrenador sin experiencia. Si añadimos a eso que todos estamos acostumbrados a ver ganar a los Espartanos, ya veremos lo contenta que está la gente cuando empecemos a perder partidos.

Kenny captó el placer que denotaba su voz.

—¿Usted quiere que perdamos? —preguntó.

—No tiene nada que ver con lo que yo quiera —repuso Blaine—. Es lo que va a ocurrir.

—Pareces muy seguro de eso —dijo Russ.

—Quizá no lo estaría si Gabe quisiera escucharme, pero esta mañana lo he llamado para decirle cómo solemos hacer las cosas y me ha dicho que olvide el pasado, que quiere hacer cambios —Blaine hizo una mueca al ver la mezcla de azúcar y ketchup de la mesa, se echó azúcar en el café y dejó el azucarero bien lejos del alcance de Brent—. Entrenar no es tan fácil como Gabe parece creer.

—Solo hemos tenido un entrenamiento —comentó Kenny, que se preguntaba cómo podía estar Blaine tan convencido del fracaso del equipo. Era cierto que no era un equipo muy fuerte. Varios de los mejores jugadores habían terminado el instituto el curso anterior, pero él todavía tenía esperanzas de que harían una buena temporada.

—Es la actitud de Gabe —explicó Blaine—. No está dispuesto a aprender de los que llevamos haciendo esto mucho más tiempo que él.

—¿Y qué hacemos? —preguntó Russ.

—Esperar, supongo. Cuando los Espartanos empiecen a perder, la Junta Escolar despertará y me suplicará que me encargue yo.

—Quería pedirte que cuides de Kenny —dijo Russ—. Ya sabes lo que debe de sentir Gabe por Hannah. No quiero que pague su rencor con mi hijo.

Blaine miró a Kenny.

—Lo repetiré otra vez —dijo—. Cuantos más partidos perdamos, antes volverá Gabe a su cabaña, que es donde debe estar.

—¿Donde debe estar? —repitió el chico.

—Desde luego, su sitio no está en el campo conmigo. Y el de ese maldito perro suyo tampoco.

—¿Pero tú recompensarás a los que te sean leales ahora? —preguntó Russ.

Blaine no lo miró a los ojos.

—Por supuesto.

Kenny no estaba seguro de entender aquello... y tampoco estaba seguro de querer entenderlo.

—Estaremos en contacto —dijo Blaine. Y se alejó sin molestarse en pagar su café.

—Bien, ya lo has oído —dijo Russ.

—Le he oído decir que quiere que perdamos —gruñó Kenny.

Su padre bajó la voz.

—Yo le he oído decir que tú tienes que asegurarte de ello.

Kenny lo miró sobresaltado.

—No puedes esperar que haga eso.

Su padre miró furtivamente a su alrededor.

—Es mejor perder unos partidos al principio que

renunciar a toda la temporada, y quizá también la del año que viene.

—Pero yo no puedo jugar para perder —protestó el chico.

—Seguro que no estarás solo. Blaine tiene dos sobrinos y un primo segundo en el equipo.

Kenny ya lo sabía. Los mellizos tenían cuellos casi tan gruesos como su cintura y jugaban en la línea de ataque. El primo era más delgado.

—¿Quieres decir que Blaine y algunos chicos van a sabotear los partidos?

—¿De qué crees tú que hablaba él?

—No lo sé, pero yo no puedo hacer eso.

—¿Quieres jugar algún día en la NFL?

—Claro que sí.

—Entonces tienes que pensar más allá de estos partidos. Gabe no querrá que triunfes. Yo nunca le he caído bien y ya sabes lo que le hizo tu madre. Blaine es nuestra única esperanza. Seguramente se hará cargo pronto, el año que viene, si no este. Hazle un favor ahora y luego te lo hará él.

Se puso en pie y los chicos lo siguieron al exterior.

—Pero no le hemos dado una oportunidad al entrenador Holbrook —protestó Kenny.

Russ abrió la puerta del Jeep para que entrara Brent.

—El entrenador Hill no me dio a mí ninguna oportunidad cuando puso a Gabe en mi puesto.

Kenny seguía clavado a la acera.

—¿Qué tiene que ver eso con esto? —preguntó.

Su padre subió al volante.

—Gabe ya ha tenido demasiada suerte.

—Y mala suerte —intervino Brent de pronto.

A veces su hermano sorprendía a Kenny. Crecía y cada vez se enteraba de más cosas. Pero el que más le sorprendía era su padre.

—Así es la vida —dijo Russ. Y le hizo señas de que subiera al coche.

# V

El lunes por la mañana, Hannah dejó el trabajo para llevar a Kenny al entrenamiento de fútbol americano en el instituto.

—El entrenador Holbrook te traerá a casa —le dijo.

—¿Por qué? —preguntó el chico sorprendido.

—Porque viene a recoger una de las cenas que le voy a hacer a cambio de una silla.

Brent se inclinó hacia ella todo lo que le permitía el cinturón.

—¿Ese es el hombre de la silla de ruedas?

—Sí, pero también fue el mejor jugador de la NFL dos años seguidos.

—¿Y cómo conduce? —preguntó el niño.

—Con las manos —Hannah miró a Kenny, sentado en el asiento del acompañante. Su reticencia no parecía normal—. No te importa ir con él, ¿verdad?

—No.

Hannah dejó a Kenny en el instituto y, de vuelta a casa, pasó por el supermercado con Brent.

—¿Dónde quieres que ponga esto? —preguntó el niño cuando descargaban el coche.

La mujer miró su rostro rojo por el esfuerzo. Brent se había empeñado en llevar la sandía.

—En la encimera. Cuando termine de guardar esto, le haré un hueco en el frigorífico.

Empezaba a sospechar que cocinar para Gabe no iba a ser tan fácil como le había parecido al ofrecerse. Había pasado ya dos días leyendo todos los libros de cocina que había conseguido encontrar y nada le parecía lo bastante bueno. Al fin había comprado ingredientes para hacer arroz y pollo con limón para el lunes, ternera Strogonoff el martes, estofado de marisco el miércoles y enchiladas con chili el jueves. El viernes seguía siendo un interrogante.

—¡Vaya! ¿Esperas visitas?

Hannah se volvió desde el armario donde guardaba los cereales y observó a Patti, su excuñada, entrar desde el garaje. Aunque en la superficie su amistad con la familia de Russ permanecía intacta, ya no estaban tan unidas como antes. Las incontables batallas entre Russ y ella habían obligado a los Price a elegir bandos. Hannah sabía de antemano que su divorcio repercutiría en todas sus relaciones con la gente que le importaba algo y por eso había aguantado tanto.

—No, pero he hecho la compra para toda la semana.

—Me alegro de tener hijas —Patti dejó el bolso y las llaves en la encimera y miró dentro de una bolsa—. Los chicos comen mucho.

—Hola, tía Patti —Brent le dio un gran abrazo.

—¿Cómo está mi sobrino favorito? —preguntó ella.

El niño alzó la vista.

—Sabía que te gustaba más que Kenny.

—Tú eres mi sobrino favorito menor de diez años —aclaró ella.

Él hizo una mueca.

—Porque no tienes más.

—Pero eres mi favorito —sonrió ella—. ¿Estás ya cansado del verano?

—No. Me gusta no ir al colegio. ¿Me llevas a nadar hoy?

La mujer le tocó la nariz, cubierta de pecas doradas.

—Supongo que puedo llevaros a las chicas y a ti al instituto un par de horas.Ve a por tu traje de baño y te vienes a casa conmigo.

Brent vaciló.

—¿Y no podemos ir después de comer?

—¿Por qué? ¿Tienes algo mejor que hacer?

—Voy a ayudar a mamá a preparar la cena para el entrenador Holbrook.

Patti levantó la cabeza.

—¿El entrenador Holbrook?

Hannah guardó la botella de vino que había comprado para una de las cenas de Gabe.

—¿No te has enterado? Ha ocupado el puesto de Hill.

Patti parpadeó.

—¿Gabe el recluso?

—Sí.

Patti sacó de la bolsa un trozo de queso.

—Queso caro, vino. Parece que tienes algo con él.

—No se trata de eso. Hace muebles.

—Eso he oído.

—Hay una silla que me gusta y le ofrecí cambiársela por unas cuantas comidas.

—¿De verdad?

—Será un buen accesorio para mis fotos —explicó Hannah.

—¿Y cómo viste esa silla?

Hannah empezó a guardar el maíz congelado.

—Fui a su cabaña para decirle que a Blaine no le gustaba que le hubieran arrebatado el puesto que lleva tantos años deseando.

Patti dobló con cuidado una bolsa vacía.

—¿Y fuiste hasta allí para eso?

—¿Y por qué no?

—Porque eso ya lo sabía Gabe. Blaine lleva esperando esa oportunidad desde que todos nosotros íbamos al instituto.

—Lo sé, pero de todos modos quería avisarlo.

—¿Y cómo te trató? —preguntó Patti con curiosidad.

—Mamá, ¿dónde va esto? —Brent sostenía una bolsa de arroz en los brazos como si fuera un bebé.

—En la despensa, en el estante de abajo —miró a su excuñada—. Bien. Siempre me trata bien.

—¿Y cómo se ha tomado Kenny todo esto?

—Se acostumbrará.

—¿Crees que Gabe lo apoyará tanto como lo apoyaba Hill?

—No lo sé —repuso Hannah—, habrá que esperar para verlo.

Brent le dio un golpecito en el brazo.

—¿Puedo comerme un yogur?

Su madre asintió.

—No sé —musitó Patti—. No voy a decir que me alegre de que Kenny tenga que entrenar con él. Es natural que esté resentido contigo y...

—Él jamás lo pagaría con Kenny.

—No te dejes engañar por ese misterioso carisma suyo. No es ningún santo.

—Lo sé, pero...

—Ya impidió que Russ pudiera tener una carrera en la NFL y no me gustaría que arruinara también el futuro de Kenny.

¿Gabe había arruinado la carrera de Russ? Hannah casi se echó a reír al recordar las horas que solía pasar su exmarido tumbado en el sofá viendo la tele en vez de buscar trabajo. Para hacer carrera en los deportes profesionales había que tener ambición o, por lo menos mantenerse en forma. Y ella había aprendido muy pronto que Russ carecía de motivación y estaría encantado de quedarse en casa y dejar que trabajara ella para pagar el alquiler.

—Russ no intentó nunca hacer carrera en el fútbol —repuso.

—Porque el entrenador Hill decidió que prefería a Gabe y lo sacaba a jugar siempre. Eso desmoralizó a Russ antes de que llegara a tener una oportunidad.

—Hill era un buen entrenador, Patti. No creo que basara su decisión en preferencias personales.

—A esa edad, Gabe no era mejor que Russ.

—Pues el entrenador creía que sí.

—Me da igual. Gabe llegó a ser famoso porque tuvo la oportunidad. Si Russ hubiera tenido la misma oportunidad...

Hannah se sentía tan irritada que habló sin pensar.

—¿Sabes una cosa? Te guste o no, Russ es responsable de sus fracasos.

Patti abrió la boca como si fuera a contestar, pero volvió a cerrarla y Hannah se riñó interiormente por bocazas. Pocos años atrás, Patti y ella habían podido hablar casi de todo, pero eso había sido antes de que cruzara la línea y pidiera el divorcio.

—Gabe ya tuvo su oportunidad de brillar —dijo al fin Patti—. Ahora le toca a Kenny y no quiero que nadie se lo estropee.

—Yo tampoco. Pero vamos a esperar a que haya un problema antes de sacar conclusiones.

—Muy bien —gruñó Patti, pero la rigidez de sus hombros indicaba que no se rendiría tan fácilmente.

—¿Dónde están las chicas? —preguntó Hannah para cambiar de tema.

—Con mamá. Yo voy para allá. Solo he venido a decirte que Donny y Jamie se van a divorciar.

Donny era el hermano menor, dos años más joven que Russ. Aunque Jamie y él llevaban doce años casados y tenían una hija de diez, a Hannah no le sorprendió la noticia. Jamie se quejaba continuamente de su marido.

—¿Kara se quedará con su madre? —preguntó.

—Eso parece.

—¿Y Donny?

—Se buscará otro sitio.

Hannah pensó que era una lástima que no pudiera vivir con Russ. Donny tenía sus problemas, pero poseía una empresa constructora y trabajaba mucho. Quizá habría sido una buena influencia para su hermano.

—¿Y qué pasará con tía Jamie? —preguntó Brent con una nota de miedo en la voz.

—Seguiremos viéndola, no te preocupes —lo tranquilizó Patti —tomó las llaves y el bolso—. Tengo que irme —miró a Hannah—. Vendré a buscar luego a Brent para ir a nadar. Que te diviertas cocinando para el señor inalcanzable.

—¿Por qué lo llamas así?

—Porque, incluso cuando podía andar, nunca se vinculaba a nivel sentimientos. Nada podía atravesar esa sonrisa sexy, ni meterse bajo su piel, ni hacer latir con fuerza su corazón.

—Ha estado con mujeres muy hermosas —repuso Hannah—. Seguro que ellas hacían latir su corazón.

—Quizá cuando estaban en la cama, pero seguro que después no.

—Eso no lo sabes.

—Sí lo sé. Pregúntale a Deborah Wheeler.

—¿Tú eres amiga de Deborah?

—Desde que se mudó a mi calle, hablamos de vez en cuando.

—¿Y ella es una experta en Gabe?

—Me dijo que, cuando jugaba al fútbol, nunca llevaba dos veces a casa a la misma mujer.

—Pero él vivía en California. ¿Cómo lo sabe ella?

—Nunca traía aquí dos veces a la misma mujer. Y ella dice que se notaba que nunca le entregaba su corazón a ninguna.

—Eso es mucho asumir por su parte. No creo que lo viera tanto.

—¿Y ahora? Lleva tres años aquí.

—Todavía está lidiando con lo que le pasó.

—Pues yo creo que Deborah tiene razón. Dice que ya ha pasado el límite.

—¿Qué límite?

—Si fuera a asimilarlo y seguir con su vida, ya lo habría hecho.

Aquellas palabras asustaban a Hannah, seguramente porque temía que fueran ciertas. Gabe permitía que su problema limitara no solo su parte física; dejaba que controlara su vida.

—Lleva tiempo recuperarse —dijo sin convicción.

—En lo que respecta a las mujeres, no ha cambiado.

Patti subió al coche y Hannah la miró alejarse y recordó la mirada torturada de él cuando ella le tocó la cara. Tal vez su excuñada tuviera razón en algunas cosas, pero se equivocaba en lo de que Gabe era inalcanzable. El corazón que latía bajo su pecho musculoso no era demasiado duro sino, en todo caso, demasiado blando.

De no ser así, no lo protegería tanto.


Kenny parpadeó con rapidez y se secó el sudor de la frente. Llevaban dos horas entrenando y quince minutos practicando una jugada nueva ideada por el entrenador Holbrook. Él tenía que correr a la izquierda y lanzar en diagonal con la esperanza de que acabara en touchdown, pero conseguía hacerlo bien porque estaba alterado por el guiño conspirador que le había dedicado el entrenador Blaine unos minutos antes.

¿Qué iba a hacer? No quería ser un traidor a su equipo, pero tampoco quería arruinar su oportunidad de jugar en la universidad o en un equipo profesional. Todo el mundo decía que Holbrook solo estaría allí un año. Y si él no se comprometía a largo plazo con el equipo, ¿por qué tenía que arriesgar Kenny su futuro mostrándose leal con él? Aunque ganaran ese año, Blaine posiblemente se ocupara del equipo al año siguiente y nunca le perdonaría que no hiciera lo que le decía.

Gabe hizo sonar el silbato.

—¡Otra vez!

Repitieron la jugada, pero el pase de Kenny fue débil y cayó demasiado corto por tercera vez consecutiva. Holbrook lo sacó del campo y lo sustituyó por Jonathon Greer.

Este sonrió a Kenny con aire de triunfo antes de ponerse el casco, pero el primero fingió no darse cuenta. Le dolía el estómago y quería irse a casa.

Observó la jugada. Jonathon lanzó una espiral perfecta.

—Eso era lo que quería ver —declaró Gabe—. Vamos a repetirlo.

Repitieron la jugada cuatro veces y Jonathon falló solo una vez.

Kenny se quitó el casco y se dirigió a los vestuarios con él bajo el brazo. Se sentía avergonzado y quería estar solo. Si no mejoraba el juego, no tendría que preocuparse de traicionar al equipo. Se quedaría en el banquillo con los otros dos chicos de segundo.

—Eh, ¿qué te pasa? —Sly, el primo de Blaine, se acercó a él.

—Nada —repuso Kenny.

No quería hablar con él. Nunca habían sido amigos y no quería que lo que su padre había organizado en el café cambiara aquello.

—Lo que tienes que hacer es ganarte una buena posición antes de empezar a jugar mal —susurró Sly.

Kenny miró furtivamente a los otros chicos, que estaban muy cerca.

—Cierra la boca.

Sly lo miró con aire de duda.

—Mi tío dice que eres de los nuestros.

Kenny se negó a mirarlo.

—Estás con nosotros, ¿verdad? —insistió Sly. Pero Kenny no contestó.

# VI

El arroz estaba muy pegado. Hannah miró nerviosa el reloj y pensó si tendría tiempo de hacer otro. Era la primera vez que le pasaba eso. Y se suponía que el arroz era la parte más fácil.

Por lo menos el pollo sabía bien. Y las verduras hervidas y el pastel de café también.

Estaba cortando este cuando oyó un coche delante de la casa y comprendió que se le había acabado el tiempo. Miró el arroz con una mueca y corrió a la ventana. Kenny salía de la furgoneta de Gabe. Su hijo se echó la bolsa al hombro y se dirigió a la casa con la cabeza baja.

—¿Qué te pasa? —le preguntó ella en cuanto entró.

—Nada. ¿Tienes su comida lista?

—Solo me falta guardarla —repuso ella.

Corrió a la cocina y lo guardó todo en una bolsa

de la compra. Kenny estaba esperando la bolsa, pero ella pasó a su lado.

—Ya se la saco yo.

Cuando llegó a la furgoneta, él bajó la ventanilla y Lazarus, en el asiento de al lado, levantó la cabeza con interés y olfateó la comida.

—Hoy toca pollo con limón y arroz —anunció ella—. Pero me temo que el arroz no ha quedado muy bien.

—No importa, gracias —él tomó la bolsa.

—¿Cómo ha ido el entrenamiento? —preguntó ella.

—Bien, supongo.

Hannah admiró su mandíbula fuerte y su nariz recta, las pestañas largas y negras que enmarcaban sus ojos claros.

—¿Kenny esta preocupado? —preguntó.

—Ha tenido un mal día.

—¿En qué sentido?

—No tenía buena puntería.

—Hablaré con él.

—No seas muy dura. Para un equipo es duro perder al entrenador. Todos estarán mejor en cuanto se adapten.

—Si tú lo dices...

—Quería traerte la silla hoy pero se me ha hecho tarde. Te la traeré mañana.

—No hay prisa.

—De acuerdo. Gracias por la comida.

—De nada. Y ah... tengo que hacerte la foto para el anuario del instituto —comentó ella.

—Antes se encargaban los alumnos del anuario.

—Yo hago las fotos del equipo —explicó ella—. Y por la mañana estoy ocupada, pero puedo cocinar por la tarde y llevarte la cena yo. Me gustaría fotografiarte allí.

—¿No quieres una de todo el equipo?

—La hice antes de que muriera el entrenador Hill y creo que la van a dejar así en honor a él, pero quieren incluir también una tuya con una pequeña introducción sobre tus logros.

—¿Y ya has terminado con todas las demás?

—Solo faltas tú.

—¿Y no puedes usar una foto antigua? Hace tiempo que no me corto el pelo.

—Si tienes alguna que prefieres que use, dámela cuando vaya. Pero quiero entregarlas todas esta semana.

Él vaciló todavía un segundo.

—Está bien. Pero si al final no tienes tiempo de venir, avísame. Podemos dejar la cena para otro día y le puedo dar una foto a Kenny.

—Me apetece ir. Me sentará bien dar una vuelta. Y me llevaré la cámara por si acaso.

Lo despidió con la mano y volvió a la casa. Quería ayudar a Gabe a salir de su reclusión, pero antes tenía que lidiar con Kenny.

Antes de entrar por la puerta, se encontró con él, que salía.

—¿Adónde vas?

—No lo sé. A lo mejor a dar una vuelta con Tuck.

Hannah lo miró preocupada. El comportamiento de su hijo había cambiado a lo largo del fin de semana.

—Kenny...

—Dame un respiro, mamá. Quiero estar solo un rato —se alejó hacia la calle.

—¡Kenny!

El chico se volvió.

—Solo es un juego, ¿vale? —le recordó ella.

Kenny movió la cabeza como para indicar que ella no podía entenderlo.

—Sí, claro. Díselo a papá.

Hannah se quedó mirando el teléfono de su escritorio. Tenía que enmarcar unos retratos que acababan de llegar, pero el calor del verano hacía que se sintiera perezosa. Y no podía dejar de pensar en Kenny... y en Gabe. Tenía miedo de que su excuñada tuviera razón y este último hubiera pasado ya el punto de no retorno. Ella quería seguir el ejemplo de Mike y sacarlo de vez en cuando de su cabaña, ¿pero cómo?

Tamborileó en la mesa con los dedos y decidió que lo mejor sería conseguir que volviera a salir con mujeres y mostrarse más en público. Pero para eso tenía que encontrar la mujer capaz de interesarle. Dundee no era Nueva York precisamente, pero había unas cuantas solteras. ¿Cuál de ellas era lo bastante atractiva y divertida para él?

Inmediatamente pensó en Ashleigh Evans. Era perfecta. Poseía un cuerpo que podía rivalizar con el de Pamela Anderson, por lo que quizá podría atraer a un hombre como él lo suficiente para que salieran a cenar un par de veces. Y parecía que le gustaba mucha gente pero no se comprometía con nadie, por lo que era improbable que sufriera mucho. Además, era peluquera, por lo que tendría una buena excusa para llevarla a la cabaña.

Marcó su número con una sonrisa y contestó una mujer, seguramente su compañera de piso.

—¿Está Ashleigh? —preguntó Hannah.

—Un momento —a pesar de que sonaba música alta de fondo, Hannah pudo oír a Ashleigh reír y hablar antes de acudir al teléfono.

—¿Sí?

—Soy Hannah Price.

—Hola. ¿Qué pasa?

—Te llamo para preguntarte si puedes venir mañana conmigo a la cabaña de Gabe Holbrook.

Hubo un silencio sorprendido.

—¿Tú vas a la cabaña de Gabe?

—Me ha contratado para que le haga algunas comidas ahora que trabaja de entrenador —dijo Hannah para no complicarse mucho con explicaciones.

—¿Y te ha pedido que me lleves a mí? —preguntó la otra esperanzada.

Hannah no quería engañar a Ashleigh. No pretendía buscarle una tórrida relación a Gabe; solo quería que recuperara una vida normal.

—No, se me ha ocurrido a mí. Necesita un corte de pelo.

—Oh, un corte de pelo. Ahora lo entiendo. Es muy guapo, pero a mí no me ha mirado nunca. Normalmente prefiere que le corte el pelo Rebecca.

Hannah captó la decepción de su voz e intentó animarla.

—No mira a nadie, pero necesita amigos. Distracciones, compromisos sociales. Y tú tienes mucha vida social, ¿no?

—Supongo. Y estaría dispuesta a ayudarlo, pero él no hace nada por su parte, ¿de acuerdo? No responde.

—Quizá por el momento no debamos esperar mucho de él. Necesita gente divertida y extravertida. Todos nos hemos retraído mucho con él, incómodos por lo que le pasó. Sobre todo yo, que fui la culpable. Pero creo que es hora de dejar de disculparse, sentirse mal y esperar a que se recupere. Creo que es hora de actuar.

—Eso me gusta —repuso Ashleigh.

—Bien. Vamos a ayudarlo.

—Está bien. ¿A qué hora pasarás a buscarme?

—A las cinco y media. ¿Te viene bien?

La otra vaciló un momento.

—¿Hannah?

—¿Sí?

—¿Crees que...?

—¿Qué?

—¿Crees que todavía puede hacer el amor?

Hannah pensó que no le importaría descubrirlo de primera mano, pero enseguida reprimió ese pensamiento. Hacía seis años que no se acostaba con nadie y empezaba a sentirse vieja, pero tenía que pensar en sus hijos. Era demasiado arriesgado salir con otro hombre. Si volvía a quedarse embarazada o tomaba otra mala decisión...

—No sé —repuso.

No dijo que un día había buscado en Internet y había descubierto que la capacidad de un paralítico para hacer el amor dependía del tipo de lesión medular que tuviera. También había aprendido que los nervios que controlan la erección están situados en los segmentos sacros. Y según los periódicos y lo que había oído por el pueblo, la medula espinal de Gabe no se había cortado entera y la herida estaba tan baja que seguramente le permitiría hacer el amor como los demás hombres. Pero también existía la posibilidad de que no pudiera.

—No buscamos ese nivel de intimidad, Ashleigh.

—Solo era una pregunta.

—Bueno, si las cosas llegaran a eso, tiene muchas partes del cuerpo que sí funcionan y seguro que sabe usarlas.

Ashleigh soltó una risita.

—Eso es verdad.

—No olvides tus tijeras, ¿de acuerdo?

Era cierto que Gabe llevaba el pelo bastante largo. A ella no le habría importado fotografiarlo de esa manera, pero dejarle el pelo así se contradecía con su plan. Quizá no pudiera ayudarle a volver a andar o a volver a la NFL, pero haría lo imposible por verle llevar una vida más feliz.

—Será genial —dijo la peluquera—. Me encantan los retos.

Hannah sentía el mismo entusiasmo. Y esperaba que al día siguiente se sintieran igual de optimistas. Porque no iba a ser fácil derribar las barreras de Gabe.

# VII

La cena que le había preparado Hannah estaba deliciosa. Gabe la calentó pronto, sobre las cuatro, y se sentó a ver varias cintas que le había dado Owens. Tenía varios muebles sin terminar, pero el hobby que lo había distraído antes no le apetecía ahora tanto como estudiar las cintas de los equipos con los que jugarían ese año los Espartanos. Había aceptado de mala gana el trabajo de entrenador, pero el reto empezaba a gustarle. Le encantaban la estrategia y la habilidad que requería el juego y quería ganar. Miró su plato y sonrió. También había aceptado de mala gana que Hannah cocinara para él y tampoco se arrepentía. La comida era la mejor que había probado en mucho tiempo... desde que dejara de ir a ver a sus padres.

En los siguientes veinte minutos estudió la ofensiva de los Gatos Salvajes, los rivales más fuertes de los Espartanos y tomó notas en una libreta.

Sonó el teléfono y Gabe le lanzó una mirada impaciente. No quería que lo molestaran en ese momento. Pero pensó que podía tratarse de Mike y se consoló con la idea de que podían discutir estrategias de juego juntos.

Puso la cinta en pausa y llevó la silla hasta la mesa del teléfono.

—¿Diga?

—Hola, hijo.

Su padre. Gabe apoyó la cabeza en la mano y se pellizcó el puente de la nariz. Varios meses atrás, Garth había prometido darle tiempo para que asimilara los últimos cambios en la familia y, con excepción de algunos mensajes que le había transmitido a través de su madre, hasta el momento había cumplido su promesa.

—¿Sí?

—Tu madre me ha dado la buena noticia.

—¿Qué buena noticia?

—Que entrenas a los Espartanos.

Desde el accidente, la voz de su padre solía mostrarse animosa cuando hablaba con él, pero Gabe no oía el orgullo que solía haber antes allí. Aunque ese día Garth parecía sinceramente complacido.

—Solo será una temporada —dijo Gabe.

Su padre no permitió que eso ahogara su entusiasmo.

—¿Y cómo está el equipo este año? ¿Tienes talentos con los que trabajar?

En el pasado, Gabe le hubiera hablado de la habilidad de Kenny Price, le hubiera contado que tenían una línea ofensiva fuerte y poca línea defensiva.

Pero después de la bomba del año anterior, ahora no le apetecía hablar con él.

—Algunos —repuso.

Siguió un silencio abrupto.

—Gabe, por favor —dijo al fin su padre—. ¿No hay ningún modo de dejar atrás el pasado?

—¿El pasado, papá? El pasado ahora es parte del presente y del futuro, ¿no? Yo corro el riesgo de encontrarme con Lucky cada vez que voy al pueblo. Tengo una sobrina de ella y está casada con mi mejor amigo. ¿Cómo dejas eso atrás?

—Acéptala y asimílalo.

Por desgracia, aquello era más fácil decirlo que hacerlo.

—Prefiero ocuparme de mis asuntos y alejarme del lío que has creado tú.

—Vamos, Gabe.

—Es mi problema, papá. Olvídalo.

—No puedo. Sigues enfadado.

Su padre tenía razón. Seguramente seguiría enfadado toda su vida... enfadado con Russ por provocar tanto miedo en Hannah la noche que chocó contra él, enfadado con Hannah por adelantar a aquel maldito camión en una curva en medio de una ventisca, con su padre por esconder tanto tiempo su secreto y hacerlo después público, cuando Gabe más lo necesitaba. Él había pasado de mejor jugador de la NFL a un tullido que vivía en una cabaña; su padre había pasado de ser alguien admirado y respetado por todo el mundo a un marido infiel más que había engañado a su familia.

—¿No puedes perdonarme? —preguntó Garth.

—Te perdono —dijo Gabe de inmediato.

No quería hacer daño a su padre, pero su confianza en él había quedado destruida y ya no tenía nada que darle. Se esforzaba por aferrarse a la esperanza de que podría volver a andar, cuando en realidad había visto pocos progresos en tres años.

—¿Y vendrás a cenar el domingo?

Gabe se imaginó sentado a la mesa, con Reenie contándole todas las cosas que podía hacer todavía aunque estuviera en silla de ruedas y su madre sirviéndole como si no pudiera hacer nada solo. Su padre fingiría que la vida era maravillosa ahora que la familia volvía a estar al completo. A lo mejor hasta aparecía Lucky.

—Lo siento, pero tengo que preparar nuestro primer partido. Falta poco más de una semana.

Su padre tardó unos segundos en contestar.

—Te echo de menos —dijo al fin.

A Gabe se le oprimió el pecho y le picaron los ojos. Él también lo echaba de menos, así como a su hermana y a su madre. Pero a la que echaba de menos era a su familia de antes. A la hermana bromista y la madre despreocupada. Y al Garth de otro tiempo.

Echaba de menos el mundo tal y como era antes. Y no sabía cómo encontrar el camino de vuelta a la felicidad que había conocido en otro tiempo. Ni siquiera estaba seguro de que fuera posible.

Se miró las piernas.

—Me temo que algunas cosas son irreversibles —dijo.

Colgó el teléfono. No quería pensar en su padre ni en Lucky, ni en el accidente. Tenía cosas que hacer.

Pero cuando volvió delante de la tele, descubrió que había perdido el apetito y ya no le interesaba ver cintas de fútbol.

Apagó la televisión y salió al taller del jardín, donde puso música a todo volumen y se empleó a fondo en lijar una cómoda de madera de cedro. Cuando terminó, estaba oscuro y tan cansado que apenas fue capaz de ir hasta la casa.

El teléfono despertó a Gabe a la salida del sol. La luz que entraba por la ventana le hizo parpadear y descubrió que la noche anterior se había quedado dormido en el sofá.

El teléfono volvió a sonar. Recordó la llamada de su padre de la noche anterior y no hizo ningún esfuerzo por contestar.

Un momento después, saltó el contestador.

—Gabe, ¿dónde estás? Tengo que hablar contigo.

Era Mike. Y parecía muy serio.

—Llámame cuando oigas...

Gabe tendió la mano hacia el teléfono inalámbrico que tenía en una mesita lateral.

—¿Qué pasa?

—Me ha llamado la madre de Dale Lindley —repuso Mike.

Dale estaba en el equipo de fútbol, pero no era un buen jugador. Gabe sabía que seguramente jugaría poco, a menos que los Espartanos fueran ganando por un margen muy amplio. Por suerte, el chico se contentaba con llevar el uniforme, entrenar con el equipo y ayudar a los entrenadores.

—¿Y qué quería? —preguntó.

—Dale la ha despertado para contarle algo que oyó ayer en los vestuarios después del entrenamiento.

—¿A estás horas? —Gabe miró el reloj que había encima de la tele. Apenas eran las seis.

—No podía dormir.

—Es evidente. ¿Qué pasa?

—Creo que Sly Reed le decía a Tiger Shipley que sabía que los Espartanos iban a perder el viernes que viene.

Gabe cerró los ojos de nuevo.

—¿Y qué? Sly es un bocazas —y no estaba entre sus jugadores favoritos. El chico necesitaba ser el centro de atención y en ocasiones hacía estupideces para conseguirlo. Owens le había dicho que el año anterior lo habían expulsado temporalmente por beber en un baile del instituto.

—Es evidente que hay algo más —dijo Mike.

—¿Y qué puede haber?

—Estaba dispuesto a apostar cien pavos.

—Su padre es conserje en el instituto. No gana mucho dinero. ¿Por qué va a tener Sly cien pavos?

—Ni idea.

—¿Y qué le dijo Tiger?

—Se enfadó y se marchó —repuso Mike.

—Bien por él.

—Todavía no he terminado. Cuando se fue Tiger, los mellizos arrinconaron a Sly en los vestuarios y le advirtieron que tuviera la boca cerrada. Dale les oyó decir que Blaine le arrancaría la piel si alguien se enteraba.

Gabe se sentó en el sofá.

—¿Blaine está mezclado?

—Eso parece.

—¿Crees que intenta sabotear al equipo?

—¿Qué otra cosa puede ser?

Gabe pensó en Blaine, con su nariz afilada y sus ojos grises fríos. ¿Deseaba tanto su puesto como para poner en peligro su reputación y su futuro en el instituto? Llevaba allí media vida. A Gabe le costaba imaginar que pudiera hacer algo así. Era cierto que perdía los estribos de vez en cuando, pero aquello... Si resultaba ser cierto, los chicos mezclados en eso serían expulsados del equipo para siempre.

Y a Blaine lo despedirían.

Gabe movió la cabeza.

—En este momento está resentido, pero no llegaría tan lejos.

—¿Tú tienes otra explicación?

Puede que no sea nada. Ya sabes cómo es Sly.

—Sé que es familia de Blaine y los mellizos también. Si Blaine quisiera dividir las lealtades del equipo, empezaría por ellos.

Gabe usó la mano para bajar un pie al suelo y después el otro.

—A los chicos de esa edad les importan un bledo los politiqueos entre los entrenadores. Solo quieren ganar.

—Les importan la posición en la que juegan y el

tiempo que juegan. Y no sabemos lo que les habrá prometido Blaine.

Gabe acercó la silla de ruedas al sofá y se sentó en ella para ir al baño.

—Sea lo que sea, no me preocupa —dijo

—¿No?

—No —mintió Gabe—. Y tú no eres mi hermano mayor, así que deja de cuidarme tanto. Ya tienes suficientes preocupaciones en el rancho.

—Lo que tú digas, entrenador —suspiró Mike.

—Te llamaré luego.

Pero, a pesar de lo que había dicho, Gabe no dejó de pensar en aquello mientras se duchaba y desayunaba, ni en el camino hasta el pueblo. Sabía que Blaine se alegraría si los Espartanos perdían. Y sabía también lo fácil que podía ser entregar un partido... o dos o tres.

Solo necesitaría la colaboración de algunos jugadores clave.

A las nueve menos cuarto, Hannah se asomó al cuarto de Kenny y vio que seguía en la cama. El día anterior había pasado todo el tiempo con su amigo Tuck y no había ido a casa hasta casi medianoche, su hora límite. Ella lo había esperado levantada, pero estaba tan cansada que luego se había ido directamente a la cama, sin hablar con él.

—Hace media hora que ha sonado el despertador —dijo ahora—. Si no te levantas, llegarás tarde al entrenamiento.

—No quiero ir a entrenar —murmuró él.

Su madre parpadeó sorprendida.

—El entrenamiento es obligatorio. Ya lo sabes.

—¿Y qué?

—Que te dejarán en el banquillo. Y si te pierdes muchos partidos, te echarán del equipo.

El chico se dio la vuelta y se tapó la cabeza con las mantas.

—Ya no me importa.

Hannah tiró de la manta para destaparle la cabeza.

—Nunca te habías quejado del entrenamiento. ¿Qué pasa?

—Nada.

—El entrenador Holbrook dijo que habías tenido un mal día ayer, pero parecía que seguía confiando en ti.

Kenny no respondió.

Hannah recordó lo que había dicho el chico el día anterior.

—¿Esto es solo por el fútbol o tiene algo que ver con tu padre? —preguntó.

Kenny hizo una mueca, pero no contestó.

—Dime qué te pasa —insistió ella.

Kenny miró la ventana, donde entraba el sol entre los agujeros de la persiana.

—¿Cómo era papá en el instituto?

Hannah tardó un momento en contestar.

—Era fuerte y guapo, igual que tú —sonrió—. Tardé en fijarme en él porque siempre habíamos sido vecinos y en algún momento había dejado de mirarlo, pero...

—¿Cuántos años teníais cuando empezasteis a salir?

Hannah no recordaba haber salido con Russ. Hacían cosas con la familia de él, pero rara vez salían solos. Para empezar, porque él nunca tenía dinero.

—Creo que tenía diecisiete.

—¿Y cuando te casaste?

—Dieciocho.

—¿Solo eras dos años mayor que yo?

—Sí.

—¿Y cómo sabías que estabas enamorada? —preguntó él.

Ella miró a su hijo con curiosidad e intentó adivinar de dónde salían tantas preguntas. Cuando vio que se ponía colorado, adivinó que le interesaba una chica.

—¿Por qué? ¿Te gusta alguien?

El rubor de él se hizo más intenso.

—¿Cómo se llama? —quiso saber ella.

—Tiffany Wheeler.

—¿La hija del director del coro?

—Sí. Me gusta, pero... no puedo imaginarme enamorado.

—Mejor —repuso ella—. Yo te aconsejo que esperes unos años. Date tiempo para terminar tus estudios.

—¿Tú volverás a casarte alguna vez? —preguntó él.

Hannah enarcó las cejas.

—Tal vez. O tal vez no. No, seguro que no.

—¿Pero piensas en ello algunas veces?

—No mucho.

—No te costaría encontrar a alguien —declaró Kenny—. Todos mis amigos piensan que eres muy guapa.

Ella se echó a reír.

—Me siento halagada, pero son un poco jóvenes para mí.

—No quiero que te sientas sola, mamá.

A Hannah la conmovió su interés.

—Tienes un alma amable y generosa y estoy orgullosa de ti, pero no tienes que preocuparte por mí. Estoy demasiado ocupada para sentirme sola.

—La soledad no tiene nada que ver con lo ocupada que estés —declaró Kenny.

¿Desde cuándo se había vuelto tan sabio?

—Tal vez. Pero ahora no tenemos tiempo de hablar de mi vida. Podemos hablar más tarde, cuando estés dispuesto a contarme más cosas de la tuya.

—Eso no es justo —repuso él—. Tú no tienes vida amorosa.

—¿Y tú sí?

Kenny sonrió.

—Está bien, listillo. Date prisa o llegarás tarde al entrenamiento.

El chico dejó de sonreír.

—¿Y si te digo que no quiero ir?

—Te diría que la temporada aún no ha empezado y que puedes dejar el equipo si quieres. ¿Quieres?

—A papá no le gustaría nada.

—No tiene que decidirlo él.

—Pero no le gustaría.

—Tendría que aceptarlo. Pero me sorprende que hables así. A ti te encanta el fútbol, ¿no?

—Sí.

—¿Entonces qué te pasa?

Por un momento pareció que él iba a decirle

algo. Pero luego su expresión cambió. Apartó las mantas.

—Nada —dijo sombrío—. Estaré listo en quince minutos.

En el entrenamiento, Kenny procuró esquivar a Sly y los mellizos. No quería que lo relacionaran con ellos ni que le sonrieran con aire conspirador. Consiguió su objetivo... hasta que llegó la hora de irse y salió corriendo del vestuario. Su objetivo era ver a Tiffany antes de que terminara de practicar con las animadoras, pero en vez de eso tropezó con el entrenador Blaine.

—Hoy has jugado mejor —le dijo este.

El chico miró a sus espaldas. Holbrook no lo llevaría a casa ese día, pero podía aparecer en cualquier momento. Por suerte, la acera estaba vacía.

—No he estado mal.

—Has estado muy bien.

Porque había conseguido dejar de pensar y concentrarse en el juego. Pero un entrenamiento bueno no significaba que el problema hubiera terminado. Había empeorado, porque se había acercado más a una posición en la que podría causar más impacto en el resultado del partido.

—Gracias.

Blaine se acercó a él y bajó la voz.

—Sly dice que ayer estabas raro en el entrenamiento. ¿Va todo bien?

—Claro que sí. Muy bien —contestó el chico con la vista fija en el suelo.

—Me han dicho que Tiffany Wheeler se ha fijado en ti.

Kenny alzó la vista sorprendido.

—¿Cómo...?

—Se corre la voz y yo suelo enterarme. He trabajado muchos años en este instituto, Kenny. Y pienso trabajar muchos más.

El chico no sabía qué decir, por lo que no dijo nada.

El entrenado metió las manos en los bolsillos e hizo sonar las monedas sueltas que llevaba en ellos.

—Si ya le gustas este curso, imagínate al que viene, cuando seas la estrella del equipo.

Kenny sabía que Blaine no hablaba solo de Tiffany.

—Pero no quedará muy impresionada cuando perdamos contra Oakridge —dijo—. Eso no le gustará a nadie.

El hombre abrió la boca para contestar, pero Boo Taylor salió del vestuario en ese momento y cambió de idea.

—Hasta luego —dijo.

Cuando Boo se subió al coche, Blaine se volvió de nuevo hacia él.

—¿Juegas al ajedrez? —preguntó.

Kenny jugaba a veces con Tuck. Perdía siempre, pero tampoco esperaba ganar. A Tuck no le ganaban ni los profesores.

—A veces.

—Entonces comprenderás que a veces hay que sacrificar unos cuantos peones.

Blaine quería hacerse el listo con una frase que

seguramente había oído en alguna película. Kenny no se sentía impresionado. Y él no quería sacrificar nada. Ni su integridad, ni su carrera en el fútbol. Pero por culpa de la muerte del entrenador Hill, iba a tener que elegir una de las dos cosas.

—Comprendo —murmuró. Y suspiró de alivio cuando Blaine se alejó por fin.

# VIII

Cuando entraron en el camino bordeado de árboles que llevaba a la casa de Gabe, Hannah miró una vez más a Ashleigh y se preguntó si aquello no sería un error. Su plan había sido emparejar a Gabe con una mujer atractiva que pudiera ser amiga suya y devolverlo al mundo. Nada más. Pero daba la impresión de que Ashleigh tenía planes más importantes y a Hannah le resultaba difícil no sentirse un poco celosa. La otra llevaba una minifalda negra con una blusa escotada que realzaba al máximo sus pechos y estaba decididamente sexy.

Gabe no podría resistirse. Pero quizá eso fuera bueno. Era lo que ella quería, ¿no? Lo mejor para él. Por lo menos Ashleigh le recordaría a las mujeres que se habían colgado de su brazo en el pasado. A lo mejor hasta se daba cuenta de que podía volver a estar rodeado de esas mujeres solo con permitir que su vida siguiera un curso más natural.

—Creo que lo invitaré a cenar el sábado —anunció Ashleigh, mientras comprobaba su pintalabios en el espejo retrovisor.

A Hannah aquello le parecía prematuro.

—No sé...

—Tú dijiste que querías que lo sacara de casa, ¿no?

—Sí, pero...

—¿Qué?

—Quizá puedas empezar por intentar que salga contigo y un grupo de gente más. Para que no parezca una cita y sea algo más casual.

—¿Y tú qué sugieres?

—No sé. Dile que el sábado vas a ir con unos amigos a cenar en Boise.

—Pero no es verdad. Los fines de semana mis amigos y yo vamos al Honky Tonk.

Hannah tenía malos recuerdos del Honky Tonk, donde Russ había pasado mucho tiempo en su matrimonio. Además, no quería ver a Gabe frecuentando bares; ella lo había llevado al encierro y no quería llevarlo también a la bebida.

—Una cena y una película sería mejor. Seguro que puedes formar un grupo, ¿no? Y más si va Gabe. Todo el mundo siente curiosidad por él. Simplemente tened cuidado de no abrumarlo mucho.

—Pues, en mi opinión, estaríamos mejor solos— murmuró Ashleigh —se volvió hacia la ventanilla sin esperar comentarios—. Esto es bonito —musitó cuando llegaron al claro en el que estaba la casa de

Gabe, con su porche pintoresco, el garaje separado y el jardín bien cuidado.

—Debe de tener asistenta y jardinero.

—Yo creo que no tiene a nadie.

—¿Cuida él solo de todo esto?

—Creo que sí.

—¿Pero por qué? No debe de ser fácil con la silla de ruedas. Y es rico.

—Supongo que prefiere hacer el trabajo personalmente.

Ashleigh sonrió.

—Lo que demuestra que tiene muchas partes que trabajan.

Hannah no quería hablar otra vez de las habilidades sexuales de Gabe. Aparcó el coche al lado de la furgoneta de él y salió. Ese día llevaba la comida en una cesta, pues le había parecido más fácil de transportar así. Él podía devolverle los platos del día anterior en la cesta y ella los reemplazaría con la nueva comida.

—¿Cuánto tiempo hace que vive aquí? —preguntó Ashleigh.

A Hannah no le resultaba fácil calcularlo. Después del accidente, había seguido sus progresos día a día, rezando para que se recuperara del todo.

—Estuvo trece días en el hospital y luego dos meses haciendo rehabilitación en una clínica de Boise. Después de eso, vivió con sus padres hasta el verano, así que supongo que dos años y medio.

—Yo jamás podría vivir aquí sola —declaró Ashleigh—. Me moriría de aburrimiento en dos días. Y me aterrorizaría la idea de tropezar con un oso.

Hannah sospechaba que Gabe tenía más miedo de las cosas que encontraba en el pueblo, de la gente que le hablaba de su carrera o le pedía un autógrafo, de las miradas y la curiosidad que encontraba cuando se movía con su silla, de su padre y el escándalo que le había hecho recluirse aún más.

—Yo entiendo que le guste esto —contestó—. Es hermoso y tranquilo.

Llegaron al porche y Hannah oyó música de rock en la casa. Admiró un momento la silla que pronto estaría en su estudio.

—¿No es la silla más bonita que has visto en tu vida? —preguntó.

Dejó la cesta de picnic en el porche y se sentó en ella.

Ashleigh se encogió de hombros.

—Supongo que sí. Si te gustan los muebles de ese estilo.

Se abrió la puerta y Lazarus salió corriendo moviendo la cola con entusiasmo.

—¿Hola? —Gabe parecía sorprendido de encontrarse frente a Ashleigh.

Hannah se levantó rápidamente y se situó al lado de la otra.

—Hola, Gabe. Esta es Ashleigh Evans.

—Nos conocemos —miró el escote generoso de la chica.

—Dijiste que tenías que cortarte el pelo y Ashleigh ha venido conmigo para cortártelo —sonrió Hannah. Lazarus caminaba a su alrededor, interesado por la comida que llevaba—. Y aquí está la cena. Ternera Strogonoff.

La expresión de Gabe era amable, pero, cuando ordenó a Lazarus que se sentara, Hannah pudo ver que no estaba contento.

—Gracias —dijo él—. ¿Queréis pasar?

—La verdad es que podemos cortarte el pelo aquí en el porche —repuso Ashleigh—. Así no se ensuciará la casa. Y hace un día precioso.

Él vaciló un momento.

—Está bien. ¿Pero no tienes que mojarlo antes?

La peluquera mostró su bolso grande y sacó una botella de spray y unas tijeras.

—Tengo todo lo que necesito. Por cierto, tienes un perro precioso.

—Gracias —Gabe miró el agua y las tijeras y se impulsó fuera con la silla.

Ashleigh le pasó las uñas largas por el pelo.

—Tienes un pelo precioso.

Hannah también se moría de ganas de tocarlo, así que hundió los dedos en la piel de Lazarus y carraspeó para pensar en otra cosa. Aquello había sido idea suya y era una tontería sentir envidia.

—¿Te importa que caliente la comida para que esté lista cuando terminéis? —preguntó.

—Hazlo —dijo él.

Hannah dejó a Lazarus jugando fuera y entró en la casa con la comida.

Dentro encontró una gran variedad de muebles. Primero se fijó en las mesas triangulares de la sala de estar. Había tres, dos laterales y una mesita de café y estaban hechas con madera clara. Eran muy hermosas.

Sentía el peso de la cámara en el cuello y ansiaba

fotografiarlas, pero antes retiraría lo que había en las mesas... el mando a distancia de la tele, una revista deportiva, un teléfono y un jarrón con flores exóticas.

Bordeó una mesa metálica extraña que resultaba tan interesante como todo lo demás y entró en la cocina de encimeras de mármol azul, armarios blancos y suelo de madera. Del techo colgaba una ristra de ajos junto con cestas de hierbas y verduras frescas.

Aquello le gustó. Tal vez Gabe se hubiera aislado del mundo, pero se las arreglaba bien. Lo único que le llamó la atención fue no ver nada relacionado con el fútbol, ni trofeos, ni placas, ni fotos de sus buenos tiempos.

—¿Hannah? —llamó la voz de Ashleigh.

—¿Qué?

—¿Nos traes un par de esos champiñones rellenos que has hecho?

—Sí. Pero espera que los caliente. Estarán mejor así.

Puso la ternera en el fuego y calentó los champiñones en el microondas. Le apetecía explorar el resto de la casa, pero sabía que él valoraba su intimidad y ella tenía que respetarla.

Aun así, se asomó un momento a la habitación que daba a la cocina. Tenía el techo alto y unos ventanales que ocupaban una pared entera. Estaba llena de equipo de gimnasio.

Sonó el microondas y se volvió. Tomó los champiñones y tres vasos de vino y puso todo en una bandeja que colgaba en la pared de la despensa.

Ashleigh detuvo su trabajo el tiempo suficiente para que Gabe probara un champiñón y tomara un sorbo de vino. Hannah tomó su vaso y lo dejó en el suelo, al lado de su silla y lejos de los pelos que caían de las tijeras.

—Esto es increíble —musitó.

Gabe la miró, pero no dijo nada. Ella sospechaba que estaba un poco molesto con la visita de casa y el corte de pelo improvisado, pero no le importaba. Alguien tenía que empujarlo a salir al mundo.

—¿Qué te parece? —le preguntó Ashleigh unos minutos después.

Hannah miró su trabajo. Corto por detrás pero largo por delante, con un estilo descuidado que encajaba con su imagen de chico malo y enfatizaba el hoyuelo de la barbilla, la sombra de barba y los hermosos ojos azules.

—Muy bien —musitó.

Ashleigh sacó un espejo de su bolso.

—¿Y a ti?

Él le sonrió, pero Hannah estaba segura de que era una sonrisa forzada.

—Agradezco mucho la visita —dijo—. ¿Cuánto te debo?

—Nada —Ashleigh miró a Hannah—. Pero esperaba que quizá... Hannah me dijo que quizá quisieras salir el sábado conmigo a cenar y al cine. ¿Verdad, Hannah?

La interpelada no sabía dónde meterse. ¡Ella le había dicho que lo invitara a unirse a un grupo, no que le pidiera una cita! Carraspeó.

—Sí, ah... —sonrió—. Es una cosa en grupo. Ashleigh y unos amigos van a cenar a Boise y quieren que vayas con ellos.

Gabe no alteró su expresión amable.

—No me digas.

—Sí, es un grupo.

—Eso ya lo has dicho.

—Solo unos cuantos amigos que se divierten —Hannah miró a Ashleigh—. Todas las chicas son jóvenes y guapas... rubias...

—¿Rubias? —él enarcó las cejas.

Hannah reprimió un gemido. ¿Estaba tonta? Tenía que tranquilizarse.

—La mayoría —repuso—. ¿Verdad, Ash?

La peluquera vaciló un momento, pero acabó por asentir con la cabeza.

—Ah, sí... supongo que sí.

—¿Tú vas? —preguntó Gabe.

Hannah se clavó las uñas en las manos.

—¿Yo? No.

—¿Por qué? Seguro que a Ashleigh no le importa que vengas.

—Claro que no —confirmó la aludida, pero con una lentitud que indicaba que no la entusiasmaba la idea.

—Sois los dos muy amables —dijo Hannah—, pero esa noche tengo trabajo.

—Seguro que puedes dejarlo por una noche —insistió él—. Será una salida en grupo. Y puede que consigamos encontrarte un chico rubio.

Ella hizo una mueca.

—Sí, bueno, creo que a mí el pelo rubio no me atrae tanto como a ti, así que voy a pasar...

—¿Pero qué dices? —la interrumpió él—. No sería lo mismo sin ti. Te recogeré a las seis y nos reuniremos con Ashleigh y sus amigos... ¿dónde?

—¿En Asiago? —murmuró la peluquera, vacilante.

—Perfecto —sonrió él, aunque Hannah intuía que no se sentía tan complacido como aparentaba.

Se enderezó y le sonrió con frialdad.

—Un plan genial —dijo entre dientes.

—Veo que nos entusiasma a los dos —Gabe sacó veinte dólares de la cartera y se los dio a Ashleigh—. Has hecho un trabajo tan magnífico que insisto en pagarte aunque sea un poco.

La chica sonrió ante el cumplido y aceptó el dinero.

—Gracias. Ha sido fácil. Tienes un pelo estupendo.

—Es una pena que no esté a juego con su carácter —murmuró Hannah.

Ashleigh abrió la boca sorprendida, pero Gabe fingió no haberla oído.

—Gracias por venir, señoras.

Silbó a Lazarus, entró en la casa y cerró la puerta, dejando a Hannah de pie en el porche sin la cesta con los platos del día anterior y sin la foto para el anuario.

Gabe entrecerró los ojos y observó los faros del coche de Hannah desaparecer entre los árboles. ¿Qué narices pretendía llevándole a Ashleigh para que le pasara los dedos por el pelo y le frotara el pecho en la cara? Era evidente que Hannah quería enrollarlo con aquella chica, pero a él no le interesaba. Y le interesaba aún menos que Hannah se entrometiera en su vida amorosa. Si Reenie no podía convencerlo de que volviera a salir con mujeres nadie podía.

Se apartó de la ventana y se volvió a la cocina y la ternera que le había preparado. Se preguntó por qué había consentido en quedar el sábado con lo fácil que habría sido decir que no y que se largaran las dos. Y en vez de eso, había sacado un placer perverso incluyendo a Hannah en el plan, que seguramente necesitaba salir más que él.

Además, lo de intentar evitarla no funcionaba. Ella no quería olvidar el accidente y seguir adelante. Su sentido de la justicia parecía impulsarla a pagar un precio por su error. Quizá lo mejor fuera permitirle hacerlo y así quizá acabara por perdonarse a sí misma y olvidarlo todo.

La idea era interesante. ¿Pero qué podía hacer por él?

Se sirvió la ternera con verduras y un panecillo casero y volvió a las cintas de fútbol. Pero seguía pensando en Hannah. Cocinaba bien. Tal vez debiera dejar que siguiera haciéndole la cena hasta que se cansara. O quizá podía pedirle que le limpiara la casa, el coche y arrancara la maleza del jardín. Su trabajo de entrenador no le permitía seguir llevando la agenda estricta de antes.

Tal vez no fuera tan malo tener a alguien que se ocupara de sus necesidades. Sobre todo si así le hacía un favor a ella.

Sonrió. Un favor tener que trabajar tanto. ¡Pobre

Hannah! Algunas personas no sabían ponerse la vida fácil.

—Bien, ¿qué opinas? —pregunto Ashleigh a Hannah en el coche—. No ha ido mal, ¿verdad? Por lo menos ha dicho que vendrá el sábado.

A Hannah no le gustaba el resultado de su misión, pero no quería decirlo así.

—Ha ido muy bien —repuso—. Gracias por haberme acompañado.

Miró el pecho de Ashleigh y casi soltó un gemido. Ella parecería un burro entre caballos de carreras. Seguramente sería diez años más vieja que todas las demás del grupo y la única que no se había operado el pecho. Trabajaba mucho y a veces ni siquiera paraba a comer, por lo que estaba demasiado delgada. Hacía ejercicio todos los días, pero tenía una estría en el estómago del último embarazo y su único bronceado era el del sol que tomaba mientras trabajaba en su pequeño jardín. Los sábados no salía, se contentaba con ponerse la bata y leer hasta que llegaba Kenny.

Seguramente estaría pasada de moda y resultaría aburrida.

—¿Qué te pasa? —le preguntó Ashleigh.

—Nada. ¿Por qué?

—Tenías una expresión rara.

Hannah pensó en decirle la verdad, porque necesitaba una segunda opinión. Pero no quería que la otra pensara que le interesaba Gabe. Y además, sería perder el tiempo, porque Ashleigh sería demasiado amable para decirle la verdad.

—No me pasa nada.

—¿Qué te vas a poner el sábado?

Hannah frunció el ceño.

—No tengo ni idea. ¿Asiago es de mucho vestir?

—¿No has ido nunca?

—No.

—Está bien. Busca algo... chic y con estilo.

—Vivimos en Dundee, ¿vale?

—¿No tienes nada de vestir?

—Tengo informal de ahora e informal de hace diez años. A menos que quieras que me ponga el vestido del baile de graduación.

Ashleigh se echó a reír.

—Por lo menos todavía cabes en él.

—Eso es el precio del estrés.

Ashleigh la observó un momento.

—Creo que tienes la misma talla que mi hermana. Seguro que puede prestarte algo.

—Dime que tiene más de doce años.

—Tiene veinticuatro y hasta hace unas semanas vivía en California. Y tiene mucha ropa bonita. Déjalo en mis manos.

Hannah miró con escepticismo la minifalda y la blusa ceñida de la otra.

—No te pasarás conmigo, ¿verdad? Yo no tengo pechos para una blusa así.

Ashleigh hizo un gesto de irritación.

—¿Quieres dejar de preocuparte? Vas a estar estupenda, confía en mí.

# IX

—Confía en mí...

Hannah recordó las palabras de Ashleigh cuando se miró al espejo el sábado por la tarde. La peluquera iba con retraso, así que le había enviado a su hermano con la ropa que había buscado para ella, pero Hannah no estaba segura de poder aparecer así en público. La blusa de color coral era bonita, pero casi transparente y mostraba un sujetador de encaje del mismo tono a juego con ella. Y la falda negra estrecha, que llegaba hasta la mitad de la pantorrilla, tenía una abertura lateral. Un collar, pulsera y pendientes a juego completaban el atuendo.

En conjunto resultaba elegante, con él parecería atrevida e impulsiva. Y la idea de salir así por el pueblo le producía una excitación que hacía años que no sentía. Pero no se reconocía y no sabía si la desconocida del espejo recordaría que era una madre de dos hijos, una mujer con responsabilidades.

Sonó el timbre. Kenny estaba con Tuck, su mejor amigo, y Brent pasaba la noche con Patti y sus primas. Solo podía ser Gabe.

—¡Un momento! —dijo con nerviosismo.

El timbre volvió a sonar.

Hannah tocó la tela suave de la blusa. Ella jamás permitiría que sus hijos la vieran con algo así. Pero ellos no estaban allí y quizá no sería tan malo bajar del limbo por una noche. Seguro que Ashleigh y sus amigas irían mucho más provocativas.

Además, Gabe estaba allí y quería marcharse. Era demasiado tarde para cambiarse.

Se puso los zapatos y avanzó hacia la puerta. Solo tenía que superar aquella noche. Después, con suerte, Gabe conectaría con los amigos de Ashleigh y volvería a la vida social.

Gabe no sabía lo que esperaba, pero sabía que no era lo que vio. Cuando Hannah salió de la casa vestida con una blusa transparente que mostraba un sujetador de encaje, no pudo apartar la vista de ella. No tenía tanto pecho como Ashleigh, pero había algo estimulante en el modo en que revelaba la tela más de lo que ocultaba. Sintió una subida clara de testosterona.

Era la segunda vez que Hannah le producía esa reacción.

—Hola —dijo ella. Su voz era abierta y amistosa, pero inmediatamente se cruzó los brazos sobre el pecho, como si quisiera esconderlo a la vista.

—Estás muy guapa.

Por el tono de su respuesta, comprendió que ella pensaba que solo se mostraba amable.

—Gracias. Tú también. El azul marino te realza el color de los ojos —ella carraspeó—. Seguro que a Ashleigh le gusta.

Era evidente que seguía intentando hacer de Cupido... pero él tenía algo que enseñarle sobre lo inapropiado de entrometerse en aquel terreno.

—¿Y qué te parece a ti? —preguntó.

Ella vaciló solo un momento.

—Me gusta.

—¿Te vas a pasar la noche tapándote así? —preguntó él.

—No.

—Pues retira los brazos.

Hannah se mordió el labio inferior y parpadeó varias veces.

—¿Y bien? —preguntó él—. Si no puedes llevar eso delante de mí, ¿cómo esperas llevarlo delante del amigo al que he invitado a venir con nosotros?

—¿Has invitado a alguien?

Gabe sonrió.

—No te preocupes, es joven y guapo. Y esto es una actividad de grupo, ¿no? Así te consuelas tú.

—Lo dices en serio.

—Claro que sí. Lo que es bueno para uno, es bueno para todos —declaró él.

Veía que ella no sabía qué pensar y de pronto pensó que la noche podía ser divertida después de todo.

—Lo conocí en una sesión de fotos que hice para

Sports Illustrated hace unos años. Vive en Boise. Lo llamé y me dijo que le gustaría unirse al grupo.

—Estupendo —murmuró ella.

—Vamos, demuestra algo más de entusiasmo. Es rubio.

Hannah no se movió.

—¿Y qué tiene que ver el color del pelo?

—Fuiste tú la que empezó. Dímelo tú.

—Está bien —repuso ella—. Yo los prefiero rubios —miró el pelo moreno de él con un brillo de malicia y bajó los brazos.

Gabe la observó un momento a placer. Sabía que ella se sentía tímida, pero ponerla nerviosa era parte de la diversión.

—¿Dónde están los chicos? —preguntó al fin.

Ella carraspeó.

—Brent con la familia de su padre y Kenny ha salido con Tuck.

Gabe señaló el suelo.

—Te he traído los platos de los dos últimos días.

Hannah tomó la cesta.

—Gracias. Los dejo en la cocina, tomo mi bolso y nos vamos.

No volvió inmediatamente y Gabe se preguntó dónde se habría metido. Cuando salió llevaba una camisa blanca sencilla en lugar de la blusa transparente.

—¿Te has acobardado? —se burló él.

—He decidido que puede hacer frío.

Gabe soltó una risita.

—Yo creo que tienes miedo de que haga mucho calor.

—No sé de qué me hablas.

—Sí lo sabes. Estás nerviosa por lo de mi amigo.

—No es verdad.

—Tú quieres que yo corra el riesgo de abrirme a relaciones nuevas, pero no estás dispuesta a hacer lo mismo.

—Esto no es lo que tú crees —repuso ella—. Solo es una velada con amigos.

—Sí, vamos. Si yo me aventuro a salir de nuevo al mundo de los solteros, tú vienes conmigo.

Hannah arrugó la frente.

—¿Por qué?

—¿Por qué no? ¿Tú no quieres salir, divertirte... volver a hacer el amor?

La joven se ruborizó.

—Tengo hijos.

—Eso no impide que puedas tener una vida social —repuso él.

—En Dundee sí. Es imposible tener una relación sin que se entere todo el mundo.

—Pero de algún modo tienes que conocer hombres. ¿No piensas volver a casarte nunca?

—No.

Aquello lo sorprendió.

—¿Tan mal te fue con Russ?

—Sí.

Gabe sintió compasión de ella, pero sabía que no podía ceder. Tenía que empujarla como lo empujaba ella o se pasaría los siguientes seis años como los seis últimos.

—No todos los hombres son como Russ.

Ella no contestó.

—Y estás en deuda conmigo —añadió él—. Así que tienes que hacer todo lo que te pida.

Hannah se cruzó de brazos y se apoyó en la pared.

—¿En deuda contigo?

Gabe reprimió una sonrisa y señaló su silla de ruedas.

—Mira lo que me has hecho. Es trágico.

La mujer apretó los labios.

—Resulta más trágico cuando no intentas aprovecharte de ello.

Él no pudo reprimir una carcajada.

—¿Me vas a negar un poco de diversión?

—¿A mi costa? Tú me dijiste que me perdonara y siguiera con mi vida. ¿O ya no te acuerdas?

—Pero tú no lo hiciste. Decidiste meter las narices en mis asuntos. Y yo te devuelvo el favor.

Ella se miró los pies unos momentos antes de alzar la vista hacia él.

—Y esa venganza tuya... ¿es una cita a ciegas?

—Más o menos. Vamos, ponte otra vez esa blusa y vámonos.

Hannah se apartó de la pared.

—¿Crees que a tu amigo no le gustaré con esto?

Gabe sonrió. Sospechaba que ella seguía llevando el sujetador de antes y le gustaba el contraste entre el interior atrevido y sexy y la camisa blanca casi puritana. Le gustaba pensar que él era el único que sabía el color del sujetador. Pero estaba seguro de que Hannah necesitaba una experiencia sexual que no fuera Russ y, aunque le hubiera gustado hacer los honores, sabía que no era el hombre indicado para esa tarea.

—Creo que podemos asumir que preferiría la otra opción.

Race, el amigo de Gabe, era guapísimo. Rubio, alto, con un cuerpo musculoso, un bronceado perfecto y dientes blancos brillantes. Hannah decidió que era la versión masculina de la rubia despampanante y, por las sonrisas de picardía que le lanzaba a veces Gabe, intuía que lo había invitado precisamente por eso.

Mientras la observaba, distraía a Ashleigh y sus dos amigas, Michelle y Jessica, de tal modo que ellas lo adoraban con los ojos y estaban pendientes de todas sus palabras. Hannah, por su parte, intentaba no bostezar mientras Race le contaba sus aventuras como modelo y le decía que pronto empezaría a trabajar para Calvin Klein.

Ella era una madre de dos hijos de treinta y siete años y él un modelo de veinticuatro con los ojos puestos en Nueva York y París. Estaban a años luz de distancia, pero ella estaba dispuesta a probarle a Gabe que podía divertirse tanto como él, así que sonreía y elogiaba los logros de su acompañante.

En cierto momento dijo que iba a lavarse las manos y se alejó de la mesa para tomarse un respiro.

Por lo menos ya no se sentía avergonzada por la blusa. Ashleigh se había puesto un vestido negro tan corto que ella, a su lado, parecía muy vestida. Además, la única persona de la mesa que parecía fijarse en ella de verdad era Gabe, que le miraba los pechos de vez en cuando y conseguía con ello que se le acerara el pulso.

Si quería darle una lección, lo estaba consiguiendo. Intentar emparejarlo con Ashleigh había sido una mala idea, ponerse aquella ropa también, y viajar con él dos horas en el coche hasta Boise hablando de sus maravillosos días en el instituto, también. Ahora solo quería ignorar a todos los demás e irse con él a solas.

—¿A que es divertido? —preguntó Ashleigh tras ella.

Hannah se volvió a mirarla.

—Sí, mucho.

—No sabía que podía ser tan amable. Siempre ha sido tan... distante. Pero es muy divertido y muy simpático y... bueno, que era uno de los hombres más guapos del mundo ya lo sabía.

Ashleigh se acercó al espejo y abrió su bolsita de maquillaje y empezó a empolvarse el escote.

—Y se ha traído a un amigo guapísimo. ¡Qué amable!, ¿verdad?

Hannah empezó a lavarse las manos.

—¿De verdad crees que Gabe piensa que Race y yo hacemos buena pareja? —preguntó.

—Por eso lo ha traído, ¿no?

—No sé —musitó Hannah.

Ashleigh no insistió. Tenía demasiada prisa por volver con Gabe.

—La comida llegará pronto. No tardes.

Salió y Hannah se apoyó en la pared. Respiró hondo varias veces y salió del baño... y estuvo a punto de chocar con la camarera que llevaba la comida a una mesa cercana. Hannah se echó atrás para evitar tirar al suelo la bandeja de la pobre mujer, pero sus tacones finos resbalaron en el suelo de mármol, soltó un grito y empezó a caer. Esperaba aterrizar en el suelo y ponerse en evidencia delante de todo el mundo, pero Gabe consiguió llegar allí en el momento justo y ella cayó sentada en sus rodillas.

La camarera le lanzó una mirada de reproche, enderezó la bandeja y pasó al lado de Hannah, que se agarraba al hombre que había parado su caída.

—Estás bien —murmuró él.

—¿De dónde has salido? —preguntó ella.

—Race ha ido al baño después que tú. Venía a deciros a los dos que ha llegado la comida.

Bajó la vista a los labios de ella y la mujer se dio cuenta de que no había estado tan cerca de él desde el instituto. Recordó el beso que se dieron veinte años atrás y pensó que le gustaría repetirlo. Pero no era el lugar ni el momento.

—Gracias por parar mi caída —dijo. Y se levantó con rapidez.

—Es una pena que no haya sido Race —gruñó él.

Hannah sabía que se burlaba de ella, pero hizo caso omiso. Estaba avergonzada por la escena que había creado. Se sentó y comenzó a jugar con los espaguetis que había pedido mientras la gente empezaba a reconocer a Gabe. Un hombre y dos mujeres se acercaron a él y le pidieron autógrafos. El círculo de admiradores no tardó en crecer.

Race seguía hablando de sí mismo mientras comía su bistec con gambas. Y Ashleigh, Michelle y Jessica echaban claramente de menos a Gabe. Race les caía bien, pero querían hablar con el otro.

No dejaban de protestar por la gente que lo retenía, pero fue Hannah la que acabó levantándose para intervenir. Sabía por la tensión de los hombros de Gabe que no lo estaba pasando bien.

—Disculpen, pero me temo que a Gabe se le enfría la comida. ¿Les importa dejarle comer? —preguntó con una sonrisa pero con firmeza.

—No, no, claro que no... Por favor, coma —respondieron ellos.

Gabe puso las manos en las ruedas de la silla.

—No quiero que me acusen de abandonar a mis amigos —dijo—. Que tengan una velada agradable.

—No tienes por qué ser tan amable —le susurró Hannah cuando pasó a su lado para ir a ocupar su sitio—. Tú también tienes derecho a comer.

Las tres chicas habían visto la escena con ojos muy abiertos.

—¡Bien! —exclamó Ashleigh—. Así se hace.

Hannah estaba segura de que Gabe no se lo agradecía. Insistía en cuidar de sí mismo y no le gustaba que lo ayudaran; pero tampoco parecía enfadado precisamente. De hecho, la miró a los ojos y movió la cabeza con una risita.

—¿Tenías que hacer eso?

La mujer señaló a Race con la cabeza.

—Un favor se merece otro.

—Ya veremos —dijo él con suavidad.

Hannah no podía adivinar sus intenciones, pero le preocupó la promesa que adivinaba en su voz.

# X

—Ya sé lo que puedes hacer para compensarme.

Iban de vuelta a casa y Hannah se sentía llena por la cena y relajada por el vino. Miró a su acompañante.

—¿Compensarte por qué?

Unos faros iluminaron un instante el rostro de él y lograron que le brillaran los ojos como trozos de cobalto.

—Por el accidente.

¿Adónde quería ir a parar?

—No hay ningún modo de compensarte por eso. Ahí está el problema.

—Eso no significa que no debas intentarlo.

Hannah suspiró.

—Te gusta jugar conmigo, ¿verdad?

—Sí. Tus remordimientos te convierten en una presa fácil.

—No tan fácil —repuso ella. No se molestó en negar la parte de los remordimientos—. Me ha picado la curiosidad. ¿Cómo puedo compensarte?

Él bajó la radio, donde sonaba una canción de Shania Twain, *No es solo una cara bonita*.

—Necesito limpiar los cristales de mi casa. Desde que he empezado a entrenar, no tengo tiempo.

La mujer parpadeó.

—¿Quieres que vaya a limpiarte los cristales?

—Solo si así te sientes mejor.

Notaba que él reprimía una sonrisa.

—¿Y si no lo hago?

Gabe soltó un suspiro exagerado.

—Pues tendré que hacerlo yo como pueda.

Ella se echó a reír.

—No parece que se te dé mal hacer cosas. Excepto, quizá, las relaciones personales.

—Eso se me da bien —repuso él—. Mira lo bien que me llevo contigo.

—La venganza no es una buena base para la amistad —observó ella.

—Muchas mujeres considerarían un regalo que las emparejaran con Race.

—Lo siento, pero a mí me cuesta interesarme por una conversación sobre si alguien ha perdido o no su bronceado.

Gabe la miró un momento.

—¡Vaya, qué exigente! ¿Ahora buscas a alguien joven, rubio, guapo y buen conversador?

—¡Yo no busco a nadie!

—Race no es mi único amigo, ¿sabes?

—Basta ya —ella levantó las manos—. No quiero

más citas a ciegas. Ya te he dicho que no volveré a casarme.

—¿Y el sexo qué?

Hannah se negó a mirarlo.

—¿Qué pasa con él?

—¿Estás dispuesta a renunciar a él de por vida?

La joven suspiró.

—Todo esto es culpa mía, ¿verdad? Esta noche, esta conversación...

Gabe sonrió.

—Sí.

Hannah sintió un calor inesperado en su respuesta y supo que se había acercado un poco más a él. Decidió que era por la sonrisa. Nunca antes le había sonreído así.

—Teniendo en cuenta lo que pasó hace tres años, es sorprendente que quieras mirarme a la cara —musitó.

—¿Lo ves? Ya estás otra vez con el accidente. Decididamente, tienes que lavarme los cristales.

—Y suponiendo que te los lavara, ¿cuándo querrías que lo hiciera?

—¿Qué haces mañana? ¿Están los chicos en casa?

—Les toca estar conmigo, pero ha llamado Russ. Quiere llevarlos a una carrera de coches.

—Y tú, que eres muy amable, le has dicho que sí, ¿no?

—Los chicos querían ir —se defendió ella—. ¿Cómo iba a decirles que no?

—No podías —asintió él.

Pero Hannah sospechaba que se burlaba de ella y no le gustaba que la tomara por una blanda. Ella no era débil. No podía permitírselo. Había soportado la pérdida de su padre, la muerte de su madre y la desilusión del divorcio. Y había aprendido un oficio, montado un negocio y creado un hogar para los chicos.

Tenía una buena vida, aunque estuviera un poco sola.

—A las mujeres débiles no se las respeta.

—Yo no he dicho que seas débil.

—Has insinuado que soy demasiado débil para decir que no.

—He insinuado que eres demasiado buena para decir que no. Hay una diferencia. Y en cualquier caso, parece que mañana estás libre.

—Tengo trabajo.

—¿Y no puedes dedicarme un par de horas?

Hannah sabía que podía y sabía también que lo haría, pero no quería ceder tan fácilmente.

—Tal vez.

—Estupendo —la sonrisa de satisfacción de él la habría irritado... de no ser porque estaba decidida a tener claras sus prioridades. Verle sonreír era algo bueno. ¿Cuántas veces había yacido despierta por la noche esperando ver eso mismo?—. ¿Y puedes traerme un trozo de tarta de manzana del restaurante cuando vengas?

—No he dicho que vaya seguro.

—Ya sé que eres una mujer moderna y dura, pero algo me dice que contigo «tal vez» siempre significa «sí».

Hannah lo miró de hito en hito.

—Se acabó.

—¿No vienes?

—No hay tarta.

Él sonrió con malicia.

—Eres muy dura.

—Mis remordimientos tienen límites.

Viajaron un rato en silencio.

—¿Qué quieres comer? —preguntó él.

—¿Por qué?

—Porque si tú lavas los cristales, yo haré la cena.

¿De verdad la estaba invitando a cenar en su casa? ¿No sería que al fin ansiaba tener compañía? Fuera como fuera, sí que parecían hacer progresos.

—Champán, caviar, cordero al horno, puré de patatas con ajo y fresas con chocolate para el postre.

—¿Champán? —repitió él.

—Si te parece demasiado, puedes buscarte otro limpiacristales.

—Pero yo solo intento hacer lo mejor para ti —protestó él.

—Sí, claro.

Gabe sonrió.

—Algún día me darás las gracias.

—Oye... —preguntó ella cuando casi estaban ya en su casa.

—¿Sí?

—¿Por qué no te interesa más Ashleigh o alguna de sus amigas?

—Son muy jóvenes para mí.

—No se oye a menudo decir eso a un hombre.

—Y no había química —añadió él.

—Pues creo que ellas sí la sentían.

—Race también. Quería irse contigo esta noche.

Hannah lo miró sorprendida.

—No es cierto.

—Sí.

—¿Cómo lo sabes?

—Me ha preguntado si tenía probabilidades.

—¿Y qué le has dicho?

—Que tienes dos hijos. Pero me ha dicho que no buscaba nada a largo plazo y que eso no le importaba.

—¿Qué? ¡Qué superficial! ¿Lo ves? Estoy mejor sola.

—¿Nunca has tenido una aventura de una noche?

—No.

—¿Te has acostado con alguien aparte de Russ?

Hannah se cruzó de brazos.

—¿Tú qué crees?

—A mí me parece que no.

La mujer no quería hablar de aquello con Gabe.

—¿No te parece un tema peligroso para alguien que protege su intimidad tanto como tú? —preguntó.

Él se encogió de hombros.

—¿Por qué?

—¿Y si yo te pregunto algo que no quieras contestar?

—¿Qué quieres saber?

La intención de ella había sido espantarlo, no que aceptara el reto.

Carraspeó y apartó la vista. Quería saber lo evidente, si todavía podía hacer el amor, pero no se atrevía a preguntarlo. Temía que la respuesta fuera negativa. No quería que se sintiera avergonzado y no quería tener que asumir también la responsabilidad de aquello.

—Nada.

—¿Hannah?

Ella lo miró.

—¿Qué?

—Las partes importantes funcionan todavía.

Aquello era una buena noticia. Por lo menos no lo había privado de eso. Sonrió.

—Me alegro.

Su entusiasmo hizo enarcar las cejas a Gabe.

—Y yo.

A la mañana siguiente, Hannah tarareaba mientras preparaba el desayuno. Se sentía más libre que en mucho tiempo.

—¡Hola, mamá! —Brent entró en la casa con su exuberancia habitual.

Ella le dio un beso y dejó la espumadera con la que daba la vuelta a los huevos.

—Hola, guapo. ¿Patti está ahí todavía? Pregúntale si quiere entrar a desayunar.

—Ya se ha ido. Ha dicho que no quería llegar tarde a la iglesia.

Su excuñada no solía ir a la iglesia. Hannah se preguntó si habría sido una excusa para no entrar.

—¿Te divertiste anoche?

—Sí. El tío Joseph jugó conmigo al Acorazado y gané yo.

—Me alegro —Hannah reprimió un bostezo. Esa noche había estado mucho rato despierta pensando en Gabe—. Dile a tu hermano que se levante.

—No me hará caso.

—Pues dile que se dé prisa o se perderá la carrera.

Brent salió de la cocina, pero volvió casi enseguida.

—Está levantado, pero tiene algo raro en la cara.

—¡Cállate, mutante!

Hannah miró hacia la puerta... y dejó caer el huevo que estaba a punto de echar en la sartén.

—¿Qué te ha pasado?

El chico se sentó en una silla.

—Nada. ¿Cuándo llega papá?

Ella no contestó. Seguía mirando fijamente el labio hinchado y el ojo morado de su hijo.

—¿Cómo te has hecho eso?

—¿Tú qué crees? En una pelea.

La noche anterior ella había comprobado que dormía en su cama, pero no había encendido la luz, por lo que no había visto las heridas.

—Tú no te peleabas desde la guardería. ¿Con quién te peleaste?

—Con un idiota del equipo.

—¿Cómo se llama ese idiota?

—Sly Reed.

—¿El sobrino de Blaine?

—Sí.

—Sly siempre está peleando —intervino Brent—. Es malo.

Hannah estaba empeñada en llegar al fondo de aquello.

—Empezó él

—No —Kenny hizo una mueca—. ¿Podemos dejarlo ya?

—¡Por supuesto que no! Cuéntame lo que pasó.

El chico se cruzó de brazos y la miró de hito en hito.

—Tuck y yo fuimos al Arctic Flyer. Sly estaba allí, empezó a decirme estupideces y le pegué. Eso es todo.

Hannah se tapó la boca.

—¿Empezaste tú la pelea? Sabes que no debes hacerlo.

Entre las heridas y la mueca de la boca, Kenny estaba horrible.

—Se lo merecía, mamá.

—¿Y eso pasó en el Arctic Flyer? —insistió ella.

—En el aparcamiento, detrás del edificio.

—¿Paró alguien la pelea o...?

—Salió el señor Campbell y dijo que iba a llamar a la policía.

Harvey Campbell era el dueño del restaurante Arctic Flyer y se quejaba a menudo de la cantidad de adolescentes que paraban por allí los fines de semana. Ensuciaban mucho, distraían a los camareros y dejaban poco dinero.

—¿Y salisteis corriendo?

—¿Corriendo? Tiffany Wheeler estaba allí. Yo no me fui corriendo.

—¿Cómo acabó?

—El señor Robinson me separó de Sly y me trajo a casa.

—¿El señor Robinson estaba allí?

—Su esposa y él hacían cola en el restaurante al aire libre.

¡Menos mal! O quizá habría tenido que ir ella a buscarlo a la comisaría.

—No puedo creerlo —musitó—. ¿Le hiciste algo a Sly?

—Se llevó la peor parte —declaró Kenny, triunfal.

—¡Kenny se ha peleado, Kenny se ha peleado! —canturreó Brent.

—¡Cállate! —gruñó su hermano.

Hannah se llevó una mano a la cabeza, que le dolía de pronto.

—Brent, por favor —miró a su hijo mayor—. ¿Qué te dijo Sly para enfadarte tanto?

—Le dijo a Tiffany que íbamos a perder el viernes.

—¿Nada más?

—Le dijo que íbamos a perder por mi culpa, porque yo iba a jugar mal.

—Entiendo que eso no te guste, pero no es para pegarle. Solo tienes que demostrar que se equivoca.

Kenny hundió los hombros y miró al suelo.

—Tú no lo entiendes.

Hannah no lo negó.

—Déjame ver tus manos.

El chico las extendió de mala gana y ella miró los dedos despellejados y los nudillos hinchados.

—¿Crees que tienes algo roto? ¿Que necesitas una radiografía?

Kenny flexionó los dedos.

—No.

Aquello era una buena noticia, pero Hannah estaba segura de que el asunto no terminaría allí.

—¿Qué voy a decirle a Sandy Reed cuando llame?

—Dile que su hijo me deje en paz.

Hannah se acercó al armario a buscar una aspirina... para los dos.

—¿Qué hacía Tuck mientras tanto?

Kenny se tragó la pastilla con agua.

—Intentó pararnos. Pero ya conoces a Tuck. No es el chico más fuerte del mundo.

—¡Mamá, se queman los huevos! —gritó Brent.

La mujer se volvió, tomó la espumadera e intentó salvar los huevos que había echado en la sartén antes de la entrada de Kenny. Pero era demasiado tarde, pues ya estaban negros. Los tiró a la basura, apartó la sartén del fuego y abrió la ventana. Pero antes de que pudiera continuar la conversación con su hijo, sonó el timbre.

—Si es papá, dile que yo ya no quiero ir —dijo Kenny.

Hannah sabía que no iba a ser tan fácil. Si intentaba lidiar con aquella situación delante de Russ, su exmarido diría lo contrario de lo que dijera ella. O que intentaba convertir a su hijo en un niñito de mamá o que, en caso de que le diera la razón, quería ganar puntos con el chico a costa de no ser una buena madre.

—Quédate aquí —dijo—. Seguro que se enterará de la pelea, pero podemos ganar un par de días.

—¿Dónde está mi comida? —preguntó Brent, que se ataba ya los zapatos.

—En la encimera —Hannah le dio la bolsa. Quizá pudiera despedir al pequeño sin tener que invitar a Russ a entrar en la casa. Y después pensaría lo que iba a hacer con Kenny.

—Gracias, mamá —Brent tomó la bolsa de la comida.

—Un momento —Kenny lo garró por la camiseta—. ¿Adónde crees que vas?

Brent intentó soltarse.

—A la carrera de coches.

—No irás sin mí.

—No me la voy a perder porque tú no quieras ir.

—¡Kenny, suéltalo! —dijo Hannah.

—¿Por qué? No se divertirá nada. Ya conoces a papá. Estará hablando y bebiendo cerveza con sus amigos y no le hará ningún caso.

Hannah lo miró a los ojos.

—¿Me estás diciendo que no es seguro dejarlo ir?

Kenny no contestó.

El timbre volvió a sonar.

—¿Estáis levantados? —preguntó la voz de Russ.

—¿Kenny? —preguntó la mujer.

Su hijo le devolvió la mirada de mala gana.

—No es eso, ¿pero por qué no puede quedarse?

—Porque quiero ver los coches —dijo Brent.

Había conseguido soltarse de Kenny, pero ahora lo sujetaba Hannah.

—Ya le dije que podía ir —dijo ella—. ¿Hay alguna razón concreta por la que tenga que cambiar de idea?

Pensó que Kenny le contaría al fin cómo había ocurrido lo del vídeo porno. Sabía que quería hacerlo, pero el chico desvió la mirada al suelo.

—No importa. Dame un minuto para vestirme y yo también voy.

—Kenny...

Él se puso en pie.

—No pasa nada, mamá. Todo está bien. Abre la puerta antes de que papá pierda los nervios y empiece a gritar.

# XI

Hannah respiró hondo y se apretó el cinturón de la bata antes de abrir la puerta.

—¿Estáis listos? —preguntó Russ, sin molestarse en saludar.

Hannah miró al hombre con el que había vivido y dormido durante doce años. Su estilo de vida empezaba a pasar factura. Se estaba dejando perilla, que ayudaba a ocultar la redondez de su cara, pero también le daba aire de malo. Y ese día además debía de tener resaca.

—Brent sí.

El niño salió directamente hacia el Jeep.

Russ la miró de arriba abajo.

—¿Dónde está Kenny?

—Vistiéndose.

—Dile que se dé prisa.

—Dale un minuto.

—Vamos a llegar tarde —protestó él—. Te dije que los tuvieras preparados.

—Tienes suerte de que los deje ir —señaló ella, molesta por su tono—. Este fin de semana están conmigo.

—Sí, claro, tú eres una santa. Demasiado buena para mí, ya lo sé.

Hannah se mordió la lengua, consciente de que el antagonismo entre ellos empeoraría aún más cuando viera la cara de Kenny.

—Si quieres esperar en el Jeep, no tardará en salir —dijo.

—Ya estoy aquí.

La mujer respiró hondo.

—¿Qué te ha pasado? —gritó Russ en cuanto vio a su hijo.

El señor McDermott, el vecino de enfrente, estaba fuera regando el césped y levantó la vista, pero Hannah fingió no verlo. Se clavó las uñas en las palmas y habló en voz baja.

—Se peleó anoche.

—¿Con quién?

—Sly Reed.

—¿Con Sly? —Russ parpadeó varias veces. Apretó los labios —sube al Jeep —dijo al chico.

Hannah se enderezó sorprendida. ¿Ya se iba? ¿Así de fácil?

Entendió de pronto que ella no disponía de toda la información. Era la primera vez que Kenny se metía en una pelea seria y su padre no mostraba preocupación ni sorpresa, solo rabia. ¿Por qué?

Kenny la miró de soslayo antes de subir al coche. Ella levantó la mano para despedirlos, pero la dejó inmóvil en el aire. Antes había asumido que él quería quedarse en casa porque no le gustaba tener que oír la reacción de su padre a la pelea y quizá tampoco quería que lo vieran en público con esa cara. Ahora se preguntó si no habría algo más.

Lamentó su decisión de permitir que Russ se llevara a los chicos y se adelantó para impedírselo. Pero él hizo como si no la oyera llamarlo. Puso la radio a todo volumen y se alejó.

Hannah sintió tentaciones de subir al coche y perseguirlo, pero ya lo había intentado una vez y había pagado un precio muy alto.

Se dijo que los chicos pasaban muchos fines de semana con su padre y que un día más no iba a suponer mucha diferencia. Volverían esa noche.

Pero eso no le impedía preocuparse por Kenny. Hacía más de una semana que a su hijo le pasaba algo y ahora estaba segura de que ese algo tenía que ver con Russ.


Cuando Gabe iba al pueblo a comprar comida para el perro y para él, normalmente no tardaba mucho en conseguir lo que buscaba. Una vez al año compraba media vaca y el carnicero se la cortaba y empaquetaba para el congelador. Cultivaba casi toda la fruta y las verduras y consumía poca comida envasada. Pero Hannah le había pedido cosas que no eran fáciles de encontrar. Como caviar.

Dudaba que lo hubiera probado nunca y estaba seguro de que no le gustaría, pero le parecía divertido darle lo que había pedido.

Como no sabía dónde buscarlo, se acercó a la zona del champán del supermercado y empezó a leer las marcas. En su casa tenía vino de sobra, pero nada de champán.

Eligió una botella y se acercó a Marge Finley, la dueña del supermercado.

—¿Tenéis caviar beluga? —preguntó.

—No, pero podemos pedirlo si quieres. Solo tardará unos días.

—No, lo necesito hoy. ¿Y fresas cubiertas de chocolate? ¿Eso sí tenéis?

Marge no se molestó en ocultar su sorpresa.

—¡Vaya! ¿Celebra algo?

—Soy goloso.

La mujer se metió un mechón de pelo tras la oreja.

—Pues me temo que tampoco tenemos fresas cubiertas de chocolate. Desaparecen muy pronto.

Gabe empezaba a alegrarse de tener bistecs en el congelador.

—Gracias de todos modos.

—Siempre puedes hacerlas tú —comentó la mujer.

—¿Cómo?

—Lavas las fresas y derrites una bolsa de trozos de chocolate en el microondas. Pero no lo dejes mucho tiempo o se quemará el chocolate. Luego solo tienes que mojarlas y poner las fresas cubiertas de chocolate en papel encerado. Y si les vas a añadir algo raro, lo haces antes de que se asienten.

—¿Algo raro como qué?

—Bueno, puedes echarles nueces picadas, o coco, o trocitos de caramelo, o echar chocolate blanco por encima. Lo que quieras.

Aquella mujer parecía entender de postres. Gabe pensó que no debía de ser tan difícil.

—¿Tenéis fresas?

—Por supuesto.

Gabe se alejó en su busca y, más tarde, cuando se disponía a pagar, miró los cubos de flores que había al lado de la caja y se preguntó cuánto tiempo haría que nadie regalaba flores a Hannah, pero no estaba seguro de querer comprar un ramo. Su intención era ayudar a Hannah a superar el accidente, no hacer que el pueblo entero hablara de ellos.

—¿Algo más? —preguntó Marge.

—Dame ese geranio rojo de ahí.

Una maceta no era como media docena de rosas, pero Marge enarcó las cejas de todos modos.

—¿Quieres comprar flores?

—¿Los geranios son flores?

—Sí, pero... Está bien. Ciento veintitrés dólares —dijo la mujer.

Gabe sacó su cartera y le dio dos billetes de cien.

Una caja de preservativos atrajo entonces su atención.

—Y un paquete de eso —añadió de corrido, porque no quería darse tiempo a pensarlo mucho.

Marge vaciló con le dinero en la mano y miró lo que señalaba él. Abrió mucho los ojos.

—No sabía que todavía podías hacer eso.

—Tengo más de dieciocho años —comentó él—. Puedo enseñarte el carné si quieres.

—No, no —la mujer se ruborizó. Tendió la mano hacia el estante detrás de la caja registradora—. Ya te los doy.

—Parece que tienes una cita, Gabe.

Deborah Wheeler acababa de ponerse a la cola detrás de él. Gabe casi lanzo una maldición en voz alta. Seis meses atrás, se había encontrado con ella en la gasolinera y ella se había acercado para decirle que habían ido juntos al instituto. Él apenas se acordaba, pero me mostró atento con ella y no lo negó. Charlaron un rato de fútbol y después él se alejó. No se le ocurrió pensar que aquel sencillo intercambio la alentaría a llamarlo, pero ella lo acosó a llamadas e invitaciones durante varias semanas.

Al fin él tuvo que decirle que no le interesaba salir con ella, y Deborah no se tomó bien la noticia. Le colgó el teléfono y le envió un par de cartas en las que lo acusaba de creerse mejor que nadie y le decía que rechazarla había sido el mayor error de su vida.

No era la clase de persona que quería que lo viera comprando preservativos por primera vez desde su accidente.

—O, teniendo en cuenta tu estado —ella le miró las piernas—, deben de ser para los chicos del equipo de fútbol, ¿no?

Gabe se sintió furioso y humillado, pero no quiso darle el placer de ver que le afectaban sus palabras.

—Es un placer verte, Deborah.

Marge frunció el ceño.

—No se los vas a dar a los chicos, ¿verdad? No tienen edad. Por eso los guardamos aquí detrás.

Gabe mantuvo su sonrisa amable, aunque hervía de rabia por dentro.

—No te preocupes por eso —dijo—. Esta caja no durará más allá del fin de semana.

Marge se ruborizó y soltó una risita. Deborah arrugó los labios.

Él tomó su bolsas y las colocó en sus rodillas.

—Buenos días, señoras.

—¿Para quién son las flores? —preguntó Deborah a sus espaldas.

Pero Gabe no contestó. Ya se arrepentía de haberlas comprado.


Cuando Hannah llegó a la cabaña, el reloj del salpicadero del coche marcaba las tres y media. Pensó que era posible que sus hijos llegaran a casa esa noche antes que ella. No quería que ocurriera, pero con Russ podía ocurrir que llevara a los chicos tarde o que los devolviera demasiado pronto. Era impredecible.

Paró el motor con un suspiró y salió del coche. Tendría que haberse ido del pueblo cuando murió su madre. Tendría que haberse esforzado por ir a la universidad. Podía haber pedido préstamos estudiantiles o intentado conseguir una beca.

Y en vez de eso, se había casado con Russ.

Llamó a la puerta con fuerza, pero no oyó ladrar a Lazarus y no abrió nadie.

Volvió a llamar y decidió ir al jardín. Al acercarse, oyó una sierra eléctrica. Gabe estaba trabajando.

Vio a Lazarus tumbado en el porche, a una distancia relativamente segura del ruido. Se levantó como para saludarla, pero cambió de idea cuando vio que ella se dirigía al taller, donde él estaba cortando un trozo de madera con unas gafas de protección en los ojos.

—¡Hola! —gritó ella, pero él no podía oírla.

Cuando le pareció que no había peligro, le tocó el hombro.

Él apagó la sierra y se quitó las gafas.

—Las cosas de limpiar están en la casa —dijo—. La puerta está abierta.

Hannah vaciló. Algo iba mal. Después de haberlo visto de buen humor la noche anterior, aquel cambio resultaba desconcertante.

—¿Estás bien? —preguntó.

—Claro que sí.

Pero no era verdad. La tensión de su cuerpo casi resultaba palpable.

—Estás enfadado —dijo.

Él empezó a ponerse las gafas de nuevo, pero ella lo detuvo con una mano en su brazo.

—¿Por qué?

Gabe entrecerró los ojos.

—Ni idea.

—Anoche estabas bien. ¿Qué ha pasado?

—Nada nuevo.

—¿Tiene que ver con tu padre?

Sintió el brazo de él tensarse bajo el suyo.

—Vete a casa —dijo—. Lo de los cristales y la cena... Hoy no es un buen día.

—Quizá para la cena no, pero puedo lavar los cristales.

—No quiero que lo hagas.

—¿Por qué?

—No he tenido tiempo de hacer la cena —sacó un billete de veinte dólares e intentó dárselo—. Cómprate algo en el pueblo.

Hannah le apartó la mano.

—No quiero tu dinero.

—Está bien.

Él dejó el billete en una mesa cercana y empezó a serrar de nuevo.

A pesar del ruido, Lazarus se acercó a ella y le puso el hocico en la palma. Miró a Gabe como si percibiera su mal humor.

Hannah quería ayudarlo, pero no sabía cómo.

—No pienso irme —dijo—. Y te pido que no me hagas sufrir más con tu infelicidad.

La sierra se detuvo.

Gabe la miró con ojos llenos de furia, pero ella no se arrepentía de sus palabras. Si no salía de aquel estado de ánimo por él mismo, tal vez lo hiciera por otra persona.

—¿Por favor? —musitó.

Él movió la cabeza como si lo que le pedían fuera demasiado.

Hannah quería calmarlo como podía haber calmado a Kenny o Brent. Necesitaba que creyera, y creer también ella, que podían superar las consecuencias de aquel maldito accidente. Si él se abría, podrían hacerlo juntos. Pero cuando inclinó la cabeza para besarlo con gentileza en la frente, se encontró de pronto con sus labios. No supo si ella había cambiado el blanco o si él se había movido, pero lo siguiente que supo era que lo besaba en la boca como si prefiriera morir a parar.

# XII

Hacía años que Gabe no besaba a una mujer. Al verla, la furia que lo había invadido por dentro desde que saliera del supermercado subió en su interior como una marea imparable. Cuando ella separó los labios y recibió encantada la invasión de su lengua, esa furia pareció encenderse y chocar con la pasión sorprendente de la respuesta de ella. Por un segundo, quiso morderla, que sufriera cómo sufría él, castigarla. Pero eso paso casi inmediatamente y la furia y todo lo demás dieron paso a un impulso muy primitivo y ya solo pudo pensar en enterrarse en su interior. Se imaginó poseyéndola una y otra vez, casi podía sentir cómo le temblaban los músculos por la tensión, los nervios vibrando de deseo...

En algún lugar de su mente supo que su reacción era medio salvaje. Hasta Lazarus, que les ladraba en ese momento, parecía sentirlo así. Pero

Gabe miraba el mundo desde una ventana distinta a la de antes. Ya no podía tratar a una mujer con la indiferencia de antes, ya no podía dar por sentado el sexo ni ninguna otra cosa de la vida. Respirar significaba más que nunca antes. Las cosas sencillas en las que apenas se había fijado en más de treinta años tenían ahora un significado importante.

Hannah deslizó los dedos en su pelo y lo acercó más a sí. El abandono que captaba en ella lo impulsaba a dejarse llevar. Ella sabía a helado y chicle y besaba mucho mejor de lo que él habría podido imaginar. Quería chupar los pechos que tanto había observado la noche anterior, llevarla a su habitación...

Pero sabía que ella haría lo que fuera por matar sus remordimientos. Y Gabe nunca le pediría que hiciera el amor con él.

Cuando Gabe se apartó, Hannah se agarró a la viga de apoyo. Se sentía casi demasiado débil para permanecer en pie por sí misma. También se sentía estafada. Quería que volviera a besarla y tocarla... sentir su aliento en la piel y sus labios en el cuello... No sabía qué parte de su respuesta se debía a la necesidad de asegurarle que todo iba a ir bien, pero sabía que nunca antes había besado así a un hombre. Y, sin embargo, estaba lejos de sentirse satisfecha.

Se sentía obligada a romper aquel silencio incómodo, pero no sabía qué decir.

—No pretendía hacer eso. Si te he puesto incómodo, lo siento.

—¿Incómodo? —Gabe soltó una risita—. Hannah...

—¿Qué?

—No creo que «incómodo» sea la palabra correcta.

—¿Y cuál es?

—En primer lugar, no creo que sea inteligente que estés aquí. No deberías cocinar para mí ni limpiarme los cristales.

—¿Y por qué no? Tú me das una silla que seguramente costaría dos mil dólares en una galería. Yo salgo ganando. Y los cristales... No me importa ayudar.

—Pero no me debes nada. ¿Crees que yo nunca he hecho un adelantamiento indebido? Fue un accidente. Podría haberle pasado a cualquiera. ¿Por qué no quieres entender eso?

—A lo mejor estoy aquí porque quiero estar. Y con todas las mujeres que te han perseguido en el pasado, no sé por qué te sorprende tanto.

—No me lo creo. Estás aquí por el accidente.

En aquel momento ella no estaba tan segura. El accidente tenía algo que ver con aquello, sí, pero sabía que había otros temas en juego.

—No creo que... sea tan sencillo.

—Exacto. Nada es ya tan sencillo. Mis sentimientos son confusos. Tan pronto estoy furioso como... —Gabe se pasó una mano por el pelo—. ¿Y si no llego a parar ahora?

Hannah lo miró a los ojos.

—¿Qué?

—Que estaríamos dentro, en mi cama.

El comentario casi la dejó sin aliento.

—¿Haciendo el amor? —preguntó con suavidad. Gabe la miró.

—Desde luego, no estaríamos durmiendo.

—¿Y tan malo sería eso?

Él dio un respingo.

—Hannah, tú no sabes dónde te metes. No me conoces en absoluto.

Tal vez no hubieran pasado mucho tiempo juntos, pero a ella le había gustado en la época del instituto, y no había dejado de pensar en él desde el accidente. En cierto modo, era tan parte de su vida como Kenny y Brent.

—Los dos crecimos aquí, fuimos juntos al colegio, nos besamos en un baile hace veinte años. Conozco a tu familia, a muchos de tus amigos. Te conozco mejor de lo que piensas.

—Algún día saldré de esta silla, Hannah —dijo él—. No busco una relación cómoda para sentarme a lamerme las heridas o dejar que otra persona cuide de mí.

—Yo no te ofrezco cuidar de ti. No tengo intención de meter a otro hombre en mi vida familiar. Hay muchas cosas a tener en cuenta.

—¿Ese es otro sacrificio que haces por tus hijos?

—No es un sacrificio, es una decisión sabia y bien informada.

—Pues ya que tomas decisiones bien informadas, hay algo que deberías saber.

—¿Qué?

—Mi cuerpo puede fallarme. Hacer el amor puede resultar frustrante y desagradable. Serías una tonta si te arriesgaras a eso. Y yo sería un tonto si te lo permitiera —se frotó la mandíbula—. Ni siquiera he tocado a una mujer desde el accidente. No tengo ni idea de lo que podría ocurrir.

—Eso no me asusta —repuso ella.

Gabe tragó saliva. Movió la cabeza.

—Tú no sabes lo que pides.

Desde el accidente, había un algo de peligro en él que antes no estaba allí. A pesar de sus palabras y su deseo de ayudarlo, la ponía un poco nerviosa. Si por fin se decidía a acostarse con alguien, quizá debería buscarse un amante con el que pudiera mostrarse objetiva. Pero nadie la excitaba tanto como Gabe.

—¿Quién tiene miedo de no poder lidiar con lo que pase? ¿Tú o yo?

La franqueza de su pregunta pareció sorprenderlo. La miró unos segundos.

—Se acabó —dijo—. Ven aquí.

Hannah se acercó con el corazón golpeándola con violencia en el pecho.

—Desabróchate la blusa —dijo él.

La mujer miró a Lazarus, que se sentaba expectante a los pies de Gabe.

—¿Aquí?

Él asintió.

—Tú no crees que vaya a aparecer Mike otra vez, ¿verdad?

—Es sábado, está con su esposa. Y aquí no viene nadie más.

Ella tragó saliva para aliviar la garganta seca. Él no comprendía que hacía media vida que no hacía nada semejante. Necesitaba una habitación oscura, no aquella luz del día.

Intentó desabrocharse el primer botón de la blusa, pero le temblaban mucho las manos.

—Creo que estoy nerviosa —confesó—. Tengo una estría y...

Gabe enarcó las cejas.

—¿Una estría? ¿Yo estoy en silla de ruedas y a ti te preocupa una estría?

—Pero tú has estado con muchas mujeres y seguro que todas parecían modelos. No, seguro que eran modelos.

—Creo que tú eres hermosa —repuso él—. No importa lo que pasó antes. Yo ya no soy el mismo hombre.

Ella asintió con la cabeza y empezó a desabrocharse la blusa de nuevo. Gabe se acercó más, pero no la tocó y ella no podía mirarlo a los ojos. Tenía miedo de perder el valor. Era una locura hacer aquello. Y más en ese momento, en que tenía problemas con Kenny y muchas otras cosas en la cabeza...

Tenía que irse. Abrió la boca para decirle a Gabe que había cambiado de idea. Pero él eligió aquel momento para tocarla por fin. Sus manos grandes cubrieron las de ella.

—¿Hannah?

Ella parpadeó rápidamente y le miró la cara.

—¿Qué?

—Tranquila, ¿de acuerdo? —desabrochó él mismo el último botón.

Hannah seguía pensando aún en echarse atrás... hasta que él abrió la blusa. El agrado que captó en él envió un diluvio de hormonas a rescatarla y ya no habría podido alejarse. Nunca un hombre la había mirado así.

—Última oportunidad para cambiar de idea –murmuró él. Pero sus manos se aferraron a la cintura de ella como si quisiera impedirle que se marchara.

La respuesta de ella fue dejar caer la blusa y besarle la cabeza. Le echó los brazos al cuello, los apoyó en los hombros grandes de él y pensó en las muchas veces que había deseado hacer eso.

—No quiero que te arrepientas luego –musitó Gabe–. Dime que no pasará eso.

—No pasará eso.

Gabe la sentó en sus rodillas y bajó los labios por su cuello, hasta los pechos. Y Hannah sintió carne de gallina en toda la piel y un deseo intenso de arrancarle la ropa.

—Quítate tú la camisa –dijo. Y se sentó más recta para que él pudiera usar los dos brazos para sacársela por la cabeza. Gabe tiró la prenda a un lado y Lazarus la siguió con los ojos y soltó un ladrido de aliento.

Hannah se echó a reír.

—¿Qué? –murmuró él.

—Tu perro nos está mirando.

—No te preocupes. Seguro que se divierte.

Hannah rio de nuevo. Se sentía pequeña en contraste con el cuerpo poderoso de Gabe. Le besó el cuello y pasó los dedos por la piel cálida.

—¡Qué agradable!

Él le quitó el sujetador y Lazarus dio otro ladrido de aliento cuando cayó al suelo al lado de la camisa.

Hannah esperaba nerviosa la reacción de él. La osadía de estar desnuda en el jardín en vez de en la cama añadía un elemento de miedo a la experiencia, pero habría sido todavía más erótica de no haber estado ya aterrorizada. Desde luego, nunca podría olvidar ese momento.

—Eres exactamente como había imaginado —declaró él con una sonrisa.

—¿Imaginado cuándo? —preguntó ella.

—En tu casa, en el restaurante, en el coche y siempre que cerraba los ojos anoche después de volver a casa.

Acercó su boca a uno de los pezones de ella y Hannah se estremeció.

Gabe confundió aquel estremecimiento.

—Tienes frío —dijo—. Vamos a la casa.


Gabe nunca había sentido nada tan maravilloso como hacer el amor con Hannah. A pesar de las dificultades potenciales que había anticipado, no tardaron en descubrir qué posiciones eran más fáciles y cómodas. Y le gustaba verla sentada a horcajadas sobre él y observar las emociones que se reflejaban en su cara.

Hannah hacía el amor con el corazón más que con el cuerpo, lo cual cambiaba la experiencia, la llenaba de significado. Y aunque él no podía sentir mucho con las piernas, el resto de su cuerpo parecía más sensible que nunca. Sentía cada susurro de la mano, de los labios o de la lengua de ella en su piel como si hubiera tomado alguna droga de las que amplían las sensaciones.

Había oído que el Viagra ayudaba a algunos parapléjicos. Su médico se lo había comentado con tacto en una de sus revisiones. Pero como Gabe no había pensado hacer el amor con nadie, no lo había encargado. Y por suerte, pudo hacer lo que quería con Hannah sin él, aunque sí se alegró de haber comprado los preservativos. Solo usaron uno, pero hicieron el amor mucho tiempo y los dos quedaron satisfechos.

Cuando empezaba a atardecer, acarició el brazo de Hannah, que dormitaba satisfecha a su lado. Odiaba que los días empezaran a ser más cortos por la proximidad del otoño. En invierno le resultaba más difícil desplazarse, pero le gustaba la caída de las hojas y los olores asociados con la estación. Por alguna razón, el otoño le provocaba la esperanza de que, si se empleaba a fondo, quizá en primavera hubiera vuelto a andar de nuevo.

Hannah se movió y apoyó más trozo de espalda en su pecho. Su suavidad, la promesa de más compañía como la de ese día... quizá eso era lo único que necesitaba. Tal vez había llegado la hora de mostrarse realista sobre sus probabilidades de recuperación. Tal vez nunca fuera a andar y debiera concentrarse en ser feliz con alguien a quien no le importara que la miraran porque estaba con él y no le importara que susurraran a sus espaldas si podían o no hacer...

Bloqueó aquellos pensamientos, tapó a Hannah con la sábana y se acercó al borde de la cama, donde había dejado la silla. Siempre se había enorgullecido de su fortaleza atlética y sabía que no debía pensar en entrar en una relación cuando tenía tan poco que ofrecer.

—¿Gabe? —murmuró Hannah, cuando él se acercaba a la puerta.

—Duérmete. Voy a hacer la cena.

—Ha sido maravilloso —musitó ella.

Él sonrió. Era cierto. Había sido maravilloso. A decir verdad, esa tarde habían creado juntos el único recuerdo que quería conservar de los tres últimos años.

# XIII

Cuando Hannah abrió los ojos, estaba completamente oscuro. Por un momento se sintió tan desorientada que no recordaba dónde estaba. No estaba acostumbrada a despertarse en lugares extraños. Sintió un nudo en el estómago... hasta que volvió la cabeza en la almohada y captó el olor a Gabe. Entonces comprendió que estaba en su cama y sonrió. Pero su siguiente pensamiento fue para los chicos.

¿Qué hora era? Tenía que irse a casa.

Se levantó y se puso la ropa interior y el pantalón corto, pero su blusa debía de estar todavía en el suelo del taller.

En la parte superior de la cesta de la ropa sucia de él encontró una camiseta blanca de algodón y se la puso. Salió al pasillo.

—¿Gabe?

Él le sonrió cuando entró en la cocina.

—¿Hambrienta? —preguntó.

—¿Qué hora es?

—Las nueve y media.

—Tengo que irme.

Gabe enarcó las cejas.

—¿Antes de cenar?

—Russ habrá dejado ya a los chicos en casa.

—Kenny tiene dieciséis años. ¿No puede cuidar un rato de Brent?

—Normalmente sí, pero... —notó que Lazarus seguía todos sus movimientos con los ojos—. Tu perro me mira como si conociera todos mis secretos sucios.

—Porque los conoce.

Gabe se movió al fregadero para lavarse las manos y ella vio que había estado trabajando en algo.

—¿Qué haces? —preguntó.

—Un desastre.

Hannah se acercó y vio que había mojado fresas en chocolate. Recordó el menú que le había pedido ella para la cena.

—¿Eso es para mí?

Él contempló sus esfuerzos con el ceño fruncido.

—No tienen muy buen aspecto, pero... —se lamió los dedos— saben casi tan bien como tú.

La joven sonrió.

—¿Tienes también champán y caviar?

Él enarcó las cejas.

—¿No te parece que pides mucho teniendo en cuenta que no has limpiado ni un cristal?

—Porque tú has elegido otra actividad —repuso ella.

Gabe le miró el pecho.

—Y no me arrepiento. Podemos dejar los cristales para otro día.

Hannah sabía que la estaba poniendo a prueba para saber lo que podía esperar de ella en el futuro y sabía que tenía que decir algo. Si seguía yendo por allí, lo sucedido ese día daría paso a una aventura más larga y uno de los dos acabaría sufriendo. Concretamente ella, que ya estaba enamorada de él.

—No creo que vuelva por aquí, Gabe —dijo.

Él dejó de sonreír.

—¿En serio?

—Creo que será más fácil cortar esto ahora, ¿no te parece? Los dos sabemos que lo que ha pasado hoy no puede ir a ninguna parte. Ninguno de los dos está en una buena posición para una relación, así que no hay necesidad de...

—¿De qué? Los dos estamos solos y somos adultos.

—Y los dos vivimos en un pueblo. Si esto se supiera... seguro que se enterarían mis hijos, y Russ y su familia y...

—¿Tienes miedo de los cotilleos?

No, tenía miedo de acostumbrarse a él, de aferrarse. No quería verlo después con otra mujer y sentir los celos y el sufrimiento que sabía que sentiría si prolongaba aquello. Prefería valorar aquel interludio breve y seguir adelante mientras aún le quedara algo de dignidad.

—Míralo por el lado bueno. Así no tendrás que

desengañarme con amabilidad dentro de unas semanas —dijo.

—Ya te he dicho que puedo cuidar de mí mismo. No necesito que me dejes tú hoy para que no tenga que dejarte yo más tarde. Igual que no necesitaba que intervinieras anoche en el restaurante.

—¿Ah, no? ¿Me vas a decir que te divertías firmando autógrafos en servilletas de papel mientras se te enfriaba la comida?

Él no contestó.

—Ayer prácticamente me dijiste que no querías una relación. ¿Ahora dices que sí?

Gabe se frotó los ojos.

—No sé lo que quiero. Tú vienes aquí y todo se descontrola. Y ahora te levantas y dices que no vas a volver. ¿Qué quieres que piense?

Lo había rechazado antes de que la rechazara él y Gabe reaccionaba así por orgullo. Porque ahora que conocía su cuerpo y sabía que no le iba a fallar en un momento crítico, ya no la necesitaba. Podía seguir adelante con confianza.

—A partir de ahora estarás bien —dijo—. Solo...

—¿Qué?

—Sé feliz.

—¡Vaya! Muchas gracias.

—Lo siento. Me gustaría poder quedarme a cenar.

—Pero tienes mucha prisa por salir corriendo.

—No es eso.

—Seguro que tienes hambre, Hannah. Siéntate y come conmigo.

—Me gustaría. Huele muy bien. Pero he dor-

mido mucho rato y ahora tengo que darme prisa.
Kenny tuvo una pelea anoche y...

—¿Qué? ¿Se hizo algo?

Ella se encogió de hombros.

—Tiene un ojo morado y el labio hinchado.

—¿Quién le pegó?

—Ese es el problema. Creo que empezó él la pelea.

Gabe parecía dudoso.

—No me imagino a Kenny haciendo eso. Él no
es así.

—No, pero últimamente está muy raro. De
pronto no quiere ir al entrenamiento de fútbol, esta
mañana no quería ir a la carrera de coches con su
padre, y lo único que dice de la pelea es que Sly se
lo merecía.

—¿Se pegó con Sly?

—Sí. Lo conoces, ¿verdad?

—Claro. Está en el equipo.

—Ahora tengo que decidir si voy a castigar a
Kenny o no, pero antes tengo que llegar al fondo
de lo que preocupa a mi hijo —echó a andar hacia
la puerta de atrás.

—¿Adónde vas?

—A buscar mi blusa.

—Ya la he traído yo. Está en el brazo del sofá.

Hannah se volvió para ir hacia el sofá, pero Gabe
le interceptó el paso y la sentó en sus rodillas.

—¡Suéltame! —exclamó ella—. Me estás poniendo
esto más difícil.

Se debatió, pero él la redujo fácilmente. Le sujetó los brazos en la espalda con una mano y deslizó
la otra debajo de la camiseta.

—Eres muy malo —comentó ella sin acritud cuando sus ojos se encontraron.

—Y tú muy buena. Creo que eso es parte de la atracción. Ya sabes lo que dicen de los opuestos —la besó, pero esa vez fue un beso suave y tierno que hizo que ella se derritiera. Se apretó contra él y Gabe sonrió—. Volverás —dijo. Y la dejó levantarse.

—No cuentes con ello —contestó ella.

Se puso la blusa y guardó la camiseta de él en su bolso.

—Eh, ¿adónde vas con eso? —preguntó él.

—Me la llevo a casa.

—¿Por qué?

—Es un recuerdo.

—¿Tú también? ¿Quieres que la firme?

—No, gracias. No creo que olvide de dónde ha salido.

Sabía que él se preguntaría por sus motivos, pero a ella solo le importaba que olía a él. A ella le importaba él, no su fama.

—Ten cuidado en el camino de vuelta —dijo Gabe, serio ya.

Hannah asintió, tomó una de las fresas cubiertas de chocolate y salió por la puerta. Aunque sabía que valoraría mucho el recuerdo de lo ocurrido, sentía cierta aprensión por lo que había hecho. ¿Había empezado una cadena irreversible de sucesos que la atormentarían más tarde?

Puso el coche en marcha y se dijo que no pasaría nada. Habían usado preservativo y nadie sabía que iba a ir allí. Y aunque lo supieran, nadie esperaría que la mujer causante de su accidente se convirtiera en su amante. Y él no se lo diría a nadie. Podía volver a su vida y a sus hijos como si no hubiera pasado nada.

Al salir a la carretera desde el camino que llevaba a la casa de él, pisó el freno con fuerza porque un coche se acercaba a toda velocidad desde la curva.

El conductor tocó el claxon con fuerza como si la culpable fuera ella, y siguió su camino, pero Hannah creyó reconocer por un momento a la persona sentada al volante. Se echó hacia delante todo lo posible e intentó ver mejor, pero estaba muy oscuro y, antes de que desaparecieran los faros, solo consiguió ver la parte trasera de un sedán blanco.

Tal vez era su imaginación. Seguramente no sería nadie conocido.

Cuando Gabe se quedó solo en la casa, pensó en Kenny y la pelea. Sabía que el chico no era violento. Sabía también que podía ser coincidencia que se hubiera peleado con el sobrino de Blaine. O podía ser que Sly le hubiera propuesto algo en nombre de Blaine y hubiera reaccionado mal. Pero, fuera como fuera, la pelea añadía credibilidad a lo que había oído Dale Lindley en los vestuarios y había contado luego a su madre. Relacionaba a Kenny con Sly, aunque Gabe no supiera cómo exactamente.

Pero quizá fuera buena idea descubrirlo. A Gabe le gustaba Kenny y no quería verlo mezclarse en algo que pudiera alterar sus posibilidades de triunfar en el juego en un futuro y que arruinara su reputación como jugador. Gabe no quería que le pasara eso a ninguno de los chicos del equipo. Y no pensaba tolerar que su ayudante conspirara contra él. Si no podía ganar partidos de fútbol como jugador, los ganaría como entrenador. Nadie se iba a interponer en su camino y menos Melvin Blaine.

Sacó la lista de jugadores, la colocó a su lado en el mostrador y marcó el primer número de la lista. El entrenador Blaine.

Blaine vivía solo. Su esposa había muerto casi una década atrás y sus hijos eran mayores y vivían por su cuenta. Contestó casi de inmediato.

—¿Sí?

—Soy Holbrook.

—¿Qué puedo hacer por ti?

—Puedes empezar por decirme si tenemos problemas.

—¿Con qué?

—El equipo.

Hubo una pausa.

—Tenemos muchos problemas. La defensa es débil, tenemos un quaterback joven e inexperto... quizá puedas ser más específico.

—Kenny Price se peleó anoche con tu sobrino.

—Lo sé. Me llamó antes mi hermana. ¿Qué tiene que ver eso conmigo?

—Eso es lo que me gustaría saber.

—Nada.

¿Mentía?

—¿Tú no sabes por qué se pelearon?

—No.

A Gabe le sorprendió lo mucho que deseaba

creerlo. Aunque aquel hombre no le gustaba, no quería que el equipo sufriera por los actos de un hombre ambicioso y egoísta.

—Me alegra oír eso —dijo—. Porque si alguno de mis chicos...

—¿Tus chicos? —lo interrumpió Blaine.

—Mis chicos —repitió Gabe—. Te guste o no, este es mi equipo ahora. Y si tú utilizas tu posición para meter a alguno de los jugadores en algo que pueda perjudicarlos a ellos o al equipo, te arrepentirás. ¿Está claro?

—Tienes mucho valor para llamarme y amenazarme de este modo —gruñó Blaine.

—Si has metido la pata, deberías agradecerme que te dé la oportunidad de cambiar de táctica.

—Todavía no hemos jugado el primer partido, Gabe. ¿Ya buscas un chivo expiatorio?

Gabe soltó una risita.

—No necesito ningún chivo expiatorio, Melvin. Porque pienso ganar. Y tú tienes dos opciones: ayudarme o apartarte de mi camino.

—¿Crees que tú puedes solo con este equipo?

—¿Todavía sigues teniéndome envidia? —preguntó Gabe.

—¿Por qué te voy a tener envidia? —repuso Blaine—. Yo puedo andar.

# XIV

Hannah estaba sentada en su coche delante de la casa y miraba la luz que salía por la ventana de la sala de estar. El Jeep de Russ estaba también allí. Sabía que la esperaba y no quería hablar con él, no con la camiseta de Gabe guardada en su bolso y la piel sensible y cosquilleando todavía por su contacto.

Respiró hondo, metió las llaves en el bolso, lo cerró bien y salió del coche. ¿Cuánto tiempo llevarían en casa Russ y los chicos? Podía decir que había ido a dar una vuela en coche. Nadie tenía por qué saber que había ido a casa de Gabe.

—Por fin llegas —Russ estaba sentado en el sofá bebiendo una de las cervezas que guardaba ella en el frigorífico para Patti.

—Siento haberme retrasado —dijo Hannah—. No sabía a qué hora volveríais.

—¿Dónde diablos te has metido?

—Hola, mami.

Brent corrió a darle un abrazo. Ella dejó el bolso en una mesa pequeña al lado de la puerta.

—Ya no tienes derecho a preguntar eso —contestó—. No eres mi marido.

—Tengo derecho a saber dónde estás cuando intento devolverte a los niños.

—¿Por qué? Kenny tiene llave. Si no, no estarías aquí viendo mi tele y bebiéndote mi cerveza. Y él es lo bastante mayor para cuidar de Brent hasta que yo llegue. ¿Dónde está?

—En su cuarto.

—¿Está bien?

Russ se encogió de hombros.

—Sí. Pero está enfadado.

Hannah se acercó y apagó la televisión.

—¿Por qué? —preguntó.

—¡Mamá, estaba viendo eso! —protestó Brent.

—Es tarde —dijo ella—. Ve a darte un baño y a acostarte. Luego iré darte las buenas noches.

Brent gruñó un poco, pero salió de la sala.

—¿Por qué está enfadado Kenny? —preguntó Hannah de nuevo.

—Porque le he hecho ir a casa de Sly a pedirle perdón.

Hannah se puso tensa.

—¿Sabes que fue culpa suya? —preguntó.

—Por supuesto. Él pegó el primero, ¿no? —Russ terminó la cerveza, eructó, arrugó la lata y la dejó en la mesita al lado del sofá.

—¿Te lo ha contado Kenny? —preguntó ella.

—No me ha dicho mucho, pero admite que él dio el primer puñetazo y ningún hijo mío va a hacer nada que pueda perjudicar sus oportunidades de jugar al fútbol. Sly es sobrino de Blaine.

—¿Y qué? Aquí hay cosas más importantes en juego. Agresividad, cómo lidiar con la rabia... resolver problemas de un modo constructivo...

—Sí, bueno, pues yo además quiero que juegue al fútbol.

—Tienes que dejar de presionarlo. Si juega al fútbol tiene que ser porque quiera él, no tú. Kenny es muy inteligente, hay muchas cosas que puede hacer.

—Quiere jugara al fútbol y tú lo sabes.

—¿Por qué me has esperado? —preguntó Hannah—. ¿Para tener la misma discusión de siempre?

—No. Porque quiero pedirte que me apoyes una vez, para variar. Dile a Kenny que solo intento ayudarlo, que soy su viejo y lo quiero.

—Él sabe que le quieres.

—Pero no tengo ninguna credibilidad con él. Hace más caso a lo que dices tú. A ti te respeta.

Tal vez Russ recogía el fruto de sus actos, pero Hannah en el fondo sentía lástima de él.

—¿Qué quieres que le diga?

—Dile que sé lo que digo cuando hablo de fútbol.

Otra vez el fútbol. A ella no le gustaba la importancia que ponía Russ en aquel tema, pero suponía que apoyarlo en el tema de los deportes no era mucho pedir.

—Le diré que solo piensas en su bien.

Él tomo la gorra de béisbol que había dejado en el brazo del sofá.

—¿Adónde has ido hoy?

Hannah carraspeó y se sintió culpable.

—A dar una vuelta.

—¿Adónde?

—A las montañas. Ha sido muy agradable y refrescante.

—Seguro que sí. Nunca te había visto tan guapa.

Hannah se ruborizó.

—Gracias.

—¿Hay alguna posibilidad de que quieras...?

—No, lo siento —lo interrumpió ella. Sabía que la iba a invitar a salir.

—Vale. Bien, tengo que irme.

Cruzó la estancia y salió al exterior. Ella lo siguió para cerrar la puerta, pero él se detuvo de pronto.

—¿Qué hace aquí Gabe? —preguntó.

Hannah miró y vio que Gabe acababa de aparcar fuera y sacaba de la furgoneta la silla que ella quería.

Gabe había visto el coche de Russ y sabía que estaba en la casa. No le apetecía hablar con él, pero tampoco estaba dispuesto a dar media vuelta sin cumplir la misión que lo había llevado hasta allí. Después de hablar con Blaine, había llamado a Mike y se había enterado de que Josh y Rebecca habían visto a Blaine desayunando con Kenny y Russ una semana atrás. Tenía que advertir a Kenny que no se confabulara con Blaine.

Intentó tomar la silla de madera, que estaba ya en el suelo. Russ se le adelantó.

—¿Qué es esto?

Gabe no contestó. No le debía ninguna explicación.

Hannah, que se había acercado a acariciar a Lazarus, levantó la vista.

—Es una silla.

—Eso ya lo veo —repuso Russ—. ¿Pero qué hace aquí?

—Es mía.

—¿La has comprado y Gabe ha ido a buscártela?

—La ha construido él. Hace muebles. ¿Verdad que es preciosa?

El entusiasmo de su voz casi hizo sonreír a Gabe. La silla le gustaba de verdad. Aquella silla le gustaba de verdad.

—¿Y es un regalo? —preguntó Russ. Su voz y su postura indicaban que estaba celoso.

—Es un cambio —explicó ella.

—¿Qué clase de cambio?

—Solo un cambio —Hannah señaló su Jeep—. Gracias por llevarte hoy a los chicos.

Russ no le hizo caso.

—Hace mucho tiempo que no hablo con Gabe. ¿Te importa que entre y charlemos un rato?

—Esta noche no —contestó ella—. Nos vemos la semana que viene cuando vengas a por los chicos.

Gabe levantó la silla del suelo y la sujetó por encima de la cabeza con una mano mientras empujaba la silla con la otra.

—¿Quieres que...? —Russ hizo ademán de acercarse, pero Hannah tiró de él hacia el Jeep.

—Ya lo hace Gabe.

Russ la miró con el ceño fruncido y se metió en el coche. Gabe la miró y no pudo evitar recodar lo sensible y tierna que era como amante. Sabía que lo ocurrido ese día la había cambiado, pero no se arrepentía Todavía. Quizá lo hiciera al día siguiente, cuando los recuerdos no fueran tan recientes.

–¿La quieres ahí? –señaló el punto del porche donde había puesto la silla.

–De momento –sonrió ella–. Cuando llegue el invierno, la llevaré al estudio. Quiero hacer fotos en ella –lo miró a los ojos–. ¿Quieres pasar?

–Si no te importa, sí. La verdad es que he venido para hablar con Kenny.

–¡Oh, por favor! Dime que no tienes problemas con él. ¿De qué quieres hablarle?

–Seguramente no sea nada –repuso él, con la esperanza de que fuera verdad. En un pueblo tan pequeño, no tenía nada de raro que Russ y Blaine desayunaran juntos–. De la pelea de anoche. Dentro de unos días tenemos el primer partido y quiero estar seguro de que los chicos dejan sus rencillas personales al margen.

–Creo que Russ ha obligado a Kenny a ir a casa de Sly a pedirle perdón. Eso ayudará.

–Tal vez.

–¿Mamá? –Brent abrió la puerta y asomó la cabeza–. ¿Quién ha venido?

Hannah lo miró con severidad.

–¿Tú no tenías que estar en la cama?

–¿Pero quién hay ahí?

–Es el entrenador Holbrook.

–¿El entrenador de Kenny?

—Sí.

El niño miró a Lazarus.

—¿Este perro es suyo? —preguntó.

Gabe asintió y Brent salió al porche.

—¿Puedo acariciarlo? ¿Por favor?

Lazarus estaba ocupado marcando los arbustos y árboles del jardín delantero. Gabe silbó y el animal llegó corriendo. Brent se arrodilló a su lado.

—¡Qué grande! —exclamó. Lazarus le chupó las mejillas y el niño se echó a reír.

—Quiero un perro —declaró.

—Tienes un hámster.

—No es lo mismo. Mira, mamá, me quiere.

—Podrás tener un perro dentro de un par de años.

—Kenny es mayor.

—Kenny es adolescente. Sale mucho.

Brent intentó levantarse, pero Lazarus no había terminado todavía con él. Un momento después, volvía a estar de rodillas riendo.

—¿Cuántos... años tengo que tener?

—Por lo menos diez —contestó su madre.

Gabe llamó a Lazarus y Brent consiguió levantarse.

—¿Y luego puedo tener un perro como este? Por favor, mamá. Es el mejor que he visto nunca.

Gabe sonrió.

—Los perros dan mucho trabajo —dijo, en un esfuerzo por apoyar a Hannah—. Y los alaskan malamute más. Son muy amigables, pero son animales de manada. Tienes que dejar claro enseguida que eres la figura dominante en su vida.

—Yo puedo —insistió el niño.

—Será más fácil cuando tengas diez años.

—¿Puedo llevarlo dentro, a mi cuarto?

—Solo un rato pequeño. Si a tu madre no le importa.

Hannah asintió.

—Vamos, perro.

Lazarus siguió al niño hasta la puerta y allí se volvió a mirar a Gabe. Este asintió con la cabeza y el perro desapareció en la casa.

—¡Ojalá mis hijos fueran tan obedientes como tu perro! —comentó Hannah.

—Los chicos son más difíciles de entrenar.

Ella sonrió.

—Voy a ver si Kenny está despierto. ¿Quieres entrar?

Gabe la imaginó presenciando su conversación con el chico y decidió quedarse donde estaba.

—Creo que será mejor que charlemos un momento solos aquí en el porche.

Ella vaciló.

—¿Seguro que todo va bien?

—Sí —repuso él.

Hannah entró en la casa y un par de minutos después salía Kenny, vestido con camiseta, unos vaqueros y sin zapatos.

—Entrenador...

Gabe se apartó un poco y le hizo señas de que se sentara en la silla que acababa de llevar. El chico enarcó las cejas al verla pero no preguntó de dónde había salido.

—¿Ocurre algo? —preguntó.

Gabe le miró la cara.

—Eso parece.

Kenny levantó la barbilla.

—Él terminó peor.

—Eso me han dicho. Pero tú podías haberte roto una mano anoche. ¿No te das cuenta?

Kenny no contestó.

—¿Y qué haría el equipo si el quaterback se rompe una mano antes de que empiece la temporada?

El chico se encogió de hombros.

—A lo mejor estaría mejor.

—¿Por qué?

—Porque jugaría Jonathon Greer.

—Sí, pero tú eres mejor. ¿Sabes que nuestras probabilidades de ganar bajan si tú no juegas?

—No.

—¿Por qué fue la pelea con Sly? —preguntó Gabe.

Kenny se miró los pies descalzos.

—Por nada.

—¿Le pegaste sin motivo?

—Porque es un bocazas.

Gabe guardó silencio un momento.

—¿Ocurre algo en el equipo que yo deba saber?

Kenny se frotó el cuello, pero evitó su mirada.

—No. No que yo sepa.

Gabe decidió ser más directo.

—El entrenador Blaine no ha hablado contigo, ¿verdad?

El chico levantó la vista.

—¿De qué?

—De lo que sea.

Kenny parpadeó varias veces. Su nuez subió y bajó.

—No, señor.

Lo dijo en voz tan baja que Gabe apenas pudo oírlo.

—¿Qué?

—He dicho que no.

—¿Entonces estamos preparados para el primer partido?

Kenny asintió.

—No pareces muy entusiasmado.

El chico no contestó.

—Te vas a entregar a fondo en ese partido, ¿verdad?

El chico hundió los hombros.

—Sí, señor.

Gabe le puso una mano en el brazo. Kenny alzó la vista hacia él.

—Cuento contigo —dijo el hombre.

Kenny asintió.

—¿Llamas a mi perro y le dices buenas noches a tu madre de mi parte?

—Sí.

Kenny se levantó, pero se volvió antes de entrar en la casa.

—Entrenador...

—¿Sí?

—Creo que hace un buen trabajo con el equipo.

—Gracias.

Gabe deseó que Kenny pudiera abrirse a él. Porque después de esa charla, estaba más convencido que nunca de que allí ocurría algo raro.

¿Pero qué podía hacer? ¿Salvar a Kenny de sí mismo sacándolo del partido? ¿Sacaba también a otros jugadores clave? ¿Se quejaba a la Junta Escolar e intentaba que despidieran a Blaine?

No, no podía hacer nada de eso. No tenía pruebas. Blaine no era su persona favorita, pero no podía acusarlo sin pruebas.

Y las pruebas estarían en el partido. El viernes Gabe sabría quién estaba en su equipo... y quién no.

# XV

Hannah se puso el camisón y se lavó la cara antes de llamar al cuarto de Kenny.

—¿Qué te ha dicho Gabe? —preguntó, cuando su hijo le dijo que entrara.

—Lo de siempre —murmuró él. Estaba en la cama con las luces apagadas y escuchaba un disco de Sheryl Crow.

—¿Y qué es lo de siempre? —preguntó ella—. No creo que el entrenador jefe visite a todos los jugadores antes de un partido importante.

—Soy el quaterback, mamá. Quería saber si estoy preparado para jugar el viernes, nada más.

Hannah se sentó en el pie de la cama.

—O sea que no solo juegas, sino que eres el capitán.

—Eso parece.

—¿Y no te hace feliz?

—Sí —dijo él; pero no parecía muy feliz.

—¿Y estás preparado?

Kenny suspiró pesadamente.

—Tanto como pueda estarlo nunca.

—Tu padre parecía molesto esta noche.

El chico se incorporó sobre los codos.

—¿Y por qué está molesto? Le he pedido perdón a Sly, que era lo que él quería.

—Tiene miedo de que estés enfadado con él por obligarte.

—Y lo estoy.

—Yo creo que intentaba hacer lo correcto. Pelear no es modo de resolver problemas.

—A papá no le importa que pelee, mamá. Si me hubiera pegado con otro chico le habría dado igual.

Hannah se mordió el labio inferior un momento y volvió a intentarlo.

—No sé. A su modo, creo que intenta cuidar de ti. Te quiere.

—Me está confundiendo —declaró Kenny.

—¿Con qué?

—Con muchas cosas. ¿Cree que no soy lo bastante bueno para jugar al fútbol sin... hacerles la pelota a los entrenadores?

—Cree que a él lo privaron de ciertas oportunidades y no quiere que te pase lo mismo.

—Pues a mí me gustaría que no se metiera en mis asuntos.

Hannah le levantó la barbilla y lo obligó a mirarla.

—¿Quieres decirme lo que pasa con tu padre, la pelea y el fútbol? Últimamente estás muy raro.

—No es nada —el chico se echó hacia atrás y se cubrió un momento los ojos con el brazo. Luego la miró de nuevo—. ¿A ti te cae bien el entrenador Holbrook?

—Sí. Me parece... buena persona. ¿A ti no?

Él asintió.

—Todas las jugadas tienen que ser perfectas antes de que nos permita dejar el entrenamiento, pero... está bien. Menos cuando me mira con sus ojos de listo.

—¿Ojos de listo?

—Es como si te enviara un mensaje. «Vamos, puedes hacerlo». Y entonces yo quiero no fallarle.

—¿Mamá? —llego la voz de Brent desde el fondo del pasillo?

—¿Qué?

—¿Puedes venir?

—Voy enseguida —se levantó de la cama—. Creo que Gabe tiene mucha confianza en ti.

—Quizá demasiada —gruñó Kenny.

Hannah le dio un beso en la frente.

—Estoy segura de que estás cansado, así que...

No terminó la frase, porque Brent entró en el cuarto y encendió la luz.

Hannah abrió la boca para decirle que la apagara, pero el corazón le dio un vuelco. La luz no la había deslumbrado tanto como para no ver que Brent llevaba en la mano la camiseta de Gabe.

—¿De quién es eso? —preguntó Kenny.

—No sé. Acabo de sacarla del bolso de mamá.

—Me la he encontrado —dijo Hannah, porque no se le ocurrió nada mejor.

Kenny se sentó en la cama para verla mejor.

—¿Dónde?

—Cuando he ido a dar una vuelta en el coche.

—¿Te has encontrado una camiseta cuando ibas conduciendo? —preguntó Kenny, confuso—. ¿Estaba a un lado de la carretera?

Hannah se acercó a por la camiseta.

—Estaba en el suelo. Solo es una camiseta que me he encontrado, no hay que darle tantas vueltas. Y ya es hora de dormir.

Empujó a su hijo pequeño fuera del cuarto y cerró la puerta tras ella, por miedo a que Kenny pudiera reconocer la camiseta como perteneciente a Gabe.

Cuando la casa quedó en silencio, Hannah fue a la cocina, se sirvió un vaso de vino y miró la camiseta de Gabe. De no ser por aquella prueba, podía haberse convencido de que lo ocurrido ese día no había sido real... de que había sido solo otra más de sus fantasías.

El recuerdo de Gabe sentándola en su regazo y besándola con pasión hizo que volviera a excitarse de nuevo. ¡Le gustaba tanto aquel hombre!

Sonó el teléfono y ella miró el reloj. Era casi medianoche de un sábado, lo que implicaba que Russ llamaría desde el Honky Tonk. A veces, cuando se emborrachaba, la llamaba para insultarla por haberlo dejado. Otras veces lloraba y le suplicaba que volviera con él.

—¿Diga?

—¿Te he despertado?

Era Gabe. Hannah sintió alivio mezclado con sorpresa.

—No, todavía no me he acostado.

Él no dijo nada.

—Pero Kenny está dormido, si llamas para hablar con él.

Gabe soltó una risita.

—No, llamo para hablar contigo.

Más silencio...

—¿Gabe?

—¿Qué?

—¿Me vas a decir por qué has llamado?

—Necesito que venga alguien a ayudarme a comer estas fresas. ¿Puedes venir esta noche? Se estropean enseguida. Pregúntale a Marge la del supermercado, si no me crees.

—El supermercado está cerrado.

Gabe suspiró.

—En ese caso, tendrás que fiarte de mi palabra.

Hannah apretó los ojos y combatió el impulso de colgar, meterse en el coche y salir corriendo a su encuentro.

—No puedo.

—¿Por qué?

—Ya te dije que no volvería.

—Pero no lo decías en serio.

—¿Cómo lo sabes?

—Porque estaba presente. Y cuando te he metido la mano en...

—¡Gabe!

Él soltó una risita.

—De acuerdo. Llámame cuando estés preparada.

Colgó y Hannah no supo si sentirse aliviada o decepcionada. Seguramente las dos cosas. También sospechaba que Gabe solo estaba probando su resistencia, haciéndole saber que su puerta seguía abierta por si no podía resistir la tentación.

Sonrió y tomó un sorbo de vino. Tomó la camiseta de Gabe para olerla. Entonces sonó el timbre.

—Ahora no —murmuró.

Dejó la camiseta en la mesa, se acercó a la puerta y miró por la mirilla. Russ estaba en el porche. Abrió la puerta con impaciencia.

—¿Has olvidado algo?

Él señaló la silla que había hecho Gabe.

—¿A qué demonios viene eso?

—¿Qué?

—Tú ya sabes qué. ¿Y de dónde han salido esas malditas flores?

¿Flores? Hannah se asomó y vio una maceta de geranios rojos al otro lado de la puerta.

—No sé —pero aunque no había visto a Gabe dejarlas, sabía que procedían de él. Había visto la maceta esa tarde en la encimera.

—Son de Gabe, ¿verdad? —preguntó él—. ¿Por qué te hace regalos?

—No son regalos. Por lo menos la silla. Las flores no lo sé.

—Son de él. Lo sé.

—Russ, hazme un favor y vete a casa, ¿vale?

—Puede que estemos divorciados, pero sigues siendo la madre de mis hijos y tengo derecho a saber lo que ocurre.

—No, no lo tienes. No tienes derecho a venir a llamar a mi puerta en mitad de la noche.

Él hizo una mueca.

—La luz estaba encendida. No finjas que te he despertado.

—Iba a apagar la luz. Estoy cansada y tu visita me molesta. Y ahora, si me disculpas...

Él puso una mano en la puerta para impedir que la cerrara.

—Dime que no sales con él, ¿vale? No con Gabe. Cualquiera menos él. Prométemelo.

Hannah sabía que a Russ no le gustaría que saliera con nadie. Era tan posesivo ahora como seis años atrás.

—No pienso prometerte nada.

—Puede que sea rico y famoso pero está tullido. Tú no quieres tener que cuidar de un tullido toda tu vida, ¿verdad?

—Gabe no necesita que nadie cuide de él; lo hace muy bien solo.

—O sea que sales con él.

—No. Déjame en paz. Vete de aquí.

—¡Tú no puedes dejarme por un maldito tullido, Hannah!

—Yo te dejé por otras razones —intentó cerrar la puerta, pero él la empujó y entró en la casa—. Vete de aquí —dijo ella entre dientes—. Antes de que despiertes a los chicos.

—Si quieres salir con alguien, sal conmigo. He cambiado. Dame otra oportunidad.

—Yo no quiero estar contigo, Russ. Nunca. ¿Me entiendes?

—¿Preferirías estar con Gabe?

—¿A ti qué te parece?

Russ palideció de tal modo que Hannah no pudo evitar intentar consolarlo.

—No pretendo ser grosera, pero...

No terminó la frase, porque él la golpeó en la cara con tal fuerza que ella se tambaleó, retrocedió un poco y estuvo a punto de caer.

Se agarró a la puerta para no caer y lo miró atónita, con el sabor a sangre en la boca, donde sus dientes habían cortado el labio. Russ se derrumbó inmediatamente.

—Perdona. Oh, por favor, perdona. Yo no quería hacer eso. Tú me vuelves loco. A veces creo que me moriré si no vuelves conmigo —apretaba y desapretaba los puños—. Tú tienes la culpa, ¿entiendes? Yo nunca te he pegado. No quería hacerlo ahora.

Hannah se llevó una mano a la mejilla.

—Márchate.

—Por favor, Hannah, no te enfades. Ha sido con el dorso de la mano, no he usado el puño. No... no te he dado fuerte.

Los ojos de ella se llenaron de lágrimas y el labio y la mejilla se estaban hinchando.

—No se te ocurra volver a venir por aquí a menos que sea para recoger o traer a los chicos —dijo—. O te juro que pediré una orden de alejamiento.

Cerró la puerta con llave, apoyó la frente en la madera y dejó que las lágrimas rodaran por sus mejillas. A veces odiaba tanto a Russ que le costaba contener ese sentimiento. De no ser por Kenny y

Brent, habría maldecido el día en que su madre y ella se habían mudado al lado de los Price.

Escuchó por si él volvía a llamar, pero unos minutos después oyó alejarse el Jeep.

Se apoyó en las paredes para combatir el mareo y fue a enjuagarse la boca y ponerse hielo. Llevó la camiseta de Gabe a su habitación y se metió en la cama bloqueando en su mente todo lo que no fuera el olor de aquella prenda blanca.

A la mañana siguiente, Hannah tenía el labio hinchado y la mejilla amoratada. Se miró desconsolada al espejo y pensó lo que iba a hacer respecto a Russ. No le había pegado antes y se había mostrado sinceramente arrepentido después, pero ella necesitaba que constara el incidente por si volvía a darle la lata en el futuro. Decidió que iría más tarde a la comisaría a denunciar el incidente.

Se asomó al cuarto de Brent, comprobó que seguía dormido y salió fuera a encender los aspersores. El sol naciente lo cubría todo de un resplandor rosado. Le gustaba esa hora de la mañana, pero ese día no sabía qué pensar de nada. Su vida había dado un giro inesperado desde que empezara a ver a Gabe. Una parte de ella quería abrazar ese cambio y otra parte quería aferrarse a la seguridad relativa de la vida que se había construido tras el divorcio.

Tomó el periódico que estaba en el porche, pero en vez de abrirlo, se sentó en su silla nueva y miró la maceta de geranios. Gabe debía de haberla dejado allí antes de irse.

—Hola —Kenny abrió la puerta.

—Madrugas mucho —musitó ella.

—No podía dormir más —salió y se quedó parado al verle la cara—. ¿Qué te ha pasado?

—Me peleé con la madre de Sly —dijo ella.

—¿Qué?

—Es broma. Fui al baño a oscuras y me di con la puerta.

—Pues más vale que nos escondamos los dos hoy. No tenemos buena cara.

—Y que lo digas.

El chico se sentó en la barandilla del porche y miró los aspersores.

—No puedo creer que el instituto empieza mañana.

—Yo tampoco. Parece que fue ayer cuando te llevaba a la guardería.

Sonó el teléfono.

—¿Quién llama a estas horas? —preguntó Kenny.

Hannah dudaba de que fuera Gabe, pero se levantó de un salto, por si acaso.

—Ya voy yo.

Entró en la casa y corrió a la cocina.

—¿Sí?

—¿Hannah?

Era Patti, pero su voz sonaba dura.

—Hola. ¿Qué pasa?

—¿Es verdad? —preguntó su excuñada.

—¿Si es verdad qué?

—¿Te acuestas con Gabe Holbrook?

# XVI

A Hannah le latía con fuerza el corazón mientras buscaba una respuesta.

—No —dijo con terquedad. No le importaba que fuera mentira. No le gustaban las intromisiones de la gente en su vida—. No sé lo que te ha contado Russ, pero la maceta no es por...

—No he hablado con Russ. Esta mañana he salido a andar con Deborah Wheeler y me ha dicho que...

Hannah recordó el coche con el que había estado a punto de chocar la noche anterior.

—... te vio anoche en su casa.

Hannah recordó lo que habían dicho Shirley y las demás de Deborah en la peluquería. Debía de ser cierto o no se dedicaría a espiar la casa de Gabe.

—Fui a recoger mis platos.

—Hannah, te vio en el jardín de Gabe sin camisa.

—Pues debe de estar equivocada.

—Te vio.

Hannah oyó cerrarse la puerta delantera.

—¿Quién es? —preguntó Kenny con curiosidad.

—Patti.

—¿Ese es Brent? —quiso saber su excuñada.

—Kenny.

—¿Lo sabe él?

Hannah reconoció la futilidad de intentar mantener la farsa y cerró los ojos.

—No.

—Y supongo que no quieres que lo sepa.

—Claro que no —Hannah carraspeó y miró a Kenny—. ¿Te importaría desconectar los aspersores?

El chico salió de la cocina y ella bajó la voz.

—Gabe y yo somos mayorcitos, Patti. Lo que hagamos no es asunto de nadie, y menos de Deborah Wheeler.

—Estoy de acuerdo. Lo que hizo es horrible. Pero lo vio comprar ayer preservativos. Es famoso, está tullido y lleva años fuera de la circulación, así que la compra le llamó la atención.

—Ella no fue hasta su casa por mera curiosidad. Fue porque le gusta él.

—¿Y qué? Casi todas las mujeres de este pueblo han tenido fantasías con él en algún momento. No es Deborah la que me preocupa, no quiero que sufras tú.

—No necesitas preocuparte por mí.

—Hannah, sé que nuestra amistad se ha resentido desde el divorcio. Como os quiero tanto a mi hermano como a ti, a veces me siento dividida en dos.

Me gustaría que os arreglarais y volviéramos a ser familia.

—Eso no ocurrirá nunca. Yo no lo quiero.

—Pero al menos él está dispuesto a quererte, a ser esposo y padre.

—¡Menudo amor! —gruñó Hannah. Pero Patti no pareció oírla.

—Gabe no es de los que echan raíces. Ya era distante antes del accidente y ahora lo es más todavía. Y las mujeres lo persiguen, a pesar de la silla de ruedas. Y no olvides que tú eres la que lo puso en esa silla.

—¿Cómo podría olvidarlo?

—Exacto. ¿Crees que podría haber algo duradero entre vosotros? Antes o después aparecería el resentimiento. ¿Cuántas probabilidades tendrías de retenerlo?

Hannah sabía que muy pocas. Pero eso no impedía que su corazón deseara...

—Siento ser tan directa —insistió Patti—, pero no quiero verte sufrir. Y no quiero que sufran Russ, Kenny ni Brent.

—No, claro.

Kenny volvió a la cocina y la miró con curiosidad desde el umbral.

—Tengo que colgar —dijo Hannah.

—¿Nada más?

—¿Qué quieres que diga?

Hubo un largo silencio.

—Te llamaré luego.

Hannah hubiera preferido que no lo hiciera. No quería hablar con ella.

—Bien.

—¿Qué quería la tía? —preguntó Kenny, cuando colgó el teléfono.

Hannah miró las marcas que había dejado la pelea en la cara atractiva de su hijo.

—Cree que debería volver con tu padre.

—¿Por qué?

—Para que todo el mundo pueda estar contento, supongo.

El chico frunció el ceño.

—¿No estás de acuerdo con ella? —preguntó Hannah.

—No —repuso su hijo, sorprendiéndola—. Tú también mereces ser feliz.

Cuando Gabe oyó el timbre, apartó la cabeza de las cintas que veía y siguió a Lazarus a la puerta. Tenía que ser Hannah. No había sabido nada de ella en todo el día.

Pero cuando abrió, se encontró con Reenie, su hermana.

—Tengo que hablar contigo —anunció ella sin preámbulos.

Lazarus se acercó a lamerle los dedos.

—¿Y no podías llamar? —preguntó Gabe.

Reenie hizo caso omiso de su sarcasmo.

—Con lo que tengo que decirte, seguro que me colgabas.

Acarició a Lazarus y pasó a su lado. Era una mujer bajita y atractiva, casi una década más joven que él.

–¿Hay algo que pueda hacer para evitar este enfrentamiento? –preguntó Gabe, que tenía muchas cosas en la cabeza y no quería discutir con su hermana.

La joven enarcó las cejas y lo miró con sus ojos azules, que eran un reflejo exacto de los de él.

–No, pero estoy dispuesta a empezar por la parte positiva.

–¿Cuál es?

–Me alegro de que al fin estés recuperando el sentido común.

–¿Por...?

–Olvidar el pasado y abrazar el futuro.

–¿A qué te refieres?

–A Hannah Price. Creo que es maravilloso que salgas con ella.

Gabe pensó en la renuencia de Hannah a que se supiera lo suyo.

–No sé si yo diría que salimos...

–Pues espero que lo digas –repuso ella, indignada–. Porque ayer te acostaste con ella, ¿no?

Gabe enderezó los hombros.

–Un momento. ¿De dónde has sacado esa información?

–Lo sabe todo el pueblo. Shirley Erman me ha llamado esta mañana para decirme que Deborah Wheeler le había dicho que ayer Hannah estaba medio desnuda en tu jardín.

Gabe se puso tenso.

–¿Y cómo sabía eso Deborah?

Lazarus movía la cola y esperaba expectante que le hicieran caso otra vez.

—Yo la he llamado para preguntarle lo mismo y me ha dicho que pasaba por aquí por casualidad.

Él hizo una mueca.

—¡Por Dios! Esa mujer es aún peor de lo que pensaba.

—No es la única que hace correr rumores. Marge, la del supermercado, dice que ayer compraste preservativos, fresas cubiertas de chocolate y flores. ¿Qué pasa? ¿Creías que ibas a mantener en secreto vuestra relación?

Gabe no pensaba acostarse con ella cuando compró todo aquello. O quizá sí lo hacía ya, a un nivel subconsciente.

—¡Maldición!

—¿Crees que lo vuestro puede ir en serio? —preguntó Reenie.

¿En serio? No tenía ni idea. Su atracción por Hannah lo había pillado por sorpresa y tener a todo el pueblo hablando de ellos no los ayudaría nada. A sus hijos no les gustaría.

—Si eso es la parte positiva de tu visita, ¿cuál es la negativa? —preguntó.

—Quiero hablar de papá.

—Ahora no.

—Gabe, esto ya dura mucho tiempo.

—No es asunto tuyo.

—Sí lo es. Él es mi padre y tú eres mi hermano. Os quiero a los dos y estoy cansada de tener a la familia dividida.

—Pues quizá papá debió pensar en eso antes de...

—Tuvo esa aventura hace veinticuatro años. Eso es mucho tiempo. ¿No puedes darle un respiro?

—¿Un respiro cuando tenemos una media hermana por su culpa?

—Y ella es una persona maravillosa. A mí me gusta. Y creo que a ti también te gustaría si le dieras una oportunidad.

Gabe no sabía qué decir. Quería superar el pasado, pero siempre que imaginaba a su padre con la madre de Lucky, la sensación de traición estaba a punto de ahogarlo.

—Creo que hay cosas que tú no tomas en consideración —declaró Reenie.

—¿Por ejemplo?

—Que el matrimonio no siempre es fácil, ni en los casos en que los dos son buenas personas.

—¿A qué te refieres?

Ella se arrodilló delante de Lazarus y le rascó detrás de las orejas.

—A lo que he dicho.

—¿Tienes problemas con Keith?

—Claro que no —contestó Reenie; pero la rapidez con la que habló no convenció a Gabe.

—A ti te pasa algo. Te conozco muy bien.

—No es nada. Keith es un buen padre.

—Y un buen marido, ¿no?

—Lo quiero. Lo quiero más que a nada en el mundo.

—Pero...

La joven miró las llaves que tenía en la mano.

—Está cambiando.

Tenía una expresión tan preocupada que Gabe no podía sentir ninguna hostilidad por ella. A pesar de las discordias de los dos últimos años, seguía siendo su hermanita y él haría cualquier cosa por protegerla.

—¿En qué sentido?

—Está... como preocupado.

—¿Desde cuándo?

—No sé. Supongo que ha ocurrido gradualmente.

—No es bueno tenerlo fuera una semana al mes.

—Ahora se va más. En Softscape decidieron que no podía trabajar desde casa tres semanas al mes. Se va la mitad del tiempo.

—No es bueno para vosotros estar tanto tiempo separados —insistió Gabe.

Reenie soltó una risita.

—No me digas. Empiezo a sentirme como una... divorciada o una viuda. Pero olvídalo. Nada de eso tiene que ver contigo.

—¿Por qué no deja su trabajo y busca otra cosa?

—Cuando se lo pido, dice que lo hará, pero luego nunca lo hace. Siempre lo deja para la semana que viene, el mes que viene o el año que viene. Y yo no quiero insistir porque no sé si encontrará algo mejor por aquí. ¿Qué puede hacer un ingeniero informático en este pueblo?

—¿Y por qué no os vais a Los Ángeles a vivir con él?

—Se lo he dicho, pero tampoco quiere. Dice que no quiere ser responsable de apartarnos a los niños y a mí de la familia y los amigos.

—Si es cuestión de dinero, yo...

Ella levantó una mano.

—No digas más. Jamás dejaríamos que nos mantuvieras tú; tenemos demasiado orgullo para eso —

enderezó los hombros–. Solo digo que el matrimonio puede ser difícil y que deberías perdonar a papá. No sabemos lo que ocurría cuando tuvo la aventura. Por lo menos siempre estuvo a nuestro lado. Yo nunca he dudado de su amor por nosotros. ¿Tú sí?

El problema de Gabe con su padre no era de falta de amor, sino de hipocresía. Pero quizá su hermana tenía razón. Él no había estado casado y no sabía lo difícil que podía ser.

–Lo intentaré –dijo.

–¿Quieres venir a cenar el domingo próximo? Sé que significaría mucho para él.

Gabe miró al perro que los observaba a los dos golpeando el suelo con la cola. Cenar con su familia, entrenar para el instituto, acostarse con Hannah... Su vida empezaba a ser muy complicada.

–Lo pensaré.

Reenie sonrió y le dio un beso en la mejilla.

Salió de la casa y él salió también al porche para verla alejarse.

–Llámame si necesitas algo –le gritó–. Y no me gusta que los niños y tú estéis solos tanto tiempo.

Su hermana sonrió.

–Estamos bien. Tú ven a comer el domingo, es lo único que te pido. Y trae a Hannah si quieres.

–Gracias –dijo él con sequedad. Pero estaba seguro de que Hannah no querría dar más alas al chismorreo. Había dejado claro que no quería tener un hombre en su vida.

Suspiró y entró en la casa con el perro. Un rato después sonó el teléfono.

–Hola, Gabe. Soy Phil Hunt, de la ESPN.

Era el productor de un programa sobre la NFL.

—¿Qué pasa?

—Necesitamos un comentarista.

—Pensaba que ya teníais uno.

—No nos convence. Norm Bolitzer era buen jugador, pero no es buen comentarista. No deja que asome su personalidad, tú ya me entiendes.

—¿Y lo sabe él?

—Por suerte ha venido él antes de que se lo dijéramos nosotros. Es como tú, no necesita el dinero. Cuando ha visto que no se divertía, ha decidido que no quería hacerlo más.

—¿Y por qué crees que yo sería mejor?

—Porque lo sé. Tú piensas deprisa y hablas bien delante de gente. No se necesita nada más.

—Phil...

—Un momento. Por lo menos escucha mi oferta.

Gabe abrió la boca para decirle que no había dinero suficiente en el mundo, pero la oferta llegaba justo cuando empezaba a darse cuenta de que ya no podía tener su vida en suspenso más tiempo. Tenía que empezar a vivir de nuevo, o en Dundee o en otra parte. Y allí no habría muchas oportunidades de oro. Allí estaban Blaine y los problemas que causaba, Hannah y todo el pueblo hablando de ella, Reenie y las tensiones con su marido y su relación con su padre. Si se quedaba, tendría que reconciliarse con él.

Decidió que no estaba preparado. Estaba empezando a aceptar el hecho de que nunca volvería a andar y quizá Nueva York pudiera darle un período de transición, un año para entrar en su nueva realidad.

—¿Qué me dices? —preguntó Phil cuando terminó de detallar su oferta—. ¿Vendrás a Nueva York por la temporada?

Nueva York. La Gran Manzana. Era muy diferente de Dundee. Pero si no encontraba en casa el anonimato que buscaba, podía salir al público del todo y desarrollar una carrera que podía ser la mitad de plena que la que había perdido. Sería una estupidez no probar.

—Lo intentaré —dijo.

—¿Sí?

—¿Por qué no?

—¿Cuándo puedes venir?

Gabe pensó en el partido del viernes.

—No puedo ir hasta el sábado.

—No importa. Eso está bien. Le diré a mi secretaria que te reserve un billete y te llamaré de nuevo.

—Y de momento tengo que estar aquí durante la semana, hasta que encuentre un sustituto para entrenar al equipo del instituto de aquí.

No le gustaba la idea de dejar a los Espartanos, pero suponía que sería mejor entonces que antes de que avanzara más la temporada.

—No te preocupes por eso. Te sustituiremos con el mejor entrenador que hayan visto nunca en Dundee. Le pagaremos lo suficiente para que no le importe quedarse allí toda la temporada. Todo el mundo estará contento.

Gabe vaciló un momento.

—Quiero conocerlo antes de que me sustituya oficialmente.

—Hecho.

—Bien.

Gabe colgó el teléfono. Pronto Deborah Wheeler y Melvin Blaine estarían demasiado lejos para tener ningún impacto en su vida. Volvería a ganar millones, saldría por la tele y seguramente en la portada de algunas revistas. Desde luego, sería una semblanza de lo que había perdido. ¿No?

Una vocecita le decía que no. Él podía lidiar con Melvin Blaine y Deborah Wheeler. Comparados con los problemas serios que afrontaba, ellos eran poco más que un mosquito irritante. Y el dinero y la fama nunca le habían importado mucho. Le importaban los logros. Ser el mejor.

Pero ahora estaba confundido. Ya no sabía cómo era su vida ni lo que le importaba de verdad. Por eso ignoró la sensación de que estaba cometiendo un error. Había llegado el momento de forzar un cambio.

# XVII

Los días siguientes pasaron como el goteo lento de un grifo, irritantemente repetitivo pero inexorable. Debido a los chismorreos y al peligro de que Kenny o Brent se enteraran, Hannah estaba cada vez más tensa, pero seguía con su vida y procuraba ignorar las murmuraciones, que parecían seguirla adondequiera que iba. Y aunque los detalles empezaban a exagerarse, suponía que, si no respondía de ningún modo, antes o después se agotaría el tema.

En cambio, empezaba a temer que el deseo de estar con Gabe no desaparecería nunca. La había llamado el domingo por la noche para decirle lo que ella ya sabía, que su secreto ya no era secreto, pero habían hablado poco.

Al llegar el jueves, Hannah tenía la sensación de haber estado en la cuerda floja toda la semana. Por suerte, todavía había varias cosas a su favor. Sus hijos seguían sin enterarse y todo el mundo pareció aceptar su explicación del choque con la puerta del baño. Había informado a la policía, pero no había denunciado a Russ. Los remordimientos por lo que había hecho parecían mantener a este a distancia y ella había conseguido no llamar a Gabe a pesar de las tentaciones.

Hasta el momento había tenido suerte. Pero su tarea de esa mañana seguramente no ayudaría a que la siguiera teniendo. El responsable del instituto la había llamado dos veces esa semana para pedir las fotografías que tenía que haber entregado supuestamente el lunes. Y eso implicaba que tendría que ir a casa de Gabe y fotografiar al hombre al que desnudaba en su mente cada vez que cerraba los ojos.

—Será divertido —gruñó con sarcasmo.

—¿Has dicho algo? —preguntó Kenny, que andaba cerca.

—No, nada importante.

Hannah tomó la cámara y el chico se colgó la mochila al hombro. Ella pensaba dejarlos a Brent y a él en el colegio de camino a casa de Gabe.

—¿Tenemos que ir con papá este fin de semana? —preguntó Kenny.

—¿No quieres ir?

Su hijo negó con la cabeza.

—Hace unos días que no sé nada de él, pero lo llamaré luego y le preguntaré qué planes tiene.

—Bien.

Hannah gritó a Brent que se diera prisa y abrió la puerta.

—Estás guapa —dijo Kenny cuando pasó por delante.

Se había puesto una falda y una blusa.

—Gracias.

Brent llegó corriendo por el pasillo.

—¿Vas a hacer fotos? —preguntó Kenny.

—Tengo que terminar las del equipo de fútbol. Me falta la del entrenador Holbrook. Voy a ir a su casa.

Brent le sonrió.

—¿Le vas a dar un beso, mamá?

A Hannah se le subió el corazón a la garganta. Kenny miró a su hermano.

—¿Qué dices?

Brent lo miró.

—El entrenador Holbrook es el novio de mamá.

—No, no lo es —repuso Kenny, que inmediatamente la miró a ella en busca de confirmación.

Hannah miró a su hijo pequeño.

—¿Quién te ha dicho eso?

—Oí que mi profesora le decía a la mamá de Lindsay que eras la mujer más afortunada del mundo por estar con Gabe Holbrook.

—Tú no sales con él, ¿verdad, mamá? —preguntó Kenny.

Hannah no sabía qué decir.

—Me gusta —confesó—. Me gusta mucho.

Kenny se puso en guardia.

—La camiseta de la otra noche...

Hannah sintió una oleada de pánico.

—Es suya —admitió—. Me la prestó porque me ensucié la blusa jugando con Lazarus en el jardín.

Kenny se subió un poco más la mochila.

—Pero no... no sois pareja.

—No, salí con él el viernes por la noche y pasamos juntos la tarde del sábado, nada más.

El chico miró el porche.

—Por eso trajo la silla y la maceta. Tú también le gustas.

—No creo que le guste mucho.

Kenny parecía inmerso en sus pensamientos.

—Entonces, si él pensara que yo estoy metido en algo malo...

—¿De qué hablas? —preguntó su madre.

—Solo digo que seguramente no sería bueno para ti que el entrenador decidiera que yo no le gusto.

Llevaban prisa, pero Hannah no quería apresurar aquello.

—No hay razón para que no le gustes. Tú no estás metido en nada que no debas, ¿verdad?

—No, pero...

—Entonces no te preocupes. Gabe y yo solo somos amigos. Seguro que no soy su tipo.

Kenny subió al coche.

—¿Por qué no?

Hannah se echó a reír.

—Porque es un solterón y uno de los jugadores más famosos que han existido. ¿No crees que está fuera de mi alcance?

Su hijo la miró a los ojos.

—Nadie es mejor que tú, mamá.

Hannah tendió la mano y lo tocó en el brazo, conmovida.

—Gracias.

—Si te casas con él, a lo mejor comparte a Laza-rus conmigo —gritó Brent desde el asiento de atrás.

Hannah sonrió. Brent no parecía haberse to-mado mal la noticia. Kenny era otra historia. Seguía pensativo.

—Ya te he dicho que solo somos amigos —dijo—. Así que no hagas planes con el perro.

Kenny miró a su hermano.

—No hables con nadie del entrenador y de mamá.

—¿Por qué?

—Porque tienes que darles tiempo para que arre-glen sus cosas.

—No creo que una eternidad fuera suficiente —intervino Hannah—. No hay nada que arreglar.

Kenny se volvió hacia ella.

—No menosprecies a Holbrook, mamá. Es listo y sabrá lo que vales —dijo; pero no sonreía y ella se-guía sin saber lo que pensaba.


Cuando Gabe abrió la puerta, llevaba guantes sin dedos, pantalón corto y una camiseta de tirantes. El sudor brillaba en su piel y, como siempre, Lazarus estaba a su lado.

—Siento molestarte —dijo ella—, pero quieren que termine las fotos del anuario de una vez.

Gabe la miró unos segundos.

—¿Qué te ha pasado en la mejilla?

—¡Oh! —se rio ella—. Tropecé con una puerta en mitad de la noche. Estaba oscuro.

—¿Cuándo?

—El sábado.

—Déjame verlo.

Le hizo señas de que se acercara y Hannah inclinó la cara hacia él. Lazarus intentó lamérsela, pero Gabe lo apartó.

—¿Quieres contarme otra vez cómo te lo hiciste? —preguntó.

—Fue una estupidez. No...

—No chocaste con una puerta —terminó él.

Ella no sabía qué decir. Nadie más había rebatido su historia.

—Bueno...

—¿Fue Russ?

—No importa —musitó ella—. No volverá a ocurrir.

Gabe apretó la mandíbula.

—¿Por qué no me lo dijiste?

—Porque la situación está controlada.

—¿Lo saben los chicos?

—Claro que no. No lo sabe nadie. Lo único que le importa a todo el mundo es que el sábado me acosté contigo.

—¿Por eso te pegó?

—Se puso celoso, sí.

—Creo que él y yo tenemos que hablar.

—No hace falta, Gabe. Informé a la policía.

—Bien. ¿Lo vas a denunciar?

—No.

—¿Estás pensando pedir la custodia total de los niños?

—Lo he intentado varias veces, pero no resulta.

Todos hablan como si fuera una madre histérica que se preocupa por nada. Resulta frustrante para mí y a los chicos no les beneficia nada la ansiedad y las peleas que eso genera.

—Pero esto del golpe te ayudará.

—Fue un golpe impulsivo. Como no lo había hecho nunca, el tribunal puede decidir que lo provoqué yo. Dudo que baste con eso. Pero he informado de ello por si vuelve a ocurrir. Un incidente aislado podría disculparse, dos no.

Lazarus ladró de pronto y se lanzó en persecución de algún animal pequeño, pero cuando Gabe silbó, el perro regresó de inmediato.

—La próxima vez podría hacerte mucho más daño —dijo Gabe.

—No creo que haya una próxima vez —declaró ella—. Parecía muy alterado por lo que había hecho.

Gabe se frotó la barbilla. Al fin echó la silla hacia atrás.

—¿Quieres entrar?

—Sí —Hannah empezó a sacar la cámara de la bolsa.

—No pensarás fotografiarme así, ¿verdad?

—¿Por qué no?

—Porque antes tengo que ducharme.

—¿Quieres que espere aquí?

—¿Es decisión mía?

Sus ojos se encontraron y ella comprendió que las cosas entre ellos ya no podrían ser nunca como antes. Sabía demasiado. Conocía el sabor salado de su piel y el aroma boscoso de su cuerpo. Sabía hasta qué sonidos íntimos emitía cuando hacía el amor.

—¿Hannah?

La joven sabía que debía seguir luchando, aunque solo fuera por protegerse ella. Pero a sus hijos no parecía importarles que saliera con Gabe y todo el pueblo asumía que lo hacía. Su atracción por él era más grande que nunca y en el fondo sabía que no tenía sentido luchar, que ya había perdido la batalla.

Dejó la cámara en el suelo, se arrodilló entre las piernas de él y le besó el estómago plano.

Gabe sabía que debería haberle dicho a Hannah que sus días en Dundee estaban contados, pero se habían puesto a hacer el amor con tal rapidez que no había pensado en ello antes.

Podía decírselo ahora, que ella yacía satisfecha a su lado. Pero se entrometió el teléfono.

Al ver que no se movía, Hannah levantó la cabeza.

—¿No contestas?

Él le lanzó una sonrisa retadora.

—¿Por qué no lo haces tú?

La joven miró el teléfono.

—Crees que no sería capaz, ¿eh?

—Creo que deberías. Si no nos importan sus opiniones, la gente pierde su poder. Si te dicen que nos acostamos juntos, tú diles que siempre que podemos. ¿Qué van a hacer después de una respuesta así?

—Cierto —musitó ella. Levantó el auricular con una sonrisa—. ¿Diga? —hubo una pausa—. No, soy Hannah —hizo una mueca para indicar que no le gustaba la persona que llamaba–. ¿Qué has dicho? Sí, está aquí. Un momento.

Miró a Gabe.

–Deborah Wheeler quiere hablar contigo –le tendió el teléfono y luego le lamió los pezones para distraerlo.

Él le pasó un brazo por el cuello riendo y la sujetó encima de él.

–¿Sí?

Deborah no contestó.

–¿Sí? –repitió él.

–Si puedes apartarte unos segundos de tu nueva amante, tengo algo que decirte.

–No sé si quiero oírlo.

–Yo creo que sí.

Gabe frunció el ceño y acarició el pelo sedoso de Hannah.

–¿Qué?

Deborah vaciló, pero cuando volvió a hablar, el tono de su voz había cambiado.

–Olvídalo –dijo. Y colgó.

–¿Qué quería? –preguntó Hannah sorprendida.

Gabe miró un momento el auricular.

–No lo sé, no me lo ha dicho.

–No le ha gustado que estuviera yo aquí, es una devota admiradora tuya.

–¿Bromeas? Me odia.

–Solo porque no puede tenerte –le explicó Hannah.

Gabe la miró un momento. La estrechó contra sí. No quería estropear aquel momento, pero sabía que había algo que tenía que decirle.

—El sábado me voy a Nueva York.

Hannah se sentó en la cama.

—¿Para qué?

—Por una oferta de trabajo.

—¡Ah! —ella se mordió el labio inferior—. ¿Es una buena oferta?

—La ESPN quiere que presente su programa sobre la NFL.

—¿Qué? —ella abrió mucho los ojos—. Eso es maravilloso. ¡Qué emocionante!

Gabe no se dejó engañar por sus palabras; sabía que ella se esforzaba mucho por alegrarse por él.

—¿Y te irás a vivir a Nueva York? —preguntó Hannah.

—No para siempre. Solo un año o dos.

La joven salió de la cama y empezó a vestirse.

—Un año o dos —repitió.

—Voy a hacer unos sándwiches —propuso él.

Ella siguió vistiéndose.

—No, tengo que hacerte la foto y marcharme corriendo. Esta tarde tengo una cita.

Gabe se cambió de la cama a la silla y tiró de ella, pero Hannah se mantuvo de espaldas a él, posiblemente para que no pudiera verle la cara.

—¿Qué pasará con el equipo? —preguntó ella.

—Ayer llegó el entrenador nuevo y asistió a los entrenamientos. Se llama Buzz Smith. Creo que te gustará. Es un tipo estupendo, ha entrenado en universidades...

—¿Los jugadores lo saben?

—Todavía no. Dije a todo el mundo que Buzz era un asesor. Todavía no he decidido del todo aceptar el trabajo.

Ella lo miró, pero una sonrisa fría había reemplazado la calidez y felicidad que mostrara su cara un rato antes.

—Claro que lo aceptarás. Yo quiero que lo aceptes. No puedes rechazar una oportunidad así, es perfecta para ti.

—No es solo por la oportunidad —intento explicar él—. Intento averiguar dónde puedo encajar ahora que... que las cosas han cambiado. Espero que lo comprendas.

Hannah asintió.

—Claro que sí. Sabía que esto llegaría antes o después. Es solo que hoy me he permitido creer... —se encogió de hombros— que ocurriría después.

—¿Quieres que lo posponga? —preguntó él.

—No. Yo quiero lo que te haga feliz a ti.

Gabe la creía. Hannah era una de las pocas personas que había conocido que no pedía nada.

—¿Cenarás conmigo mañana después del partido?

—Si puedo sí —repuso ella—. No sé qué planes tiene Russ para los chicos.

—¿Este fin de semana no van con él?

—Sí, pero no sé nada de él desde... —no terminó la frase.

—Me gustaría que me dejaras hablar con él.

Hannah abrió la puerta del dormitorio y Lazarus entró corriendo, como si llevara varias semanas sin ver a Gabe.

—Tú ya tienes bastante. Mañana es el primer partido, te irás pronto a Nueva York. Deja a Russ de mi cuenta. No pasará nada. Ahora tengo que hacerte la foto.

Salió en busca de la cámara y volvió enseguida. Gabe sabía que debía de tener el pelo revuelto, pero no le importaba. Y Hannah sacó la foto sin comentar nada.

—Te llamaré luego —dijo él.

La mujer asintió con la cabeza y consiguió sonreír un instante antes de guardar la cámara y salir corriendo.

# XVIII

Cuando Hannah llegó al aparcamiento del instituto, la banda de la escuela tocaba ya su primera canción. Prácticamente todo Dundee acudía a esos
partidos, por lo que Brent y ella tuvieron que hacer
cola para entrar, pero no le importó. Faltaban unos
minutos para que empezara el encuentro y le gustaba
el ambiente. Olía a perritos calientes y a nachos y las
animadoras bailaban en el campo con sus uniformes
de color rojo y dorado. Tiffany Wheeler estaba delante de todas y Hannah la miró y comprendió por
qué le gustaba a Kenny. Tenía un bronceado dorado,
pelo largo rubio y unas piernas muy bonitas.

Cuando pagó los billetes de entrada, tomó a
Brent de la mano y se abrió paso hacia las gradas,
sonriendo y saludando por el camino a la gente que
conocía.

—¡Hannah! ¡Brent! ¡Aquí!

La joven miró las gradas donde se sentaba su ex-marido con Donny, Patti y la familia de esta.

—¿Vamos a sentarnos con papá? —preguntó Brent.

Hannah no podía creerlo, pero Russ se portaba como si lo del sábado no hubiera ocurrido.

—¿Mamá? —insistió Brent.

Ella le sonrió.

—Claro que sí —empezó a subir las gradas, pero de pronto no le apeteció nada tener que lidiar con Russ, Patti y Donny, sabiendo que seguramente habían pasado mucho tiempo hablando de Gabe y ella—. Ve tú —dijo al niño—. Yo voy a comprar una chocolatina.

—¿Para mí también?

—Claro.

Brent sonrió y siguió subiendo las gradas. Hannah esperó hasta que lo vio con su padre y se alejó. Un trecho más allá miró hacia el campo. Gabe estaba sentado en su silla de ruedas, tan guapo como siempre con un jersey negro y pantalón caqui. Al parecer, había dejado a Lazarus en casa, pues no estaba por allí.

Al fin anunciaron el comienzo del partido por los altavoces. Hannah fue a comprar las chocolatinas y se abrió paso por las gradas hasta donde estaba su exmarido y la familia de este.

—Hola —dijo—. Pasó una chocolatina a Brent y contuvo el aliento al ver a Kenny saltar al campo.

La primera serie de downs no fue bien. Los Espartanos intentaron correr tres veces, pero no pasaron de las tres yardas. Después Kenny hizo un lanzamiento y se lo interceptaron.

Hannah frunció el ceño.

—Ni siquiera hemos conseguido un primer down —dijo cuando le llegó el turno al otro equipo.

—Se lo decía a Patti, que estaba sentada entre ella y Russ con Joseph, su marido, justo detrás, pero fue Russ el que contestó.

—No te hagas ilusiones; creo que los Espartanos van a hacer un mal partido.

—¿Por qué? —preguntó ella, irritada por la predicción.

—Los Gatos Salvajes son muy buenos esta temporada.

—Kenny también.

—No es por Kenny, es por el entrenador —replicó él.

—¿Estás diciendo que vamos a perder? —preguntó Hannah.

—Sí, eso es lo que digo —la miró con dureza—. Y será gracias a Gabe.

—Yo también creo que vamos a perder —comentó Patti.

—Os apuesto lo que queráis a que no —repuso Hannah con frialdad.

Russ sonrió al ver que la defensa de los Espartanos cedía quince yardas en una jugada.

—¿Qué quieres apostar?

Hannah pensó un momento.

—Uno de mis panes caseros a cambio de tu fin de semana con los chicos.

—No me interesa.

—Te encanta mi pan casero.

—No es eso lo que quiero.

El quaterback de los Gatos Salvajes ganó otras once yardas, pero Hannah se negaba a desalentarse por eso.

—¿Qué quieres?

—Una cita.

Ella dio un respingo.

—Bromeas, ¿no?

—No, Patti no deja de decirme que debería intentar conquistarte otra vez y eso es lo que pienso hacer.

Patti sonrió.

—Yo creo que sería maravilloso para todos que pudierais entenderos.

Los Espartanos hicieron entonces su primera jugada buena y la multitud aulló de entusiasmo. Hannah saltó y aplaudió con todos.

—¿Cuánta confianza tienes en este equipo? —insistió Russ.

—Mucha —contesto ella.

—¿Aceptas la apuesta?

—No.

—Porque sabes que tu niño bonito no está a la altura del trabajo —la provocó él.

Hannah respiró hondo y levantó la barbilla. Gabe y Kenny ganarían el encuentro. Estaba segura.

—Está bien —dijo—. Acepto la apuesta.

El marcador estaba 14 a 0, faltaban solo treinta segundos de la primera mitad y Gabe observó a Fred Mendoza hacerse con la pelota, pero Moose Blaine no pudo bloquearlo y los Espartanos perdieron de nuevo.

Gabe movió la cabeza. Su equipo no había ganado más de veinte yardas en una sola jugada. Estaba viendo justo lo que no quería ver y no tenía dudas de que Blaine se hallaba detrás de aquello.

—No juegan como en el entrenamiento —dijo Buzz Smith a su lado.

—Creo que ha llegado el momento de buscar sustitutos.

—No sé si queremos hacer eso todavía —objetó Buzz—. Es su primer partido. Hay que darles ocasión de sacudirse la pereza.

Gabe no le había dicho nada de Blaine porque era un problema que pensaba resolver ese mismo día. Decidió que ya había esperado bastante. Había dado tiempo de sobra a los jugadores y no habían hecho lo que debían. Varios de ellos tenían que estar confabulados con Blaine. Seguía sin saber si Kenny estaba en el grupo o no, pero Gabe se sentía tentado de retirarlo aunque no fuera así. No contaba con protección suficiente y no quería ponerlo en peligro.

—Sígueme la corriente —le dijo a Buzz. Y empezó a decir nombres.

—Colin, sustituye a Moose. Manny, tú entras de defensa.

Miró a Blaine y vio que sonreía. Gabe volvió la vista al campo malhumorado. No quería perder y menos así.

Al final del primer tiempo, los Espartanos salieron del campo con la cabeza baja. Gabe pensó que no los estaba derrotando el otro equipo, sino ellos mismos.

Owens y Blaine controlaban el equipo.

—Ve delante —le pidió Gabe a Buzz.

Cuando se acercaba a los espectadores de primera línea, oyó reír a una mujer y comentar que el gran Gabriel Holbrook no parecía tener aptitudes de entrenador. Reconoció la voz de Deborah, que estaba de pie en la verja.

—Intenté avisarte de que tendrías problemas con el equipo, pero estabas demasiado ocupado con Hannah para molestarte en hablar conmigo —le dijo.

Gabe no le hizo caso.

—Gabe...

Una mano fuerte y familiar le apretó el hombro junto antes de que entrara en los vestuarios. Era su padre.

—¿Sí?

—Tienes que hacer algunos cambios, ¿eh?

¿Ahora intentaba decirle cómo entrenar?

—Algunos.

—¿Qué vas a hacer?

—No lo sé todavía.

—Mucha gente sacaría a Price.

—Lo que pasa no es culpa de Kenny. No tiene protección.

—¿Vas a seguir con él?

—Puede. Sé que es capaz de hacerlo.

Garth metió las manos en los bolsillos y asintió.

—Sigue tu instinto. Tú sabes lo que haces. Queda mucho tiempo.

Gabe comprendió de pronto por qué estaba allí. Para ofrecerle su apoyo. Su padre quería que ganara.

Reenie tenía razón. Independientemente de aquel incidente de veinticuatro años atrás, su padre siempre había estado a su lado y les había proporcionado unos cimientos sólidos.

—Tengo que entrar —musitó.

—Bien —repuso Garth.

—¿Papá?

—¿Sí?

—Gracias.

Su padre sonrió y asintió con la cabeza.

—Ve a por ellos.


Hannah permaneció en su asiento durante el descanso.

—¿Adónde quieres ir en nuestra cita? —preguntó Russ—. Podemos dejar a los niños con Patti e ir a algún sitio el fin de semana.

—Los Espartanos todavía no han perdido —repuso ella—. Y una cita no dura todo un fin de semana. Si pierdo yo, como mucho iremos al cine con los chicos.

El rostro de Russ se ensombreció.

—Es por Gabe, ¿verdad? La gente tiene razón. Te acuestas con él.

Hannah miró rápidamente a Brent y le alivió ver que estaba charlando con sus primas y no lo había oído. Pero Patti se inclinó más, ansiosa por escuchar su respuesta.

Su primer impulso fue negarlo. Hasta que recordó el consejo de Gabe sobre los chismorreos.

—Sí —repuso—. Y es fabuloso en la cama.

Era la verdad más grande que había dicho en su vida. Patti abrió mucho los ojos y Russ dejó caer la mandíbula.

—¿Quieres decir que la madre de mis hijos, la mujer a la que he conocido toda mi vida, es una fulana barata?

—Russ...—le advirtió Patti, que temía que lo oyeran los niños.

Hannah lo miró a los ojos y sonrió.

—No, quiero decir que estoy enamorada de Gabriel Holbrook y no me importa quién lo sepa.

—Te está utilizando para vengarse por lo que le hiciste —dijo su exmarido.

—Cometes un error —le advirtió Patti—. No podrás retenerlo.

Hannah miró el campo vacío.

—Eso no cambia nada.


Kenny estaba apoyado en las taquillas y escuchaba a Owens reñir al equipo.

—¿Se puede saber qué os ha pasado? —gritaba este—. ¿Queréis que se burlen de todos nosotros?

Algunos chicos negaron con la cabeza y murmuraron una respuesta, pero la mayoría miraba al suelo en silencio.

Después de Owens, le tocó el turno a Blaine y Kenny ni siquiera pudo mirarlo. Le odiaba, no le gustaba cómo había dividido al equipo y le gustaba menos aún que fueran ganando los malos. Él no conseguía influir en el juego por mucho que lo intentaba.

—Hace pocas semanas que perdimos al entrenador Hill —dijo Blaine—. No es raro que haya un retroceso... —siguió hablando sin decir nada.

Al fin le tocó el turno a Gabe, pero no habló de inmediato. Se quedó sentado en la silla y esperó hasta que todos lo miraron. Cuando hubo un silencio absoluto, preguntó:

—¿Cuántos de vosotros pensáis que esto es solo un juego?

Unos pocos chicos levantaron la mano.

—Pues estoy aquí para deciros que no es solo un juego —continuó Holbrook. Lanzó una mirada acerada a los chicos—. Esta tarde no. ¿Y por qué? Porque la vida está hecha de cosas pequeñas, de decisiones que tomamos todos los días. Así vamos construyendo lo que somos.

Miró a los mellizos, que tan poco habían apoyado a Kenny.

—La vida es tener coraje y cumplir siempre con tu papel. Es intentarlo de verdad. Nada más importa. ¿Entendéis?

Nadie contestó.

—¿Entendéis? —repitió.

Kenny no pudo evitar asentir con la cabeza.

—Price, explícaselo a los otros.

Kenny carraspeó. No le gustaba aquella posición, sobre todo porque se sentía culpable por haber sentido tentaciones de fallarle a su equipo. Pero la mirada de victoria de Blaine indicaba que creía que tenía atrapado a Holbrook y Kenny sabía que tenía que decir algo.

—Es nuestro momento de definirnos —dijo—.

Aquí es donde nos demostramos a nosotros mismos y a los demás quiénes somos en realidad y de qué estamos hechos.

—No es ninguna vergüenza perder alguna vez –intervino Blaine–. El otro equipo...

—Aquí no se trata de ganar o perder –lo interrumpió Holbrook–. Se trata de carácter. Hay dos clases de hombres, los fuertes, que permanecen fieles a su brújula interna pase lo que pase, y los débiles, que se dejan influir fácilmente y acaban privándose a sí mismos de todo lo que pueden ser.

—Eso se lo oí una vez al entrenador Hill –dijo Brandon Joseph.

Gabe sonrió.

—Yo también... hace veinte años. Y sé que, si estuviera hoy aquí, diría lo mismo. Bien, ¿qué me decís? ¿Qué clase de hombres queréis ser vosotros? ¿Vais a ser leales a vuestro equipo, a los demás jugadores, al entrenador Hill y a mí?

—Yo sí –gritó Dookie Howser.

—Yo también –gritó otro. Y la respuesta no tardó en convertirse en un coro.

Kenny vio que los mellizos se miraban y lanzaban una mirada incómoda al entrenador Blaine. Moose se puso en pie.

—Lo siento, entrenador –dijo. Bajó la cabeza–. Yo no merezco jugar porque no he hecho todo lo que he podido. Pero espero que me saque en el segundo tiempo y me deje compensar por ello.

Blaine enrojeció al oír a su primo.

—Nadie debería pasar a tu lado, eres demasiado bueno, Moose –Holbrook miró a Kenny–. Tú eres el capitán–. ¿Qué puedo esperar de ti en la segunda mitad?

Kenny lo miró a los ojos. Tal vez el entrenador no estuviera allí al año siguiente y él no volviera a jugar al fútbol, pero ese día jugaría por un hombre al que podía respetar.

—Haré todo lo que pueda —declaró.

—Te creo —repuso Holbrook—. Creo que todos os vais a entregar a fondo. Y ahora salid ahí y demostrádmelo.

# **XIX**

El ambiente en el campo era muy distinto en el segundo tiempo, pero el trabajo de Kenny no tenía nada de fácil. La mayoría de los jugadores habían entendido lo que había pasado en los vestuarios y parecían comprometidos con el partido, pero quedaban algunos como Sly, a los que no les importaban nada las brújulas internas, el respeto o la lealtad del equipo, lo que implicaba que los otros tenían que esforzarse el doble.

A mitad del tercer cuarto, los Espartanos tuvieron al fin ocasión de marcar. Lonny falló el blocaje en la tercera y la séptima y la defensa corrió a su puesto. Pero Kenny consiguió adelantarse y marcar el primer touchdown para los Espartanos. Cuando vio que el árbitro levantaba la mano, sintió una descarga de adrenalina, pero alguien se lanzó entonces contra él y le golpeó cuando no lo esperaba. Cayó

sobre el brazo izquierdo y el dolor lo dejó paralizado.

—Kenny, ¿estás bien? —Moose apartó al jugador
contrario que lo había tirado al suelo.

El chico se alejó en cuanto vio el tamaño de
Moose y Kenny intentó asentir con la cabeza, pero
apenas si podía respirar.

—¿Estás mal? —insistió Moose.

Kenny nunca había sentido tanto dolor. Pero
sabía que no podía dejar que se notara. Tenía que
seguir en el partido.

—Estoy bien —consiguió decir, pero no protestó
cuando Moose lo agarró por la camiseta y lo levantó.

—Gracias.

Moose lo miró preocupado.

—No pareces estar bien.

—Sí que lo estoy.

—¡No es verdad!

Hasta que Moose no le miró el brazo, Kenny no
se dio cuenta de que no podía moverlo.

—Lanzaré con la otra mano —dijo—. No digas
nada.

Pero las gradas estaban en silencio y Owens y
Blaine corrían ya por el campo junto con el masa-
jista del equipo.

—Vamos —dijo Kenny entre dientes—. Estoy bien.
Vamos.

Owens no parecía convencido.

—Ha sido un buen golpe.

—¿Nos han dado la penalización? —preguntó
Kenny, que seguía luchando contra el dolor.

—Quince yardas.

—Bien —al fin llegó al banquillo y se volvió a mirar a los otros jugadores.

—Tienes que salir de aquí —le dijo Owens.

—¿Está bien Kenny?

Owens miró a Holbrook, que se acercaba con Buzz.

—Está lesionado.

—No es verdad —protestó el chico.

Owens no le hizo caso.

—¿A quién quieres poner en su lugar?

—A Greer —contestó Holbrook.

—Pero estoy bien —insistió Kenny.

Holbrook lo miró sorprendido.

—Si te sientes bien, puedes sentarte y mirar el partido. Si no, vamos a llamar a tu madre y que te lleve al médico.

—Puedo jugar —insistió Kenny.

—¿Y si tienes algo roto?

—Le haremos radiografías después del partido. No pasará nada por esperar.

—Kenny...

—Por favor, entrenador. Lo necesito —dijo con suavidad—. Por favor, tengo que hacerlo.

—Pueden golpearte otra vez —le advirtió Holbrook.

A poca distancia de allí, la defensa se esforzaba por contener a los Gatos Salvajes en su lado del campo. Kenny hizo una mueca al verlos. La sola idea de rozar su brazo con alguien casi hacía que se desmayara. Pero tenía que terminar lo que había empezado.

—Si me dan otra vez, me saca del campo.

—¿Te duele mucho?

—El brazo está un poco dormido, nada más —mintió Kenny, aunque tenía la sensación de que todo su cuerpo acababa de pasar por una picadora de carne.

Blaine se acercó desde atrás.

—Quiere hacerse el héroe, dejarse llevar por su ego. No le hagas caso. Claro que tienes que sacarlo.

Kenny abrió la boca para suplicarle a Holbrook. Los Espartanos iban a perder porque un imbécil lo había tirado al suelo. Blaine ya había hecho bastante daño al equipo. Pero no tuvo que decir nada.

—Puedes jugar —cedió Holbrook—. Pero tienes que ir con cuidado. Si intentas correr...

Blaine apretó los puños.

—Cometes un error —dijo—. Este chico tiene una cabeza tan dura como la tuya.

Holbrook no le hizo caso.

—No corras —dijo a Kenny.

Este se puso el casco con la mano buena.

—No correré.

—Te despedirán por esto —oyó que decía Blaine a Holbrook.

—Es posible —repuso Holbrook—. Pero lo que te aseguro que es cierto es que tú no estarás aquí la semana que viene.

Kenny no sabía cuál de los dos tendría razón, solo sabía que su madre y su hermano estaban mirando y que tenía que demostrarles a ellos, y a sí mismo, la clase de hombre que quería ser.

—Está herido —dijo Hannah, que observaba a Kenny intentar otro pase.

—No —repuso Russ.

Hannah miró el modo en que mantenía el chico el brazo izquierdo. No era natural. Y tampoco se movía ni la mitad de rápido que normalmente.

—Acaba de lanzar otro pase —intervino Patti—. Yo creo que está bien.

—¿Puedes vigilar a Brent un momento? —preguntó Hannah.

Se levantó y bajó hasta la alambrada, desde donde podía ver mejor.

Kenny retrocedió para lanzar de nuevo, pero no pudo conseguir el paso. Un defensa rompió la línea frontal. Kenny se movió a la izquierda para evitar el blocaje. Moose lanzó al otro chico fuera y consiguió proteger a su quaterback lo suficiente para que Kenny lanzara la pelota unas cuantas yardas. Después de la jugada, Hannah vio que Moose preguntaba a Kenny si estaba bien y su hijo asentía con la cabeza.

—Hola, Hannah.

Alzó la vista y vio a Mike Hill. Lo saludó.

—Kenny está haciendo un gran partido. Ese chico tiene algo especial.

—Estoy orgullosa de él. Pero ahora está herido. ¿Crees que Gabe lo sabe?

—Seguro que sí.

—¿Y por qué no lo saca?

—No sé, pero debe de tener un buen motivo, ¿no te parece?

Ella no estaba tan segura. ¿Confiaba tanto en Gabe? No estaba acostumbrada a que nadie más cuidara de sus hijos.

—Seguro que todo irá bien —añadió Mike con gentileza.

Ella asintió y él le pasó una mano por el hombro y apretó con gentileza.

—¿Quieres bajar ahí?

Hannah miró a Kenny y después a Gabe. Respiró hondo. Gabe no era Russ. No la decepcionaría.

—No.

—¿Quieres sentarte con Lucky y conmigo?

Hannah pensó que sería mejor opción que ver el resto del partido con Russ.

—De acuerdo.

Una hora después, Gabe estaba sentado en el campo vacío y miraba el marcador, que seguramente se apagaría en cualquier momento junto con las luces. 21 a 20.

—¿Nos vamos ya? —preguntó Brent.

Hannah había ido a médico con Kenny y él se había ofrecido a quedarse con el pequeño. Lo había hecho para ayudarla, pero también porque así estaba seguro de que la vería esa noche.

Brent siguió su mirada.

—Hemos ganado, ¿verdad?

—Sí. Gracias a Kenny y esa última jugada.

—¿Cómo ha ganado Kenny?

—Porque ha jugado con el corazón —repuso Gabe.

Alguien gritó en ese momento su nombre y se volvió. Mike y Lucky avanzaban hacia ellos.

—Buen partido —dijo Mike.

—Gracias.

Gabe miró a Lucky. Tenía un rostro delicado y un cuerpo con curvas, pero él ya sabía que su medio hermana era muy guapa. También sabía lo mucho que la amaba Mike y lo feliz que era en su matrimonio.

Quizá le fuera posible aceptarla solo por eso...

—Seguro que estás orgulloso de Kenny —dijo ella.

—Sí —contestó él.

—¿Crees que se pondrá bien? —preguntó Mike.

—Lo sabremos pronto. Hannah lo ha llevado al doctor Hatcher.

—Espero que no se haya roto nada.

—Yo también —estaba preocupado por Kenny, pero sabía que el chico jamás se lo hubiera perdonado si lo hubiera sacado del partido.

—Blaine estaba haciendo lo que pensábamos, ¿verdad? —preguntó Mike.

—Sí.

—¿Y qué vas a hacer?

—Procurar que no vuelva a entrenar nunca más —no tenía elección, sobre todo ahora que se iba a ir. No podía entregar su equipo a otra persona mientras Blaine estuviera allí.

—Tenían que haberlo despedido después de lo que te hizo a ti hace veinte años —declaró Mike.

—Por suerte no va a ser difícil deshacerse de él. Moose está dispuesto a hablar.

—¿Sí? ¿Su sobrino?

—No le gusta lo que ha hecho su tío y quiere decir la verdad.

—Me alegro por él. ¿Kenny te ha dicho algo de Blaine?

—No he tenido ocasión de hablar con él después del partido.

Brent tiró de la manga de Holbrook.

—¿Nos vamos a casa?

—Pronto.

—Estás de canguro, ¿eh? —sonrió Mike.

—Solo intento ser un buen entrenador —repuso Gabe.

Mike soltó una risita.

—No me lo tragaba antes y no me lo trago ahora.

—¿Gabe? —intervino Brent—. ¿Nos vamos? ¿Por favor?

—¿Por qué tienes tanta prisa?

—Quiero jugar con Lazarus.

—Pero no vamos a mi casa, vamos a la tuya.

—¿Y no podemos ir a buscarlo antes?

Gabe abrió la boca para explicarle que su casa estaba lejos, pero volvió a cerrarla. De todos modos tenían que esperar, así que podían usar el tiempo yendo hasta la cabaña.

—Tengo una idea —dijo—. Tengo que irme unos días del pueblo. ¿Crees que puedes cuidar del perro hasta que vuelva'

Brent abrió mucho los ojos.

—¿Me lo vas a dejar a mí?

—Si no le importa a tu madre, sí.

—No le importará.

—Gabe —intervino Mike—. Tanto si vuelves como si no, te agradezco que estuvieras dispuesto a sustituir a mi padre. Sé que esta noche se habría sentido orgulloso.

—Gracias. ¿Pero como sabes...?

—Hannah se ha sentado con nosotros en la segunda parte. El domingo veré tu programa. Buena suerte.

Sonrió y se alejó con su esposa.

—¿Puedo empujar tu silla? —preguntó Brent cuando se quedaron solos.

Gabe apartó la vista de su hermanastra y su mejor amigo. Iba a negarse, como siempre, cuando vio el rostro esperanzado de Brent y cambió de idea.

—Claro que sí.

—¡Qué bien! Eres el único que conozco que tiene una de estas —consiguió empujarlo hasta el cemento antes de que le cedieran las fuerzas—. Estoy cansado —protestó—. ¿Puedo ir delante contigo?

Gabe lo miró sorprendido.

—¿No eres muy mayor para sentarte en las rodillas de la gente?

—Solo tengo siete años.

Hacía mucho que Gabe no tenía a un niño encima y de pronto echó mucho de menos a su sobrina y sus dos sobrinos y se preguntó cómo podía haber dejado pasar tanto tiempo sin ir a verlos.

—De acuerdo, sube.

Brent se subió a sus rodillas y, por primera vez desde el accidente, Gabe se preguntó cómo sería tener un hijo. Tal vez el fútbol no fuera lo único que había en la vida después de todo.


Kenny no se había sentido nunca tan cansado. El partido lo había dejado exhausto, pero habían ganado. Todavía no podía creerlo. Había lanzado dos touchdowns con un brazo roto.

—Estás muy callado —musitó Hannah cuando salieron de la consulta del médico—. ¿Te duele mucho?

Kenny miró su escayola.

—No, la pastilla ya ha hecho efecto.

—¿Estás cansado?

—Agotado. ¿Adónde crees que ha ido papá? —preguntó, ya en el coche.

Su madre lo miró.

—Ni idea. Está furioso conmigo y ya sabes que, cuando se enfada conmigo, desaparece. Seguro que te llama mañana. Debe estar muy orgulloso de cómo has jugado hoy.

Kenny sabía que no estaría orgulloso, sino enfadado porque no había hecho lo que le había dicho. Pero su padre solo quería hacer daño a Holbrook, lo cual era estúpido. ¿Por qué tenían que perder los Espartanos solo porque a su padre no le gustara el nuevo entrenador?

—¿Por qué está enfadado contigo?

—Porque no le gusta que me vea con Gabe.

—¿Y cómo se ha enterado?

Hannah enarcó las cejas.

—¿Tú crees que es posible guardar un secreto en este pueblo?

Kenny suponía que no.

—Papá tuvo su oportunidad y la estropeó —dijo—. No tiene derecho a enfadarse contigo porque salgas con otro.

—Los sentimientos no siempre son razonables, hijo.

—¿Y qué sentimientos crees que tiene Holbrook por ti?

Hannah paró el coche delante de la casa y apagó el motor.

—Creo que le gusto —dijo—, pero seguramente no nos veremos mucho en el futuro.

—¿Por qué?

—Porque le han ofrecido un trabajo en Nueva York. De presentador de *Cuenta atrás* en la ESPN.

—¿En serio? —preguntó Kenny, impresionado.

—Es una gran oportunidad.

—¿Y el equipo? —preguntó el chico.

—Lo sustituirá Buzz Smith.

¡Vaya! Otro entrenador. Holbrook les estaba fallando a su madre y a él.

Cuando entraron en la casa, Gabe estaba tumbado en el sofá. Parecía dormido, pero levantó la cabeza al oírlos.

—¿Cómo ha ido? —preguntó.

—Me han escayolado —Kenny le mostró el brazo.

—Pero es una fisura limpia —explicó Hannah—. Le quitarán la escayola en tres o cuatro semanas. El doctor dice que le protege el brazo, así que puede jugar antes si quiere.

Gabe se sentó y colocó los pies en el suelo con las manos.

—Me alegro.

—Mi madre dice que usted también tiene buenas noticias —dijo Kenny.

Gabe dudó un momento.

—¿Qué noticias?

—¿No se va a Nueva York a la televisión?

—Ah, sí.

—Estupendo —dijo Kenny, pero no consiguió poner ningún entusiasmo en la voz, porque lo que de verdad quería decirle era que no se fuera, que su madre y él lo necesitaban allí.

# XX

Hannah se sentó en el brazo del sofá y miró a Gabe. Los pasos de Kenny se alejaban por el pasillo y sabía que estaría dormido en cuestión de minutos. Ella también estaba cansada... demasiado para afrontar el hecho de que Gabe se fuera a la mañana siguiente.

Oyó movimiento detrás de ella y se volvió.

—Hola, Lazarus. ¿De dónde sales tú?

—Brent quería jugar con él.

—¿Y has ido a buscarlo?

—Sí.

—¡Qué amable!

—Además, quiero que os lo quedéis mientras esté fuera.

—¿No quieres llevártelo a Nueva York?

—No creo que le guste el viaje. No está acostumbrado a pasar tantas horas encerrado en una jaula.

Tampoco estaba acostumbrado a estar sin Gabe, pero ella no pensaba decir nada al respecto. Si se quedaba el perro, él tendría que volver antes o después, ¿no?

—Puede quedarse.

—Gracias.

—¿A qué hora sale el avión?

—A las siete.

—¿En serio? Pues tendrás que salir a las cuatro y media para llegar a Boise.

—Lo sé. He hecho el equipaje cuando hemos ido a por Lazarus –señaló una maleta en un rincón de la sala que ella no había visto antes.

¿Pensaba, pues, pasar la noche allí? Casi sonrió, pero optó por hacer una mueca.

—No tenías que haberte ofrecido a quedarte con Brent. No vas a dormir nada.

—Quería verte antes de irme y saber si Kenny estaba bien.

—Está bien. ¿Quieres que te lleve al aeropuerto?

—No, es demasiado pronto y está demasiado lejos. Dejaré la furgoneta en el aparcamiento de allí –la miró–. ¿Te vas a pasar la noche ahí sentada?

Ella se giró hacia el pasillo.

—Puede que se levanten los chicos.

—¿Y qué? No creo que los sorprenda encontrarte en el sofá conmigo. Ya saben que me quieres.

Hannah abrió mucho los ojos.

—¿Qué?

—Por lo menos Brent –corrigió él–. Me lo ha contado esta noche.

—Brent no sabe nada.

Gabe sacó algo que tenía debajo de la cabeza a modo de almohada. Era su camiseta blanca.

—Me ha enseñado esto y me ha dicho que duermes con ella por las noches.

Hannah se ruborizó hasta la raíz del pelo.

—En este pueblo no hay intimidad.

Él soltó una risita.

—No importa. Yo ya sabía que esto no era algo trivial.

—¿Cómo?

—¿Cómo? Porque lo siento así.


Hannah no quería perder durmiendo las pocas horas que tenían juntos. Sabía que podía ser la última vez que estuviera en sus brazos. Cuando él se fuera a Nueva York, podía fácilmente dejarse arrastrar por el éxito, el dinero y la fama. Había muchas cosas esperándolo. Su retirada del ojo público durante tres años haría que su reaparición fuera mucho más sensacional y en medio de tanta atención le resultaría fácil olvidarla.

Pero ya lidiaría con el futuro en otro momento. Esa noche quería apoyar la mejilla en su pecho y oír los latidos de su corazón.

Gabe la besó en la sien.

—¿No duermes?

—Estoy pensando.

—¿En qué?

—En todo.

—¿Te molesta que me vaya a Nueva York?

—No, me alegro por ti.

—¿De verdad? —preguntó él, adormilado.

—De verdad —le aseguró ella. Cerró los ojos y procuró disfrutar de la sensación de él a su lado.

Patti llamó a Hannah el miércoles siguiente.

—Me han dicho que Gabe está en Nueva York.

Hannah dejó la foto que estaba enmarcando y se sentó en la silla delante de su escritorio.

—Te han dicho bien.

—Kenny le contó a Russ que trabaja en *Cuenta atrás*.

Hannah y Kenny habían visto el programa el domingo y les había gustado. Gabe era un comentarista muy bueno: inteligente y divertido en ocasiones.

—¿Cuándo ha hablado Kenny con Russ? El viernes no pudimos localizarlo después de ir al médico.

—Estaba enfadado. Pero el lunes llevó un sándwich a Kenny a la hora de comer y se disculpó por su comportamiento.

—Me alegro por él —dijo Hannah.

Kenny no se lo había comentado, pero su hijo estaba muy ocupado con Tiffany. Cuando no llamaba ella, llamaba él, pero hablaban horas por teléfono.

—Russ no es tan malo como tú quieres creer —comentó Patti.

Hannah se tocó la mejilla.

—Ni tan bueno como quieres pensar tú —contestó.

Hubo un silencio. Patti no se había acostumbrado todavía a que Hannah fuera tan directa.

—¿Vas a intentar seguir con Gabe?

—No. Gabe se ha ido y no espero que vuelva, por lo menos en el futuro cercano.

—¿Te llama?

—De vez en cuando.

La había llamado dos veces, pero no habían hablado mucho. Ella le había dicho que Lazarus estaba bien, que a Kenny le gustaba el entrenador Smith, que Blaine había dimitido cuando se enteró de que varios chicos habían hablado con la Junta... Pero no le había dicho que sentía un vacío por dentro ni que grababa su programa y lo veía una y otra vez cuando los chicos dormían.

—¿Sigues enamorada de él? —preguntó Patti.

—Eso no es algo que puedas encender y apagar.

Su excuñada suspiró.

—Espero que estés dispuesta a seguir viniendo a los acontecimientos familiares por el bien de los chicos.

—Siempre lo he hecho.

—Es el cumpleaños de papá.

Hannah miró el calendario. No lo tenía apuntado. Por primera vez en veinte años, había estado a punto de olvidar el cumpleaños de Pug.

—¿Cuándo es la fiesta?

—El domingo. ¿Vendréis?

—Sí. ¿Dónde?

—En mi casa. A la una. Haremos una gran barbacoa y veremos el partido de los Raiders.

—A tu padre le gustará eso.

—Creo que sí.

—Hasta el domingo.

El viernes por la noche, Gabe estaba sentado en un restaurante con Phil Hunt, su esposa Tonya, Harvey Fischer, jefe de Phil, y la acompañante de este, Gigi... que parecía tener la mitad de la edad de él y llevaba dos veces su peso en diamantes. Había una tercera mujer, supuestamente amiga de Gigi, pero que parecía una estrella porno con pechos como sandías. Su vestido revelador y el modo en que lo rozaba a la menor oportunidad sugerían que estaba dispuesta a irse a casa con Gabe si él quería.

Pensó con sarcasmo que esas eran las ventajas de ser rico y famoso. Había vuelto al lugar donde estaban el dinero y la atención, donde si quería, podía tener sexo, alcohol y drogas todas las noches. Pero las drogas y el alcohol no le interesaban, y el sexo tampoco, al menos con Barbie, que seguramente no era su verdadero nombre.

—¿Te gusta Nueva York, Gabe? —preguntó la esposa de Phil.

Él dejó el vaso de vino en la mesa.

—Siempre me ha gustado.

Le gustaba el pulso de la ciudad, el arte, la gente, los edificios. Pero solo de visita. No se imaginaba viviendo allí indefinidamente. No había espacio para respirar, ni pinos, ni un lugar para Lazarus.

—Siempre he sido admiradora tuya —continuó la esposa de Phil—. Me alegro de que hayas venido esta noche.

—Y yo me alegro de haber venido —repuso él, pero no era cierto. Se había dejado convencer porque necesitaba una distracción y no quería quedarse en el hotel solo a la hora en que sabía que jugaban los Espartanos.

—Creo que este es el mejor restaurante de Nueva York —comentó Phil.

—Y uno de los más caros —añadió Harvey con orgullo.

Gabe miró su reloj. Los Espartanos jugaban con los Toros ese fin de semana. Estarían ya en la mitad del tiempo. Quizá podría...

—¿Tienes prisa, Gabe? —preguntó Barbie.

—No, ¿por qué?

—Porque no dejas de mirar el reloj.

Él pensó que debería haber ido a Dundee para el partido. Tendría que haber ido con Hannah...

Pero todavía no le había dado una oportunidad a Nueva York. Y el programa de la NFL era un sueño hecho realidad para un ex jugador que no podía andar. ¿Qué mejor carrera podía esperar ahora?

Recordó la sensación de Brent en sus rodillas y el partido del viernes anterior, cuando se había sentido tan orgulloso de Kenny y lo demás jugadores que había tenido ganas de llorar. Se recordó fundiéndose con Hannah...

—¿Estás bien? —preguntó Phil.

—Muy bien.

Phil le pasó una cesta de panecillos.

—Nueva York es una carrera de ratas. Seguro que estás cansado.

—No falta mucho para irse a la cama —intervino Barbie con una sonrisa seductora.

—¿Te gustó hacer el programa de la semana pasada? —preguntó Harvey.

—Sí —y era verdad. Le gustaba hablar de fútbol.

—Debo decir que la audiencia subió bastante —intervino Phil—. Y fue gracias a ti. Podrías llegar lejos con nosotros. Muy lejos.

—Sabes hacer que lo que dices parezca interesante —dijo Tonya.

—Seguro que te vieron más mujeres que hombres —declaró Barbie.

Gabe pensó en Hannah otra vez.

—Gracias.

—Nos gustaría que firmaras con nosotros por dos años —anunció Harvey—. ¿Qué te parece?

Gabe no estaba seguro. Había dejado atrás Dundee y el accidente y quizá debería comprometerse y seguir con ello pasara lo que pasara. Pero le faltaba algo.

—Lo pensaré.

Harvey frunció el ceño, poco complacido con la respuesta.

—¿Cuándo nos contestarás?

—¿Cuándo tengo que hacerlo?

—Antes de una semana —dijo Harvey—. Para entonces tenemos que estar seguros o irán a por mí. Hay mucha gente que mataría por estar en tu puesto, ¿sabes?

Gabe enarcó las cejas.

—Lo tendré en cuenta.

—Si una semana te parece poco, puedes tardar un poco más —intentó enmendar Harvey.

Gabe asintió con la cabeza.

—Gracias. En cualquier caso, tendréis mi respuesta pronto.


Hannah oyó el teléfono y tendió la mano hacia la mesilla de noche.

—¿Diga? —preguntó, todavía medio dormida.

—¿Hannah? —era Gabe—. Siento haberte despertado. No esperaba que estuvieras en la cama.

Ella miró el reloj. Solo eran las diez y media.

—Kenny se queda esta noche con Tuck; si no, lo esperaría levantada.

—¿Hemos ganado el partido de hoy?

—No, pero por muy poco. 24 a 21.

—¿A Kenny le gusta el nuevo entrenador?

—Dice que le gustas más tú, pero está ocupado con ciertas cosas.

—¿Una animadora?

—Exacto.

—¿Se llaman por teléfono?

—A todas horas.

—¿Te gusta?

Hannah se pasó una mano por el pelo revuelto.

—Parece maja. Pero no estoy preparada para que Kenny empiece a salir con chicas. ¿Y tú? ¿Cómo te va por Nueva York?

—Bien, pero...

—¿Qué?

Te echo de menos.

Hannah contuvo el aliento. Era la primera vez que decía algo que indicara que era especial para él.

—Seguro que es nostalgia —respondió con lige-
reza.

—También echo de menos a Lazarus.

—Por lo menos me has puesto por delante del
perro.

Gabe soltó una risita.

—No es un perro cualquiera.

—Lo sé. Brent lo cuida bien. Son inseparables.

—También echo de menos mi casa —confesó él.

—Es un lugar precioso.

—Pero lo que más echo de menos es tocarte, be-
sarte, sentir tu cuerpo desnudo apretado contra el
mío y hacerte el amor.

Hannah sintió un calor repentino.

—Si esto es sexo telefónico, ahora entiendo por
que le gusta a la gente.

—Puede mejorar aún más.

—Tal vez, pero confieso que contigo lo prefiero
de cerca.

—¿Brent está dormido?

—Sí.

—Y yo no estoy allí. ¡Qué lástima!

—La semana pasada hiciste un trabajo excelente
y esta semana lo harás igual de bien —lo animó ella.

—Quieren una respuesta —le explicó él.

—¿De qué tipo?

—Saber si voy a firmar un contrato de dos años.

Hannah respiró hondo y cerró los ojos.

—Un contrato debe de ser algo bueno, ¿verdad? Supone estabilidad en el trabajo —y no le permitiría a
Gabe retroceder. Estaría tan ocupado que seguramente
sería una persona nueva al final de esos dos años.

—¿Eso es lo que crees? —preguntó él.

—Claro que sí. Definitivamente, deberías hacerlo.

—Definitivamente —repitió él.

Hannah no añadió nada más, básicamente porque se lo impedía el nudo que tenía en la garganta.

—¿Me verás el domingo? —preguntó él, después de un silencio.

—Por supuesto. Ya me sé de memoria todo lo que dijiste la semana pasada. Necesito una cinta nueva.

Gabe se echó a reír.

—Tienes algo especial, Hannah.

—Lo sé. Que me gustan tus muebles, ¿no? Y estoy enamorada de ti. Ahí no hay sorpresas.

—También eres buena en la cama —añadió él.

—¿Sí?

—La mejor.

—Procuraré no olvidarlo —sonrió ella.

—Deja una llave debajo del felpudo —dijo él—. Algún día iré a casa.

Colgó el teléfono y Hannah volvió a dormir, soñando con que eso fuera esa noche.

# XXI

Hannah no quería ir al cumpleaños de su antiguo suegro porque sabía que su relación con Gabe haría que se sintiera incómoda con toda la familia. Para empezar, no sabía cómo se comportaría Russ. Ella lo odiaba más que nunca, pero quería a sus hijos y deseaba que pudieran ir al cumpleaños de su abuelo sin tener que preocuparse por los adultos de su familia. Lo que implicaba que ella tendría que soportar la fiesta.

Decidió que se quedaría una hora, dos como mucho, y después se iría. Si los chicos querían quedarse más, los llevarían más tarde a casa Russ o Patti.

—Estás muy guapa, mamá —dijo Kenny.

Hannah le sonrió.

—Gracias.

—¿Qué celebras?

—Nada —le apetecía tener ropa nueva y al final

se había decidido a ir de compras y encontrado un vestido de punto de color melocotón por cuarenta dólares.

—A papá no le gustará nada verte con eso —dijo Kenny.

—Hannah se echó a reír.

—Es su problema.

Brent y Lazarus entraron corriendo en la cocina desde la calle.

—¿Nos vamos a la fiesta? —preguntó el niño.

—Sí.

El viaje duró menos de diez minutos. Cuando buscaba un hueco para aparcar entre los demás coches, Hannah reconoció el sedán blanco de Deborah Wheeler y sintió tentaciones de dar media vuelta.

—¿Mamá? —preguntó Kenny, al ver que no salía—. ¿Vienes?

Hannah respiró hondo y sonrió.

—Claro que sí.

—¿Seguro que a la tía no le importa que traiga a Lazarus? —preguntó Brent.

—Dijo que podías traerlo si lo dejabas en el jardín.

—Yo me quedaré con él —declaró Brent—. No quiero dejarlo ahí solo.

La puerta se abrió antes de que llegaran.

—Hola, Hannah —dijo Patti; pero no la abrazó como siempre.

—Hola.

—Todos están viendo el programa de antes del partido.

—Bien.

Patti abrazó a los chicos y Brent entró corriendo para lucir a Lazarus antes de que lo echaran al jardín. Kenny se quedó atrás.

—¿Estás bien? —preguntó a su madre.

—Sí.

—No dejes que nadie te haga sentir mal —le susurró él—. Yo sé que al entrenador Holbrook le gustas de verdad.

Hannah asintió. No podían seguir hablando. Violet, su exsuegra, acababa de salir de la cocina.

—Hola, Hannah. Gracias por haber venido.

Cortés. Distante. La trataban como a una traidora.

—Tengo un regalo para Pug. Espero que le guste.

—Seguro que sí

—Yo te diré lo que me gustaría —gritó Pug.

Hannah se preparó para lo peor. A veces Pug decía cosas muy groseras, pero por lo menos no solía ser discriminatorio con sus comentarios directos.

—Me gustaría que mi nuera favorita sacara la cabeza de las nubes y se conformara con un hombre bueno que la quiera.

—Gabe es un buen hombre —dijo ella con terquedad.

—Pero está en Nueva York y he leído en el periódico que le han ofrecido un contrato de dos años en la ESPN.

—Espero que acepte —dijo ella—. Le vendrá bien.

—A mí no me importa lo que le venga bien a él. Me importa lo que sea bueno para ti —declaró Pug.

—De todos modos yo ya no la quiero —intervino Russ.

Pug emitió un ruidito de disgusto.

—Pues eres idiota.

Hannah reprimió una sonrisa y entró en la sala de estar, donde oía la voz de Gabe en la tele.

Deborah Wheeler esperó a que se sentara antes de molestarse en decirle hola. Hannah la miró un momento con altanería y contestó solo con una inclinación de cabeza.

Donny la ignoró, pero por no hostilidad, sino porque estaba inmerso en su pena. Parecía cansado y deprimido.

—Gabe parece estar nervioso hoy —comentó Deborah.

Hannah sabía que solo quería molestar.

—Lo hará estupendamente —repuso.

Hubo unos minutos de silencio. Russ miraba a la tele y a ella con los labios apretados. Y Pug movía la cabeza como si fuera una vergüenza que la gente no hiciera lo que él decía.

Hannah se levantó y fue a la cocina a ver si Patti necesitaba ayuda. Un momento después la llamaba Kenny.

—¡Mamá! ¡Ven rápido!

.¿Qué pasa?

Cuando entró en la sala, no contestó nadie. Todos estaban pendientes de la televisión.

Hannah miró también la pantalla.

—¿O sea que no vas a seguir en este programa? preguntaba en ese momento Steve Young, el presentador, a Gabe.

Este negó con la cabeza.

—Me temo que no.

—Pues ya lo siento. A mí me gustaría verte más.

—Esto me gusta, pero hay cosas en casa que no quiero perderme.

—Por ejemplo... —sonrió Steve.

Gabe se mostró un poco dubitativo, pero sonrió.

—He conocido a alguien con quien espero casarme.

Era fácil ver que Steve Young estaba sorprendido por la respuesta, pero no era ningún tonto y siguió con el tema.

—¿Puedes decirnos quién es la afortunada?

El tiempo pareció detenerse. Hannah podía oír los latidos de su corazón.

Gabe miró a la cámara. Parecía que la mirara directamente a ella.

—Se llama Hannah Price.

—¡Oh, Dios mío! —susurró Hannah.

—¿Dónde la has conocido?

—Es de mi pueblo.

—Pues espero que seáis felices —declaró Steve.

Gabe sonrió.

—Yo lo seré si ella dice que sí.

El programa pasó a publicidad, pero en la sala no se movió nadie por un momento. Al fin Deborah miró a Hannah.

—Lo has conseguido —dijo—. No puedo creerlo.

A Hannah le costaba respirar. Gabe volvía a casa y quería casarse. Acababa de decirlo delante de millones de espectadores, entre ellos Russ y toda su familia.

—¿Mamá? —preguntó Kenny, entusiasmado—. ¿Vas a aceptar? ¿Te vas a casar con él?

¿Podría durar? ¿Podría perdonarla de verdad por el accidente?

—Le dije que no pensaba volver a casarme nunca —musitó, más para sí que para nadie más.

—¿Y qué? Puedes cambiar de idea —intervino Pug.

—Todavía no me lo ha pedido oficialmente.

Kenny se acercó y le pasó un brazo por los hombros.

—Le ha dicho a todo el país que quiere casarse contigo. A mí eso me parece muy oficial —la miró a los ojos—. Tú quieres casarte con él, ¿verdad?

—No lo sé.

—No pierdas tu oportunidad, hija —le aconsejó Pug. Y Russ le lanzó una mirada furiosa.

Hannah comprendió que era verdad. Aquella era su oportunidad. Tenía la oportunidad de vivir con el hombre al que quería, dormir con él y con suerte compartir el resto de su vida con él. Y la iba a aprovechar.

—No la perderé.

Brent le tomó la mano.

—¿Y vas a decir que sí?

Hannah asintió y el niño lanzó un grito de alegría.

—¡Yupi! ¡Lazarus es mío!

Su madre se echó a reír.

—Hannah Holbrook dijo para practicar.

Sabía que a nadie, aparte de Kenny, Brent, Pug y ella, le gustaba cómo sonaba. Pero no le importaba. De pronto se sentía ligera como el aire. Tal vez hasta tuviera otro hijo...

Estaba a punto de proponerle matrimonio a Hannah Price y pensaba quedarse a vivir en Dundee, tal vez toda su vida. Y quería entrenar.

Todo aquello había cristalizado de algún modo durante aquella cena en Nueva York. La respuesta había sido tan sencilla que casi le había costado verla. Su sitio estaba en Dundee, con Hannah, Kenny, Brent, Lazarus y su familia. Tenía cosas que arreglar con su padre y Reenie también lo necesitaba en ese momento.

Pero todavía le costaba creerlo. Unos meses atrás no habría sospechado que se iba a casar tan pronto. Estaba demasiado ocupado engañándose con que podía volver a andar y jugar al fútbol.

Se había aferrado tanto a esa esperanza porque había temido que nada pudiera reemplazarla si la perdía. Pero sí había otras cosas que valían la pena. Hannah y los Espartanos eran tan importantes para él como todo lo que había tenido antes.

Repasó en su mente por enésima vez lo que pensaba decirle a Hannah si le ofrecía resistencia. Le hablaría de Brent y Kenny, que necesitaban un modelo mejor que el que tenían. Y él podía enseñarles mucho... de fútbol y de trabajo, sí, pero también a vencer las adversidades. Tenía dinero para comprarles cosas que ella no podía permitirse y el mejor argumento de todos. Que para un niño sería bueno tener un adulto más que lo quisiera y cuidara de él.

Le diría eso y la tentaría con el anillo que le había comprado en Tiffany's. No entendía mucho de diamantes, pero aquel era muy bonito. La dependienta casi se había desmayado cuando lo compró. Le había dicho que era el más bonito que tenían.

Y por eso era perfecto para Hannah. Porque ella era la mujer más hermosa que había conocido, sobre todo por dentro, donde de verdad importaba.

Hannah estaba sentada en el porche mirando la luna. Los niños se habían dormido. Se envolvió mejor en la manta que se había echado por los hombros y escuchó el canto de las cigarras. Era tarde y todo estaba tranquilo, pero ella no podía relajarse. Gabe la había llamado desde el aeropuerto para decirle que estaba en camino y ella había resistido la tentación de preguntarle si lo que había dicho en la tele iba en serio. Porque le costaba mucho creerlo.

Y por la reacción que había visto, lo mismo les pasaba a casi todos los demás. Russ se había ido de la casa dando un portazo y Deborah se había echado a llorar y había salido también. Patti y Violet parecían dispuestas a fingir que no había ocurrido nada. Pug era el único de la familia de Russ que aparentemente se alegraba. Había sonreído y le había dado una palmada en la espalda.

A ver si puedes conseguirme entradas para algún partido interesante.

Y Hannah lo había abrazado.

A Kenny y Brent no parecía importarles lo que pensaran los demás. Ellos estaban en la gloria. Kenny sonreía de oreja a oreja y Brent corría por la casa con Lazarus gritando que ahora eran de la misma familia.

Una familia...

Hannah sonrió. Padre, madre, dos hijos y un perro. Todos viviendo juntos.

La furgoneta de Gabe apareció en su camino de entrada y ella se acercó a la ventanilla del conductor.

—Hola.

Él paró el coche. Por primera vez desde que lo conocía, parecía nervioso.

—Hola.

—Hoy he visto tu programa.

—¿Y qué opinas?

—Que estás loco.

—¿Por qué?

—El accidente te costó mucho. Yo te costé mucho. ¿De verdad crees que puedes perdonarme eso?

—Hannah... —él la miró con intensidad—. El accidente me costó mucho, sí. Pero no veo motivo para que me cueste más de lo que ya me ha costado. ¿Y tú?

—¿Entonces decías en serio lo de casarnos?

Gabe sonrió.

—¿Qué opinan los chicos?

—Les gusta la idea.

Él abrió la puerta de la furgoneta y ella se acercó más.

—Me alegro —dijo Gabe—, ahora ya no tengo que decirte todo lo que pensaba decirte.

—¿Qué pensabas decirme?

—Algo para convencerte de que puedo ser un buen padrastro.

—¿Te preocupaba que yo pensara que no?

Él enarcó las cejas.

—¿Sabiendo cómo quieres a esos chicos? Sí. Bueno, ¿qué me dices?

Hannah abrió la boca para contestar, pero él levantó una mano.

—Espera, creo que tendré más posibilidades si ves el anillo.

La mujer miró la cajita que le había puesto delante. Gabe había comprado el diamante más grande que había visto nunca, engarzado en oro blanco.

—¡Vaya!

—¿Eso es un «sí»?

A ella le costaba trabajo hablar. Aquel anillo debía de costar más que su casa.

—Ya sé que tienes dinero —dijo—. ¿Pero podemos permitirnos gastar tanto en un anillo?

Gabe se echó a reír y movió la cabeza.

—Tú no tienes que preocuparte por nada, Hannah. Yo puedo permitirme todo lo que quiera comprarte. Y esto no es solo un anillo, es una promesa.

—¿De qué? —murmuró ella.

Gabe sacó el anillo de la cajita y se lo puso en el dedo.

—De que nunca te guardaré rencor por el accidente. De que te querré siempre —dijo.

Le levantó la cara y la besó con ternura en la boca.

# LA OTRA MUJER

## BRENDA NOVAK

# I

Elizabeth O'Connell no estaba segura de poder tolerar otro minuto más así. Era su quinta cita a ciegas en tantas otras semanas y cada una había sido peor que la anterior.

Carter Hudson, el hombre alto y de pelo oscuro sentado frente a ella en el restaurante, colocó su mano sobre la de ella.

—He oído lo que te sucedió con tu exmarido. Debió de ser una vivencia terrible.

Con sus ojos de color avellana y sus rasgos marcados, Carter no era feo. Pero por cómo le estaba acariciando la muñeca con el pulgar, no parecía que le importara mucho lo que ella había sufrido, sino fingir que se solidarizaba con ella y asegurarse así que esa noche terminaba de la forma más amigable posible. Además, su acento de Nueva York la ponía de los nervios.

En realidad, casi todo en él la ponía de los nervios.

Liz miró a su alrededor por si veía a alguien en la sala a quien conociera. Ella llevaba menos de dos años viviendo en Dundee, Idaho, pero era un pueblo de solo mil quinientos habitantes. Desgraciadamente, era un jueves de finales de mayo, plena temporada turística, así que no vio a nadie que conociera.

Liz se obligó a mantener la sonrisa y deseó que la camarera les sirviera pronto la cena.

—No fue fácil —respondió—. Pero ya se acabó, gracias a Dios.

Carter no captó la indirecta.

—Y a pesar de todo, sigues manteniendo una buena relación con él. ¿No era con él con quien hablabas por teléfono hace un momento?

Keith, su ex, estaba intentado arreglar la pared de la tienda que ella iba a abrir. Liz sabía que seguramente no debería permitirle que le hiciera más favores, pero había contado durante tanto tiempo con él que le resultaba más fácil aceptar su ayuda que rechazarla. Y además él era el padre de sus hijos. Si su tienda, La Chocolatérie, tenía tanto éxito como ella esperaba, todos obtendrían beneficios. Desde que Keith trabajaba en la tienda de bricolaje, no podía ayudarla mucho económicamente con los niños.

—Sí, era Keith —contestó Liz.

—Has hablado con él como si fuerais buenos amigos —comentó Carter maravillado.

Todos los hombres con los que había tenido

citas últimamente querían hablar o bien de sus exnovias o le preguntaban sobre su exmarido. Liz estaba harta. Bebió agua aunque no tenía sed, solo para soltarse de la mano de él.

—No veo ninguna razón para ser la típica exmujer.

Carter se relajó en su asiento con elegancia. A juzgar por su constitución, debía de ser capaz de moverse muy rápido y con una gran coordinación. Aunque Liz dudaba de que Carter alguna vez se esforzara en algo.

—Eso es muy indulgente. Si yo fuera tú, le haría pagar, tanto si es el comportamiento típico de una ex como si no.

Liz agarró con más fuerza el vaso. Hablar de Keith siempre despertaba en ella un torbellino de emociones complicadas y la negatividad de Carter no estaba ayudándola nada.

—¿Por qué, cuando tenemos en común tantos amigos? Tal vez sería diferente si viviéramos en una gran ciudad. Pero en un pueblo como este nos encontramos todos los días.

—¿Lo dices en serio? ¿Eres capaz de quitarle importancia a lo que hizo, como si no hubiera sido nada?

—Tenemos dos hijos —respondió ella esperando que él lo comprendiera.

Carter resopló incrédulo.

—Por lo que he oído, él tiene tres más con la mujer de tu hermano.

Liz se obligó a contar hasta diez. Se moría de ganas de salir corriendo de allí, pero no podía hacerlo: sus amigos el senador Garth Holbrook y su esposa le habían preparado aquella cita y no quería dejarlos mal. Tal vez si Carter hubiera sido un simple conocido de ellos, ella no se hubiera andado con tanto cuidado. Pero Carter iba a ocuparse de la nueva campaña del senador.

—Reenie no estaba casada con mi hermano en esa época —aclaró Liz.

—No, las dos estabais casadas con Keith.

La camarera les llevó la cena y Liz sintió un gran alivio. Pero Carter continuó con el tema.

—¿Durante cuánto tiempo llevó él esa doble vida? ¿No fueron algo así como ocho años?

Liz no podía concebir que el senador Holbrook le hubiera contado eso a alguien que no la conocía. Sobre todo, cuando su hija Reenie también había sufrido a causa de Keith.

—¿Quién te ha contado eso?

—Todo el que puede —contestó él colocándose la servilleta en el regazo—. Es una historia increíble.

Liz apretó los dientes. Ese hombre no tenía ni idea de lo que ella había soportado, ni por qué.

—Quizá si conocieras a Keith lo comprenderías. Estaba fuera la mitad del tiempo por su trabajo. Yo no tenía ninguna razón para sospechar que me estaba siendo infiel.

—¿Infiel? Pero si tenía otra familia...

Al principio, Liz no había intentado justificar el comportamiento de Keith, pero con el tiempo y la distancia emocional casi había comprendido cómo una simple aventura se había convertido en un error aún más grande. De todas formas, se sentía más cercana a Keith que a aquel extraño. Si Keith y ella no se hubieran casado, su hija Mica no hubiera crecido en familia y Christopher no hubiera nacido.

—¿Cómo voy a culpar a Keith de amar a Reenie, cuando mi propio hermano no pudo resistirse a ella?

—Tu hermano se casó con Reenie en cuanto ella se divorció de Keith, ¿no es así?

—Sí —respondió Liz apretando los dientes.

—¿Entonces tú apareciste primero? —insistió Carter—. ¿Él conoció a la hija del senador después que a ti?

Liz carraspeó avergonzada. Ella no había aparecido primero. Keith llevaba tres años casado con Reenie cuando ella lo había conocido en un avión. Claro que ella no lo sabía. Reenie y ella habían vivido en mundos paralelos, sin conocer la existencia de la otra, hasta que el hermano de Liz había descubierto la verdad hacía un año y medio. Isaac había visto a Keith en el aeropuerto camino de Idaho cuando se suponía que estaba en Phoenix. Entonces a Liz se le había desmoronado el mundo que conocía.

—No. Pero no tenía ni idea de que estaba casado —respondió Liz, recordando que en aquel momento ella estaba embarazada de Mica y profundamente enamorada.

—Así que fue una conmoción absoluta —añadió Carter sin dar crédito.

Liz asintió.

—Creo que eres extraordinariamente indulgente al seguir hablando con él.

—Tú nunca has estado casado, ¿verdad? —le preguntó Liz.

—¿Qué te hace pensar eso? —preguntó él suspicaz de pronto.

Para Liz, su inflexibilidad lo delataba. Él todavía creía que podía tener siempre la última palabra en una pareja y vivir en un mundo de absolutos y decisiones claras. Liz apostaría a que él nunca había estado enamorado de verdad ni lo habían herido profundamente.

—Buena deducción —añadió él y se tragó un bocado sin masticarlo.

«Ya aprenderá», pensó Liz. Aunque a ella eso le daba igual. Aquel hombre no era el indicado para ella. Ella quería volver a llevar la conversación a un terreno neutral hasta que llegara la hora de despedirse. Sin embargo, debía de haberse mostrado más irritada de lo que pretendía o más desafiante porque él se volvió más sombrío y reservado.

—El senador Holbrook dijo que eras de Brooklyn —señaló Liz para rellenar el incómodo silencio.

—Es cierto, crecí allí.

—¿Y cómo logras sobrevivir en un pueblo pequeño como este? Tiene que ser un cambio muy fuerte.

—Es diferente —comentó él encogiéndose de hombros—. No todo es malo.

—Solo llevas unas pocas semanas aquí. Y aún no has pasado por uno de nuestros inviernos.

Los labios de él, que le hubieran parecido esculturales a Liz si se hubiera fijado en ellos, esbozaron una leve sonrisa.

—¿Estás intentando deshacerte de mí? —preguntó él.

—Tan solo dudo de que te guste esto, eso es todo —respondió ella.

Carter volvió a comer, masticando lentamente.

—Tú eres de Los Ángeles. ¿Qué tal llevas el estar aquí?

Liz había hecho un gran esfuerzo para adaptarse. Permanecía allí porque quería que sus hijos crecieran cerca de su padre y porque había tomado mucho cariño a la familia de su hermano, con Reenie y las tres niñas. Además, en Los Ángeles la esperaban problemas en la forma de su antiguo entrenador de tenis, Dave Shapiro, siete años más joven que ella. Seguía enganchada a él, quizá por eso no lograba que le gustara ningún hombre con los que se había citado en Dundee.

—Esto se está convirtiendo en mi hogar —contestó Liz.

—¿Y no crees que a mí me sucederá lo mismo?

—Lo dudo —dijo ella jugueteando con la comida para evitar la mirada de él—. Creo que tú eres demasiado ambicioso para un lugar como este, que estás demasiado interesado en subir peldaños hacia el éxito. Lo cual significa que no te quedarás aquí mucho tiempo.

—Lo dices como si ser ambicioso fuera malo.

—No necesariamente. No es malo siempre y cuando no te importe tener relaciones temporales con la gente.

—Dundee no es el lugar más animado del mundo —reconoció él—. Pero no veo qué tienen de malo las

relaciones temporales. Las personas entramos y salimos de las vidas de los demás continuamente.
Nunca sabes qué puedes aprender de alguien, cómo
puede enriquecer tu vida una persona, aunque no
sea una pareja para toda la vida.

Liz rio suavemente. Al menos ese hombre no se
disculpaba por ser como era, ella tenía que recono-
cérselo.

—Tus palabras me recuerdan mucho a esa canción country que decía: «Aún me queda mucho por
dejar atrás».

Carter soltó una sonora carcajada. Liz, triunfal
al haberlo comprendido tan rápidamente, estuvo
tentada de sonreír, pero no lo hizo: sospechaba que
las motivaciones de él no eran tan sencillas, solo
quería hacerle creer que lo eran.

—¿Cómo conociste al senador Holbrook? —inquirió ella.

—Cuando estudié en la universidad...

—¿A cuál fuiste?

—A Harvard.

Liz se negó a dejarse impresionar.

—Como decía, cuando estudié en la universidad
quise meterme en política, así que trabajé como be-
cario para un senador en Massachusetts. Cuando
me licencié, él me contrató a jornada completa y
gestioné su primera campaña. Pero luego cambié
de rumbo en el terreno profesional. Al cabo del
tiempo, cuando decidí regresar a la política, él no
tenía ningún puesto disponible, pero preguntó a sus
colegas y, antes de darme cuenta, yo estaba trasla-
dándome aquí.

–Ya veo. Así que estás buscando a alguien que te ayude a desterrar el aburrimiento mientras vives en Dundee, ¿no es así?

–Estoy buscando compañía –puntualizó él y se encogió de hombros–. No estoy seguro de querer nada más.

–¿Te refieres a una relación?

Él se quedó pensativo unos momentos.

–Seguramente.

–Pues por mí no te preocupes, a mí no tienes que informarme de eso –afirmó ella con una sonrisa.

–¿Ah, no?

–No.

Él sonrió y se le formó un hoyuelo en la mejilla.

–Qué interesante que pienses así. Por lo que he oído, nunca lo hubiera creído.

–¿Lo dices porque mi marido me engañó? –preguntó ella esforzándose por permanecer calmada.

–Él fue esposo y padre de otra familia durante todo tu matrimonio y tú nunca lo sospechaste. Y no es algo fácil de disimular.

–Si estás insinuando que no vi la verdad porque no quería verla, te equivocas.

Liz estuvo a punto de contarle lo entregado que se comportaba Keith cuando estaba con ella, pero ¿por qué esforzarse con aquel hombre, si no iba a salir con él en la vida?

–¿Estás tratando de ofenderme? –preguntó ella.

–Estoy tratando de hacerme una idea de cómo eres. ¿Te asusta analizarte con un prisma más crítico?

Liz frunció el ceño.

—Perdona, pero esta es una primera cita.

—¿Y eso qué significa? —preguntó él estudiándola con la mirada.

—Preferiría fingir que me estoy divirtiendo.

Liz esperaba haberlo ofendido, pero le causó el efecto contrario: Carter rio como si le gustara su respuesta.

—Así que tienes un límite.

—¿Estabas poniéndome a prueba?

—Tenía curiosidad. Algo tiene que explicar lo que sucedió.

—No aguanto más —dijo ella y casi derramó sus bebidas al levantarse bruscamente—. Me voy de aquí.

—¿Solo porque no juego según las reglas, señorita O'Connell?

—¿De qué reglas hablas?

—De mantener una conversación insulsa y superficial. De evitar hablar de cosas que provoquen una reacción emocional. De ser tan solícito y tan falso como sea posible... Ese tipo de reglas.

—Quizá a mí me guste seguir esas reglas.

—Entonces me alegro de que te marches, porque mi tiempo es demasiado valioso para desperdiciarlo en encuentros superficiales.

Liz parpadeó sorprendida. Hacía un rato, estaba convencida de que él quería acostarse con ella; las ansias de él de perderla de vista la conmocionaban. Por su amistad con Reenie y los padres de ella, debería volver a sentarse... pero no podía hacerlo. Ya tenía suficientes preocupaciones con sacar su negocio adelante. No necesitaba aquello.

—Muy bien, no hay problema —afirmó ella y se fue a grandes zancadas.


Keith estaba comprobando la pared que acababa de alisar cuando Liz entró en la tienda.

—Vaya, no está tan mal —comentó ella sorprendida.

—¿No me creías capaz de hacerlo? —preguntó su exmarido frunciendo el ceño.

—Las reparaciones del hogar no eran tu fuerte. Pero les pasa a casi todos los informáticos —respondió Liz.

—Llevo trabajando en la tienda de bricolaje desde hace tiempo —se justificó él, prefiriendo no hacer referencia a la razón por la cual había dejado un empleo de ciento noventa mil dólares al año en una empresa de software para trabajar por doce dólares la hora en Dundee.

Liz agradeció que él no recordara el hecho de que la había abandonado para intentar salvar su matrimonio con Reenie. Carter ya le había hecho recordarlo.

—Estoy empezando a convertirme en un manitas —añadió él.

Lo cierto era que Keith no era muy buen manitas, pero al menos se esforzaba. Después de vender la casa que habían compartido en California, Liz había invertido hasta el último céntimo de su parte en ese negocio de la chocolatería y no tenía para pagar a verdaderos profesionales.

—Vas aprendiendo —lo animó ella, a pesar de lo

frustrada y enfadada que se sentía con Carter Hudson.

De pronto Keith se detuvo y la miró.

—Vuelves tremendamente pronto.

—Estoy cansada —explicó Liz, que no quería admitir que la cita había sido un desastre.

—O sea, que él no te ha gustado.

Liz advirtió el tono de alivio de su exmarido, señal de lo mucho que deseaba que regresara con él. A veces ella se sentía tentada a sucumbir, a esforzarse al máximo por reconstruir su relación. Él siempre la había atraído y no solo a nivel físico. Y habían compartido mucha vida juntos.

Pero entonces Liz se recordaba que él había preferido a Reenie, que la había amado más que a ella, y entonces no era capaz de volver a confiar en él. Para Keith, ella había sido el segundo plato, solo quería volver con ella porque ya no podía conseguir a Reenie.

—Sí que me ha gustado —mintió.

—El senador dice que Hudson es brillante —comentó Keith.

—Es sincero y seguro de sí mismo.

—Reenie dice que es uno de los hombres más guapos que ha conocido.

—Reenie está más entusiasmada con él que yo —señaló Liz comprobando que el fontanero había instalado el lavabo en el cuarto de baño.

—¿Por qué lo dices?

—Tiene acento de Nueva York.

—¿Y eso qué tiene de malo?

Liz no estaba segura, simplemente se había agarrado a eso, quizá para no encontrarlo tan atractivo.

—Por lo que he oído, se crió en Brooklyn, es normal que tenga acento —añadió Keith.

Liz no respondió, estaba demasiado ocupada probando el nueva lavabo. Afortunadamente, funcionaba a la perfección.

—¿Y qué aspecto tiene? —preguntó Keith.

—¿No podemos dejar de hablar de Carter? —preguntó ella saliendo del cuarto de baño.

—Tengo curiosidad —insistió Keith.

—De acuerdo, es alto, un poco más que tú.

—Entonces andará por el metro ochenta y cinco. No es tan alto, ¿verdad? —comentó Keith celoso.

Liz se puso a barrer el polvo de la obra. No quería analizar a Carter Hudson, y menos con su exmarido. Tenía mucho que hacer si quería abrir la chocolatería para finales de mayo. Su idea original había sido abrir una tienda de dulces, pero Mary Thornton, que tenía una tienda de regalos al lado, se había enterado de sus planes y había decidido vender dulces ella también. Liz tenía que lograr hacerse un hueco en el mercado.

—No me he fijado tanto en él, solo sé que es grande, ¿de acuerdo?

—¿Grande en cuanto a gordo?

—No, grande en cuanto a musculoso, con hombros anchos, pecho definido y vientre plano…

—De acuerdo, ya lo he entendido —gruñó Keith—. ¿No decías que no te habías fijado?

—¿Y tú no querías detalles?

Liz podría haberle hablado de la constitución de deportista de Carter, con sus largas piernas y sus manos grandes. A juzgar por el tono bronceado de su piel, debía de pasar bastante tiempo al aire libre, lo que ella no esperaba en el ayudante de un político. Pero ya había dicho suficiente.

—¿Sabes algo de Mica y Christopher? —preguntó ella para cambiar de tema.

—No. ¿Se suponía que debía comprobar si están bien?

—No es necesario, seguro que lo están. Les encanta ir a casa de Reenie.

—No me extraña, vosotras dos sois tan amigas... —apuntó él.

Era evidente que a Keith le molestaba que sus dos exmujeres se llevaran tan bien y Liz comprendía por qué. Después de contar con el amor y la atención de las dos mujeres durante tanto tiempo, se había quedado fuera de sus vidas y no había posibilidad de que la situación cambiara. Sobre todo, porque Reenie se había casado con el hermano de Liz.

—Reenie y yo somos más que amigas. Ella es mi cuñada, ¿recuerdas? —dijo Liz volcando el recogedor en una carretilla.

—¿Cómo iba a olvidarlo? —murmuró él y reanudó su tarea de alisar la pared—. ¿Y Carter tiene intención de presentarse a algún cargo?

—No tengo ni idea —respondió Liz y volvió a pensar en lo que quedaba por hacer en la tienda—. Espero que la otra vitrina que pedí sea suficientemente grande.

—¿No le has preguntado si quería presentarse a algún cargo?

¿Por qué no podían dejar de hablar de Carter?, se lamentó Liz.

—No, no se lo he preguntado. Gracias a ti, casi toda la conversación se ha centrado en mí.

—¿Y qué quería saber él?

—Lo mismo que todo el mundo, cómo conseguiste mantener dos familias durante tanto tiempo. Y cómo es posible que tú y yo sigamos siendo amigos.

—Eso no es asunto suyo —espetó Keith.

Liz ignoró su respuesta.

—Él cree que soy una tonta por no darme cuenta de que me engañabas.

—Entonces sí que no ha ido bien la cita.

¿Realmente esa era la conclusión del tiempo que habían compartido Carter y ella?, se preguntó Liz. Cerró los ojos y negó con la cabeza.

—No —admitió—. No ha ido bien.

—Me alegro. Tal vez yo no sea tan fácil de reemplazar como creías.

—Keith... —le advirtió ella fulminándolo con la mirada.

—Solo digo eso —se defendió él.

—Ya lo has dicho otras veces. Y, por más que me gustaría que no fuera así, es demasiado tarde para nosotros.

—Con un poco de buena voluntad, no tendría por qué serlo —murmuró él.

En otro momento, aquella mirada había encendido a Liz. Hacía mucho tiempo que no estaba con ningún hombre y en cierta forma echaba de menos la excitación que sentía años atrás. Pero, por muy guapo que fuera Keith, ya no sentía nada por él.

—Gracias por arreglar la pared —dijo Liz—. Voy a buscar a los niños.

Cuando Liz llegó a casa de su hermano, encontró una nota en la puerta:

Liz, estamos en casa de mis padres. Pásate por allí, ¿de acuerdo?

«Fabuloso», pensó mientras arrugaba el papel. Iba a tener que contarles al senador Holbrook y a su esposa cómo había ido su cita antes de poder llevarse a los niños a casa.

# II

Cuando Liz llegó a casa de los Holbrook, vio el Jaguar azul metalizado junto al monovolumen de Isaac y Reenie y lo reconoció de inmediato. De no ser por su hija Mica y la hija mediana de Reenie, Ángela, Liz se hubiera dado media vuelta y se hubiera marchado de allí. Pero Mica y Ángela estaban jugando en el porche delantero y la habían visto.

—¡Mamá! —gritó Mica y se acercó corriendo al borde de la acera—. Nos preguntábamos cuándo vendrías. El señor Hudson ha llegado hace mucho tiempo.

¿Cómo podía Carter Hudson tener tan poca vergüenza e ir directamente a casa de los Holbrook después de lo mal que la había tratado?, se preguntó Liz. ¿O se habría pasado para culparla a ella de que la cita no hubiera ido bien?

—Enseguida voy —le dijo Liz.

Aparcó el coche en la casa de enfrente, la que había alquilado cuando Isaac y ella se habían mudado a Dundee. La casa le recordaba algunos de los momentos más oscuros de su vida. Menos mal que hacía seis meses que se había mudado, una vez que terminó el contrato de alquiler. Seguía viviendo de alquiler, pero su situación iba mejorando. Quizá en el aspecto amoroso no, pero en otros sí. E iba a asegurarse de que la tendencia seguía en alza.

Mica se abalanzó sobre Liz en cuanto se bajó del coche.

—¿Te lo has pasado bien en tu cita? ¿Te ha gustado él?

Liz evitó la mirada de su hija. Mica era muy intuitiva y adivinaría la verdad a la menor ocasión. Menos mal que había anochecido y así Liz podía disimular su rubor.

—Lo hemos pasado en grande —le aseguró Liz evitando la mirada de su hija.

—A él también le has gustado —intervino Ángela por encima del hombro de Mica.

—Es verdad, lo ha dicho —secundó Mica.

Carter Hudson no acostumbraba a mentir, así que Liz se sorprendió.

—Le ha dicho a la señora Holbrook que eres atractiva —añadió Mica colocándose bien las gafas—. También ha dicho que algún día yo seré tan guapa como tú.

—Qué amable —dijo Liz, pero no creía que Carter hubiera hablado en serio—. Pero se equivoca. Las dos ya sois más guapas que yo.

Las dos niñas se echaron a reír.

—Vamos a avisar a todos de que has venido —anunció Mica cruzando la calle de nuevo.

Liz hubiera preferido llevarse a Mica y a Christopher casi sin que se notara, pero tenía que hacer acto de presencia. Así que siguió a las niñas al interior de la casa.

—Hola, ¿puedo pasar? —saludó a voces.

—Liz, ¿eres tú? Estamos en el jardín —respondió Reenie a lo lejos.

Liz atravesó la casa y llegó al patio. El senador Holbrook, su esposa Celeste, Reenie, Isaac y Carter estaban sentados relajadamente.

—Aquí está —dijo el senador y se levantó para besarla en la mejilla—. Carter, te dije que era una mujer especial, ¿no es así?

Las miradas de Liz y de Carter se encontraron un momento y ella creyó advertir un brillo de diversión en los ojos de él.

—Sí, me lo dijo —respondió Carter.

—¿Qué le ha sucedido a tu vestido? —preguntó Reenie.

—He pasado por la tienda —contestó Liz sacudiéndose el polvo y la pintura—. La reforma va bien.

—Siéntate —la invitó el senador sacando una silla para ella—. ¿Quieres beber algo?

—Gracias, pero no puedo quedarme. Los niños tienen colegio mañana.

Vio la expresión de decepción en los rostros de sus amigos.

No podía decirles que no estaba a gusto en compañía de Carter, ni que quería llegar a casa cuanto antes para telefonear a Dave.

—Aunque supongo que puedo quedarme cinco minutos —añadió ella sentándose.

—¿Estás emocionada con lo de abrir la tienda? —le preguntó Celeste.

—Sí, pero creo que no voy a lograr tenerla lista para finales de mayo.

—¿Por qué no? ¿Keith no había prometido que te ayudaría? —preguntó Reenie.

—Ya lo conoces —contestó Liz y advirtió que Carter escuchaba con atención, seguramente preguntándose cómo podían Reenie y ella tener tan buena relación.

Reenie era una mujer admirable y no había tenido la culpa de lo que había sucedido.

—Keith no sabe suficiente de reparaciones del hogar —explicó Liz—. Y no puedo pagar a un profesional. Y todos vosotros ya tenéis suficientes cosas que hacer.

—Carter podría ayudarte —apuntó el senador—. Creció construyendo casas con su padre, ¿no es cierto, Carter?

Él dejó su bebida en la mesa y se recostó en su asiento. Liz sintió que él la miraba fijamente, pero ella no levantó la vista.

—¿Qué necesitas? —preguntó él.

Liz no quería contestar, no quería su ayuda. Pero sintió la presión de los demás.

—Solo algunas mejoras —dijo por fin—. Poner un revestimiento a los suelos, pintar, colocar algunas estanterías y vitrinas. Pero, por favor, no quiero causarte problemas. Estoy segura de que estás muy ocupado.

—Seguramente sería mejor que lo hiciera otra persona —comentó él.

Liz se dio cuenta de que Carter le tenía la misma simpatía que ella a él.

—¿Y por qué esperar? —intervino el senador—. Aparte de responder al teléfono, no hay mucho que Carter pueda hacer por mí hasta que no lleguen los ordenadores. Y aún falta una semana para eso por lo menos.

—Pero pintar será difícil —apuntó Liz—. Quería aplicar estuco.

—Seguro que Carter sabe hacerlo, ¿verdad? Y si no, ya buscaréis entre los dos cómo se aplica. ¿Qué te parece, Carter?

—Supongo que podría intentarlo —respondió él.

—Perfecto. Pues ayuda a Liz durante la próxima semana más o menos y ya veremos cuándo te necesito en la oficina.

Liz suponía que Carter iba a negarse, pero en lugar de eso esbozó una ligera sonrisa.

—De acuerdo —dijo y la miró a ella—. ¿A qué hora quedamos allí mañana?

No había forma de escapar de aquello, pensó Liz. Ella tenía un problema y el senador se lo había resuelto.

—¿Qué tal a las seis? —dijo ella, deseando que él se echara atrás.

—¿A las seis de la mañana? —preguntó él enarcando una ceja—. De acuerdo.

Liz sabía que debía de haber mucho más debajo de aquel rostro impenetrable.

—Carter se pasaría el día trabajando si le dejara

hacerlo —comentó el senador—. Es un hombre increíble.

—Según parece, has hecho muchas cosas diferentes en tu vida, Carter. ¿Cómo te metiste en política? —preguntó Isaac.

—Me lo planteé como profesión hace años. Ahora he regresado.

—¿Tienes intención de presentarte a algún cargo? —inquirió Liz, recordando la pregunta de Keith.

—No.

—¿Por qué no? —insistió ella.

—Me falta diplomacia, esa habilidad para llamar amigos a los enemigos. Mis enemigos siempre son mis enemigos. Pero un político no puede permitirse el lujo de separar las cosas en blanco y negro.

El senador Holbrook soltó una carcajada.

—Tienes toda la razón. El problema es que, en política, tus amigos y tus enemigos nunca están claramente definidos —miró a los demás—. Por eso necesito a alguien como Carter que me ayude a diferenciarlos.

Liz dejó la galleta que no había probado en un plato.

—¿Así que te consideras un buen juez de la personalidad, Carter?

—Solo soy cauto —resaltó él—. Es necesario en este tipo de trabajo.

—No hay nada malo en ser cauto —intervino Isaac y lanzó una mirada de advertencia a Liz.

Ella sabía que debía tranquilizarse, por educación, pero no podía. No cuando lo tenía arrinconado.

—¿Por qué es necesario? —presionó ella.

Él la taladró con la mirada.

—Soy una especie de estratega. Observo el terreno, intento imaginarme quién hará qué en determinadas circunstancias y a partir de ahí continúo.

—Es decir, que sacas conclusiones acerca de la gente a partir de una información limitada —dijo Liz cruzándose de brazos.

Reenie abrió la boca sorprendida e Isaac carraspeó, otro intento más de advertirle a Liz que estaba siendo una maleducada. El senador y Celeste se revolvieron inquietos en sus asientos. Pero Liz estaba demasiado empeñada en demostrar que tenía razón como para detenerse.

—¿Acaso no lo hacemos todos? —preguntó Carter.

Liz creía saber las conclusiones que él había sacado sobre ella. Su pasado no la dibujaba como alguien particularmente astuto ni perceptivo.

—La inocencia puede cegar a la gente.

—Eso no te lo discuto —admitió él—. Y, por lo que he visto, la inocencia raramente sobrevive.

—Algunas personas quizá sean más duras de lo que piensas.

—Eso siempre es una sorpresa más agradable que cuando sucede lo contrario —dijo él y se puso en pie—. Debo irme. Ha sido una reunión muy agradable, pero... mañana me levanto temprano.

Miró a Liz brevemente.

Celeste le dio un montón de galletas a Carter y lo acompañó a la puerta. Los demás se quedaron en el patio y Liz se removió inquieta en su asiento al notar todas las miradas puestas en ella.

—¿Qué ocurre? —preguntó por fin.

—¿Qué te ha hecho él? —preguntó Reenie conmocionada—. Nunca te comportas así. Tú hablas suavemente, eres educada, incluso reservada. Yo soy la temperamental.

—No me ha hecho nada —respondió Liz.

—Pues te has lanzado sobre él como una piraña —añadió Isaac—. ¿Por qué no te gusta?

Liz sonrió débilmente.

—Sí que me gusta, de veras.

—Ha venido muy recomendado —señaló el senador—. Solía trabajar para un senador estatal que ahora es miembro del congreso. Y, aunque Carter es muy discreto sobre su vida privada, según el congresista Ripley, es un hombre honesto, franco, que se cuida y trabaja duro. Yo he podido comprobarlo por mí mismo, si no estuviera seguro no le hubiera pedido que te ayudase.

—Lo sé —dijo Liz y le dio unos golpecitos afectuosos en el brazo.

El padre de Liz se había vuelto a casar ocho meses después de la muerte de su madre y desde entonces prácticamente había desaparecido de la vida de Liz. Para ella, el senador había ocupado ese espacio, aunque solo lo conocía desde hacía año y medio. Ella no había querido ser maleducada con su ayudante. La frustración que había sentido en la cena y la que estaba viviendo en su vida amorosa la habían superado.

—Lo siento.

—No tienes que disculparte —le aseguró el senador—. Carter tiene sus aristas. Adelante, desafíalo, hazle pensar. Si hay alguien que pueda manejar esa situación, es él.

Liz llevaba en casa apenas quince minutos cuando Reenie le telefoneó.

—¿Estás bien? —le preguntó Reenie.

—Claro, ¿por qué?

Con el teléfono inalámbrico pegado a la oreja, Liz comenzó a estirarse. Aquella parte del día era la más difícil. Cuando los niños estaban acostados y el silencio invadía la casa, ella se paseaba por la casa sintiéndose más sola que nunca y buscando formas de llenar el vacío que Keith había dejado. Las últimas semanas, planear la apertura de La Chocolatérie la habían ayudado a pasar el rato, pero esa noche estaba demasiado agitada para concentrarse en nada.

—Pareces estresada —señaló Reenie.

«Y lo estoy», pensó Liz. Temía que la chocolatería fuera un error y no sabía qué haría si fracasaba. No quería volver a trabajar en la tienda de ultramarinos, allí el sueldo no le permitía llegar a fin de mes. Y, en un pueblo tan pequeño, no había muchos más empleos disponibles para una antigua azafata de vuelo.

—Es solo que estoy abrumada con lo de abrir la tienda y todo eso.

—Necesitas relajarte. Isaac y yo estamos preocupados por ti.

El hermano de Liz siempre había estado a su lado cuando ella lo había necesitado. Cuando eran pequeños y su madrastra le había hecho la vida imposible a Liz, Isaac la había defendido, apoyado y consolado. Y también la había ayudado tras descubrir lo de Keith.

—Dile que estoy bien. Vosotros dos ya tenéis suficientes preocupaciones.

Hubo un breve silencio y por fin habló Reenie.

—Mica parecía muy contenta esta noche, no ha parado de hablar de la tienda. Está muy orgullosa de ti.

Tener una tienda de dulces había sido el sueño de la madre de Liz y se había convertido en el de Liz y Mica también. Ante la insistencia de Mica, Liz había pasado por la tienda de camino a casa para que los niños pudieran ver los progresos y darle las buenas noches a su padre.

—Los niños lo están haciendo muy bien.

Liz estaba convencida de que había hecho lo correcto al trasladarse a Dundee siguiendo a Keith. A pesar de lo que le había hecho a ella, Keith era un buen padre y sus hijos lo necesitaban. Ella no debía olvidarse de eso, de lo importante, o la soledad la volvería loca. Isaac y Reenie eran un gran apoyo, pero tenían sus propios asuntos de los que ocuparse.

—¿Ha sido Keith? ¿Ha dicho algo esta noche que te haya molestado? —preguntó Reenie.

—Yo no estaba molesta —aclaró Liz y, tras unos momentos de silencio, añadió—: Estaba frustrada.

—¿Por qué?

¿Por dónde empezar? ¿Por el descubrimiento, año y medio atrás, de que su marido tenía otra esposa y tres hijas en Idaho? ¿Por la decisión de trasladarse a Los Ángeles para que Mica, de diez años, y Christopher, de siete, crecieran cerca de un padre al que amaban? ¿Por ir de cita en cita negándose a sí misma el volver a ver a Dave, que era el único hombre con el que deseaba estar? ¿Por haber invertido todo su dinero en un negocio que la dejaría en la bancarrota si fracasaba? No era la primera vez que ella se veía en una situación difícil, pero nunca se había sentido tan insignificante ni tan olvidada.

—Quiero telefonear a Dave —dijo.

—Liz, sé que sientes nostalgia de California y estás un poco sola...

—¿Un poco? —la interrumpió Liz.

—Por eso es más difícil animarte a que sigas adelante —continuó Reenie—. En este momento estás demasiado vulnerable. Dave solo tiene veinticinco años. Si te enamoraras de él, ¿se casaría contigo? ¿Sería un buen padrastro para tus hijos?

—No quiero plantearme eso esta noche —respondió Liz agotada.

—Al menos una de nosotras tiene que ser realista —señaló Reenie.

—Me gustaría que por una vez me preguntaras si él hace que me sienta atractiva, o si soy feliz cuando hablo con él. ¡O incluso si es bueno en la cama!

—¿Te has acostado con él?

Liz se maldijo por ser tan bocazas. No le había contado a nadie que hacía tres meses, había pasado un fin de semana con él en Las Vegas. Se habían divertido, pero ella se arrepentía de ese viaje porque les había hecho plantearse más seriamente su relación y Dave llevaba desde entonces intentando que volvieran a verse.

—Solo fue un fin de semana.

—Liz, dime la verdad, ¿cuánto crees que podría durar vuestra relación? Tú misma me dijiste que nunca lo habías visto dos veces con la misma mujer.

Era cierto, pero eso había sido hacía tiempo y parecía haber cambiado. Y ella se divertía con él, aunque se vieran de vez en cuando.

—Él es alguien con quien puedo hablar y soñar.

Reenie suspiró.

—No te acomodes en eso, Liz.

—Eso es un consejo muy fácil para ti, que estás casada y más feliz que nunca.

—A ti también podría sucederte —la animó Reenie—. ¿Qué tiene Carter de malo? Parece un buen candidato.

—Apenas lo conoces. ¿Qué te hace pensar que es más apropiado que Dave?

—Para empezar, vive en el pueblo. Y es mayor que Dave, más maduro...

—Eso no garantiza nada.

—Mi padre no se entusiasma con las personas a menos que se lo merezcan, Liz. Y con Carter está realmente impresionado. Además, el congresista Ripley no nos lo hubiera recomendado si no creyera en él. Y mi padre dice que va a ser un director de campaña magnífico.

—¿Director de campaña? Creía que era un simple ayudante.

—Carter puede llevar a mi padre a donde él desee llegar —apuntó Reenie.

—Carter parece muy capaz, pero a nivel personal, es... demasiado impaciente y estirado.

Reenie se quedó pensativa.

—¿Has deducido eso de una sola cena? ¿Estás segura de que lo has interpretado bien?

—Sí, seguro. ¿Ha comentado él algo de nuestra cita?

—No mucho. Solo ha dicho que eres una buena compañía.

Liz se peinó su largo pelo con los dedos. Carter acababa de ganar puntos, no la había hecho quedar mal ante los demás.

—Nuestras personalidades chocan demasiado —dijo Liz.

De pronto sonó un pitido avisando de una llamada en espera. A Liz la recorrió un escalofrío de emoción. Comprobó el número y supo que era Dave.

—Estoy cansada, voy a dejarte —comentó.

—Liz, he oído el pitido y sé lo que significa...

—Mañana te llamo —se despidió Liz y colgó.

# III

—Por fin doy contigo —dijo Dave—. ¿Dónde has estado? Llevo intentando localizarte varios días.

Liz había estado evitando sus llamadas y no contestando a sus mensajes al móvil. Pero, a pesar de su decisión de olvidarlo y encontrar a otro hombre, seguía deseando escuchar su voz, verlo, estar con él.

—He estado ocupada —mintió Liz.

—¿Preparándote para abrir tu tienda de chocolates?

—Intentándolo.

Hablaron de cosas superficiales, pero Liz notó nerviosa la tensión que había ido construyéndose entre los dos desde que ella se había ido de California. La última vez que había llamado a Dave, él no había parado de decir que quería volver a hacerle el amor. En parte por eso ella se había retirado mientras aún podía.

—¿Qué te queda por hacer? —preguntó él.

Su voz grave era como una caricia. Dave había sido su monitor de tenis, pero mientras estaba casada con Keith, Liz no se había permitido ser infiel. Pero una vez que su matrimonio se había roto, Dave la había hecho sentirse deseable y ella echaba de menos sus atenciones.

—Mucho —respondió por fin—. Empiezo a pensar que nunca voy a terminarla.

—¿Y quieres abrir la semana que viene?

—Me gustaría. El invierno es mala época aquí, querría aprovechar la temporada de turistas lo más posible.

—En California los inviernos son suaves. Aquí siempre hace buen tiempo. Y también tenemos muchos turistas —dijo él en tono seductor.

—Lo recuerdo —contestó Liz y rio.

—¿No echas esto de menos? ¿No crees que ya es hora de volver a casa? Cuanto más tiempo pases en Idaho, más difícil te resultará abandonarlo.

—No puedo hacerlo. No puedo apartar a los niños de Keith ni de sus otras hermanas. Al menos, hasta que no sean mayores.

—Entonces yo ya tendré canas —preguntó Dave.

Liz rio.

—No creo, pero yo seguramente sí.

Ella no podía evitar recordar la diferencia de edad que existía entre ellos. A él parecía no importarle y normalmente ignoraba sus comentarios al respecto.

—No puedo competir con la dedicación de una madre hacia sus hijos.

—Las madres solteras tienen que tomar decisiones duras —comentó ella.

—Y todo gracias a Keith.

Liz se estiró en el sofá. Dave era como un cachorro, siempre cálido y amigable. No como Carter Hudson, que le recordaba a un tiburón deslizándose por aguas oscuras.

—Si Keith no hubiera hecho lo que hizo, tú y yo no estaríamos hablando... —le recordó Liz.

—Tienes razón —dijo Dave más alegre—. ¿Te está ayudando él a preparar la tienda para abrir?

—Lo está intentando. Pero las cosas no van tan rápidas como yo esperaba. Hoy quedé con él después del trabajo para que me ayudara a alisar una pared, pero una de sus hijas le pidió que le diera un paseo en bicicleta y Keith llegó a la tienda dos horas tarde.

—A mí me suena a que te está retrasando, quizá no quiera que abras tu propio negocio.

—¿Y por qué iba a hacer eso?

—¿No me dijiste que él quería otra oportunidad contigo? Pues cuanto más independiente seas, más difícil será que quieras volver a estar con él.

Liz nunca se había planteado así la situación, ella solo había querido tener su propio negocio en lugar de tener que fichar todos los días a cambio de un sueldo muy reducido.

—Cuanto mejor vaya el negocio, más seguridad tendrán Mica y Christopher, por lo que Keith no tendría tanta presión respecto a mantenerlos.

—¿Cuándo va a buscarse un empleo mejor? No puede trabajar el resto de su vida en la tienda de bricolaje.

—Está buscando y tiene varios proyectos, pero no es sencillo encontrar una empresa de programación informática que le deje trabajar desde Dundee. Y no quiere irse lejos porque creo que teme perder su estatus de «padre número uno» con Jennifer, Ángela e Isabella. Se siente amenazado por Isaac y por eso ha decidido permanecer como figura importante en sus vidas.

—¿No te parecen divertidos los divorcios? —preguntó Dave—. De pronto, los padres compiten por el afecto y la admiración de sus hijos en lugar de comportarse como adultos. Pero tú no pierdes la perspectiva de lo que realmente es importante, por eso te admiro.

Liz no supo qué responder pero le gustó el halago.

—Gracias —dijo suavemente.

—Ojalá estuviera allí para abrazarte —dijo él muy cariñoso.

Liz se lo imaginó inclinándose hacia ella y besándola. No podía seguir así, debía romper el contacto con él. Se irguió y se obligó a pensar en otra cosa.

—Ni siquiera te acordarás de mí cuando encuentres a una chica de tu edad.

—¿Bromeas? No quiero encontrar a ninguna otra mujer. ¿Por qué te importa tanto la diferencia de edad? Solo nos llevamos siete años. Si fuera yo el mayor, nadie se plantearía esto.

—No lo digo solo por eso. Yo tengo dos hijos.

—¿Y qué? A mí se me dan bien los niños. ¿Tengo que haber cumplido los treinta para que me los presentes?

—Por supuesto que no. Si viviéramos más cerca, podrías conocerlos —le aseguró ella, aunque no estaba segura de que fuera así.

—Apuesto a que, si estuviera allí, haría que te olvidaras de la diferencia de edad. Ya lo conseguí una vez... ¿Lo intento de nuevo?

Liz parpadeó sorprendida. Hablaban a menudo de su viaje a Las Vegas y de la posibilidad de repetirlo. Dave tenía un primo cerca de Dundee, pero era la primera vez que mencionaba la posibilidad de aventurarse en el mundo de ella.

A Liz le pareció que eso sería demasiado para los dos. Si lo rechazaba en aquel momento, seguramente no volverían a hablar del tema.

—Sería mejor que vinieras en invierno, cuando no estés tan ocupado en el club, ¿no te parece?

—Queda mucho para que llegue el invierno.

—¿Mamá?

Liz se giró bruscamente, como si la hubieran pillado haciendo algo malo. Christopher estaba en la puerta, restregándose los ojos de sueño.

—No puedo dormir —se quejó el pequeño—. ¿Te tumbas un rato conmigo?

Liz no había terminado su conversación con Dave, pero sabía lo que debía hacer.

—Tengo que irme —le dijo a Dave.

—¿Me llamas más tarde? —preguntó él.

—Mañana —respondió ella y colgó.


Carter Hudson contempló impaciente el cartel de la chocolatería de Liz. Él nunca había oído hablar de una tienda así, pero era ella quien tenía que preocuparse de si su negocio tenía éxito o no. El único problema de Carter era que tenía que pasar el día entero con ella, lo cual no era sencillo porque le recordaba mucho a Laurel.

Cuando él le había tocado la mano en el restaurante, había deseado cerrar los ojos, olvidarse de lo que los rodeaba y simplemente sentir el pulso de ella en sus dedos. Había ansiado tanto tener un momento más con Laurel, poder despedirse de ella...

Había sido demasiado agresivo con Liz, pero no le importaba. Todo el encuentro había sido ilógico. Además, él no tenía interés en conocerla a fondo. Y menos mal, porque esa mañana tampoco estaban empezando con buen pie. Después de hacerle levantarse antes de que saliera el sol, ella llegaba tarde. Ojalá se hubiera tomado un café antes de salir. Además, por la noche había tenido otra terrible pesadilla.

Laurel...

Sintió un repentino y doloroso vacío en su pecho, aunque supo que se le pasaría. Tenía mucha práctica al respecto, solo debía mantener su mente ocupada.

Sacó un periódico de una máquina y se sentó en una de las mesitas de fuera de la chocolatería. Si Liz no aparecía en quince minutos, se marcharía. Ayudarla en las reformas de su tienda no formaba parte de su trabajo. Debería haberlo dicho la noche anterior, pero el ambiente de apoyo y ayuda del senador y su familia le habían influido. Dundee era tan distinto de la gran ciudad, tan rejuvenecedor...

Y él necesitaba ese cambio, tanto si quería admitirlo o no.

Claro que a veces las ganas de ayudar se acercaban más a una oportunidad de fisgonear. Pero al menos aquellas personas tenían buena intención y se preocupaban de los demás.

Contempló la calle. ¿Habría sido distinto si hubiera llevado a Laurel a ese lugar? Con cierto esfuerzo, apartó esos pensamientos de su cabeza. Hacer suposiciones no iba a ayudarlo, él había hecho todo lo que había podido. Ya no tenía más opción que erguirse y afrontar cada día.

Se concentró en el periódico y, lentamente, el dolor fue calmándose. De pronto sonó una bocina. Liz había llegado, por fin. Carter plegó el periódico y la observó aparcar y bajarse del coche. Iba vestida con una camiseta, shorts vaqueros, zapatillas de deporte y una sudadera para protegerse del frío matutino. No se había maquillado, pero tampoco lo necesitaba. Sus enormes ojos avellana resaltaban en un rostro que, Carter admitió, poseía una delicada belleza. Igual que Laurel. Pero la boca de Liz era única; demasiado expresiva para una mujer de aspecto tan reservado y sofisticado, le daba un toque humano a un rostro que, si no, hubiera sido demasiado perfecto.

—¿Llevas mucho esperando? —preguntó Liz al llegar junto a él.

—Desde las seis —contestó él fulminándola con la mirada.

—Claro, has sido puntual, cómo no —dijo ella y carraspeó—. Lo siento, me ha costado un poco despertar a la madre de Keith. Se había olvidado de que había quedado en llevar a los niños al colegio por mí.

—No hay problema —afirmó Carter y la siguió al interior de la tienda.

El local, que conocía por la conversación de la noche anterior, había sido antes una barbería. Carter observó el suelo gastado, la pared recién alisada, la carretilla en un rincón.

—¿Qué pretendes con las mejoras? —le preguntó a Liz.

Ella desenrolló unos planos sobre una de las vitrinas para que Carter los viera.

—¿Has visto *Chocolat*? Fue nominada a varios Oscar hace unos años, incluido el de Mejor Película.

Él ya había empezado a anotar en su cabeza lo que había que hacer y a calcular cuánto tiempo necesitaría. Lo que iba a requerir mayor trabajo era la cocina, el resto simplemente sería aplicar un revestimiento al suelo, pintar, y colocar algunas estanterías y vitrinas más.

—¿Esa película tiene alguna pelea de karate o alguna explosión? —preguntó él—. Porque si no, no creo que me gastara el dinero en verla.

Estaba bromeando, pero Liz no pareció comprenderlo.

—Tú te lo pierdes —le dijo ligeramente ofendida—. Es fabulosa, casi tan buena como el libro. Pues quiero recrear el ambiente de la tienda de la película. Discurre en un pueblo francés.

—Igualito que este en Estados Unidos, ¿eh?

Por fin Liz pareció darse cuenta de que él la estaba provocando. Hizo un amago de sonreír pero luego frunció el ceño.

—No puedo transformarlo hasta ese punto. Pero quiero algo decadente y atractivo para los sentidos con un toque latinoamericano.

—Eso empieza a sonar bien —comentó Carter con doble intención..

—En la película, Vianne, la propietaria de la chocolatería, sirve algo más que chocolate.

—Cada vez suena mejor...

—¿Solo puedes pensar en sexo? —le reprochó ella exasperada.

Satisfecho de haberle dado la impresión de que era un bruto, Carter se puso serio.

—De acuerdo, ¿y qué ofrece ella?

—Amor, aceptación, cambios... renacer, en suma. Me parece una idea maravillosa.

Por mucho que había decidido que no le gustaría Liz, a Carter le encantó aquella idea. Sus palabras resonaron en el vacío de su interior, haciéndole desear todo eso que ella quería ofrecer.

—¿Tú elaboras el chocolate?

—No, compro distintas clases y las combino para crear un sabor único y característico. Haré bombones, tartas y brownies. Pero, igual que en la película, el especial de la casa va a ser el chocolate caliente.

La pasión con la que hablaba volvió a despertar recuerdos de Laurel en Carter, que se giró hacia la pared y la examinó minuciosamente.

—Vamos a tener que arreglar algunas partes más. ¿Tienes todo el material necesario?

Liz enarcó las cejas ante el tono enérgico de él.

—Debería. Keith trajo mucho material anoche, está en la habitación trasera. Si necesitamos algo más, la tienda de bricolaje está en esta misma calle. La buena noticia es que por fin tenemos lavabo en el baño y funciona, el fontanero lo instaló ayer.

Carter se dirigió al cuarto de baño que señalaba Liz.

—¿Dices que lo instaló o que tenía que hacerlo?

Liz se alarmó y llegó rápidamente junto a Carter. Su expresión conmocionada cuando vio que el lavabo había sido arrancado de la pared lo dijo todo.

# IV

—Has tenido que ser tú —acusó Liz a Keith.

Ella había ido a la tienda de bricolaje y había llevado aparte a su exmarido para que su jefe, Ollie Weston, no los oyese.

Keith estaba indignado. No parecía culpable, pero había sido el último en salir de la chocolatería la noche anterior. ¿Quién iba a querer y poder causar el daño si no?

—¿Y por qué iba a hacerlo? —preguntó él elevando la voz—. ¡Ayer estuve tres horas allí intentando ayudarte!

Ollie los miró desde la caja registradora y Liz se ruborizó. Cuando llegó por primera vez a Dundee, causó un gran escándalo por el mero hecho de ser «la otra».

Como Reenie era del pueblo, la gente la había protegido y habían juzgado a Liz sin conocerla,

como si ella hubiera destruido a sabiendas el matrimonio de Reenie. Y como Liz ya empezaba a
sentirse a gusto en aquel pueblo, no quería volver a
llamar la atención.

—No grites, ¿de acuerdo?

—Estás acusándome de algo que no he hecho —
le espetó Keith.

—¿Quién si no podría haberlo hecho?

—¡Cualquiera! —exclamó él—. Christopher se
puso a jugar con la llave que me diste del local y la
perdió. Anoche no pude cerrar.

—¿Cómo? ¿Y por qué no me llamaste?

—Porque no quería despertarte. No me pareció
tan importante, el lugar ni siquiera está acondicionado todavía.

—Pagué una pequeña fortuna por el material de
construcción que hay allí guardado —le dijo ella.

—¿Y qué? Esto es Dundee, ¿quién iba a querer
robarlo?

Liz se recogió un mechón de pelo tras la oreja.
Si Keith no había causado el destrozo, ¿se trataba de
algún acto de venganza? ¿Tal vez de alguien que la
culpara de haber destrozado el primer matrimonio
de Reenie?

Liz no podía imaginar que nadie le tuviera rencor por eso. Y menos cuando ella no lo había hecho
a propósito y además Reenie estaba muy enamorada de Isaac.

—Tu familia no haría algo así, ¿verdad? —preguntó
Liz entrecerrando los ojos—. Nunca les he gustado.
Incluso ahora que me ayudan con los niños, apenas
me hablan.

–Todavía están luchando por aceptar lo que sucedió. No puedes culparlos por eso.

Cierto, no podía hacerlo. Lo que había sucedido era culpa solamente de Keith, por eso ella nunca podría reconciliarse con él.

–Quizá haya sido Mary Thornton –señaló él.

Liz se mordió el labio inferior. Mary y ella habían hablado alguna vez, pero no se conocían.

–Ella no llegaría tan lejos.

–¿Por qué no? Sabes que le molesta que vayas a abrir una tienda de chocolate junto a su tienda de dulces.

–¡Cuando alquilé el local ella no vendía dulces, solo regalos!

–Por eso lo digo, está verde de envidia. Además, salió un artículo sobre tu futura tienda en el periódico local y ella no ha conseguido ni que la citen. Y, por lo que parece, no le va tan bien el negocio como quiere aparentar. Ella también se lo ha jugado todo. Dejó su empleo en el bufete de abogados, es madre soltera, su exmarido es muy raro...

–¿Estás de broma? Ella todavía vive con sus padres, que la ayudan con su hijo y se aseguran de cubrir sus necesidades. Es el dinero de ellos el que Mary invirtió en la tienda, no el suyo propio. ¿Por qué ella no se va de casa e intenta salir adelante por sí misma, como todos nosotros?

A causa de su madrastra, Liz se había escapado de casa con diecisiete años y no había regresado nunca. Había terminado el instituto mientras vivía en casa de una amiga y los fines de semana visitaba a Isaac en la universidad.

—No lo sé —dijo Keith—. Solo digo que, si tienes problemas en la tienda, Mary podría estar detrás. Pero no te preocupes, yo pagaré al fontanero para que lo arregle, ¿de acuerdo? Quizá así te creas que yo no he sido quien ha arrancado el lavabo.

Liz no podía permitirle a Keith que lo hiciera. Se sentía fatal por haberlo acusado sin tener pruebas.

Lo que sucedía era que estaba asustada, en esa tienda estaba invirtiendo todo lo que tenía: su dinero, sus esperanzas y sus sueños.

—Gracias de todas formas, pero yo me ocuparé de ello —dijo y se giró para marcharse.

Keith la sujetó del brazo y le hizo mirarlo.

—Todo irá bien —le prometió él.

Hubo un tiempo en que las palabras de Keith la hubieran consolado y animado. Pero después de haber descubierto su engaño, se había destruido también su confianza en él.

—Hay otra cosa más —añadió él sin soltarle el brazo—. Creía que venías por eso, pero como no has dicho nada, supongo que no lo sabes.

—¿El qué? —preguntó ella preocupada por el tono serio de Keith.

—Tu padre está en el pueblo.

—¡No! —exclamó Liz llamando la atención de Ollie, que los miró enfadado.

Keith ignoró a su jefe.

—Sí. Me lo he encontrado en la gasolinera cuando venía a trabajar. Tenía la ropa bastante arrugada, como si hubiera conducido toda la noche, pero sin duda era el hombre que vi en tus fotos de pequeña. He hablado un poco con él y te he llamado a casa, pero no has contestado.

—He ido a casa de tus padres para dejar a los niños allí. Y luego me he venido a la tienda —explicó ella como atontada.

—Me he imaginado que estarías de camino. Y como no tienes teléfono móvil... ¿Estás bien?

Liz respiró hondo intentando aliviar la conmoción.

—¿Y qué quiere?

—¿No has hablado con él en los últimos tiempos?

Liz negó con la cabeza. Las dos últimas Navidades ella le había mandado una felicitación con unas cuantas fotos de los niños. En más de diez años, era todo el contacto que habían tenido.

—Eso explica cómo es que él no sabía que estábamos divorciados —dijo Keith y apretó la mandíbula—. Ha sido una situación de lo más embarazosa. Tú no lo sabes, pero antes de que nos casáramos, lo llamé para que viniera a vernos a Las Vegas. Él me dio una pobre excusa, lo que me hizo enfurecer y decirle que no se molestara en venir, que tú no lo necesitabas y que ya cuidaría yo de ti.

Liz lo vio removerse inquieto y supo que, cuando él le había dicho eso a su padre, ya estaba casado con Reenie; solo había sido cuestión de tiempo que les partiera el corazón a las dos.

¿Tal vez por cómo había respondido su padre, Keith se había afianzado en su deseo de casarse con ella, aparte de que ella ya estuviera embarazada de Mica?

—Nunca me dijiste que ibas a llamarlo.

—Y después de hablar con él, me alegré de no habértelo dicho —le aseguró Keith.

—¿Y qué es lo que quiere? —preguntó Liz, sorprendida porque aún le dolían las cuestiones de su padre.

—Luanna y él han roto.

A Liz le dio un vuelco el corazón. Había deseado tantas veces que su padre se separara de la mujer que le había hecho a ella la vida tan desgraciada...Y también muchas veces había soñado con reclamar el amor y la aprobación de su progenitor.

—¿Ha venido a ver a Isaac, o a mí?

—Supongo que a los dos. ¿A quién más tiene, ahora que Luanna ya no forma parte de su vida?

Estaba el hijo de Luanna, Marty, de la edad de Liz y viviendo por su cuenta. Liz no se imaginaba a su padre encariñado con él, Marty estaba tan malcriado que era difícil de tratar.

—Liz, te has quedado deshecha.

—Estoy bien.

Después de todo, había tenido año y medio para recuperarse del otro golpe del destino.

—No lo estás —insistió él.

La abrazó suavemente y la besó en la cabeza. Liz se hubiera resistido, como siempre, pero no pensaba con claridad. La noticia que acababa de recibir la había descolocado completamente.

Keith olía bien, era un olor familiar, cómodo. No hacía tanto, él había significado todo para ella. Y seguro que unos segundos en sus brazos no le harían daño. Liz apoyó la cabeza en el hombro de él mientras intentaba decidir qué hacer con su padre.

—Sé que tienes mucha presión ahora mismo y no necesitas esto —le dijo Keith acariciándole la espalda y transmitiéndole seguridad—. ¿Quieres que le diga que se marche del pueblo?

—No. Isaac se encargará de eso —respondió Liz.

Keith ya no tenía derecho a algo así. Sin embargo, Isaac estaba más enfadado con su padre que ella, aunque Luanna a él lo había tratado mucho mejor, ya que no se había sentido tan amenazada por su presencia en la casa como con Liz.

—Me pregunto qué le habrá pasado a su matrimonio —comentó Liz.

—Él ha dicho que se había cansado de las manías de Luanna... Pero me da la impresión de que ha sido ella quien lo ha dejado.

Ese detalle sorprendió a Liz, que esperaba que su padre en algún momento recuperara el juicio. Pero ¿qué importaba eso ya? Era demasiado tarde, la niña que tanto lo había necesitado ya era una adulta.

Liz se irguió y se separó de Keith.

—Así que está aquí porque no tiene otro lugar adonde ir.

—Lo siento, pequeña —le dijo Keith.

Realmente, a veces él no era tan malo como ella quería creer. Liz sonrió triste.

—Gracias, pero no me llames «pequeña», ¿de acuerdo? —le dijo y se obligó a salir de allí.

Nada más salir de la tienda de bricolaje, Liz se dio de bruces con Carter. Él tenía las manos y el pelo salpicados de pintura, así como la camiseta que resaltaba su musculatura.

—¿Ya has empezado?

—¿Se suponía que debía esperar? —preguntó él.

—No, pero yo iba a ayudarte —dijo ella intentando recomponerse—. ¿Sabes cómo aplicar el estuco?

—Sí, no es difícil. He venido a por una brocha más resistente y unos tornillos para...

—Muy bien —lo interrumpió ella sin ganas—. Dile a Ollie que lo cargue todo en mi cuenta.

Carter se la quedó mirando unos instantes.

—¿Estás bien?

Ella fijó la vista en la lejanía.

—Sí, ¿por qué?

—Pareces hecha polvo.

Una vieja camioneta se acercaba. Liz contuvo el aliento mientras intentaba identificar al conductor... Era uno de los granjeros del pueblo, pero su camioneta no era la de siempre, por eso ella no la había reconocido. Liz soltó el aire poco a poco.

—No sucede nada.

—¿Estás segura?

—Sí —afirmó Liz y se dispuso a marcharse, ansiosa por ir a buscar a su hermano al instituto donde daba clase.

—¿Qué has averiguado del lavabo? —la detuvo Carter.

—No ha sido Keith.

—¿Cómo puedes estar segura?

Liz se refugió tras sus gafas de sol.

—Porque él lo ha dicho.

Carter frunció el ceño sin dar crédito.

—¿Y vas a creerlo? Estamos hablando del mismo hombre que te mintió durante todo vuestro matrimonio.

En aquel momento, a Liz no le preocupaba tanto el acto de vandalismo como el que su padre estuviera en el pueblo. ¿Cuánto tiempo iba a quedarse? ¿De qué iban a hablar? ¿Y cómo iba él a tratar a sus nietos? No conocía ni a Mica ni a Christopher.

—Oye, te agradezco mucho que me ayudes en la tienda y haré todo lo posible para compensarte, pero ahora no necesito tu cinismo –le dijo ella y se marchó.

Sabía que él la miraba, que lo había vuelto a sorprender. Pero no le importó.

Carter había dejado su empleo en el FBI poco después del entierro de Laurel. Sabía que nunca volvería atrás, pero seguía siendo policía en su interior y eso le impedía dejar sin resolver el misterio del lavabo arrancado. Alguien había entrado en la chocolatería de Liz O'Connell y había provocado el destrozo. Él no tenía dudas de quién podía haberlo hecho. Por la forma en que Liz había exclamado el nombre de Keith y luego había salido en su busca, era evidente que tenía razones para creer que había sido su exesposo. Seguramente Keith tenía motivos y eso lo convertía en sospechoso; además, era un mentiroso redomado.

Carter se acercó a un hombre junto a la caja registradora.

—¿Dónde puedo encontrar estos, por favor? —le preguntó al hombre mostrándole un tornillo.

—Pasillo nueve.

—Gracias —dijo Carter y se dirigió allí.

Esperaba encontrarse con el ex de Liz mientras hacía esas compras. Lo divisó en el vivero. Supuso que era él porque llevaba el uniforme de la tienda y era aproximadamente de su edad.

Carter entró en el vivero y fingió que examinaba una pila para pájaros.

—¿Puedo ayudarlo? —preguntó Keith.

Carter lo miró. Keith era alto, estaba en forma y debía de resultar atractivo a las mujeres. La ropa le estaba un poco grande, señal de que debía de haber perdido bastante peso recientemente. ¿Sería por depresión, por no tener dinero para comer en condiciones, por tomar drogas? Eran los pequeños detalles los que marcaban la diferencia en una investigación, y Carter lo llevaba en la sangre.

—¿Es usted Keith O'Connell?

Keith enarcó las cejas sorprendido. No llevaba ningún identificador con su nombre porque en un pueblo tan pequeño no era necesario.

—¿Nos conocemos? —le preguntó a Carter.

—Soy nuevo en Dundee. Trabajo para el senador Holbrook.

—Ah, sí. He oído que salió anoche con mi ex mujer —dijo Keith observándolo minuciosamente.

—Salí con una de ellas —lo corrigió Carter.

Keith frunció la boca.

—Sí, bueno... Pues por lo que sé, ella no se divirtió mucho.

A Carter le sorprendió que le molestara ese comentario. Hacía tiempo que a él no le importaba mucho nada. Pero con Liz ciertamente no había hecho ningún esfuerzo por gustarle, no le interesaba una mujer con tanta carga emocional de su pasado. Él ya tenía suficiente con el suyo propio.

—Supongo que no se me dan muy bien las conversaciones superficiales —dijo.

—Ya lo veo, casi diría que ha venido a sacarme de mis casillas —comentó Keith.

Carter le enseñó la brocha.

—Lo cierto es que también he venido a comprar material para poder hacer las reformas en la chocolatería.

Keith abrió la boca atónito.

—¿Cómo dice?

—Ya me ha oído.

Carter temía estar siendo demasiado combativo. Él no conocía a Keith, pero desde la muerte de Laurel, muchas veces lo dominaban sus emociones más oscuras, especialmente cuando encontraba a un espécimen como Keith, que había engañado hasta tal extremo.

—¿Acaso Liz le ha pedido que la ayude? —preguntó Keith.

—El senador lo sugirió.

Keith se acercó a él y Carter tuvo la impresión de que no era un hombre que se achantara ante una posible pelea.

—Pues olvídese de ello. Ella no lo necesita, ya me tiene a mí.

Carter vio que él apretaba los puños, pero no hizo nada más.

—Es evidente que no está ayudándola suficientemente deprisa. Así que no se preocupe. El lugar estará pintado antes de que salga usted hoy de trabajar.

—¿Para eso ha venido? ¿Para decirme que está ayudando a Liz y que puede hacerlo más rápido que yo? —preguntó Keith.

—No solo, hay algo más —dijo Carter y lo miró fijamente—. Si ha sido usted quien ha arrancado el lavabo de la pared, será mejor que no vuelva a intentar nada de ese tipo.

Carter se dio media vuelta y se marchó a grandes zancadas.

—¿Quién demonios se cree que es, arrogante bastardo? —le gritó Keith a la espalda.

Carter no respondió. Ya había dicho todo lo que iba a decir. Además, él no era arrogante, sino que estaba enfadado.

# V

Liz se restregó las manos nerviosa delante del aula de Isaac, mientras esperaba a que terminara la clase. No sabía muy bien qué podría hacer él respecto a la inesperada visita de su padre, pero quería advertirle de ello. Isaac llevaba muchos años sin hablar con Gordon, ni siquiera le había mandado ninguna felicitación por Navidad. Su hermano no tenía intención de reconciliarse con su padre, no comprendía cómo había permitido que su segunda esposa tratara tan mal a Liz.

Liz tampoco lo entendía. Lo justificaba diciendo que su padre estaba enamorado, que él también tenía sus necesidades. Pero Luanna había sido cruel con ella y Gordon no había hecho nada al respecto.

Por fin sonó el timbre. Liz esperó a que saliera el aluvión de adolescentes y entró en el aula.

—Me alegro de verte —la saludó su hermano—. Pero ¿qué haces aquí? La última vez que te presentaste por aquí, acababas de dejar tu empleo y habías alquilado el local para poner una chocolatería. Temo lo que pueda ser esta vez.

Liz carraspeó.

—Esta vez no se trata de la tienda... Es papá. Está en el pueblo.

Isaac se tensó ligeramente y suspiró.

—¿Te ha llamado o se ha pasado a verte?

—No, yo no lo he visto. Keith se lo encontró en la gasolinera hace un par de horas.

—Supongo que es mucho desear que haya sido un encuentro casual, que papá solo pasaba por aquí de camino a otro lado.

—Supongo que sí —dijo Liz desviando la mirada.

No quería que su hermano leyera en su rostro la mezcla de emociones que sentía. Él había logrado olvidarse de lo que alguna vez había sentido por su padre. Ojalá ella pudiera hacer lo mismo, o al menos canalizar su frustración a través del odio, pero no era capaz.

—Luanna lo ha dejado —añadió Liz.

Isaac soltó un improperio.

—Esa bruja ha esperado hasta ahora. Seguramente ha durado tanto tiempo con nuestro padre solo para fastidiarnos.

—¿Qué crees que deberíamos hacer? —le preguntó Liz.

—Ignorarlo hasta que se marche, supongo.

—Eso no es realista.

—¿Por qué no? Él nos ha ignorado durante años

—replicó Isaac—. O se ha puesto del lado de Luanna en todas las discusiones.

—Ella era su esposa, Isaac —le recordó Liz.

—Me da igual, ella estaba equivocada.

Liz no podía discutir eso. Luanna siempre la había tratado mal, incluso al principio, cuando ella se esforzaba por complacerla todo lo posible. Le decía lindezas como «¿cómo puedes ser tan desastre?» o «me sentiría humillada si fueras hija mía». Liz todavía escuchaba su voz a veces y seguía minando su confianza en sí misma. Y desde que había decidido arriesgarse con la tienda, recordaba más sus frases desdeñosas. Pero eso era algo entre Luanna y ella, Isaac no tenía por qué sentirse afectado.

—No quiero que odies a papá por mi culpa.

—No lo odio por tu culpa, él se ha ganado mi desprecio.

—Eso pertenece al pasado.

—Te ha tratado como una basura durante años, ¿y, cuando aparece de repente, le das la bienvenida con los brazos abiertos? —preguntó él atónito.

Lo cierto era que Liz estaba nerviosa, asustada y esperanzada, y esas eran solo algunas de las emociones que lograba identificar.

—Quiero hablar con él y saber qué tiene que decir.

—Si estás esperando que haya venido a disculparse, Liz, yo no me emocionaría con eso. Él no va a admitir que ha hecho las cosas mal, solo dice que Luanna y tú no os llevabais bien, como si el problema fuera así de sencillo; como si él no tuviera ninguna responsabilidad al respecto.

—Tal vez yo no fui tan buena chica como creía.

Isaac puso los ojos en blanco.

—Ni te plantees eso. Yo también estaba allí, tú eras dulce, inocente... no fue justo.

—De acuerdo, pongamos que mi madrastra me trataba mal sin razón y mi padre lo consintió... pero tengo treinta y dos años, no puedo quedarme colgada del resentimiento para siempre. Tengo que dejarlo atrás.

—¿Puedes hacerlo?

Esa era la gran pregunta y Liz no estaba segura de si podía deshacerse de su resentimiento. No esperaba tener que enfrentarse a aquello, y menos en aquel momento, ni después de tanto tiempo. Su padre no se había preocupado de mantener el contacto con ellos. ¿Qué hacía allí?

—¿Y si quiere ser mejor abuelo de lo que ha sido padre? —preguntó Liz—. Sería bueno para Mica y Christopher que lo conocieran.

Isaac tamborileó sobre su mesa.

—¿Y si Luanna regresa con él después de un par de semanas y las cosas vuelven a ser como antes? ¿Cómo te sentirías entonces?

Engañada y traicionada, igual que antes. Liz se dio cuenta de que no estaba preparada para eso. Ya tenía suficientes problemas en su vida. Se puso en pie.

—Tienes razón, no es un buen momento para mí. Tal vez dentro de un par de años...

La puerta se abrió y entró un estudiante. En breve, el aula estaría llena de ellos.

—No importa —dijo Liz—. Ahora tienes clase, ya hablaremos después.

La acompañó a la puerta.

—Puedes decirle que te deje sola si es lo que deseas, Liz, recuérdalo.

—De acuerdo, lo recordaré.

—Y llámame cuando hayas hablado con él, ¿de acuerdo?

—¿Cómo sabes que él ha venido aquí a verme a mí? —preguntó ella ya en el pasillo.

—Porque él ya sabe que no debe intentar contactar conmigo —respondió Isaac y la despidió.

—¿Qué es una *chocolatérie*?

Carter dejó de pintar un momento y miró al hombre sin afeitar pero bien vestido. El padre de Liz, que se había presentado como Gordon Russell, miraba por la ventana del local. Se había presentado allí al poco de volver Carter de la tienda de bricolaje. Y había preguntado muchas cosas sobre Liz: dónde estaba, cómo podía encontrarla, dónde vivía...

Carter no tenía ninguna de esas informaciones, pero aunque las hubiera sabido no se las hubiera dado a ese hombre. Le parecía muy raro que un padre no estuviera familiarizado con esos aspectos de su hija.

—Pues una chocolatería, evidentemente —respondió Carter volviendo a la pintura.

—¿Y por qué no la ha llamado así, que es más sencillo?

Carter mojó la brocha en la pintura. Le gustaba la idea de Liz de recrear la película. Pero aquel

hombre de actitud tan condescendiente no se merecía ninguna explicación.

—No habrá querido —dijo fríamente.

El padre de Liz se puso en jarras, dejando ver sus
manos perfectamente cuidadas y un anillo con un
enorme diamante. O tenía mucho dinero o le gustaba aparentarlo. Carter se inclinaba más por lo segundo.

—¿Y usted quién ha dicho que es? —preguntó
Gordon.

—Un amigo de un amigo.

—¿Así que conoce a Keith?

—No muy bien.

—¿En un pueblo tan pequeño?

—Soy nuevo aquí.

Gordon debía de tener unos sesenta años, pero
aparentaba al menos diez o quince menos. Era evidente que se cuidaba y, a juzgar por su físico, debía
de hacer ejercicio a menudo.

—¿Conoce bien a Liz? —preguntó Gordon.

—No mucho —admitió Carter.

—Ustedes dos no estarán saliendo, ¿verdad? —preguntó él como si le desagradara que su hija saliera
con un simple pintor.

Carter no mostró que lo había molestado.

—No, no estamos saliendo.

El padre de Liz consultó impaciente el reloj de
oro que llevaba en la muñeca. Dio una vuelta por
el local.

—Tal vez debería volver a la cafetería del final de
la calle —comentó—. La camarera que me ha dicho que
Liz estaría aquí tal vez me indique dónde está su casa.

–Tal vez, pero no creo que su hija haya ido a casa –señaló Carter.

–No hay tantos lugares en este pueblo de mala muerte –dijo Gordon y golpeó con un pie el envoltorio de la nueva brocha de Carter–. Sinceramente, no sé cómo puede usted soportarlo.

–Tiene sus ventajas. Todo depende de qué es lo que uno busque.

–¿Y usted qué busca? –preguntó Gordon.

Carter necesitaba aquel espacio. Había perdido el idealismo que una vez había sido tan característico en él, esa creencia de que lo bueno prevalecía por encima de todo. Pero ya no tenía la misma paciencia, ni la amabilidad, la diplomacia o la comprensión de entonces. Ni siquiera tenía el deseo de intimar con alguien.

Charles Hooper, que estaba encerrado de por vida en la cárcel, había sido el responsable de eso.

–Yo quiero vivir tranquilo –murmuró él.

De pronto la puerta principal se abrió y entró Liz.

–Siento haber tardado... –comenzó, pero se interrumpió al ver a su padre.

–¡Sorpresa! –exclamó Gordon abrazándola.

Liz no lo apartó, pero tampoco respondió al abrazo.

–Keith me ha dicho que te había visto en la gasolinera –dijo ella con un hilo de voz.

–¿Puedes creerlo, yo en este lugar? –preguntó su padre excesivamente alegre–. Me estoy volviendo loco sin cafeterías de diseño ni campos de golf a la vista. ¿Qué te hizo mudarte a este rincón perdido?

Gordon se comportaba como si Liz acabara de mudarse, cuando Carter sabía que ella llevaba en Dundee casi dos años.

—Me gusta esto —contestó ella.

Todo el que conociera ligeramente a Liz sabía lo que Keith le había hecho y que ella estaba allí solo por los niños. ¿Cómo era posible que su padre no supiera eso?, se preguntó Carter.

—A cada uno lo suyo, supongo —dijo Gordon y señaló a Carter—. Tu pintor dice que solo quiere vivir tranquilo. No pide mucho, ¿verdad?

Liz sonrió a Carter como pidiéndole disculpas.

—Él no es mi pintor. Trabaja para el senador Holbrook. Solo está ayudándome un poco.

—¿Hay un senador en esta zona? —preguntó Russell, obviamente impresionado.

—Un senador estatal —aclaró Liz—. Es el suegro de Isaac.

Al mencionar el nombre de Isaac, se produjo un silencio tenso, pero Russell mantuvo su expresión.

—Así que Isaac está casado, ¿eh?

—Sí, desde hace un año.

—Me alegro por él. Parece que ya era hora de que me pasara por aquí. Tenemos muchas cosas que contarnos.

Liz agarró fuertemente su bolso. No se había movido del lugar donde su padre la había abrazado.

—¿Dónde te alojas? —le preguntó.

—No lo sé aún —respondió él—. ¿Hay algún motel por aquí?

Carter sabía que el padre de Liz tenía que haber pasado junto al Timberline antes de entrar en el pueblo. Era evidente que estaba lanzando una indirecta con la esperanza de que Liz le ofreciera su casa.

—Sí que hay uno, pero... —balbuceó ella.

—El Timberline solo cuesta sesenta y cinco dólares la noche —intervino Carter.

Russell lo miró sorprendido.

—Supongo que podrías quedarte en mi casa. Solo por unos días —ofreció ella.

Carter negó con la cabeza. No podía proteger a la gente de ella misma, lo había aprendido a base de sufrimiento.

—Unos pocos días serán suficientes —dijo Russell—. Solo he venido a conocer a tus hijos.

Carter escuchó anonadado. ¿Dónde había vivido ese hombre? Los hijos de Liz tenían al menos nueve y seis años.

—De acuerdo —accedió ella confusa—. ¿Cómo es que estás aquí? ¿Te has jubilado? ¿Has vendido tu participación en el bufete... o lo has cerrado?

—Se lo vendí a mis socios hace un par de años. Me dieron una buena suma. Así que ahora me dedico a viajar y a jugar al golf. Una vida completamente distinta a la anterior.

—¿Y Luanna? —preguntó Liz.

Al padre de Liz se le ensombreció el rostro. Carter se dijo que debía seguir pintando, que la escena que estaba ocurriendo delante de él no era asunto suyo. Pero no había sido testigo de un encuentro tan tenso desde que estaba en Dundee. Aminoró su ritmo de pintura para poder seguir la conversación.

—Ya no estamos juntos —contestó el padre de

Liz–. Es demasiado difícil vivir con ella. Tú lo sabes mejor que nadie.

Liz no dijo nada, aunque a Carter le pareció que se mordía la lengua.

Russell dio una palmada, evidentemente decidido a cambiar de tema.

–¿Qué hago con mi equipaje? –preguntó.

Liz miró a Carter y él, al ver la inseguridad en su mirada, no pudo evitar volver a intervenir.

–Tal vez prefiera alojarse en el Running Y, que es un bonito complejo hotelero. Tienen incluso un campo de golf propio, y se puede ir de caza, de pesca, montar a caballo...

Liz se giró hacia su padre deseosa de que aceptara, pero él negó con la cabeza.

–No hará falta. ¿Para qué voy a gastarme dinero cuando tengo familia en la ciudad?

Liz había agarrado el bolso con tanta fuerza que tenía los nudillos blancos.

–En ese caso... ¿qué tal si vienes conmigo a casa?

–Suena bien. Ha sido un placer conocerlo –le dijo a Carter, pero era falso evidentemente.

–Lo mismo digo –respondió Carter, igual de falso.

La sonrisa forzada de Liz se desvaneció en cuanto su padre le dio la espalda. Inspiró hondo, como si estuviera reuniendo fuerzas, y lo siguió. Pero Carter la detuvo justo antes de que saliera por la puerta.

–¿Se puede saber qué haces? –le preguntó él en voz baja.

Carter esperaba que ella le dijera que se metiera

en sus asuntos, tenía razones para decírselo. Pero ella no lo hizo.

—No tengo ni idea —respondió sacudiendo la cabeza.

—Tal vez deberías replantearte lo de alojarlo en tu casa.

—¿Cómo voy a hacerlo? Él es mi padre.

Carter la vio marchar y frunció el ceño. Ojalá ella le dejara hacerse con el control de la situación. Pero ¿a él qué demonios le importaba? Tal vez bloquear sus emociones lo convertía más en un robot que en un hombre, pero al menos así podía funcionar.

Carter inspiró hondo y regresó a su trabajo. La presencia del señor Russell no era una situación de vida o muerte, no como la que él había tenido que afrontar en el pasado. Él no tenía ninguna responsabilidad moral en eso y podía seguir con su vida como si aquello no existiera.

Pero para Liz, la llegada de Russell sí parecía catastrófica.

# VI

Liz recorrió tensa la casa de cuatro habitaciones que alquilaba de mes en mes. Cuando se había mudado del barrio de los Holbrook, se había planteado comprar una casa, pero le había parecido algo demasiado permanente. Ella estaba viviendo en Dundee por los niños, pero la consolaba pensar que podía escapar de allí con relativa facilidad si quería hacerlo. Quizá por eso las llamadas de Dave eran tan excitantes, siempre existía la posibilidad de que ella pudiera recoger sus cosas y marcharse.

Eso era cierto incluso con la tienda, porque había firmado un contrato de alquiler por solo seis meses. Claro que entonces perdería la fianza, que era considerable. Pero eso era otra historia. Ella tenía una salida, si la necesitaba.

—¿Cuánto tiempo llevas viviendo aquí? —le preguntó su padre.

Liz se encogió por dentro ante el énfasis que él puso en la última palabra. A su padre siempre le habían importado mucho las apariencias. Contemplar aquella vieja casa con los ojos de él la avergonzó y le hizo desear haber tenido más éxito en la vida. En Los Ángeles, ella tenía una bonita casa y un matrimonio feliz, o eso creía; tenía también ropa elegante, joyas, un coche caro e incluso era socia de un club donde iba a jugar al tenis tres o cuatro veces por semana. Su padre se habría quedado impresionado con aquello.

Pero en aquel tiempo él no había ido a visitarla. Él había esperado a un momento en que ella se había quedado desposeída de todo, casi incluso también de su orgullo.

—Casi seis meses —respondió ella—. Y es de alquiler.

Sacó un juego de sábanas de un armario y se lo dio a su padre.

—¿Y dónde vive Isaac?

—Al otro lado del pueblo, en las afueras. Reenie y él tienen una granja.

—¿Con animales?

—Tienen un par de caballos, un cerdo que está criando Jennifer...

—Creía que la esposa de Isaac se llamaba Reenie.

—Jennifer es una de las hijastras de Isaac. Tiene otras dos más. Jennifer tiene once años, Ángela nueve e Isabella siete.

—¿Y tiene algún hijo suyo?

—Todavía no.

Su padre se detuvo delante de una foto de su madre.

—¿Cómo conseguiste esta foto? —le preguntó él.

Luanna no había permitido ningún signo de Chloe Russell en su casa. La noche que Liz se había escapado, había subido al ático y había sacado la foto de las cajas que contenían las pertenencias de su madre.

—Me la llevé cuando me marché de allí.

Liz se preguntó si ese comentario removería el pasado, si su padre le preguntaría por fin por qué se había marchado. Pero él no lo hizo: apartó la mirada del bello rostro de Chloe y sonrió expectante, como si estuviera deseando ver su habitación. Si él comprendía que habían perdido más que a una esposa y madre, no dio ninguna señal.

—Tengo que regresar a la tienda y ayudar con la pintura —dijo ella—. Y de camino me pasaré por la comisaría. Voy a denunciar que alguien arrancó ayer un lavabo de la pared de mi tienda. Supongo que no valdrá de mucho, pero por si acaso yo voy a denunciarlo.

—Es una buena idea.

—Mientras yo estoy fuera, puedes echarte una siesta o darte una vuelta por el pueblo —dijo ella, que todavía no sabía por qué su padre había viajado hasta allí.

—¿Dónde están los niños?

—No salen del colegio hasta las tres.

—¿E Isaac?

Liz comenzó a cambiar las sábanas. Le pareció que Isaac era el verdadero objetivo de su padre. ¿O acaso sentía celos de él? Estuvo tentada de decirle que Isaac no quería volver a verlo, pero por lealtad a su hermano no lo hizo.

—Enseña ciencias en el instituto.

—Tal vez me pase por allí. ¿Cuándo termina las clases?

—Tiene una hora de tutoría a la una —dijo ella, esperando evitarle a su hermano la molesta situación de recibir una repentina visita de su padre delante de una clase llena de alumnos.

—Supongo que puedo esperar un par de horas —dijo Gordon.

«¿Por qué no? Llevas años esperando», pensó Liz.

—Tienes toallas limpias en el baño. Y hay mucha comida en la cocina.

O al menos, ella esperaba que hubiera. Últimamente, con todo el lío de la tienda no había podido hacer la compra con la regularidad de siempre.

—Gracias —dijo él—. ¿Tienes algún plan para cenar hoy?

—Les prometí a los niños que cenaríamos pizza en la tienda esta noche. Voy a estar trabajando hasta tarde.

—¿Cuándo quieres abrir?

—Quería que fuera el próximo fin de semana. Ahora que Carter me está ayudando, creo que podré lograrlo. Él parece que sabe lo que hace.

—Tal vez me pase por allí más tarde y te eche una mano.

—Claro, si quieres —dijo ella.

Le resultaba extraño dejar a su padre solo en su casa, sobre todo porque llevaban más de diez años sin verse. Pero ella tenía muchas cosas que hacer. Empezaba a sentirse tremendamente culpable por haber abandonado a Carter mientras ella resolvía problemas personales.

—De acuerdo, me voy ya —se despidió.

—Te veré esta tarde —dijo él.

Sus palabras resonaron en la mente de Liz. Él había hablado con tanta naturalidad... Durante años, ella se había temido que nunca volverían a hablar. Y de pronto, allí estaba él, alojado en su casa. Y, por extraño que resultara, en el fondo se alegraba más de lo que nunca hubiera creído de que estuviera allí.

Sus pisadas fueron el único sonido que Gordon Russell oyó conforme regresaba al salón. Se acercó de nuevo a la foto de Chloe que solía tener en su escritorio hasta que se había casado de nuevo.

Chloe había sido una mujer muy hermosa, más que Luanna. Y más refinada. Pero también había sido más débil que ella.

Gordon suspiró y se obligó a apartarse de allí. Llevaba dieciocho horas conduciendo. Necesitaba dormir. Pero estaba como paralizado. Cuando miraba la imagen de su primera esposa sentía muchas cosas: dolor, pérdida, traición, pesar, admiración... Llevaba años intentando olvidar lo que había descubierto dos semanas después de que ella muriera. Todavía se le encogía el corazón al recordarlo, pero la verdad hacía vibrar cada célula de su cuerpo. Él lo creía, lo había creído siempre.

¿Había llegado la hora de desvelar la verdad, de sacar a la luz los secretos del pasado? No estaba seguro, sobre todo porque dudaba de que fuera a marcar alguna diferencia. Chloe estaba muerta, no podía hacer nada por expiar sus actos. Él ni siquiera había conocido la versión de ella de la historia.

—¿Por qué lo has hecho? —preguntó Carter a Liz por encima de la música.

Liz siguió pintando. Sabía a qué se refería él pero no quería admitirlo. Llevaban casi media hora trabajando en silencio, con la música de la radio como única compañía, y ella quería seguir así.

—Ya te lo he dicho —respondió ella por fin—. Es mi padre, no puedo dejarlo tirado.

—Pero querías hacerlo.

Eso no era del todo cierto. Liz temía bajar la guardia, no quería volver a llevarse una decepción. Pero lo que le había dicho a Isaac iba en serio: ya tenía treinta y dos años y quería perdonar a su padre, no quería acarrear esa carga consigo para siempre.

—La muerte de mi madre tampoco debió de ser fácil para él —justificó ella.

—¿Cuánto hace que ella murió?

—Le descubrieron problemas de corazón cuando yo tenía trece años y al año siguiente murió de un ataque al corazón.

—¿Y eso no os acercó más a ti y a tu padre?

—No, él cambió.

Liz recordaba lo bruscamente que él le había retirado su amor. Como ella era la pequeña, siempre había creído que era la favorita de su padre, pero tras la muerte de su madre, Isaac se había convertido en el favorito. Liz se preguntaba si se debía a que ella le recordaba demasiado a su esposa fallecida.

—Para mí fue como si hubieran muerto los dos. Y luego él se casó con Luanna —añadió Liz removiendo su bote de pintura.

—¿Tuviste una madrastra malvada?

Liz se irguió y se ordenó volver al trabajo.

—Sí. Pero les sucede a muchos niños, yo no fui distinta a los demás.

—Lo que me parece raro es que tu padre no conozca a tus hijos.

A ella también le parecía raro y le dolía el repentino abandono emocional de su padre.

—Hablemos de otra cosa. De ti, por ejemplo.

Él subió la radio. Pero Liz no iba a dejar que la ignorara.

—¿Cómo fue lo de crecer en Brooklyn? —preguntó ella.

—No estuvo tan mal. No tengo ningún recuerdo triste de mi niñez. Mi padre era electricista, tenía su propio negocio y le iba muy bien. Éramos de clase media.

—¿A qué te dedicabas antes de venir aquí?

Él fingió que no la oía. Liz apagó la radio.

—No es una pregunta tan difícil —insistió.

—Hice un poco de todo.

Estaba claro que no quería hablar del tema. Liz intentó pensar en otra cosa, pero le comía la curiosidad.

—¿Tu familia aún vive en Brooklyn?

—No.

—¿Dónde están ahora?

—Mi hermana pequeña vive al norte de Nueva York, en una granja. Mi hermana mayor se casó con un tipo muy rico y vive en una finca en los Hamptons. Mi madre hace poco vendió la casa y se mudó cerca de la finca de mi hermana mayor.

—¿Tus padres están divorciados?

—Mi padre murió en un accidente haciendo submarinismo cuando tenía sesenta y cuatro años.

Liz vio que su brocha le iba a gotear pintura encima y, para evitarlo, se movió tan bruscamente que estuvo a punto de caerse de la escalera en la que estaba subida.

—Siento lo de tu padre —dijo cuando se hubo recuperado del susto—. ¿Qué edad tenías tú entonces?

—Si alguna vez tienes que volver a elegir entre mancharte de pintura o romperte un brazo, elige la pintura.

—Ha sido una reacción instintiva, ¿de acuerdo? —dijo ella haciendo una mueca.

—Eso es lo que me preocupa. Algunas personas parecen no poder evitar herirse.

—Pues yo no soy una de ellas —afirmó Liz.

—Yo diría que sí.

Ella lo miró boquiabierta.

—A veces no eres muy agradable, ¿lo sabías?

—¿Porque te digo que no te rompas tu estúpido cuello?

—No lo llames «estúpido».

Cuando vio que él reía y no decía nada más, Liz

sacudió la cabeza. Él siempre la sorprendía, nunca hacía o decía lo que ella esperaba. Ella creía que estaban discutiendo, cuando en realidad él estaba divirtiéndose. Decidió continuar la conversación.

—¿Qué edad tenías cuando tu padre murió?

—Veintiuno —dijo él taladrándola con la mirada—. ¿Podemos volver a poner la radio ya?

—Todavía no.

A Liz le pareció que él murmuraba algo acerca de abrir la caja de Pandora, pero no le importó. Era él quien despreciaba la charla superficial, así que se exponía a preguntas comprometedoras.

—¿Tienes hijos?

Se hizo un momento de silencio.

—¿He traído algún niño conmigo? —preguntó él.

—Podrían estar con su madre.

—Tenías razón en el restaurante, nunca he estado casado.

—Algunos hombres tienen hijos y no están casados.

—Yo no.

—Vaya, eso es de admirar —señaló ella.

—Me alegro de que lo apruebes —dijo él, aunque los dos sabían que era pura cortesía.

—¿Por qué no quieres decirme a qué te dedicabas antes de regresar a la política? ¿Qué ocurrió entre que creciste en Brooklyn en una familia de clase media y que apareciste en Dundee para gestionar la campaña de un senador?

—Nada —respondió Carter con el ceño fruncido.

—Hablemos de ti —dijo él—. ¿Por qué iba tu exmarido a querer arrancar el lavabo de la pared?

Liz se bajó de la escalera y observó lo que llevaban hecho.

—¿Porque no quiere que yo tenga éxito?

—No lo dices muy convencida.

—No lo estoy. Un amigo lo mencionó, eso es
todo. Dice que tal vez Keith no quiera que yo sea
una mujer independiente porque eso disminuye las
posibilidades de que vuelva a estar con él.

—¿Tu ex tiene esperanzas de reconciliarse contigo?

—Ahora que Reenie ya no está disponible, él no
deja de repetir lo mucho que me ama.

—¿Y tiene posibilidades?

—No muchas.

Carter sonrió.

—Quizá seas más lista de lo que yo creía.

—¿Se supone que eso es un halago? —preguntó
ella.

—Viniendo de mí, sí —respondió él y volvió a subirse a la escalera.

Los vaqueros moldeaban a la perfección sus
piernas y su trasero. Como Carter no le gustaba y
por tanto no representaba una amenaza para ella,
Liz se recreó en la vista.

—Keith no es una persona vengativa —aseguró ella.

Carter se giró y la pilló admirándolo. Él lo advirtió y Liz creyó que iba a decirle algo al respecto,
pero no lo hizo.

—¿Quién más querría que fracasaras?

Liz fijó la atención en la pared que tenía delante.
Para no gustarle Carter, tenía un extraño efecto
sobre ella.

—Keith cree que es Mary Thornton, la dueña de la tienda de al lado. Se pasa por aquí todos los días para ver cuánto he avanzado y desearme mala suerte —dijo Liz estirándose, porque empezaba a dolerle la espalda—. Estoy segura de que la conocerás pronto.

—¿Y por qué iba a querer ella causar destrozos en tu tienda?

—Es una larga historia.

—Tenemos tiempo.

Él tenía razón. Aún faltaban dos horas para que los niños salieran del colegio. Y además, de pronto era demasiado consciente de la presencia de él y necesitaba pensar en otra cosa.

—Hace dos meses, justo antes de que Mary abriera su tienda, ella tenía intención de vender regalos y tarjetas de felicitación. Estaba emocionada y le contaba a todo el mundo lo que iba a hacer. Luego se corrió la voz de que yo iba a abrir una chocolatería y Mary temió tanto que mi negocio fuera mejor que el suyo, que empezó a vender dulces además de los regalos y las tarjetas, incluida una variedad de trufas y bombones.

—Comprendo que no le haga mucha gracia que le hayas copiado —dijo Carter.

Liz lo miró boquiabierta, pero entonces lo vio sonreír y supo que estaba bromeando. Ella puso los ojos en blanco y se concentró en seguir pintando. Aunque Carter era muy distinto a ella, empezaba a encontrarlo un poco atractivo. Esa sonrisa... era tan poco habitual que la hacía sentirse como si el sol saliera de entre las nubes.

326 - BRENDA NOVAK

Tenía un oscuro atractivo, se dijo Liz. Una mujer tendría que estar loca para tener algo con un hombre así. Pero comprendía lo tentador que resultaba...

—¿Qué sucede? —preguntó él cuando se dio cuenta de que Liz lo estaba mirando de nuevo.

—Estaba pensando... por qué no intentaste nada conmigo anoche —respondió ella.

Carter se irguió en la escalera.

—¿Creíste que iba a intentar algo?

—Creí que tal vez esperabas tener suerte. Pero ahora que te conozco mejor, veo que no estabas interesado en mí.

Era evidente que Carter no sabía cómo tomarse aquella confesión tan sincera.

—Yo no iría tan lejos —admitió él.

La habitación se cargó de una cierta tensión extraña, pero Liz no quiso darle importancia.

—Ni siquiera intentaste gustarme.

Silencio. Liz se imaginó que él se había aburrido de la conversación, pero cuando se giró, vio que estaba admirando sus piernas.

—Te hubiera llevado a mi casa si me lo hubieras pedido amablemente —dijo él.

—¿Si te lo hubiera pedido? —se burló ella.

La tensión en la sala aumentó un poco más. Carter sonrió travieso.

—No me opongo a proporcionarle algo de placer a una divorciada que está sola.

Liz sintió que el calor la invadía y creyó que el corazón iba a salírsele del pecho.

—¿Quién ha dicho que estoy sola? —preguntó intentando sonar desenfadada.

—¿No lo estás?

Liz estuvo a punto de negarlo, pero no tenía sentido fingir. Con Carter podía ser ella misma, ni siquiera tenía que preocuparse por ser educada, tan solo ser ella, real y sincera; igual que él.

—De acuerdo, tal vez sí lo estoy —admitió.

—Avísame si se te hace muy difícil —dijo él con una sonrisa seductora, y agarró su brocha.

Liz se quedó inmóvil, como planteándose la posibilidad y entonces él dudó.

—Supongo que estás más sola de lo que yo creía —comentó él con creciente interés.

Liz tenía el corazón desbocado. Recordaba cómo era la sensación de las manos de un hombre sobre su cuerpo, de ser una mujer en lugar de solamente una madre. Por un instante, estuvo tentada de admitir que su vida durante el último año y medio había sido demasiado para ella.

¿Qué sucedería si le confesaba que lo deseaba? ¿La tomaría allí mismo, sobre el suelo? ¿Sería el tipo de sexo apasionado y caliente con el que soñaba pero que no se había atrevido a experimentar?

Liz vio que Carter fijaba su mirada en sus senos, cuyos pezones despuntaban como si la estuviera acariciando. Quizá si dejara que él satisficiera el ansia de sus entrañas, podría volver a mirar su vida con perspectiva y considerar a Dave y sus otras opciones con objetividad.

En ese momento, la idea de tener una aventura de una noche le pareció la mejor solución. Carter y ella no tenían nada en común, salvo aquel deseo salvaje y loco que la poseía.

—¿Sin ningún compromiso? —susurró ella pensando en sus hijos.

—Sin ningún compromiso —le prometió él.

—¿Y nadie se enterará?

—¿A quién iba a contárselo?

Carter no era fanfarrón, ella lo sabía por instinto. Además, él no se quedaría por allí mucho tiempo. Podían cerrar la puerta con llave y los siguientes quince minutos no tendrían consecuencias, ni siquiera la amenaza de arruinar una buena amistad.

—¿Tienes un preservativo? —preguntó ella casi sin reconocer su propia voz.

Él abrió mucho los ojos, como si no hubiera esperado que ella considerara la opción.

—No.

Entonces sí que podría haber consecuencias. Liz inspiró hondo.

—Tendré en cuenta tu oferta —dijo y se dio media vuelta.


Carter no lograba concentrarse. Había vuelto a pintar, pero estaba haciéndolo de manera mecánica. Ni siquiera estaba seguro de si estaba pintando todo el rato el mismo trozo. Lo único en lo que podía pensar era en lo que podría haber sucedido hacía un momento si hubiera estado preparado.

Llevaba casi dos años sin apenas pensar en sexo, no había vuelto a estar con ninguna mujer desde Laurel. Y de pronto le sucedía aquello, ¿por qué?

Liz salió de la habitación y él se obligó a no seguirla con la mirada. Percibió el perfume de ella en el aire; una hora antes no lo habría advertido, pero ya no era capaz de oler otra cosa.

Liz volvió a entrar en la habitación.

—Compraré preservativos esta noche, por si cambias de idea —le dijo él.


Carter intentó ignorar la animada conversación entre Liz y Reenie que tenía lugar en la habitación trasera de la chocolatería. Los fragmentos que oía aumentaban su curiosidad acerca de la relación de Liz con su padre.

—¿Ha ido al instituto? ¿Cómo lo ha recibido Isaac?

—Ni siquiera le ha hablado, ¿qué esperabas?

—Creí que se ablandaría.

—No sé si alguna vez lo hará.

—La gente comete errores, Reenie

—¿Errores que duran dieciocho años? ¿Cómo puedes justificarlo? ¿Dónde estaba él cuando lo necesitaste? Y ahora estás poniendo tu corazón a sus pies de nuevo... No quiero que vuelva a hacerte daño, Liz.

—No te preocupes, estaré bien.

—Eso es lo que dices tú, pero Isaac está preocupado. No sabe si decirle que se marche de aquí o dejarte que manejes la situación a tu ritmo...

—Soy adulta. Es mi decisión.

—Siempre y cuando tú estés bien... —dijo Reenie dirigiéndose hacia la puerta principal.

—Estoy bien —le aseguró Liz siguiéndola.

—Me voy corriendo, que tengo mucho que hacer. Pero quería pasarme por aquí y hablar contigo.

—Te agradezco tu apoyo, Reenie, de veras, pero... dile a Isaac que quiero darle una oportunidad a nuestro padre. Tengo que hacerlo, por si acaso. Ahora que Luanna ya no está por medio, tal vez Isaac también sea capaz de perdonar a papá.

—Lo dudo mucho. Ha pasado mucho tiempo. Me temo que ha venido aquí solo porque su esposa lo ha dejado. No me merece ningún respeto por eso.

—Ni a mí —admitió Liz—. Y aun así... Tal vez esto sea el comienzo de algo bueno. Nuestra relación se interrumpió de pronto, como cuando se corta la corriente eléctrica. No puedo evitar desear tener la relación de antes.

—Quien cortó vuestra relación fue Luanna. Y tu padre no hizo nada por evitarlo o remediarlo, que es casi peor que si la hubiera cortado él.

Liz jugueteó con su pie sobre el polvo del suelo.

—A veces me pregunto si no habría alguna otra cosa entrometiéndose. A veces él me miraba de una forma muy extraña, como si verme le causara un gran dolor.

—No lo excuses. Fue un egoísta, pura y llanamente.

Carter estaba de acuerdo con Reenie. Y le preocupaba una cosa: no quería ver sufrir a Liz. A pesar de sus esfuerzos por mantener las distancias, había empezado a preocuparse por ella.

¿Cómo había sido, por qué, cuándo? ¡Solo habían cenado juntos la noche anterior!

—Maldición, no puede ser —murmuró para sí y se concentró en la pintura.

Podía terminar las reparaciones necesarias de la tienda en unos pocos días. Y así no tendría que ser testigo de la dramática vida de Liz, no correría el riesgo de involucrarse emocionalmente con ella. Ella estaba bien antes de que él llegara a Dundee, y seguiría igual de bien cuando él se marchara.

# VII

Carter se mostró distante después de que Reenie se hubiera marchado, pero Liz no intentó hacerle hablar. Lo que había sucedido entre ambos era suficientemente osado, casi asustaba. Había surgido de repente y había brillado durante un instante, como una cerilla encendida.

Liz nunca había reaccionado tan fuerte a casi un completo extraño. Pero no quería pensar demasiado en ello, o tendría que admitir que seguía derretida por dentro y que además la idea de no esperar nada y no tener ninguna obligación le resultaba más atractiva de lo que hubiera creído. Quería experimentar lo que llevaba tanto tiempo echando de menos, quería creer que seguía siendo la misma persona plena y capaz de vibrar de cuando había estado felizmente casada. No quería volver a sentirse como el segundo plato de nadie.

Liz se imaginó que, con su padre en el pueblo, quizá un poco de fantasía la ayudara a escapar. Observó a Carter disimuladamente mientras él vertía pintura en su bandeja e imaginó cómo sería el tacto de aquel pelo corto y abundante entre sus dedos.

—Como sigas mirándome así, no me va a dar tiempo a ir a una farmacia —le advirtió él sin mirarla.

Avergonzada por su transparencia, el primer impulso de Liz fue sonrojarse y centrarse en su trabajo. Pero Carter no seguía las reglas del juego y eso significaba que ella tampoco tenía que hacerlo. Elevó la barbilla y esbozó una sonrisa desafiante.

—Hay una al final de la calle.

Él la miró fijamente, dejó su brocha en la bandeja y se acercó a ella hasta que estuvo a escasos centímetros.

—No digas algo tan provocativo a menos que vaya en serio —le advirtió él.

Liz iba en serio. Al menos, una parte de ella. Podía imaginarse lo bueno que sería él con las manos. Pero otra parte de ella no podía ignorar la realidad: ella tenía más de treinta años, estaba divorciada y era madre de dos hijos. Solo se había acostado con tres hombres en toda su vida: su novio del instituto, Keith y Dave. Debía de estar loca si tenía una relación íntima con prácticamente un extraño.

—Lo siento —dijo Liz por fin, decidiendo, al menos por el momento, no arriesgarse.

Carter clavó la mirada en su boca, como si se preguntara cómo reaccionaría ella si la besaba. Liz deseó que lo hiciera, necesitaba una mínima excusa para derribar la cautela que la estaba conteniendo.

Sospechó que él había comprendido la situación, pero no la utilizó. Vio que escribía algo en un papel.

—Avísame cuando estés preparada —dijo él y regresó a su lado de la habitación.

Después de ese encuentro tan explosivo, Liz no se atrevía a mirarlo. Era tremendamente consciente de cada uno de los movimientos de él, de lo que decía sin palabras, pero también tuvo mucho cuidado de no provocarlo a cruzar la fina línea entre ambos.

Cuando Liz se dio cuenta de lo rápidamente que estaban completando un trabajo que le había parecido imposible hasta entonces, no pudo evitar dar las gracias a Carter. Habían terminado la fachada y estaban con la cocina y la despensa.

—Te agradezco mucho que estés ayudándome —dijo ella.

—No es ningún problema —respondió él secamente.

Liz no se permitió desmoralizarse. La tienda empezaba a parecerse a lo que ella había imaginado.

—Eres bueno en esto del bricolaje. ¿Crees que alguna vez volverás a construir casas?

—No.

Así, sin más. Ninguna explicación, ninguna referencia a su conversación anterior. Nada del deseo contenido que llenaba el aire.

Liz miró su reloj: eran las dos y media y estaba hambrienta. Carter también debía de estarlo, llevaba trabajando sin descanso desde que había llegado.

—¿Te apuntas a comer? —preguntó ella.

—En unos momentos.

Él era de los que se proponían tareas y las cumplían, sin excusas. A Liz le resultó algo muy atractivo. Keith había dicho que él haría las reformas, pero la noche anterior había sido la primera que se había pasado por la tienda. Siempre encontraba excusas para no ir.

—Voy a salir, compraré una pizza de paso. ¿De qué te gusta?

—No te preocupes por mí, ya me arreglo por mi cuenta.

—Voy a recoger a los niños y tengo que darles de comer también a ellos. Además, es lo menos que puedo hacer para agradecerte tu ayuda.

Carter se estiró para ajustar parte del zócalo a una esquina y Liz observó embobada sus fabulosos músculos. Hasta el cuerpo de Dave parecía poca cosa al lado de aquel.

—Cualquier cosa que traigas estará bien —dijo él.

La puerta se abrió justo en el momento en que Liz iba a salir y Mary Thornton entró como si fuera la dueña del lugar. Su sonrisa era tan falsa como sus uñas.

—¿Cómo va el trabajo? —preguntó a gritos, porque Carter estaba cortando madera para el zócalo.

Liz intentó contenerse ante aquella intrusión.

—Bien, gracias por preguntar, pero iba a salir.

—No voy a quedarme mucho —dijo Mary y, después de inspeccionar el estuco de las paredes, miró alrededor—. ¿Quién está ayudándote?

—Carter Hudson, el nuevo ayudante del senador Holbrook —contestó Liz.

Al oír voces, Carter sacó la cabeza por una puerta abierta, miró a las dos mujeres y volvió a su trabajo

sin decir nada. Aunque había sido un poco maledu-
cado, a Liz le gustó que él no saludara a Mary. Esa
mujer intentaba tener algo con todos los solteros
con los que se encontraba, aunque solo se quedaba
con los que tenían mucho dinero.

Mary la miró un poco descolocada. Seguro que
había esperado una acogida más calurosa.

—Qué amigable, ¿verdad? —dijo Mary.

—¿Qué puedo hacer por ti? —le preguntó Liz.

—He venido a que me des tu dirección de correo
electrónico. Quería proponerte que compremos
juntas un espacio en el periódico para anunciar
nuestros negocios. ¿Abrirás la semana que viene?

Liz recordó el lavabo arrancado sin consideración. ¿La envidiaría tanto Mary que llegaría al extremo de realizar actos de vandalismo?

—Es posible, pero aún no lo sé seguro —respondió
Liz—. He tenido algunos problemas que retrasarán
mi planificación original.

—¿Algunos problemas? —preguntó Mary.

—Alguien arrancó anoche el lavabo del cuarto de
baño —dijo Liz observando detenidamente la reacción de la mujer.

Pero Mary siguió igual.

—¿Y qué más?

—¿No te parece suficiente? —preguntó Liz.

Mary se encogió de hombros.

—Al menos el daño es fácil de reparar.

Tal vez fuera fácil para Mary, pero Liz no podía
permitirse pagar al fontanero una segunda vez.
Ojalá Carter lo arreglara, pero si pudiera, se habría
ofrecido a ayudarla también en eso.

—A tu tienda no le ha sucedido nada, ¿verdad? —preguntó Liz.

—No, la tienda está perfecta y el negocio va bien.

Liz no se creía que el negocio fuera tan bien. Apenas veía clientes en la otra tienda, cosa que le preocupaba por si su chocolatería se veía en la misma situación. Pero no iba a decirle nada a Mary. Liz estaba más preocupada con el hombre que estaba martilleando en la otra habitación, porque había estado a punto de desnudarse delante de él hacía unos momentos. Y además estaba el tema del lavabo. O bien ella había sido elegida al azar para el acto vandálico, o alguien tenía algo personal contra ella.

—¿Y cómo entró el vándalo? —preguntó Mary poco preocupada.

—Keith se dejó abierta la puerta trasera anoche, después de terminar de alisar la pared.

Se dejaron de oír el martillo y la sierra y Liz supo que Carter estaba atento a la conversación.

—¿Keith fue el último que estuvo aquí? —preguntó Mary en tono acusador.

—No creo que fuera él, Mary.

—Los divorcios vuelven loca a la gente, Liz. Y Keith perdió más que los demás.

—Lo dices como si él fuera la víctima. Solo obtuvo lo que se merecía.

—Cierto. Pero estoy segura de que él no lo ve así. Seguramente te culpa por haber roto su matrimonio con Reenie. Todo el mundo sabe lo mucho que la adoraba. Incluso ahora apenas puede pasar a su lado sin mirarla embobado.

Liz no quería oír aquello. Su autoestima ya estaba suficientemente por los suelos.

—Da igual —dijo.

Pero Mary continuó, tan falta de sensibilidad como siempre.

—Incluso aunque no te culpe, seguramente está molesto contigo —continuó—. El que vinieras al pueblo hizo su vida mucho más difícil. Tal vez esté celoso porque tú estés recuperándote más rápido que él. Debe de sentirse avergonzado de trabajar en la tienda de bricolaje después de haber sido capaz de mantener dos familias, dos hogares y un empleo de buen sueldo al mismo tiempo. Ahora vive solo en la casa que compartía con Reenie, conduce una camioneta vieja y gana un sueldo ínfimo por horas. Es una cambio considerable y difícil de digerir. A primera vista se sabe que está sufriendo. Ha perdido al menos quince kilos.

—No quiero seguir hablando de esto —dijo Liz.

—Deberías plantearle lo del lavabo, ver cómo reacciona.

—Ya lo he hecho. Asegura que él no ha sido.

Mary se ajustó el bolso en el hombro.

—¿Y quién podría ser si no?

«Tú», pensó Liz. Pero no tenía pruebas.

—¿Quién sabe? —dijo.

—Bueno, por lo menos es alguien que no quiere hacerte daño de verdad —señaló Mary.

—¿Por qué lo dices? —preguntó Liz con la mano ya en el picaporte.

—Porque alguien realmente vengativo no se entretendría con esto —respondió la mujer señalando la tienda–. Destrozaría tu casa o secuestraría a uno de tus hijos.

A Liz la recorrió un escalofrío.

–Ni siquiera lo menciones –susurró con el corazón acelerado.

Mary le dirigió una misteriosa sonrisa.

–Relájate. Estás en Dundee. Esas cosas no suceden aquí, ¿recuerdas? –dijo y se marchó de la tienda.

Liz no la siguió. No podía moverse. Intentó convencerse de que las palabras de Mary no tenían sentido, pero no podía olvidar la sensación de pánico cuando había visto el lavabo arrancado de la pared. Si algo tan insignificante en el fondo la impactaba tanto...

Se giró para ver si Carter había oído a Mary. Él la miraba intensamente.

–Mantente tan alejada de esa mujer como puedas –le sugirió él.


Liz intentó convencer a Mica y a Christopher para que no fueran a casa de su padre, pero ellos se negaron. Iban a celebrar una fiesta con sus hermanas y no querían perdérsela. Menos aún, cuando la alternativa era pasar la tarde con su abuelo Russell, que les había sonreído durante las presentaciones pero luego no había sabido qué hacer. Era un extraño para sus nietos y no se le daban particularmente bien los niños. Liz comprendía que prefirieran irse a la fiesta.

–Mica y Christopher son fabulosos –dijo su padre bajando el volumen del televisor, después de cenar–. Me alegro de haber podido conocerlos.

Liz se removió inquieta en su asiento. «¿Y por qué no has venido hasta ahora, qué te ha impedido hacerlo? ¿Tanto significaba Luanna para ti, más que yo?», quiso decirle, pero se contuvo.

—Gracias. Estoy muy orgullosa de ellos.

—Eres una buena madre, se ve claro. Estás completamente entregada a ellos.

—Te agradezco que lo digas —dijo ella y se puso en pie para recoger los platos.

Su padre la sujetó del brazo. Aparte del sorprendente abrazo de bienvenida en la chocolatería, era la primera vez que él la tocaba en años. Liz no sabía si lanzarse en sus brazos para que la acunara como cuando era pequeña, o soltarse de aquel tacto que se le había hecho tan ajeno.

—¿Qué sucedió entre Keith y tú? —le preguntó él.

Liz sabía el tipo de preguntas que desencadenaría si le contaba la verdad. Y no quería verse enfrentada a ellas.

—Diferencias de carácter —respondió.

—El matrimonio puede ser duro a veces —comentó él—. ¿Hace cuánto os divorciasteis?

—Un año y medio.

—Entonces rompisteis casi cuando llegaste...

—¿Cómo lo sabes?

—Tu felicitación de Navidad del año pasado era la única con dirección de Idaho.

Se vio que él buscaba más temas de conversación.

—¿Qué haces para divertirte en un pueblo así, ahora que estás soltera?

Liz se dio cuenta de que llevaba mucho tiempo con una vida social pobre, pero disfrazó su incomodidad con una sonrisa.

—De vez en cuando voy al Honky Tonk. Me gusta bailar.

—Me alegro de que te diviertas algo. Tienes que cuidarte, ¿sabes? Solo porque estés divorciada no significa que tengas que vivir volcada completamente en tus hijos.

¿Era eso lo que ella estaba haciendo?, se preguntó Liz. Desde luego, de él no lo había aprendido.

—¿Y qué me dices de hombres? ¿Sales con alguien? —añadió su padre.

—No estoy enamorada, pero sí ilusionada con alguien —dijo, refiriéndose a Dave.

Aunque ya no estaba segura, porque en todo el día no había logrado pensar en nada más que en Carter Hudson, que se había marchado de la tienda un poco antes que ella. Carter apenas se había despedido, pero cuando Liz había ido a su coche se había encontrado un papel en su parabrisas con su número de teléfono. No debería sentirse atraída hacia alguien tan dispar y tan peligroso para ella, se dijo Liz, y sin embargo había algo elemental y sensual en él que la excitaba sobremanera.

—¿Es de por aquí?

La pregunta de su padre la sacó de sus pensamientos.

—No, vive en Los Ángeles. Era mi entrenador de tenis.

—Creía que habías dejado de jugar —dijo su padre.

Y lo había hecho, durante un tiempo. Su padre había sido quien la había introducido en el tenis cuando ella tenía siete años. Pasaban horas en la cancha cada semana. Liz recordaba lo orgulloso que él se mostraba de ella. Pero cuando a los catorce su padre había dejado de interesarse por ella, también habían dejado de jugar al tenis.

—En la universidad lo retomé como entretenimiento y perfeccioné mi técnica cuando Keith y yo nos casamos y nos asociamos a un club deportivo cerca de casa. Últimamente no practico casi nada. Aparte de Keith, aquí no hay nadie que juegue a mi nivel, no es un deporte muy popular aquí.

—Podríamos echar un partido por la mañana —sugirió Gordon—. A ver cómo estás.

Liz sonrió. Le encantaría demostrarle sus progresos en el deporte. Pero la mañana parecía muy lejana. Sobre todo, con el número de teléfono de Carter guardado como un tesoro en su bolsillo.

# VIII

Liz estaba sentada en la semioscuridad de su salón, acariciando el papel que había encontrado en su parabrisas. El reloj marcaba el paso inexorable del tiempo. Eran casi las once de la noche.

Su padre se había ido a la cama hacía una hora. Liz se dijo que ella también debería acostarse, pero cada vez que cerraba los ojos veía a Carter frente a ella derritiéndola con la mirada.

Liz suspiró y telefoneó a Dave, pero le respondió el contestador automático. Probó con el móvil; también estaba apagado. Seguramente él había salido a divertirse. Por momentos así era por los que ella se convencía de que Dave era demasiado joven para ella.

Estaba empezando a desesperarse. No podía dejar de imaginarse qué ocurriría si se presentaba en casa de Carter.

Pasaron otros cinco minutos en completo silencio y por fin marcó el teléfono de Carter. Comenzó a sonar, pero Liz se puso nerviosa y colgó antes de que él contestara. Devolvió el auricular a su sitio y se puso en pie.

No podía quedarse allí sentada, ni tranquilizarse lo suficiente para poder dormir, ni ir a casa de Carter. Así que necesitaba una cuarta opción: decidió seguir el ejemplo de Dave y salir a tomar algo.

Carter no vio entrar a Liz al Honky Tonk. Solo la descubrió cuando rodeó la mesa de billar buscando el mejor ángulo para su jugada y se dio de bruces con el hombre con el que estaba echando la partida.

—Disculpa, ¿me permites? —preguntó Carter irritado porque su compañero no se movía.

Jon Small observaba embobado la pista de baile.

—Menudo cuerpazo tiene esa, ¿eh?

Carter se giró y vio a Liz bailando con un cowboy. Iba vestida con un suéter sin mangas, una minifalda vaquera y botas con tacón. Era un conjunto sencillo, pero resaltaba sus piernas, las más bonitas que él había visto nunca.

Carter sintió que su cuerpo reaccionaba al instante y se inclinó sobre la mesa de billar para hacer su jugada. Él no era el tipo de hombre que utilizaba a las mujeres. Pero en aquel momento era el único tipo de intimidad que podía ofrecer. Y comenzaba a sospechar que Liz también quería usarlo a él. Ella había sido quien había dicho lo de «sin ataduras».

—Keith me ha dicho que la has estado ayudando hoy en la tienda —dijo Jon con cierta envidia, sin apartar la mirada de Liz.

—Puedes ayudarla tú mañana, si lo deseas —respondió Carter.

Salir de la vida de Liz seguramente sería lo mejor para ambos.

—Lo haría si ella se pusiera esa minifalda y se subiera a la escalera —comentó Jon riendo—. Sobre todo, si lleva tanga.

Carter cambió de idea instantáneamente, Jon debía mantenerse alejado de Liz. Él también debería hacerlo, y sin embargo le había dejado su número de teléfono en un papel en el parabrisas del coche. «Maldición», pensó, deseando poder ignorar a Liz.

Como Jon no parecía dispuesto a continuar jugando, Carter se rindió y se dedicó a contemplar él también a Liz. Ella se movía con desenvoltura, evidentemente pasándoselo bien. Y entonces vio a Carter. Se ruborizó y abrió mucho los ojos y Carter supo que no tenía sentido seguir reprimiendo su atracción mutua. Harían el amor esa noche.

Liz se sentía un poco mareada, no estaba acostumbrada a beber alcohol. Normalmente salir a bailar y tomar algo le parecía una pérdida de tiempo, pero esa noche se estaba divirtiendo. Sobre todo desde que había visto a Carter. Ella había ido allí precisamente para evitarlo, pero ya no iba a marcharse. La noche se estaba poniendo interesante.

Le gustaba la forma en que él la miraba, irra-

diando una energía sexual que la hacía estreme-
cerse.

Terminó la canción y su pareja de baile la acompañó a la mesa donde la esperaban sus vecinas, Heather
y Rachelle, con las que no tenía mucho en común
pero que, a base de vivir casi al lado, se habían convertido en buenas amigas.

Liz buscó a Carter con la mirada, deseando que
la sacara a bailar. Quería sentir sus brazos rodeán-
dola y su cuerpo junto al suyo. Pero él estaba incli-
nado de espaldas sobre la mesa de billar.

—¿Dónde están tus hijos esta noche? —preguntó
Rachelle con una sonrisa pícara.

—En casa de Keith, ¿por qué?

—Qué oportuno —dijo Heather igual de insinuante—. El hombre de la esquina no te ha quitado
ojo de encima. ¿Lo conoces?

Las miradas de Liz y Carter se cruzaron. Él no
la desvió y Liz sonrió ligeramente. Nunca había
sentido nada tan erótico como la mirada de él. Carter no sonrió, pero pareció registrar hasta el último
detalle del rostro y el cuerpo de ella; luego continuó
jugando al billar.

—Es el nuevo ayudante del senador Holbrook —
respondió Liz, notando cómo se le aceleraba el pulso.

Vio que Carter le pedía un cigarrillo a Jon, se
dirigía a la puerta trasera del local y se detenía unos
momentos como indicándole que lo siguiera.

—¿Adónde vas? —le preguntó Heather cuando
vio que Liz se ponía en pie.

—A hablar —contestó ella—. Nadie debería estar
tan solo.

Heather resopló, pero Liz no le hizo caso. Ella tampoco quería estar sola más.

Carter se apoyó en la pared exterior del edificio y dio una calada al primer cigarrillo que fumaba en diez años. Hacía una noche hermosa. Se concentró en observar el cielo tachonado de estrellas para no pensar en nada más, ni en el pasado ni, sobre todo, en el futuro. Viviría el momento.

La puerta junto a él se abrió y salió Liz.

—¿Estás lista para marcharte? —preguntó Carter como si la hubiera estado esperando.

Ella lo miró en silencio unos instantes.

—Estás levantada muy tarde, teniendo en cuenta que querías que estuviéramos en la tienda a las seis —añadió él.

—Tú me has convencido de que lo retrasáramos hasta las ocho.

Carter rio al advertir que ella seguía poco conforme con haber perdido esa batalla.

—La tienda significa mucho para ti, ¿eh?

—Mi futuro depende de ella y tengo toda mi ilusión puesta ahí. Mi madre hacía una salsa de chocolate y caramelo especial y solía vender dulces para sacarse un dinero extra. Soñaba con poder abrir una tienda algún día, y yo deseé cumplir su sueño desde que conocí la receta de su salsa de caramelo. Cuando leí *Chocolat* y luego vi la película, me decidí a hacerlo.

—¿Cómo es que te has pasado por aquí? —le preguntó Carter señalando el bar con la cabeza.

—Estaba en casa y no podía dejar de pensar en

llamarte –respondió ella–. Pero hubiera sido mejor hacerlo en lugar de venir aquí. No estoy acostumbrada a este tipo de encuentros.

—Es curioso cómo actúa el destino. Aunque esto es más una atracción animal.

Liz se recogió el pelo detrás de las orejas.

—¿Cuánto tiempo piensas quedarte en el pueblo?

—Seis o siete meses –dijo él apagando su cigarrillo.

El callejón estaba casi a oscuras, pero Carter podía sentir el torbellino de emociones de ella. Él también se sentía desbordado.

—Si paso la noche en tu casa, ¿seguirás ayudándome con la tienda?

—Por supuesto. Nunca te dejaría sola ante tanto chocolate –contestó él sonriendo maliciosamente.

—Después todo seguirá igual, ¿no? No quiero sentirme incómoda contigo.

—¿Y por qué ibas a estar incómoda? Los dos sabemos lo que hay –le aseguró Carter.

Él tampoco se sentía muy seguro. Había tenido muy pocas citas desde que Laurel se suicidara. Nadie había sido capaz de sacarlo de la indiferencia en la que se había sumido el día que encontró a Laurel sin vida en la cama que compartían. ¿Por qué Liz era diferente?

Carter sospechaba que en parte era porque le recordaba mucho a su esposa, en su aspecto y en su comportamiento. Y eso no debería avergonzarlo, se decía. Cada uno tendría sus razones para lo que iban a hacer. Solo querían llenar su vacío interior. Una noche no haría daño a nadie.

—De acuerdo —dijo ella—. Pero quiero que me prometas una cosa: cuando se acabe, se acabó.

Carter no vio ningún problema con esa petición.

—Te lo prometo.

—Recógeme en la puerta principal —le dijo ella y regresó al interior del bar.

El coche de Carter olía igual que él, principalmente a cuero y a buen perfume. Carter quitó una cámara de fotos del asiento del copiloto e invitó a Liz a sentarse.

—Tal vez sería mejor que te siguiera con mi coche, así no tendrías que traerme más tarde —comentó ella.

—No te preocupes por eso —le dijo él.

—¿Crees que he bebido demasiado para conducir?

—Si creyera que has bebido demasiado, no te llevaría a casa conmigo —aseguró él con su rotundidad habitual.

—Eso no explica por qué no quieres que lleve mi propio coche.

—Preferiría que no condujeras tú sola de vuelta tan tarde, ¿de acuerdo? —dijo él exasperado.

Evidentemente, era más caballeroso de lo que Liz había creído. Se metió en el coche y se puso el cinturón.

—¿Dónde vives? —preguntó ella una vez en camino.

—En una pequeña cabaña a veinte minutos del pueblo.

Liz sintió un gran alivio. No quería que nadie

los viera y dedujera que se habían acostado juntos. Ella había movido su coche del aparcamiento del Honky Tonk para evitar habladurías.

—¿Cuándo fue la última vez que ligaste en un bar? —le preguntó ella conforme salían del pueblo.

—Tú y yo no hemos ligado en un bar. Anoche cenamos juntos, ¿recuerdas? No es lo mismo.

—En cualquier caso, una aventura de una noche es una aventura de una noche —comentó ella.

—No del todo. Yo trabajo para un hombre al que conoces y respetas y él ha comprobado extensivamente mi pasado.

—Pero él no sabe nada de los últimos diez años —replicó ella.

—Créeme, conoce lo suficiente para saber que no tiene de qué preocuparse. Además, tú y yo hemos estado juntos todo el día de hoy. Eso equivale al menos a cinco citas normales.

—¿Adónde quieres llegar con eso?

—A que no somos unos completos extraños.

—¡Solo nos conocemos desde hace un día y poco! —exclamó ella.

—Y durante ese tiempo hemos demostrado una contención admirable —le aseguró él.

Liz soltó una carcajada.

—Lo dices de broma.

—No del todo —dijo él.

Liz tuvo la impresión de que estaba intentando tranquilizarla, pero no sabía si eso sería posible. Él acababa de colocar una mano sobre su pierna.

# IX

La remota cabaña que había alquilado Carter estaba en mitad del bosque. Era pequeña pero acogedora y olía a madera recién cortada, como la que había junto a la chimenea. Era la típica cabaña de vacaciones, salvo que había cajas de mudanza en todas las habitaciones; estaban abiertas y parcialmente vaciadas, como si Carter hubiera sacado lo estrictamente necesario para el día a día, siempre con la idea de que era un alojamiento provisional.

Carter encendió la chimenea y sirvió dos copas de vino.

—¿Qué tipo de música te gusta? —le preguntó a Liz.

Su cadena de música era una de las cosas que había desempaquetado, junto con una extensa colección de discos.

—Sí que te gusta la música... —comentó Liz mientras él elegía uno de los CDs y lo ponía.

—La música y la fotografía —apuntó él.

No había fotografías por ninguna parte, pero Liz recordó la cámara que él llevaba en el coche.

Carter encendió unas cuantas velas y apagó las luces. Liz se sintió más arropada, menos expuesta, que seguramente era lo que él pretendía. Carter subió el volumen de la música, que junto a las velas y la vista desde la ventana creaban un ambiente embriagador.

—Casi podría acostumbrarme a vivir aquí —dijo él acercándose a Liz por la espalda.

Apartó el cabello de ella de su cuello y la besó en la nuca. Liz ahogó un grito de sorpresa. Él la sujetó por la cintura, indicándole sin palabras que se recostara sobre él.

Liz cerró los ojos y se apoyó sobre él mientras él seguía besándole el cuello, la oreja, la mandíbula... Si seguía así, dentro de poco a ella no la sostendrían las piernas.

Liz había creído que el contacto inicial sería algo embarazoso, Carter y ella apenas se conocían. Pero sus inhibiciones estaban desvaneciéndose rápidamente. Las sensaciones que la bombardeaban según Carter iba familiarizándose con su cuerpo la estaban elevando a un estado de euforia que no experimentaba desde hacía años. Habían desaparecido sus preocupaciones, sus dolorosos recuerdos, saber que vería a su padre a la mañana siguiente... Solo existía la música, el frío dentro de la cabaña que aliviaba su piel enardecida, el crepitar del fuego en la chimenea y la luz de las velas que hacía bailar las sombras como en una fiesta.

Y además estaba Carter, que le levantó la falda,

apartó sus bragas y la exploró de una forma mucho más íntima.

Cuando Liz alcanzó el clímax, Carter se detuvo, sin soltarla de la cintura.

—Eso es —murmuró él con aprobación.

Entonces la acostó sobre el sofá mientras sonreía con picardía, le separó las piernas y se inclinó sobre ella.

El canto de los pájaros despertó a Liz. Abrió los ojos lentamente, agotada y feliz. Hizo ademán de levantarse pero Carter, medio dormido, la retuvo. Habían hecho el amor varias veces y tenían intención de continuar, por eso se habían trasladado al dormitorio. Pero debían de estar demasiado exhaustos. Liz recordaba que se habían quedado dormidos un instante y...

Recuperando el sentido, se incorporó bruscamente en la cama. ¿Qué hora era? El sol se colaba por la ventana, advirtió histérica. Se levantó por fin tapándose con la sábana y buscó frenéticamente el reloj despertador que había visto en la mesilla de noche. Por fin lo encontró bajo la cama. ¡Maldición, eran las siete y media! Había quedado con su padre a las siete para jugar al tenis.

—Carter, tengo que salir de aquí —dijo nerviosa.

Él murmuró algo incomprensible. Dormido parecía mucho más joven.

—Carter, tienes que llevarme a mi coche —insistió ella moviendo la cama en lugar de tocarlo a él.

—Aún es temprano. Dijiste que no teníamos que

estar en la tienda hasta las ocho —dijo él—. Además, tus hijos están con Keith.

—Sí, pero mi padre debe de estar preguntándose dónde demonios estoy.

—¿No puedes llamarlo y decirle que estás conmigo? —preguntó él y al ver la cara que puso ella se retractó—. Tienes razón, no es una buena idea. A él no le haría gracia saberlo.

—No solo a él. Ya tengo suficientes preocupaciones como para arriesgarme a crear otro escándalo.

Él se incorporó sobre un codo. Era un hombre escultural, así desnudo.

—¿Por qué tanto problema? —preguntó él con el ceño fruncido.

—Esto no es la gran ciudad. Aquí no puedes acostarte con alguien y esperar que la gente no hable de ello. Y si Keith se entera... Si ha sido él el responsable del vandalismo en mi tienda, no quiero provocarlo.

—¿No habías dicho que no creías que fuera él?

—No estoy segura. Podría haber sido Mary, o cualquier otra persona. Pero por si acaso... —dijo Liz y empezó a recoger su ropa desperdigada por el salón—. Keith podría enfadarse lo suficiente como para decirles algo a mis hijos, usarlo para hacerme quedar mal.

—Si hiciera eso, yo le daría una paliza —le aseguró Carter.

—Seguramente yo también, pero eso no repararía el daño. Es mejor no proporcionarle munición. Sobre todo, porque lo que sucedió anoche no volverá a ocurrir.

Carter no respondió. Liz se imaginó que estaría vistiéndose, igual que ella, que se puso la falda, el sujetador y el suéter pero no las bragas. No las encontraba y no quería preguntarle a Carter dónde estaban.

—¿Vienes o no? —le metió prisa ella mientras se calzaba.

—Me lo estoy pensando —respondió él desde el dormitorio—. Supongo que me está llevando más tiempo del habitual encender motores. Esta es la parte en la que fingimos que nunca hemos estado juntos, ¿no?

Liz carraspeó.

—Ese era el acuerdo.

—¿Y crees realmente que vamos a ser capaces de hacerlo? —preguntó él escéptico.

Habían decidido eso para evitarse futuros problemas. Quizá ignorar la intimidad que habían compartido requeriría un poco de teatro y mucha autodisciplina, pero ella no podía permitirse dejarse arrastrar a una aventura arrebatadora.

—¿Por qué no íbamos a serlo?

Liz no obtuvo respuesta. Se dedicó a buscar sus bragas entre las cajas. Le llamó la atención un marco de fotos. Pensando que sería una muestra de las fotografías que hacía Carter, sacó el marco y se hundió en el sofá. No era una imagen de un bonito río ni de una puesta de sol. Era un retrato de boda. Había una despampanante rubia con un elegante vestido blanco y velo. Carter estaba a su lado vestido de esmoquin.

—Vámonos —oyó que él le decía a su espalda.

Liz devolvió rápidamente la fotografía a la caja y se puso en pie. Carter estaba en la puerta del salón. Miró la esquina del marco que había quedado fuera de la caja y luego clavó la mirada en Liz. Durante un largo rato no dijo nada.

—¿Estás lista? —preguntó al fin.

Liz asintió y se apresuró a la salida. No sabía dónde podían estar sus bragas, pero no quería seguir buscándolas. Lo que acababa de descubrir la había conmocionado. Creía que conocía algo a Carter, creía que él era un tipo duro que nunca se había entregado lo suficiente para tener una relación comprometida y plena. Pero después de la noche que habían pasado juntos, Liz tenía que admitir que el sexo con él no había sido tan «sin ataduras» como ella había esperado. Y, según la expresión de él en la fotografía, no solo había estado casado alguna vez, además había estado profundamente enamorado.

¿Dónde estaba su esposa? ¿Y por qué nunca hablaba de ella?

Hicieron el camino de regreso al pueblo en silencio. Liz lo estudió de reojo, preguntándose qué papel tenía la mujer de la foto en la vida de él, y cómo podía ser tan cálido y atento haciendo el amor mientras que en otros momentos era tan distante. Pero ella no podía permitirse embrollarse con las contradicciones que hacían de Carter Hudson quien era. Ella no necesitaba ni quería a alguien así a su lado, alguien que acabaría haciéndole daño porque él mismo sufría terriblemente.

—¿En qué piensas? —le preguntó él justo cuando entraban en el pueblo.

—En que eres un amante increíble —respondió ella con sinceridad.

—Y a pesar de todo no quieres volver a visitar mi cabaña —dijo él enarcando las cejas.

—No. No quiero engancharme contigo.

Él no dijo nada, pero cuando llegaron junto al coche de ella y Liz estaba a punto de salir, la sujetó de la muñeca.

—Comprendo lo que dices de no querer engancharte. Pero hay otra forma de verlo: aprovechar algo al máximo mientras dura.

Liz miró nerviosa a su alrededor. No quería que ningún vecino la viera con Carter y luego esparciera el rumor de que estaban juntos. Además, seguro que su padre estaba preguntándose dónde estaba.

—Lo hemos hecho una vez —dijo—. ¿Por qué invitar a los problemas repitiéndolo? Te veré en la tienda más tarde, ¿de acuerdo?

—Allí estaré.

—Te lo agradezco. Te debo una —dijo ella, queriéndole expresar su gratitud por su ayuda pero sin poder olvidar lo que habían compartido la noche anterior.

Liz sonrió y se bajó del coche.

—Liz —comenzó Carter cuando ella estaba a punto de alejarse caminando—. Anoche fue increíble.

La casa olía a café. Liz supo que su padre ya estaba levantado, y no tenía ni idea de qué decirle.

Quería que él le diera su aprobación por fin, lo ansiaba desde la muerte de su madre. Entonces, ¿por qué no se había esperado a enrollarse con Carter después de que su padre se hubiera marchado de la ciudad? ¿O por qué no había regresado a casa la noche anterior en lugar de quedarse a dormir en casa de Carter?

Su padre estaba en la cocina, vestido para jugar al tenis y preparando unos huevos revueltos.

—Fui a despertarte esta mañana para nuestro partido. ¿Dónde has estado? —le preguntó él—. No me digas que en la tienda...

Durante el camino, Liz había decidido que no le daría ninguna excusa. Ella tenía treinta y dos años. Por mucho que deseara recuperar lo que había perdido hacía tanto tiempo, ya no tenía que darle explicaciones de sus movimientos. Pero decidió aprovecharse del acto vandálico.

—Anoche me fui al Honky Tonk para tomar algo y bailar un rato, y he pasado la noche en La Chocolatérie.

Le contó lo del lavabo arrancado de la pared y que ella deseaba atrapar a quien lo hubiera hecho.

—Debería haber sido Keith quien se quedara en la tienda anoche. O yo. Si me lo hubieras contado, lo habría hecho —le aseguró su padre.

El afán protector de esas palabras hizo saltar todas las preguntas que Liz tenía desde hacía tanto tiempo. Estaba tan agotada que no pudo contenerlas.

—¿Qué nos sucedió, papá? —susurró.

—No sé a qué te refieres —dijo él frunciendo el ceño.

—Deja de fingir —le rogó ella—. Tengo que saberlo. ¿Qué hice mal? ¿Por qué perdí tu afecto? Yo solo tenía catorce años, ¿qué pude hacer a esa edad para destruir el amor de mi padre hacia mí? Hubo un tiempo en que tú y yo teníamos una relación muy estrecha, ¿lo recuerdas?

Su padre se quedó en silencio un rato, con la mirada clavada en los huevos revueltos, que empezaron a quemarse.

—Lo recuerdo —contestó él por fin sin levantar la cabeza.

—¿Fue tu dolor por haber perdido a mi madre lo que nos separó? —preguntó ella y no obtuvo respuesta—. ¿Fue el hecho de que Luanna y yo no nos lleváramos bien?

Seguía sin obtener respuesta. Se quedaron en silencio, Liz no iba a llenarlo. Él debía ser sincero con ella. Si de pronto iba a convertirse en parte de su vida y de la de sus hijos, ella tenía derecho a saber aquello.

—Fue por dolor —dijo él al fin.

Luego tiró los huevos quemados a la basura y se marchó a su habitación.

Liz se quedó mirando los restos quemados del desayuno de su padre y luego se cubrió la cara con las manos. Ni siquiera en aquel momento él podía darle lo que ella necesitaba.

# X

Carter estaba desayunando en la cafetería del pueblo antes de empezar a trabajar en La Chocolatérie cuando le sonó el teléfono móvil. El número estaba oculto y Carter decidió no responder y que saltara el contestador. Pero cuando trataba de silenciar el timbre, descolgó por error. Maldiciendo entre dientes, se obligó a contestar.

—¿Diga?

—¿Carter Hudson? Soy Johnson.

Carter reconoció la voz del agente especial del FBI que había dirigido el departamento para el que él había trabajado. No habían terminado en muy buenos términos, así que Johnson debía de llamarlo por algo.

—¿Qué necesita? —le preguntó Carter.

—Podrías ayudarnos. Charles Hooper quiere hablar. Solo oír el nombre de Hooper era suficiente para contaminar la vida que Carter estaba viviendo, como un producto químico tóxico en un lago cristalino. En Dundee no podían ni imaginar las cosas que él había llegado a ver.

—¿Todavía está en prisión? —inquirió él.

—Por supuesto. Pasará allí el resto de su vida, ya lo sabes —respondió Johnson—. Pero dice que hay más, Hudson.

Carter sabía a qué tipo de «más» se refería, pero no se dejó arrastrar por Johnson. Él ya había renunciado a querer salvar el mundo. Había demasiados bastardos enfermos por ahí. Y, aunque lograran detenerlos, no había forma de neutralizar lo que habían hecho.

—Me da igual lo que él diga. Hará falta que nieve en el infierno para que yo me mueva a su antojo —espetó Carter.

—No te culpo por sentirte como te sientes —le dijo Johnson—. Ese no vale ni lo que cuesta mantenerlo.

Carter no pudo evitar advertir que Johnson evitaba cuidadosamente mencionar a Laurel.

—Pero no lo harías por él. Lo sabes, ¿verdad? —continuó su antiguo jefe.

—No voy a hacerlo por nadie —le aseguró Carter.

—Creemos que hay tres más. Y él ha dejado muy claro que tú eres el único con quien hablará.

Carter se restregó las manos por la cara, luchando por contener la ira que estaba apoderándose de él. ¿Por qué Johnson tenía que llamarlo justo la primera mañana que se sentía humano en dos años?

–¡Me importa un comino lo que él diga! –exclamó.

Varias personas se giraron para mirarlo. Carter fijó la vista en su plato y habló en voz baja. Hooper debía de haberse enterado de lo de Laurel y quería regodearse en ello, Carter estaba seguro.

–Es un psicópata, Johnson, manipula a la gente. No quiero que me manipule a mí también. Por lo que a mí respecta, él no existe.

–¿Y qué me dices de las familias de sus víctimas, Hudson? Se merecen despedir a sus familiares. Ya sabes lo duro que es para ellos y para nosotros, lo mucho que trabajamos ¿Puedes ayudarnos?

No, no podía. Hooper le había hecho perder demasiadas cosas: su filosofía de vida, su amor por la profesión de policía, su creencia de que podía marcar la diferencia. Y, sobre todo, su esposa. La imagen de Laurel inerte sobre la cama acudió a su mente y le aceleró el corazón.

–No me respondas ahora –le dijo Johnson–. Piénsatelo y hablaremos en otro momento, ¿de acuerdo?

Y después de eso, su antiguo jefe colgó dejándolo bañado en un sudor frío.


–¿Es nuevo en el pueblo?

Gordon Russell elevó la mirada y vio a un hombre al otro lado de la gasolinera repostando su camioneta.

Gordon también estaba repostando su coche, pero no quería conversar.

—Estoy de paso —contestó.

—¿Adónde se dirige?

Gordon no lo sabía. Después de que Liz se hubiera marchado a la tienda, él había hecho las maletas y las había cargado en el coche. Había cometido un error al ir a Dundee, no podía cerrar el hueco entre sus hijos y él; había dedicado su vida a otras cosas durante demasiado tiempo. Los años habían ido pasando, reduciendo cada vez más su derecho a reclamar lo que había perdido. Estaba loco por haber creído que podría dar la vuelta a ese proceso en un solo viaje.

Y no quería regresar a su casa de Los Ángeles porque Luanna y su nuevo novio estaban viviendo allí.

—A ningún sitio en particular —respondió vagamente.

—¿Y qué le trae por aquí? —insistió el hombre.

«Un error de juicio...».

—Mi hijo y mi hija viven aquí.

—¿Quiénes son? Seguramente los conozca.

—Liz e Isaac Russell.

—Claro, se parecen a usted —dijo el otro—. No llevan aquí mucho tiempo, pero recuerdo cuando llegaron. Su hija provocó un gran revuelo a causa de Keith. Es terrible lo que él le hizo, ¿no cree?

¿Por qué decía lo de terrible? Gordon lo miró con más atención.

—En estos tiempos, los divorcios suceden a todas horas. No siempre es fácil saber quién tiene la culpa.

—Pues en esta ocasión es de lo más sencillo —dijo el hombre terminando de repostar y cerrando el depósito—. Que tenga un buen día.

Gordon lo observó subirse a su camioneta y marcharse. ¿Qué había sucedido entre Liz y Keith? Ella le había dicho que habían tenido diferencias de carácter.

Él también terminó de repostar, pero ya no tenía tanta prisa por marcharse del pueblo. Aquel hombre, un habitante de Dundee cualquiera, sabía más de Liz que él, su propio padre.

Por muy difícil que le resultara quedarse, si él se marchaba, esa situación nunca cambiaría.

Liz observaba a Carter siempre que creía que él no se daba cuenta. Los recuerdos de la noche anterior asaltaban su mente vívidamente y le era difícil obviarlos. Liz no podía creer que su opinión sobre Carter hubiera cambiado tan diametralmente. En su primera cita en el restaurante, él no le había gustado nada; y dos días después, le parecía el hombre más guapo del mundo y estaba deseando hablar con él.

Estaba como atontada, se había enamoriscado después de haberse acostado con él la noche anterior. Ella, que no podía separar el sexo del amor, no debería haber pasado la noche con él.

—Tienes el ceño fruncido —comentó Carter.

Liz parpadeó sorprendida y dejó de pintar.

—Me preguntaba cuándo terminaríamos esto —mintió.

—Deberíamos acabar el lunes por la noche.

—¿Entonces puedo pedir que me instalen la nevera y la cocina el martes?

—Yo me esperaría hasta el miércoles, para asegurarnos de que el suelo haya secado del todo.

Liz sonrió encantada. Estaba a punto de decir que sería fabuloso cuando oyeron la campanilla de la puerta.

—Seguramente será Mary Thornton —gruñó Liz y acudió a la puerta.

La visita no era Mary Thornton, sino Georgia O'Connell, su exsuegra. Liz no se sentía muy cómoda en su presencia. Era evidente que Georgia la culpaba por haber arruinado la vida de Keith.

—Hola, Georgia —saludó intentando ser amable.

—El trabajo va saliendo adelante —comentó ella muy estirada observando todo atentamente—. Has tenido cierta ayuda, ¿eh?

Sin duda Keith le había hablado de Carter. A Keith no le gustaba que otro hombre estuviera ocupando su lugar, se lo había dejado muy claro a Liz la noche anterior, cuando ella le había llevado a los niños.

—Carter Hudson está siendo muy amable echándome una mano.

—Qué considerado —dijo Georgia muy falsa—. Tal vez puedas presentarnos algún día. Me han comentado que trabaja para el senador Holbrook pero, aparte de eso, él es un misterio para mí. Y para Keith también, por cierto.

Liz no quería presentarlos pero no vio la manera de evitar la situación.

—Claro, venga a la parte de atrás.

Cuando entraron en la cocina, Carter dejó su martillo un momento.

—Este es el hombre al que tengo que agradecerle todo esto —dijo Liz.

Georgia pareció molestarse con la fervorosa presentación pero logró esbozar una sonrisa tensa.

—¿Cómo está? Soy Georgia O'Connell, la madre de Keith.

Carter miró a Liz y luego a su exsuegra. Debió de advertir que había ido allí a determinar qué grado de amenaza suponía él para su hijo. Liz no sabía cómo se comportaría Carter, pero él la sorprendió.

—Es un placer conocerla —dijo él asintiendo educadamente.

—He oído hablar mucho de usted.

—No me diga que ya estoy creándome una reputación —comentó él con una sonrisa traviesa.

Liz no comprendía por qué se esforzaba por agradar, pero Georgia estaba evidentemente encantada con él. La mujer esbozó una enorme sonrisa.

—Liz, ten cuidado con este hombre, es un rompecorazones.

—A mí no me afecta —contestó Liz confiada.

Por supuesto, nada más lejos de la realidad, pero Liz confiaba en convencerla y de paso convencerse ella misma también.

—¿Crees que eres inmune a su carisma? —inquirió Georgia mientras se acicalaba con afán de impresionarlo.

Las miradas de Liz y Carter se encontraron; ella la desvió primero.

—¿Conocéis el poema de Tennyson *La dama de Shalott*? —dijo Liz.

—¿La dama de qué? —preguntó la madre de Keith.

—Me temo que no conozco mucho la obra de Tennyson —comentó Carter ignorando a Georgia—. Pero me viene a la memoria una frase de *Hamlet*. Algo acerca de protestar con demasiada rapidez.

—Dirás protestar demasiado —lo corrigió Liz turbada.

Ella no esperaba que Carter citara a Shakespeare y mucho menos que descubriera que ella había mentido.

Carter sonrió burlón.

—Cierto.

La chispa entre ambos pareció romper el embrujo de Georgia, cuya expresión se ensombreció. Se irguió y carraspeó.

—Tengo que irme. Frank me espera en el banco —dijo y se dirigió hacia la puerta.

—Señora O'Connell... —la llamó Carter.

—¿Sí? —dijo ella deteniéndose.

—¿Es la primera vez que ve la tienda?

—No, Liz nos la enseñó el día que la alquiló.

—¿Y no había venido usted por aquí desde entonces? —preguntó Carter.

—No hasta hoy, ¿por qué? —preguntó ella frunciendo el ceño.

—¿Le gusta? Ya casi hemos terminado. Solo nos quedan los últimos toques y que venga el fontanero de nuevo.

—Ya veo. Pues buena suerte —dijo Georgia muy estirada y salió de la tienda.

—¿Crees que ha sido ella la del lavabo? —le preguntó Liz cuando la tienda volvió a quedarse en silencio.

—No lo parece. Pero es muy protectora con su hijo.

—Pero no tanto como para hacer ese acto de vandalismo.

—Cuando hay un objetivo, siempre se encuentra un camino —dijo él.

# XI

Carter solía tener dificultades para dormir, pero como llevaba todo el día con las reformas de la tienda de Liz, esperaba tener mejor suerte esa noche. Sin embargo, a las doce y media estaba dando vueltas insomne.

Comenzó a desempaquetar algunas cajas. Ya llevaba tres semanas allí. Pero se detuvo al poco de empezar. ¿Para qué sacar las cosas? En cuanto acabaran las elecciones se marcharía de allí. Así que volvió a meter lo que había sacado y se dirigió a su despacho, la única habitación sin cajas, en la que había colocado su ordenador y su escritorio para poder trabajar desde casa. Aparte de diseñar y gestionar la campaña del senador Holbrook, también ejercía de consultor en campañas pequeñas vía Internet o teléfono.

Habitualmente se sentía cómodo allí, pero esa noche no lograba concentrarse en ningún proyecto.

No había luna y la oscuridad de la noche parecía aprisionarlo, recordándole otra noche oscura que intentaba olvidar.

La conversación con Johnson le volvió a la mente. «Creemos que hay tres más», le había dicho, implicando que Carter podría ayudar a que esas familias recuperaran la paz al poder despedirse de sus hijas, hermanas o esposas.

Pero significaría tener que verse cara a cara de nuevo con quien, a todos los efectos, había acabado con la vida de Laurel. Ella solo había soportado vivir unos pocos años después de su encuentro con Charles Hooper.

Carter nunca había odiado a nadie como a ese hombre y ese odio generaba una furia en él que lo hacía distanciarse de todo el mundo, incluso del hombre que solía ser.

En un intento de agarrarse a algo lo suficientemente real para sacarlo de esa espiral de emociones que amenazaba con absorberlo, pensó en Liz. Se recostó en la silla y se imaginó su cuerpo junto a él. Recordó cómo se arqueaba según la tomaba y oyó de nuevo su gemido de liberación. La noche anterior había sido la primera que él había dormido en paz en dos años.

Quería más...

En el Honky Tonk él le había prometido que, cuando se acabara aquella historia, se habría acabado. ¿Cómo era posible que, tan solo un día después, le pareciera tan difícil cumplir la condición que de primeras le había parecido tan sencilla?

Esa tarde, cuando Georgia se había pasado por

la tienda, Liz casi había descubierto su relación a base de negarla tan categóricamente.

«La dama protesta demasiado». Él se había referido a esa cita de *Hamlet*. Ella había dicho algo de un poema de Tennyson... *La dama de Shalott*.

Tecleó el nombre en Internet y encontró el poema. Trataba de una mujer que vivía en la torre de un castillo cerca de Camelot, la ciudad del rey Arturo. Se dedicaba a tejer un tapiz mientras observaba el mundo exterior viéndolo reflejado en un espejo. No podía mirar el mundo directamente o caería sobre ella un hechizo, pero parecía contenta de vivir recluida en la torre... hasta que vio el reflejo de sir Lancelot. La dama estaba mirando por la ventana para verlo y entonces el espejo se rompía y la dama sabía que el hechizo acabaría con ella. Abandonaba su castillo, se tendía en una barca y la dejaba vagar a la deriva por el río hasta Camelot, mientras cantaba una canción hasta morir.

—De lo más animado —murmuró Carter después de leerlo.

No le gustó, le resultaba demasiado parecido a su propia realidad. ¿Por qué lo había citado Liz? Carter intentó volver a concentrarse en el trabajo, pero no podía dejar de pensar en ella y en la dama de Shalott.

Abrió su correo electrónico, escribió la dirección que había oído que le daba Liz a Mary Thornton el día anterior y luego su mensaje:

*¿Preferirías continuar a salvo en tu torre mientras la vida pasa a tu lado y tú la observas a través de un espejo?*

Liz le había dicho a Carter que se tomara el do-

mingo libre, se sentía culpable de que él estuviera
trabajando tanto, sobre todo porque estaba ayudándola como un favor. Pero ella sí iría esa tarde a la
tienda y haría lo que pudiera por su cuenta. Los
niños le habían pedido permiso para quedarse con
su padre hasta después de la cena. Keith tenía también a sus otras hijas con él e iban a celebrar una
barbacoa todos juntos.

Liz hubiera pasado el día entero en la chocolatería, pero su padre la había convencido para que
jugara al tenis con él por la mañana. Apenas habían
hablado desde su encuentro en la cocina el día anterior y ahí estaban frente a frente en la cancha de
tenis.

—¿Estás lista para demostrarme lo que sabes
hacer? —le preguntó su padre y sirvió un saque.

Liz reaccionó demasiado tarde y no llegó a la
pelota.

—¿Es demasiado difícil para ti? —se burló él con
una sonrisa.

Lo difícil no era su saque, pensó Liz, sino ver a
su padre jugando al tenis de nuevo contra ella, ver
los cambios en aquel hombre, que le recordaban los
suyos propios; era recordar y, sobre todo, perdonarlo.

—Puedo soportarlo —gritó Liz.

Su padre sacó de nuevo y esa vez Liz le devolvió
el saque y realizaron una pequeña jugada.

— Eres mejor de lo que esperaba —dijo Liz impresionada.

Él pareció sorprenderse con aquello.

—Tú también —dijo.

Al cabo de un rato, Liz dominaba claramente

porque tenía mejor forma física que él. Cuando terminaron de jugar, se sentaron en los bancos junto a la cancha mientras bebían y se secaban el sudor con unas toallas.

—Siempre supe que tenías talento —alabó Gordon.

Liz quería preguntarle por qué había dejado de jugar con ella al tenis, pero no lo hizo. Estaba claro que él quería fingir que no existía el pasado, que todo estaba perfecto. Le pasó una botella de agua y vio algo moverse por el rabillo del ojo.

Liz sonrió al ver a su hermano acercándose hacia ellos.

—¿Qué haces aquí, Isaac? —preguntó ella encantada.

—Iba camino del supermercado cuando he visto tu coche y he querido saber qué tal jugabas últimamente.

—Es buena —dijo su padre—. Ha mejorado mucho.

—¿Desde cuando? —replicó Isaac—. ¿Desde el año pasado... o desde hace diez años?

Gordon apartó la vista y, después de un incómodo silencio, volvió a mirarlo a los ojos.

—Admito que no siempre he sido el padre que debería —reconoció.

—¿Ahora lo admites? ¿Cuántas veces acudí a ti para rogarte que intercedieras cuando Luanna maltrataba a Liz? —se le enfrentó Isaac—. ¿Y dónde está Luanna ahora? Ella era la única persona que te importaba, la única a la que escuchabas.

—Isaac... —dijo Liz.

Ella ya era adulta, no necesitaba que la defendiera. Pero él no escuchaba.

—También me preocupaba por vosotros, por los dos —respondió Gordon—. No me resultó fácil, yo no elegí perder a mi esposa, no elegí... otras de las cosas que me tocaron vivir.

En ese momento miró a Liz de una forma extraña.

—Me he enfrentado a mis retos lo mejor que he podido —añadió Gordon.

—¿Te refieres a no enfrentándote a ellos para nada? —replicó Isaac—. ¿Crees que puedes aparecer después de quince años y continuar como si no nos hubieras abandonado en favor de la bruja con la que te casaste?

A Gordon le temblaban las manos.

—Fui un buen padre para ti, Isaac. Quizá no lo fui tanto con Liz. Quizá ignoré lo que estaba sucediendo. Pero tú... tú no deberías tener ninguna queja. Liz era lo único que se interponía entre nosotros.

—¿Liz, interponerse? ¿Cómo puedes decir eso? ¡Es tu hija!

—¡No, no lo es! —gritó Gordon.

A Liz le dio un vuelco el corazón. ¿Había oído bien?

—¿A qué te refieres? —le preguntó en un susurro mirándolo fijamente.

El pánico empezó a apoderarse de ella y le pareció que el mundo se detenía a su alrededor.

Gordon aún seguía con la vista clavada en Isaac.

—¿Qué esperabas que hiciera? —dijo Gordon con

amargura—. ¿Que amara a la hija de otro hombre como si fuera mía, tanto como te amo a ti?

—Eres un hijo de perra —susurró Isaac, tan atónito ante aquella revelación como Liz.

Gordon maldijo y se marchó a grandes zancadas.

Liz se sentó en el suelo, en la esquina más escondida de la tienda, donde nadie pudiera verla desde el escaparate, y se apretó las rodillas contra el pecho. No quería ir a casa por si su padre, o el hombre que ella siempre había creído que era su padre, seguía allí todavía. Y tampoco quería ir a ningún otro lado porque no le apetecía encontrarse con nadie y tener que fingir que estaba bien. Estaba demasiado destrozada y vulnerable.

Isaac le había sugerido que hablara, que dejara salir su dolor. Pero ella no podía poner en palabras lo que sentía, ni siquiera podía llorar.

Menos mal que por fin estaba a solas. Necesitaba el silencio. Lentamente, empezó a recuperarse. Cerró los ojos y se tapó la cara con las manos mientras miles de preguntas la bombardeaban. ¿Quién era su auténtico padre? ¿Por qué nadie, y menos su madre, le había contado nunca la verdad?

Su madre y su padre llevaban casados diez años cuando ella nació, lo cual implicaba que debía de haber más explicaciones, más razones, para ese hecho. Temía conocerlas. Sabía que por un lado sería un alivio, pero no podía soportar la idea de que su madre, a la que siempre había admirado, no fuera la mujer que ella creía. Eso era demasiado, le robaría a la persona que más había querido en toda su vida.

—Liz, ¿estás ahí?

Era Reenie llamando a la puerta principal. A juzgar por su tono preocupado, Isaac ya la había puesto al día. Liz no se sentía suficientemente fuerte para verlos, prefería estar sola. Así que no respondió, confiando en que Reenie se marcharía.

—No está aquí —oyó que Reenie le decía a Isaac por fin—. Debe de estar dando una vuelta.

Se marcharon y comenzó a llover. Liz se concentró en el sonido para evitar seguir pensando. Debió de quedarse adormilada porque, cuando recuperó el sentido, llovía con fuerza.

Alguien llamó enérgicamente a la puerta principal.

—¿Liz? ¡Hola! ¡Ábreme!

Era Carter, Liz reconoció su voz al instante. Él era la última persona que deseaba ver en aquel momento. Contuvo el aliento esperando que se marchara igual que habían hecho Reenie e Isaac. Por fin Carter dejó de llamar. Aliviada, volvió a apoyar la cabeza en sus rodillas. Tenía que irse a casa y ver qué había ocurrido con Gordon. La vida debía continuar. Solo necesitaba que Carter se marchara y ella saldría un poco después sin que nadie la viera.

—¿Liz? ¡Déjame entrar!

¡Fabuloso! Carter se había trasladado a la puerta trasera. Parecía muy seguro de que ella estaba allí dentro. Liz se tapó los oídos con las manos. ¿Cuándo se daría por vencido?

De pronto, hubo un estruendo y la puerta trasera

salió volando. Liz gritó y se cubrió como si fuera un ataque del ejército. Pero solo era Carter. Estaba en la puerta con una palanca de hierro en la mano y el pelo empapado. Clavó su mirada en Liz pero no dijo nada. Se dio media vuelta y al cabo de un momento volvió con una manta y la enrolló alrededor de Liz.

—Gracias —murmuró ella.

No le quedaban fuerzas ni siquiera para disculparse.

Carter no respondió. La tomó en brazos y la llevó a su coche como si fuera un bebé. Luego clavó un par de tablones en la puerta para impedir que nadie entrara en la tienda y, cuando hubo terminado, se metió en el coche.

—¿Cómo es que has venido a por mí?

—Estaba en casa del senador cuando ha llamado Reenie —respondió él sin más detalles.

—Has roto mi puerta.

—No querías abrirla.

—¿Cómo sabías que estaba dentro? —inquirió ella.

—Para empezar, tu coche está aparcado frente a la tienda. Y además, este es tu lugar favorito.

Ella nunca se lo había planteado así, pero Carter tenía razón, aquella tienda era un sueño convertido en realidad. Carter era muy intuitivo...

—Seguramente te preguntarás qué hacía yo ahí —dijo ella por fin sintiéndose obligada a dar una explicación.

Pero estaba hablando con Carter Hudson, que no veía la vida igual que los demás.

—No, no me lo pregunto.

# XII

Liz se hundió más en el sofá de casa de Carter. Llevaba uno de sus pantalones y estaba arrebujada en una cálida manta junto a la chimenea encendida. Carter estaba en la cocina preparando la cena, algo mexicano a juzgar por el olor.

Era domingo por la tarde, sus hijos regresarían pronto a casa, pensó Liz. Pero ella no estaba preparada para regresar al mundo real todavía. Se sentía a salvo en la aislada cabaña de Carter rodeada de bosque. Incluso le gustaba sentirlo a él haciendo cosas, no invadía su espacio como Reenie o Isaac. Él no le exigía nada. Había puesto un CD de música y se había dedicado a sus asuntos.

—¿Te importa si uso tu teléfono móvil? —le preguntó ella por encima de la música.

—Adelante.

Mientras se dirigían allí, él había hablado con alguien, seguramente el senador Holbrook, para que su familia supiera que ella estaba bien. Liz no sabía si alguien había avisado a Keith, pero quería hacerle saber que recogería ella a los niños de camino a casa en lugar de que él se los llevara.

Agarró el móvil de la mesa y, al abrirlo, en pantalla apareció la foto de Carter con la misma mujer que en la foto de la boda. Tenían los rostros muy juntos para asegurarse de que entraban los dos en la foto y ella sonreía, aunque de forma bastante distante.

¿Quién era aquella mujer? ¿Estarían Carter y ella divorciados? Pero de ser así, le extrañaba que él llevara su foto en el teléfono.

Liz marcó el número de Keith antes de que Carter la descubriera mirando la fotografía.

—¿Desde dónde me llamas? —le preguntó Keith a modo de saludo.

—Desde el móvil de un amigo.

—Un amigo...

—Sí. ¿Cómo están los niños?

—Muy bien. Siempre están bien cuando están conmigo, ¿no?

—Eres un buen padre —alabó ella para darle confianza en sí mismo.

Keith pareció sorprenderse de que le diera la razón tan rápido.

—¿Qué ocurre? —inquirió—. Reenie llamó aquí hace un rato preguntando si te había visto. Parecía preocupada.

Con su madre muerta, su padre revelándole que no era su padre y su hermano felizmente casado y con su propia familia, Liz se sentía perdida y sola.

—Mi padre y yo hemos discutido. Ya sabes, lo de siempre —mintió.

No quería contarle la verdad porque haría quedar mal a su madre. Además, no ayudaría en nada. Liz había decidido no angustiarse más con aquel misterio. Si su auténtico padre conocía su existencia, era evidente que no había querido saber nada de ella, o habría contactado con ella hacía tiempo. Y si no sabía que ella existía, se llevaría una enorme sorpresa, quizá desagradable. Así que era mejor dejar las cosas como estaban. Necesitaba al menos proteger su recuerdo de su madre.

—¿Estás bien? —le preguntó Keith.

—Sí. ¿Puedes quedarte a los niños un poco más?

Liz necesitaba unas horas más para asumir la conmoción.

—¿Dónde estás?

Liz sabía que intentar eludir la pregunta solo aumentaría la curiosidad de Keith.

—En casa de Carter —respondió.

Se hizo un silencio y ella supo que la noticia era un duro golpe para él. Pero estaban divorciados y ella tenía que continuar con su vida.

—Creía que él no te gustaba —dijo Keith al fin.

Liz no sabía lo que sentía hacia Carter y temía planteárselo. Quizá fuera un amigo poco habitual, pero estaba ofreciéndole justo lo que necesitaba en aquel momento: espacio personal, tranquilidad y muchas comodidades. Y ella sabía por experiencia que también podía ofrecerle una buena dosis de placer. Pero no debía pensar en esa dirección.

—Lo cierto es que sí me gusta —admitió.

—¿Cuánto? —le preguntó Keith.

—Somos amigos.

—No te habrás acostado con él, ¿verdad? —inquirió él bajando la voz.

Los recuerdos de Carter haciéndole el amor le hicieron olvidar durante un momento todos sus problemas. No iba a volver a suceder... pero no porque ella no lo deseara.

—Eso no es asunto tuyo —contestó ella—. Te veré luego.

Y, antes de que su ex se despidiera, Liz colgó y se quedó contemplando la foto de la pantalla.

—¿Estás lista para cenar? —preguntó Carter asomando la cabeza por la puerta.

Liz no fingió que no había visto la foto, como había hecho con el retrato de boda.

—Es una mujer muy hermosa —dijo.

Él se acercó a ella, agarró el teléfono y lo cerró.

—Lo sé.

—¿Qué vas a hacer? —preguntó Carter a Liz.

Estaban terminando de cenar. Él no la había tocado desde que habían llegado, pero el ambiente entre ellos era íntimo, como si fueran las dos únicas personas sobre la tierra.

—¿Acerca de qué? —inquirió ella.

—De Gordon. Podrías decirle que se marchara si aún está por aquí.

Así que Carter lo sabía todo. Reenie seguramente se lo había contado a su padre, y él a su ayudante de confianza. Extrañamente, a Liz no le importó que

Carter conociera la situación. Y sin embargo no había querido comentársela a Keith, que había jugado un papel muy importante en su vida...

—¿Eso es lo que crees que debería hacer? —preguntó ella dejando su plato casi intacto a un lado.

—Aquí no existen «deberías» —puntualizó él.

—Quizá la situación para mi padre también fue difícil. Sobre todo si se sintió traicionado y fue traicionado de verdad. Yo sería un recuerdo de su dolor. Así no me extraña que dejara que Luanna me maltratara. Seguramente él no quería ni verme —dijo ella mirando el vino de su copa—. Podría haberme rechazado, pero me dio un hogar y me mantuvo como parte de la familia.

—Isaac nunca le hubiera perdonado que te abandonara.

—Aun así, podría haber sido peor. Quizá debería estarle agradecida.

Liz se arrebujó más en la manta. Era suave y cálida, pero lo mejor de todo era que olía a Carter. Ella no deseaba hacer el amor en aquel momento, pero sí aquella intimidad con él.

—Eres muy generosa —señaló él—. Yo diría que la gratitud que puedas deberle a Gordon Russell es relativa. ¿Sabía que no eras hija suya desde el principio o lo descubrió después?

—Apuesto a que lo supo cuando mi madre murió. Antes de eso, me adoraba, pero después...

—¿Qué edad tenías cuando falleció tu madre?

—Catorce años.

Carter sacudió la cabeza con la vista clavada en la alfombra.

—¿Cómo esperaba él que interpretaras el que él desapareciera de pronto de tu vida?

—Seguramente ni se lo planteó. Estaba demasiado ocupado llenando su vida con otras personas.

—Como su nueva esposa.

—Y el malcriado hijo de ella.

Carter terminó su copa de vino y la dejó en la mesa.

—Es poco probable que tu madre le dijera que no eras hija suya justo antes de morir. Sobre todo, si quería que él siguiera cuidando de ti.

—Quizá mi auténtico padre se presentó en el entierro de mi madre, o Gordon encontró viejas cartas de amor entre las cosas de ella, o...

Por muy decepcionada que estuviera con su padre en los últimos dieciocho años, Liz aún lo amaba y aún necesitaba sentirlo como padre.

Carter la estudió unos instantes.

—¿Quieres conocer la verdad?

—Tal vez —respondió ella con cautela, sabiendo que si alguien podía ayudarla, era Carter.

—No creo que él te lo dijera a menos que estuviera totalmente seguro —dijo él—. ¿Se te haría más fácil si supieras cómo sucedió, si conocieras los detalles?

—No sabría por dónde empezar... —replicó ella.

Él se reclinó en el sofá y la miró.

—Yo podría ayudarte, solo hay que hablar con la gente adecuada: amigos de tus padres, vecinos, compañeros de trabajo...

A Liz se le aceleró el corazón. Carter estaba mostrándole cosas de sí mismo que estaba conven-

cida de que no mostraba nunca a nadie. La parte
más oscura de él estaba conectada de alguna forma
con su pasado y con la mujer de las fotografías. Pero
Liz no sabía cómo y dudaba que él se lo dijera.

—Tú estás dispuesto a ayudarme a mí, pero tú no
te dejas ayudar por nadie, ¿es eso? —le reprochó ella.

—¿Ayuda con qué? —preguntó él.

—Con lo que sea que te atormenta —respondió
ella y señaló las cajas—. La razón por la cual no de-
sempaquetas las cajas, la razón por la cual estás en
Dundee, Idaho, en lugar de más cerca de tu hogar.
La razón por la que haces el amor como un hombre
hambriento pero rechazas el tipo de relación pro-
funda y larga que realmente necesitas.

Hablar de hacer el amor cargó la habitación de
energía sexual. Sus miradas se encontraron, pero Liz
no logró interpretar la de Carter. Lo único que vio
fue que la deseaba tanto como ella a él.

—Yo llevo a solas mis cargas —señaló Carter.

Liz se apartó el cabello de la cara, se quitó la
manta y se puso en pie. Ya era hora de ir a recoger
a sus hijos y regresar a su casa.

—Bien, pues en respuesta a tu pregunta, no, no
quiero que me ayudes a averiguar de dónde vengo
—dijo Liz—. Mi madre ya no está. No quiero arruinar
el recuerdo que tengo de ella a base de rebuscar en
el pasado. Pero gracias de todas formas.

Él se puso en pie también.

—De acuerdo —dijo aceptando su decisión.

Le sujetó un mechón de pelo tras la oreja con
tanta ternura que Liz creyó que iba a tomarla entre
sus brazos. Se imaginó que la besaba y deseó que le

hiciera el amor allí mismo. Pero Carter solo sería generoso con su cuerpo, y eso para ella no era suficiente.

—Algunas cosas es mejor dejarlas como están —dijo él suavemente.

Liz no supo si se refería a su decisión de no investigar su pasado o a lo que había sucedido entre ellos el viernes por la noche. Por si acaso, contempló la cabaña unos momentos, por si no volvía por allí. No podía seguir atrapada pensando en un hombre que se iría de allí dentro de unos meses. Tenía que afrontar la realidad: no sabía quién era su padre, tenía que atender a sus hijos y sacar adelante la tienda.

Por lo menos Carter le había proporcionado un refugio cuando ella más lo había necesitado y se lo agradecía profundamente.

En la puerta, Carter le hizo elevar la barbilla y clavó la mirada en los labios de ella. Deseaba besarla, Liz podía sentirlo. Ella también deseaba que la besara, pero no hizo ningún ademán de ponérselo fácil. Él dejó caer su mano.

—Vamos.

Cuando Liz regresó a casa con sus hijos, Gordon se había marchado. No había dejado ninguna nota, tan solo había recogido sus cosas y había desaparecido.

Una vez que los niños estuvieron acostados, Liz se paseó por la casa solitaria preguntándose quién sería su padre y cómo era posible que su madre hubiera tenido una aventura estando casada con su padre.

De pronto sonó el teléfono. Llevaba sonando gran parte de la noche. Primero, habían sido Reenie e Isaac. Luego Carter le había anunciado que había puesto una nueva puerta trasera en la tienda. Keith le había preguntado si se divertía con Carter y si planeaban volver a verse. Cuando consiguió convencerlo de que Carter y ella eran solo amigos, llamó el senador Holbrook para ver cómo estaba. El padre de Reenie era especialmente comprensivo por su propia experiencia. Celeste y él habían compartido con ella algunos detalles de la aventura que había dado origen a Lucky, la hermanastra de Reenie y Gabe; su historia le daba esperanzas a Liz de que su madre hubiera cometido un trágico error y siguiera siendo alguien honorable.

Liz agarró el auricular segura de que sería Dave. Nadie más telefoneaba a esas horas.

—¿Diga?

—Hola —saludó Dave—. Creía que me llamarías este fin de semana.

Liz había estado tan ocupada que no se había dado cuenta de que era fin de semana.

—Te llamé el viernes —dijo aliviada recordando que al menos había intentado llamarlo una vez—. Pero no di contigo.

—¿El viernes? Ya me acuerdo. Tengo un amigo al que le gustan mucho las películas extranjeras. Me convenció para ir a ver una película independiente.

Un amigo. Liz sintió una punzada de culpa.

—¿Y tú qué has hecho estos días?

—Trabajar, principalmente —respondió ella para que no fuera una completa mentira.

—¿Por eso no has contestado a mis correos electrónicos?

—Ni siquiera me he sentado frente al ordenador.

—¿Te ha estado ayudando Keith?

—No, no ha podido. Pero me está ayudando otra persona.

—¿Quién?

—Carter Hudson.

—Nunca habías mencionado su nombre. ¿Quién es, algún viejo cowboy?

—Es nuevo en el pueblo. Es el nuevo ayudante del senador Holbrook. El senador le pidió que me ayudara.

—¿Porque Carter sabe hacer lo que tú necesitas?

Liz tragó saliva al pensar en el doble significado de esas palabras.

—Creció construyendo casas y es un gran trabajador —respondió ella intentando no pensar en las imágenes que acudían a su mente.

Se produjo una larga pausa y Liz temió haber hablado con más admiración de la que correspondía.

—¿Le pagas? —preguntó Dave.

—No, ya te lo he dicho. Le está haciendo un favor al senador.

—¿De veras?

Dave no era el típico hombre celoso, pero no estaba precisamente contento. Seguramente estaba intentando descubrir cuánta importancia tenía Carter en su vida, pensó Liz. Ojalá ella misma lo supiera.

—¿Ocurre algo? —preguntó ella.

—No. A menos que... No estás viéndote con él, ¿verdad?

Liz no sabía qué responder. No esperaba que Dave pretendiera tener una relación en exclusiva con ella. Habían compartido un fin de semana juntos, pero no se habían prometido nada. Liz deseó comprender cómo se había unido tanto a Carter y por qué no podía dejar de pensar en él. ¿Por qué Dave de pronto le parecía tan lejano y prescindible?

—Salimos a cenar el otro día —comentó ella para ver cómo respondía Dave—. ¿Te importa?

—Siempre y cuando seáis solo amigos...

Liz no sabía muy bien qué eran Carter y ella. El viernes habían sido amantes, y tras conocer la noticia de su padre, había sido su mejor amigo. Pero ella no sabía si el día de mañana seguirían en contacto.

—No es nada serio —le aseguró Liz.

Luego le contó lo de su padre. Desearía no haber hablado de ello todavía, porque le dolía demasiado. Pero mejor era eso que hablar de Carter... al menos con Dave.

# XIII

Gordon pasó Salt Lake y continuó conduciendo hacia Las Vegas. No sabía adónde se dirigía, no se lo había planteado. Lo único que había querido había sido conducir, como si así pudiera escapar de la expresión acusatoria de Isaac. Había sido un estúpido, se reprendió. Soltar tan bruscamente lo que llevaba torturándolo durante los últimos dieciocho años había sido algo estúpido y egoísta. Había sido un intento de que Isaac lo apoyara y Liz lo comprendiera, pero a expensas de Chloe. Se sentía avergonzado de lo que había hecho.

Si al menos no viera a su mejor amigo cada vez que miraba a Liz... Si al menos no se sintiera tan traicionado...

El sol estaba poniéndose y Gordon vio las luces de Las Vegas desde lo lejos. Pensó detenerse, pero allí no había nada para él. Ya no sabía adónde pertenecía. No tenía empleo, ni casa, ni familia... nada que lo anclara a ningún lado.

¿Cómo había permitido que su vida llegara a ese punto? Siempre se había comportado con la mayor integridad que había podido. Él era el damnificado, ¿no? Tal vez su relación con Liz no había vuelto a ser la misma y eso le dolía. Pero él le había dado un techo, comida y todo lo que necesitara. Y había guardado el secreto todos los años pasados.

¿Hubiera estado Liz mejor con su padre biológico? Él creía que no. Kristen, la mujer de su mejor amigo, Randy, no hubiera aceptado a Liz y tenía razones para ello. Tras la muerte de Chloe, Randy había decidido que por fin podía aliviar su carga diciendo la verdad. Como Chloe ya no era una amenaza, seguramente él creyó que Kristen podría manejar la nueva situación. Pero ella no encajó bien la noticia y para vengarse se lo contó a Gordon, para que Randy perdiera a su mejor amigo.

Gordon sacudió la cabeza. Lo que había sucedido hacía años seguía siendo doloroso y confuso.

Se detuvo en un semáforo a la entrada de Las Vegas. En algún momento debería pararse para repostar y comer algo, pero ya lo haría por el camino. Por fin sabía adónde se dirigía.

Salvo por el lavabo, La Chocolatérie estaba casi terminada. Liz no podía creérselo. Después de que Carter recogiera sus herramientas y se marchara, ella se quedó un poco más en la tienda admirando lo que habían logrado. Se sentía enormemente agradecida hacia él, y eso era peligroso si quería mantener las distancias.

Menos mal que, cuando la tienda empezara a funcionar, con suerte a la semana siguiente, le daría tanto trabajo que dejaría de pensar en su padre y en Carter.

De momento, tenía que recoger a Mica y a Christopher de casa de su abuela y preparar la cena, se dijo para centrarse.

Reenie asomó la cabeza por la puerta y abrió los ojos sorprendida.

—¡Está precioso!

—¿A que sí? —dijo Liz encantada.

—¿Carter te ha ayudado a hacer todo esto, el estucado, los suelos...?

—Sí, en solo tres días —respondió Liz.

—Es bueno.

Reenie no sabía cuánto.

—Él parecía bastante preocupado ayer, cuando no sabíamos dónde estabas. Salió a buscarte enseguida.

—Es una persona agradable —comentó Liz vagamente.

—No has vuelto a ser víctima de más vandalismo después de lo del lavabo, ¿verdad? —preguntó Reenie.

—No, ¿cómo sabías tú lo del lavabo?

—Keith me lo comentó. Estaba molesto porque tú creyeras que había sido él.

—No estoy segura de que no lo fuera —admitió Liz.

—Keith ha cometido errores, pero no es una persona destructiva —señaló Reenie y se dirigió al baño—. Pues ha quedado muy bien arreglado.

—¿Cómo dices?

Sorprendida, Liz se acercó al baño. Parecía como si el lavabo nunca hubiera sido arrancado.

—Esta mañana no estaba así —dijo Liz.

—Carter debe de haberlo arreglado. ¿Lo has dejado solo en algún momento?

—Sí, cuando he ido a recoger a los chicos del colegio. Los he ayudado con los deberes y nos hemos tomado un helado antes de llevarlos a casa de los padres de Keith.

La mayoría de los hombres se hubieran pavoneado de su acción. Pero Carter no.

—Carter es diferente —comentó Liz.

—Lo dices como si te gustara lo diferente... —le dijo Reenie mirándola con los ojos entrecerrados.

—No necesariamente —señaló Liz.

Pero en el fondo sí que le gustaba, incluso demasiado. Tenía muchas cosas que resolver, pero no estaba segura de poder evitar el ir más veces a la cabaña de Carter en las próximas semanas y meses. El viernes había sido tan satisfactorio...

Recordó las palabras de Carter: «Hay otra forma de verlo: aprovechar algo al máximo mientras dura».

Después de cenar, mientras Mica y Christopher jugaban juntos un rato, Liz se sentó frente al ordenador y se conectó a Internet. Mary Thornton le había dicho que le mandaría la información sobre el anuncio conjunto en el periódico y Dave también había comentado que le había enviado un par de mensajes.

Abrió uno de los mensajes de Dave, donde decía que la echaba de menos y le proponía que fuera a Los Ángeles en unas semanas. Liz se lo había planteado, pero seguramente estaría tan ocupada con la tienda que no tendría oportunidad de abandonarla.

En cierta forma le sorprendió que eso fuera un alivio en lugar de una decepción.

Liz no sabía cómo darle la noticia, así que decidió posponer la respuesta y abrió el siguiente mensaje de Dave.

Era un cuestionario personal, con preguntas tipo: «¿qué es lo que más admiras en el sexo opuesto?» o «¿con quién te gustaría estar en este preciso momento?».

Todas sus respuestas apuntaban hacia Carter, pero no podía contestarle eso a Dave.

—¿Qué te pasa, mamá? Tienes el ceño fruncido.

Liz apartó la vista de la pantalla y vio que sus dos hijos la estudiaban llenos de curiosidad.

—¿Estás triste porque el abuelo se ha marchado tan pronto?

Ellos no sabían lo que había sucedido con Gordon. Liz había preferido no contárselo, al menos hasta que fueran mayores. De todas formas, era casi un extraño para ellos.

—No, estaba concentrada. Pero no es nada importante —dijo ella y cerró la ventana del mensaje—. Vamos, es hora de acostarse.

Después de leer un rato con ellos y darles las buenas noches, Liz regresó al ordenador para responder a Dave y se dio cuenta de que había otro

mensaje sin abrir con el asunto: *La dama de Shalott*.
Lo leyó perpleja:

*¿Preferirías continuar a salvo en tu torre mientras la
vida pasa a tu lado y tú la observas a través de un espejo?*

No tenía firma, pero supo de quién era cuando
vio la dirección, *CHudson1973*. ¿Cómo había conseguido Carter su correo electrónico?

—Qué extraño —murmuró mientras consideraba
la pregunta de él.

Era evidente que él había leído el poema y había
interpretado correctamente por qué ella lo había
citado. La dama de Shalott arriesgaba todo por
amor y perdía. Liz temía ese riesgo, ¿pero quedarse
a salvo merecía la pena?

Se imaginó observando a la gente pasar desde
La Chocolatérie. ¿Estaba ella preparada para una
vida en solitario, una vida dedicada exclusivamente
a sus hijos y su trabajo? No. La dama de Shalott no
le recordaba tanto a sí misma como a Carter. Él era
quien mantenía a todo el mundo a distancia, quien
observaba la vida pasar junto a él. A ella le habían
partido el corazón, pero seguía deseando arriesgarlo
en otra aventura. Escribió su respuesta: *¿Estás seguro
de que soy yo quien está en la torre?*

Carter recibió el aviso de que tenía un mensaje
nuevo. Por fin Liz le había contestado. Abrió el
mensaje y lo leyó varias veces para comprender su
significado. Ella no sabía lo que decía... Él había vi-

vido con tanta intensidad que había sido incapaz de separar su trabajo de su vida privada. Se había jugado la vida, había conocido lo peor de la naturaleza humana y había destapado verdades que desilusionarían a la persona más idealista. Había seguido a un psicópata día y noche y había logrado meterlo en la cárcel. Y se había enamorado de la única víctima que había sobrevivido.

¿Para qué vivir la vida con tanta pasión, sacrificarse tanto, amar tan profundamente...? Enfadado, Carter cerró el mensaje. Pero segundos más tarde volvió a leer el poema de Tennyson y le llamó la atención una frase: *Estoy harta de sombras, dijo la dama de Shalott.*

Quizá Liz estaba en una posición en la que podía evitar las sombras, pero para él las sombras eran lo que hacían tolerable la vida.

Miró el sobre que le había llegado por mensajero... y de nuevo se negó a abrirlo.

Kristen y Randy Bellini seguían viviendo junto a la casa de Long Beach que Gordon había comprado con Chloe. Gordon lo sabía porque hacía unos meses se había encontrado con el hijo mayor de la pareja, que lo había puesto al día de la situación familiar.

Los Bellini parecían la pareja ideal... como si el pasado no les afectara. Incluso su casa seguía igual que siempre, aunque ya sus hijos habían crecido y se habían independizado.

Gordon detuvo el coche frente a la casa y la observó unos momentos. Llevaba dos días sin ducharse y había dormido apenas unas horas en un motel. Sabía que debía de tener un aspecto horrible, pero no le importaba. Después de que su relación con su esposa se tambaleara un poco, Randy había continuado su vida como si no hubiera hecho nada malo. Excepto que no había sido capaz de volver a mirar a Gordon a los ojos.

Gordon se cubrió la cara con las manos. Había combatido en Vietnam junto a Randy, ¿cómo podía su mejor amigo haberlo traicionado con la persona a la que él más había amado en su vida? Llevaba casi veinte años preguntándoselo. Después de que Kristen le contara la verdad, Gordon se había enfrentado a Randy, pero él se había negado a decir nada, tan solo había clavado la mirada en el suelo. Tal vez pasado el tiempo pudiera explicarle por qué había hecho lo que había hecho. Gordon ya no podía preguntárselo a Chloe.

Gordon se bajó del coche y se dirigió a la casa. Era casi medianoche, pero eso no iba a detenerlo. Despertaría a todo el barrio si era necesario.

Llamó a la puerta y esperó. Como nadie respondía, llamó más fuerte.

—¡Abrid! —gritó.

Después de unos minutos, Randy abrió la puerta con la cadenilla de seguridad puesta.

—¡Gordon! —dijo entrecerrando los ojos al verlo.

Gordon sonrió con amargura. Los años también se notaban en su amigo, pero seguía siendo guapo.

—Menudo saludo después de tanto tiempo, Randy.

—Es tarde. ¿Qué estás haciendo aquí?

—Sí que es tarde —dijo Gordon—. Dieciocho años tarde. Debería haberte pegado una paliza entonces, pero no lo hice. Acepté el cuchillo que me clavaste en la espalda y me alejé.

—Dejaste que la herida se infectara —replicó Randy.

—¿Y tú te hubieras tomado mejor la noticia?

Randy inclinó la cabeza avergonzado.

—Da igual, ya le he dicho a Liz que yo no soy su padre. Pensé que te gustaría saberlo.

Randy lo miró a los ojos.

—¿Se lo has dicho? —preguntó y sacudió la cabeza, entre incrédulo y furioso—. Eres un estúpido bastardo.

—Sí que soy un estúpido —le espetó Gordon—. Confié en ti, creí que eras mi amigo.

—Te quería como a un hermano —le aseguró Randy.

Gordon soltó una carcajada amarga.

—Pues lo demostraste de una forma bastante curiosa. Ojalá nunca te hubiera conocido —le dijo—. ¿Vas a dejarme aquí fuera toda la noche?

Randy dio un respingo como si Gordon lo hubiera abofeteado.

—Estás fuera de ti, Gordon. No quiero que entres en mi casa. Kristen está dormida y no es justo para ella que...

—¿Que no es justo para ella? ¿Y yo, viejo amigo? Creo que deberías recordar tus modales, o le diré a todo el vecindario que... —dijo girándose hacia fuera y elevando la voz—, ¡engañaste a tu esposa y te acostaste con la mía, tú fuiste el padre de mi única hija!. ¿Pueden creerlo?

Randy quitó la cadenilla de seguridad y abrió la puerta.

—Entra —le espetó.

Gordon soltó una risita mientras entraba en el vestíbulo, pero lo que sentía realmente era dolor e ira. Odiaba que Liz se pareciera tanto a aquel hombre.

—Randy, ¿qué ocurre? —preguntó Kristen asustada al final del pasillo y, cuando reconoció a Gordon, palideció.

—Ya me ocupo yo, cariño —le dijo Randy suavemente.

—Solo soy yo —dijo Gordon—. Me recuerdas, ¿verdad?

Ella lo miró durante unos instantes y desapareció.

—¿Se vuelve a dormir? —preguntó Gordon sorprendido—. Esa mujer tiene unos nervios de acero.

—Todo lo contrario —replicó Randy en voz baja—. Ella fue quien te lo dijo, ¿no? Y lo hizo sabiendo que arruinaría nuestra amistad. No ha vuelto a confiar en mí ni a amarme como antes.

—Qué pena me das —contestó Gordon.

—¿A qué has venido? —le preguntó Randy—. ¿A que me humille y te diga lo mal que me siento por lo que hice, que te ruegue que me perdones? ¿A decirme que acabas de destrozar a Liz?

—No, a decirte...

Gordon se detuvo, no podía continuar hablando. Intentó contener las lágrimas que le quemaban los ojos, tragó saliva y volvió a hablar.

—A decirte que, si ella te encuentra, la trates bien,

¿de acuerdo? Será mejor que tú le des lo que yo no he podido. Me lo debes, hijo de...

—¿Le has dicho que yo soy su padre? —lo interrumpió Randy.

—Aún no. Pero ella preguntará y lo averiguará algún día.

—Después de tanto tiempo y con todo lo que la quieres, ¿por qué le has fallado ahora? —le preguntó su amigo con lágrimas en los ojos.

—¿Y tú por qué te acostaste con mi mujer? —murmuró Gordon.

Las barreras que lo habían protegido hasta entonces estaban resquebrajándose, revelando su vulnerabilidad y su dolor. No le gustaba la sensación, pero no podía evitarla. Tenía que marcharse de allí antes de desmoronarse completamente. Se dio media vuelta y salió.

# XIV

—Has sabido algo de Gordon? —preguntó Isaac por teléfono.

Liz se sujetó el auricular con el hombro mientras continuaba removiendo un cuenco con chocolate líquido. El día anterior había terminado de amueblar la chocolatería y también había llenado la despensa. Lo único que le quedaba era preparar los bombones para la inauguración y el resto del fin de semana, y esa era la parte más divertida. Había tenido muchas dificultades, pero se había sobrepuesto a ellas.

—Puedes llamarlo «papá», Isaac. Es tu padre.

—Ya no. Él nos ha echado de su lado.

—Me ha echado a mí. Pero ahora que conozco el porqué, creo que puedo comprenderlo, hasta cierto punto...

—Pues yo sigo sin entenderlo. ¿Qué más da si no

eres su hija biológica? Eres su hija en el resto de aspectos importantes. O podrías serlo, si él hubiera tenido el valor de aceptar el reto.

—¿Alguna vez te has preguntado por qué mamá le fue infiel a papá?

—No quiero planteármelo —admitió Isaac—. También me molesta cómo la trató Gordon.

—Él solo reaccionó al dolor, igual que estás haciendo tú.

—¿Y a ti cómo te afecta él? —le preguntó su hermano irritado.

—Yo estoy entregándome a otros asuntos: mis hijos y la tienda —dijo ella y sonrió—. Abro este sábado, a ver qué tal.

—¿No has vuelto a tener más problemas de vandalismo?

—No. Estoy empezando a pensar que fueron algunos jóvenes enredando.

—Carter Hudson ha sido muy amable de ayudarte a terminarlo todo para poder abrir.

Liz se acordó del e-mail que le había mandado a Carter la noche anterior. ¿Lo habría leído?

—No sé qué hubiera hecho sin él.

—¿Cuál va a ser tu receta especial para la inauguración?

—Osos de canela recubiertos de chocolate. Espero que vengas a probarlos —dijo Liz.

—Allí estaré —le aseguró él—. Por cierto, los padres de Reenie te invitan a cenar mañana a su casa.

—Debería pasar algo de tiempo con mis hijos.

—¿No te ayudan en la tienda después del colegio?

—Sí, pero he estado tan ocupada con sacar adelante La Chocolatérie, que no he podido prestarles mucha atención.

—Las niñas esperaban que Mica y Christopher pasaran con ellas la noche.

—El fin de semana estuvieron con Keith —protestó Liz.

—Mañana es tu gran día, deja que nos ocupemos de ellos. Además, Monique los vigilará mientras nos vamos a cenar. Ya sabes que les cae muy bien —insistió Isaac.

—¿A qué hora hay que estar en casa de los Holbrook? ¿Y qué llevo?

—A las ocho. Y no lleves nada, con que vayas tú es más que suficiente.

Liz estaba muy estresada, pero necesitaba cenar de todas formas y no le iría mal un descanso de una hora o así.

—De acuerdo —dijo.

—Carter también va a ir —oyó que gritaba Reenie al otro lado—. Así que vístete sexy.

—¿Lo has oído? —le preguntó Isaac.

Liz dudó. ¿Debería jugar sobre seguro y no ir a la cena? Pero se acordó de la dama de Shalott. Debía enfrentarse a la tentación y vencerla.

—Lo he oído. Hasta mañana.

A Liz la habían sentado frente a Carter en casa de los Holbrook y tenía que controlarse para que no se le fueran los ojos todo el tiempo. Y eso que el tema de conversación era serio: estaban comentado una serie de violaciones a mujeres que habían ocurrido en Boise.

—No comprendo la compulsión de violar. Hay tantas formas no violentas de satisfacer el deseo sexual... —comentó Reenie.

—No tiene que ver con la satisfacción sexual, sino con la sensación de dominación y control —señaló Carter—. Muchos violadores están casados y podrían tener todo el sexo que quisieran.

—Ayer vi un documental en la televisión sobre un violador que había forzado al menos a quince mujeres, algunas de las cuales eran unas niñas —intervino Celeste—. Incluso intentó matar a una de ellas, pero la chica sobrevivió y salía contando su historia. Creo que fue muy valiente de contar lo que le había ocurrido.

—Me pregunto si después de eso será capaz de rehacer su vida —dijo Reenie.

Carter tenía la mirada perdida.

—El trauma permanecerá con ella para siempre —afirmó él—. Las cicatrices que deja ese tipo de violencia son muy profundas... Algunas mujeres nunca se recuperan.

—Hablas como si supieras mucho de crímenes violentos, Carter —comentó Celeste—. ¿Alguna vez has trabajado con víctimas de violación o algo parecido?

Carter la miró fijamente.

—Estuve casado con una.

De repente se hizo un silencio sepulcral. Liz tenía comida en la boca, pero no se veía capaz de tragársela.

—Cuando el congresista Ripley te recomendó, dijo que habías pasado un tiempo en la policía —comentó el senador—. Pero no me dio detalles.

Carter miró a Liz.

—Trabajé para el FBI.

—Siento lo de tu esposa —dijo Reenie y los demás murmuraron cosas por el estilo.

Todos menos Liz, que no podía articular palabra. ¿Era eso lo que Carter no quería contarle? ¿Y dónde estaba su mujer?

Carter continuó comiendo y los demás lo imitaron, conteniendo su curiosidad. Celeste intentó suavizar el ambiente.

—Lo siento mucho, Carter. No deberíamos haber sacado un tema tan desagradable durante la cena.

Carter le dirigió una de sus poco habituales sonrisas.

—No se preocupe.

Ella carraspeó y se giró hacia Liz.

—Hablemos de algo más alegre. ¿Qué tal va tu tienda?

Liz logró tragar el bocado con un poco de agua.

—Muy bien, gracias a Carter —dijo y supo que él la miraba—. Abriré mañana a las diez.

—Pues allí estaré, quiero ser una de tus primeras clientas —le anunció Celeste.

—Nosotros también iremos, con toda la familia —dijo Reenie.

—Me alegro —dijo Liz y miró a Carter—. ¿Y tú, Carter?

—Iré si puedo —contestó él vagamente.

Liz asintió y se puso en pie.

—Lamento marcharme tan pronto, pero tengo que terminar cosas en la tienda para mañana.

—Estás disculpada —dijo Celeste—. Y buena suerte.

Liz se marchó de allí pensando en lo que aún le quedaba por hacer antes de la inauguración, por un lado, y por otro en el pasado de Carter.

Liz acababa de colocar por octava vez el escaparate cuando oyó que llamaban a la puerta trasera. Miró el reloj, eran las once de la noche. Le sorprendía que alguien la visitara tan tarde, seguramente serían Reenie e Isaac para darle las buenas noches. Pero cuando abrió la puerta, se encontró con Carter.

—Has abierto la puerta sin preguntar antes quién llamaba —la regañó él—. La próxima vez, asegúrate de quién es antes de abrir.

Liz parpadeó sorprendida y quiso contestarle, pero sabía que lo decía con buena intención, y que su preocupación estaba basada en las experiencias de su pasado.

—Lo haré —le aseguró ella.

Carter se apoyó en el marco de la puerta y la observó atentamente.

—¿Has venido solo para ver si comprobaba quién llamaba a mi puerta? —preguntó Liz.

—Me has dicho que me pasara por la tienda. Y mañana esto estará lleno de gente. Así que he creído que ahora sería un momento mejor... para ofrecerte llevarte a casa.

Liz se pasó la mano por el pelo nerviosa.

–Tengo ahí mi coche y solo vivo a unas manzanas de aquí.

–No me refiero a tu casa, sino a la mía –aclaró él.

Liz sintió una oleada de deseo. Él estaba pidiéndole que se acostaran juntos de nuevo. Y los dos sabían que ella podía permitírselo, pues sus hijos dormían en casa de Isaac.

–Habíamos decidido no forzar nuestra suerte –señaló ella.

–Tú lo habías decidido –replicó él–. Yo estoy preparado para salir de la torre.

Se refería a la dama de Shalott. Liz se preguntó si su e-mail había provocado ese cambio de actitud en él.

–¿Qué me dices de nuestra promesa? ¿Lo de que cuando se acabe, se acabó?

Él se le acercó.

–¿Te parece que se ha acabado?

Ni mucho menos. Liz no podía mirarlo sin derretirse por dentro. Llevaba seis días agonizando al intentar pensar en él solo como un amigo... y soñando con él cada vez que cerraba los ojos.

–Alguien tiene que hacer el papel de Johnny Deep –dijo él acariciándole la mejilla con su aliento.

–¿Te refieres a *Chocolat*? ¿Cómo sabes el papel que tiene él si no has visto la película?

–La alquilé anoche. Y la vi dos veces.

–¿De veras? –preguntó Liz–. ¿Y te gustó?

–Me abrió el apetito... de ti –contestó él y, agarrándola por la cintura, la atrajo hacia sí.

Liz recordaba demasiado bien lo perfectamente que encajaban sus cuerpos. Fue ella quien lo besó primero y quien buscó su lengua con la suya mientras hundía sus manos en el pelo de él.

Él gimió y cerró la puerta. Liz no pudo contenerse y comenzó a quitarle la camisa.

—No tan rápido —murmuró él—. Quiero llevarte a casa y tratarte como debe ser.

Pero ella estaba demasiado encendida. Una vez que había logrado desinhibirse, debía conseguir lo que deseaba antes de recuperar el juicio.

—¿Tienes un preservativo? —murmuró.

—Sí —respondió Carter.

—Entonces hagámoslo aquí mismo —dijo ella bajándole la cremallera del pantalón.

Él no discutió. La apoyó en una mesa y le subió la falda hasta la cintura mientras observaba atentamente las emociones que reflejaba el rostro de ella.

—Tómame —susurró Liz cerrando los ojos y echando la cabeza hacia atrás.

Carter se puso el preservativo y regresó a los brazos de ella. La besó en el cuello mientras la penetraba.

—Eres perfecta —murmuró él y le besó los párpados, las mejillas, los senos.

Luego empezó a moverse y Liz sintió que el mundo giraba a su alrededor, cada vez más rápido. Justo cuando ella iba a gritar de placer supremo, Carter le tapó la boca con un beso, absorbiendo su gemido junto con las convulsiones de su cuerpo.

Unos momentos después, cuando Carter la tumbó en la mesa de nuevo, mientras los dos recuperaban el aliento, Liz le apartó el pelo de la frente. Seguramente era un gesto muy revelador y además, si él la miraba a los ojos, sabría lo que ella estaba sintiendo, algo demasiado poderoso para ignorarlo: estaba enamorándose de él.

A Carter no pareció importarle. Le acarició un seno con mucha delicadeza y sonrió travieso.

—Creo que ya podemos irnos —dijo y la ayudó a bajar de la mesa.

Liz jugueteó con el cabello de Carter, que estaba dormido apoyado en su hombro. Al llegar a la cabaña habían hecho el amor lenta y suavemente, algo completamente distinto a la frenética pasión que habían compartido momentos antes en La Chocolatérie... y que suponía un riesgo mucho mayor para seguir manteniendo sus barreras, pensó Liz.

Luego él había insistido en que durmieran para estar frescos el «gran día». Liz había logrado dormitar un par de horas, pero eran las tres de la madrugada y tenía la vista clavada en el techo, preguntándose dónde se había metido. Evidentemente, Carter esperaba que se vieran más a menudo a partir de aquello. ¿Cómo afectaría eso a su vida y a sus hijos?, se preguntó Liz. No quería que volvieran a verse envueltos en otro escándalo.

—¿Estás bien? —le preguntó él medio dormido.

Liz no sabía qué responder. ¿Cómo podía una mujer, y más aún una madre, encontrar el equilibrio entre vivir en una torre y abandonar todas las precauciones?

—Estoy nerviosa por la tienda —contestó ella.

—Todo va a ir bien —le aseguró él—. Y ahora que he visto la película, puedo hacer que el lugar se parezca aún más a la tienda de Vianne. Te encantará.

Liz sonrió. Quizá él necesitaba volver a cuidar de alguien.

—Te agradezco mucho todo lo que has hecho —le dijo ella.

—No hay de qué —murmuró él y volvió a dormirse.

Liz esperó hasta que estuvo segura de que él se había dormido y se levantó. Se puso una de las camisas de él y recorrió la cabaña intentando ordenar sus pensamientos. Se había enamorado de un hombre que vivía en una cabaña en mitad del bosque, llena de cajas sin desempaquetar, para poder marcharse en cuanto lo deseara. Eso no era una buena señal. Pero tal vez ella podría ayudarlo, tal vez podría cubrir el vacío que notaba dentro de él.

El despacho de Carter estaba al final del pasillo. Era la única habitación sin cajas de por medio y Liz se dirigió allí. Encendió el ordenador y comprobó su correo electrónico. Tenía un mensaje nuevo de Dave. Sintiéndose culpable, Liz lo abrió.

*¿Dónde te metes últimamente? Sé que estás ocupada, pero es como si hubieras desaparecido de la faz de la tierra. ¿Qué ocurre? ¿Sigues pensando en venir este verano, o voy yo para allá? Y de paso, ¿dónde está mi cuestionario?*

Liz abrió el mensaje con el cuestionario, pero todas las preguntas tenían una única respuesta: Carter. Tenía que decírselo a Dave, no podía continuar dándole esperanzas. Inspiró hondo.

*Siento haber estado tan desaparecida. Esto no es fácil de escribir... pero creo que debo ser franca contigo. He conocido a otra persona. No pretendía que esto sucediera. Y desde luego no quiero decepcionarte, pero siento que debía decírtelo antes de que viajaras hasta aquí. Has sido un amigo maravilloso este último año y medio, no sé qué habría hecho sin ti. Espero que sigamos siendo amigos. Siempre te recordaré con cariño. Te deseo toda la felicidad del mundo.*

*Con mucho cariño,*
*Liz*

Liz releyó el mensaje. Estaba cortando sus lazos con Dave. Carter ayudaría al senador en su campaña y luego se marcharía, pero ella debía ser justa.

Se obligó a enviar el mensaje y apagó el ordenador. Estaban cambiando tantas cosas que se sentía perdida.

Liz regresó al dormitorio de Carter y, al mirarlo iluminado por la luz de la luna, sonrió. Tal vez ella estaba cometiendo un error catastrófico, igual que la dama de Shalott. Pero era una forma maravillosa de equivocarse.

# XV

—¿Qué estás haciendo aquí? —preguntó Luanna sujetando la puerta con más fuerza que Randy cuando Gordon lo había visitado—. Si quieres entrar, tendrás que esperar a que Pete esté en casa.

Gordon miró a la mujer que todavía, técnicamente, era su esposa. Pete era su nuevo amante. Gordon sabía que la había sacado de la cama, estaba despeinada y con restos de maquillaje. Él tampoco debía de tener mejor aspecto. Llevaba varios días sin afeitarse y esa noche había dormido vestido. Pero su apariencia no le importaba tanto como otras veces.

Después de marcharse de casa de Randy, se había refugiado en un motel barato y se había emborrachado durante varios días. Pero esa mañana se había despertado con un tremendo dolor de cabeza, la boca seca y la determinación de cambiar su vida.

—No te preocupes, solo quiero recoger las cosas de Chloe del desván —anunció él.

—¡Las cosas de Chloe! —exclamó ella sorprendida.

—¿Qué problema hay? Estuve casado con ella, ¿lo recuerdas?

—¿Cómo iba a olvidarlo? —contraatacó Luanna—. Ella te fue infiel y yo fui quien tuvo que criar a la hija que resultó de aquello.

—Si fuera tú, no me enorgullecería de eso —comentó Gordon—. Hiciste una labor pésima.

Luanna abrió los ojos atónita.

—Pero ha salido una buena chica, ¿no?

—Comparada con tu hijo, sí.

—¡No te quejabas cuando era yo la que hacía todo el trabajo!

—Eso era cuando era capaz de ver algo bueno en ti.

Luanna lo miró boquiabierta. Unas semanas antes, cuando ella lo había echado de la casa, él se había desesperado intentando asumir la conmoción de que Luanna tenía un novio.

—Tú no eres mejor que yo —le espetó ella.

Gordon estaba de acuerdo en eso. Había querido culpar a Chloe y a Randy por lo que había sucedido dieciocho años atrás. Pero, entre las brumas del alcohol de los últimos días, también había tenido momentos de lucidez. Momentos en los que había recordado cómo flirteaba con su secretaria y la invitaba a comer en lugar de llevar a Chloe, cómo se volcaba en el trabajo para recibir el reconocimiento de los demás en lugar de pasar más tiempo con su esposa y su bebé Isaac... Él había dado por hecho que Chloe estaría siempre a su lado y no la había cuidado.

Eran recuerdos dolorosos, pero le demostraban que él también era responsable de lo que había sucedido, aunque quisiera convencerse de lo contrario. Era más fácil sentir pena de sí mismo y echar la culpa a otros que reconocer su responsabilidad en el vacío que había sentido Chloe en los comienzos de su matrimonio. Él había aprendido y mejorado como marido con los años. Para cuando Chloe había fallecido, tenían una relación bastante estrecha. Liz tenía catorce años entonces.

—Lo único que quiero son cinco minutos en el desván. Esta casa es mía, lo menos que puedes hacer es concederme esto.

Luanna dudó y luego se hizo a un lado.

—De acuerdo. Cinco minutos.

Él entró y subió al desván. En una esquina había varias cajas con el nombre de Chloe escrito en ellas. Las fue bajando una a una mientras Luanna lo observaba.

—¿Qué esperas encontrar? —le preguntó ella.

Gordon la estudió unos instantes.

—Las razones por las que me enamoré de ella.

—¿Y de mí? —preguntó Luanna suavemente.

A Gordon le pareció que la veía de verdad por vez primera.

—No sé por qué me enamoré de ti —dijo con franqueza y se marchó.

La Chocolatérie estaba abarrotada. Además del senador, Celeste, Isaac, Reenie, Jennifer, Ángela, Isabella, Mica y Christopher, medio pueblo estaba allí. Liz sonrió emocionada a Carter, que la había llevado muy temprano al pueblo y había pasado por la tienda de bricolaje para comprar lo necesario para realizar sus nuevas ideas. También le había comprado el desayuno y había insistido en que Liz se lo comiera.

—¿Tú has hecho todo esto, mamá? —preguntó Mica maravillada.

—Con la ayuda del señor Hudson —respondió Liz.

—Me encantan los gusanos de chocolate —dijo Christopher con restos de haberse comido más de uno.

Había bandejas con bombones de degustación por todas partes. Liz quería que sus amigos probaran todas sus creaciones. Mientras servía tazas de chocolate caliente y oía las expresiones de placer y los halagos, Liz supo que era uno de los mejores días de su vida.

Advirtió que Carter seguía cada uno de sus movimientos y se giró hacia él con una sonrisa. Sus miradas se encontraron. Seguro que él también estaba recordando lo que había sucedido la otra noche, o esa misma mañana en la ducha...

Liz rio y él le guiñó un ojo y le indicó que mirara hacia la puerta. Liz lo hizo y vio a Keith y a sus padres. Keith llevaba una docena de rosas rojas. Cuando él la vio, sonrió como si en los últimos días su relación hubiera sido perfecta y se acercó a ella.

—Enhorabuena —le dijo entregándole el ramo.

—Son preciosas —dijo Liz, le dio las gracias educadamente a Keith y se excusó con motivo de encontrarles un jarrón para zafarse de él y de sus padres.

—Has atraído a una multitud.

Liz se giró y vio a Mary.

—¿Quién está vigilando tu tienda? —le preguntó Liz.

—Mi madre. Nos va muy bien.

Si a Mary le fuera tan bien el negocio como decía, estaría solazándose en su éxito en lugar de inspeccionando a la competencia. Pero ese día Liz no quería enzarzarse en discusiones.

—Debe de haber sido ese anuncio en el periódico, ¿eh?

—Supongo que sí —dijo Mary observando atentamente las vitrinas llenas de bombones—. ¿Supiste quién te había arrancado el lavabo de la pared?

Liz no había vuelto a acordarse del acto vandálico desde que Carter lo reparara.

—No, ¿por qué?

—Anoche cuando estaba cerrando vi a alguien merodeando por el aparcamiento. Parecía estar acechando tu tienda.

¿Estaba Mary intentando aguarle la fiesta?

—¿Quién era?

—No lo reconocí. No parecía de por aquí. Llevaba ropas muy holgadas y una sudadera con capucha. Pensé en preguntarle cómo se llamaba, pero en cuanto me vio, se subió a su coche y se marchó.

—¿Qué coche tenía?

—Una vieja camioneta Toyota roja.

Eso no era una buena pista. Casi todo el mundo por la zona tenía camionetas y muchas eran Toyota.

—Gracias, estaré pendiente si veo algo sospechoso —le dijo Liz.

—Anoche volví a pasar en coche para asegurarme de que todo seguía en orden —continuó Mary.

A Liz comenzaron a temblarle las rodillas. Intentó que no se le notara en la voz.

—¿Y viste algo?

—El coche de Carter estaba junto al tuyo en el aparcamiento —respondió Mary y sonrió como si hubiera visto mucho más que eso.

—Carter me ha ayudado mucho —dijo Liz intentando despistarla.

Pero no lo consiguió.

—Ya me gustaría a mí que Carter me ayudara de vez en cuando —dijo Mary y soltó una carcajada.

Como Liz no se rio con ella, Mary dejó de reír y se despidió.

Liz la observó marcharse con inquietud. Seguramente aquella mujer los había visto besarse, o salir de la tienda con la ropa descolocada. En resumen, que Mary seguramente sabía que Carter y ella tenían algo más en común que la chocolatería, lo que significaría que en breve lo sabría todo el pueblo.

—¿Qué ocurre? —le preguntó su exsuegra acercándose a ella.

Liz terminó de colocar las rosas en el jarrón.

—Mary vio a alguien anoche merodeando en el aparcamiento.

—¿Y por qué iba alguien a merodear en el aparcamiento de una tienda que ni siquiera ha abierto?

—Eso me gustaría saber a mí —respondió Liz.

Gordon se sentó en la cama de su habitación de motel barato y abrió la primera caja de pertenencias de Chloe. Sintió una resistencia inicial, pero no iba a arrinconar a Chloe en un rincón de su mente igual que había hecho con sus cosas en un rincón del desván.

Gordon se había duchado y afeitado, pero seguía saliéndole el alcohol por los poros de la piel, cosa que lo enfureció. ¿Cómo había podido caer tan bajo, hasta el punto de hacer daño a Liz y a Isaac, hasta el punto de decir algo que nunca podría retirar?

Cerró los ojos unos instantes y sacó el libro de recortes que Chloe le había regalado antes de que se casaran. Contenía fotos de los dos con dieciocho, diecinueve y veinte años, de Kristen y Randy, de la tarta que Chloe le había hecho para su cumpleaños... Ella estaba tan hermosa en las fotos que lo dejó sin aliento.

Tocó las fotos como si así la acariciara a ella. Cómo la echaba de menos. Lo inundó una nostalgia tan intensa que tuvo que cerrar el libro.

Chloe y él habían comenzado bien. Estaban enamorados, eran optimistas y tenían intención de fundar una familia. A él le había encantado tener un hijo, recordó Gordon, pero no estaba preparado para el cambio que supuso en sus vidas. Habían tenido que atravesar medio país y alejarse de sus familias para que él siguiera con sus estudios universitarios. Había sido un embarazo difícil y Chloe había tenido que permanecer en cama gran parte del tiempo. Y para empeorar las cosas, eran tremendamente pobres.

Ella nunca se había quejado; ojalá lo hubiera hecho. A Gordon se le encogió el estómago al pensar en que no le había dado ni la mitad de lo que ella necesitaba. Él era demasiado joven y estúpido,

estaba demasiado preocupado con sus propias necesidades para amarla como ella se merecía.

Chloe era mucho más mujer que Luanna y él
siempre lo había sabido, a pesar del episodio con
Randy. Gordon no había querido enfrentarse al
dolor que le provocaba pensar en ello.

Pero ya no podía seguir camuflando la verdad:
él había fallado a Chloe mucho más de lo que ella
le había fallado a él. Liz era la única inocente en
aquel asunto y, tal y como Isaac le había reprochado,
él no había hecho nada para protegerla de la crueldad de Luanna.

En el álbum había una tarjeta de felicitación de
su aniversario de boda. La había escrito Chloe:

*Sé que no somos perfectos, Gordon. Sé que nuestro
matrimonio necesita un poco más de esfuerzo por nuestra
parte. Pero te amo. Y porque te amo, te prometo que nunca
me rendiré.*

El fin de semana pasó volando para Liz. Tuvo a
los niños todo el tiempo con ella y se sorprendió
de lo bien que trataban a los clientes. Turistas del
rancho Running Y entraron en riadas a su tienda y
compraron tantas cosas que Liz tuvo que quedarse
hasta muy tarde cada noche para asegurarse de que
había suficientes suministros para el fin de semana.

El domingo, Keith se llevó a los niños a casa a
que pasaran la noche allí y así Liz pudiera trabajar a
gusto. Y ella, cuando terminó en la tienda, se fue a
casa de Carter. Sabía que no era lo más prudente,

pero no podía detenerse. Por un lado, no quería hablar con Dave porque no sabía cómo explicarle lo rápida y profundamente que se había enamorado de Carter. Por otro lado, no quería perder la oportunidad de estar con él. Carter se marcharía pronto.

A las ocho de la tarde del domingo, Liz estaba contenta pero exhausta. Los últimos tres días habían sido mucho mejores de lo que había esperado. Estaba deseando cerrar y marcharse a casa con sus hijos, pero Mica había creado su propio dulce, un fruto seco cubierto de chocolate y caramelo, y quería que su padre lo probara.

—Hoy eres el tema del día en el pueblo —le comentó Keith.

Liz sonrió.

—Creo que a todo el mundo le han gustado mis bombones.

—A todos menos a Mary. Oí que le decía a alguien que tus bombones no son mejores que los que ella tiene en su tienda.

Liz casi agradeció que eso fuera todo lo que decía Mary de ella.

—Supongo que no se puede gustar a todo el mundo —dijo.

—Carter ha pasado mucho tiempo aquí este fin de semana —señaló Keith—. ¿Él te gusta?

—Ahora no es el momento de hablar de eso —respondió Liz señalando a sus hijos con la cabeza.

La puerta trasera se abrió y Liz sintió un gran alivio. Creyó que sería Mary proponiéndole poner otro anuncio en el periódico, pero no era ella. Era Carter. Se detuvo en seco cuando todo el mundo se giró para mirarlo. Estaba tan sorprendido de ver a Keith allí como Keith de verlo a él.

El resentimiento en la expresión de Keith hubiera intimidado al más valiente, pero afortunadamente Carter no pareció inmutarse. Cruzó la habitación y besó a Liz en la sien, como habría hecho si ellos dos estuvieran a solas.

—Te he traído fresas —dijo.

Liz había vendido todas las fresas recubiertas de chocolate antes del mediodía, y la frutería del pueblo no vendía el tipo de fresas que ella necesitaba.

—¿Tienen pedúnculo? —preguntó ella intentando ignorar la tensión entre Carter y Keith.

—He ido a Boise —respondió Carter—. También te he traído algunas cosas más que he comprado a granel: azúcar, harina, y azúcar glas.

—¿Eres el novio de mamá? —preguntó Mica estudiándolo detenidamente.

Eso llamó la atención de Christopher, que dejó de pasearse por la tienda y miró a su hermana con el ceño fruncido.

—Las mamás no tienen novios —dijo el pequeño.

—Sí que tienen —replicó Mica—. La mamá de Ángela se casó con el tío Isaac. Mamá también podría casarse otra vez, tonto.

—¿Con papá? —preguntó Chris confuso.

—No tenéis que preocuparos por eso —les aseguró Liz—. Mamá no va a casarse. Mamá está demasiado ocupada con su nueva tienda.

Keith no pareció contento con aquellas palabras.

—Tal vez ahora te parezca un hombre maravilloso, pero apenas lo conoces. Y todo el mundo tiene sus problemas —dijo y se puso en pie—. Quizá cuando él se marche y te deje, entonces puedas perdonarme.

Salió de la tienda sin decir nada más. Mica y Christopher miraron inseguros a Liz. Carter observó marcharse a Keith con expresión impenetrable.

—Papá no es feliz —dijo Chris con tristeza.

—Papá no tiene derecho a enfadarse —le explicó Mica a su hermano.

Cuando habían llegado a Dundee, Mica se había enfadado mucho con su padre al saber lo que había hecho, pero esa vez no habló enfadada, simplemente expresó la realidad.

—Hoy es un día de celebración —les recordó Liz intentando recuperar el ánimo festivo.

—¿Entonces puedo tomar otra taza de mantequilla de cacahuete caliente? —preguntó Christopher.

—No sé... —dijo Liz.

No quería que sus hijos se excedieran porque ella tuviera una tienda de dulces, pero...

—Esas tazas son muy grandes —intervino Carter—. Podríamos compartir una.

Liz no esperaba que Carter se pusiera del lado de su hijo, pero cuando Chris se acercó a su nuevo aliado, ella accedió a la petición.

—De acuerdo.

A Christopher se le iluminó la cara, gritó «gracias» a Carter, y Mica y él corrieron al mostrador.

—Keith tiene razón, todos tenemos nuestros problemas —le dijo Carter a Liz.

Liz lo sabía. Y también sabía que Carter tenía más problemas que los demás.

# XVI

Después de pasarse tres días en la tienda y sus tres noches en la cabaña de Carter, Liz se sentía extraña en su casa. Los asuntos desagradables que había arrinconado en el fondo de su mente resurgieron: la marcha de su padre y lo que le había dicho, imágenes de su madre y de cómo sería a los treinta y un años, la edad en que se había quedado embarazada de ella.

Liz acostó a sus hijos y se sentó frente al ordenador. Se sentía obligada a comprobar su correo electrónico por si Dave le había respondido a su último mensaje.

En efecto, Dave había respondido, de hecho había escrito tres mensajes. También había uno de Carter y lo abrió primero: *Qué soledad esta noche en la torre.*

Liz sonrió, hacía referencia al poema de Tennyson. *«La maldición cae sobre mí»*, pensó ella recordando el poema. La forma brusca en la que Keith había abandonado su tienda y la confusión posterior en el rostro de Christopher demostraban que verse con Carter ya le estaba complicando la vida, pensó.

¿Debía decirle que no quería seguir viéndolo? ¿O debía admitirle que aún podía olerlo en su piel, sentirlo junto a su cuerpo, que sonreía al recordar su sonrisa? «Nada de eso», se dijo. Sabía que se desmoronaría y volvería a los brazos de él, así que era inútil decirle que aquello se había terminado. No quería que él supiera el poder que ejercía sobre ella. Volvió a leer *La dama de Shalott* y respondió a Carter: *La corriente condujo muy lejos a la dama de Shalott.*

Envió el mensaje, respiró hondo y se dedicó al resto de correos. Empezó abriendo el primer mensaje de Dave: *¿Estás bromeando, no? Tiene que ser una broma…*

Pero debía de habérselo tomado en serio porque había enviado otro mensaje: *Es mi edad, ¿verdad? Nunca le has dado una oportunidad a nuestra relación.*

La diferencia de edad le importaba a Liz, pero era la menor de sus preocupaciones. Lo que la sorprendía era que respecto a Carter también tenía sus dudas y sin embargo había pasado las tres últimas noches haciéndole el amor hasta que los dos habían quedado exhaustos. El tercer mensaje de Dave era más largo:

*Quiero hablar contigo antes de que te decidas irremisiblemente, ¿de acuerdo? No soy el mismo hombre al que conociste cuando estabas aquí en California, deberías haberte dado cuenta ya. Hemos hablado por teléfono y nos hemos escrito durante más de año y medio. Es tiempo suficiente para conocer a alguien, para crear una base fuerte para una relación permanente.*

*Desde tu último mensaje no he sido capaz de pensar*

*en otra cosa. Quizá haya sido un poco lento en darme cuenta, pero te amo, Liz. Si has hecho esto para saber si me importas, ya ves que sí.*

Liz parpadeó y releyó el mensaje esperando encontrar alguna referencia a que era broma, pero no había más frases ni más mensajes. Parecía que Dave hablaba en serio. ¿Cómo podía contestarle? Ella le tenía mucho cariño, pero no estaba enamorada de él; conocer a Carter la había ayudado a aclararse en ese sentido. Escribió su respuesta.

*Tal vez sea un error cortar contigo. Eres un buen partido y siempre tendrás un lugar en mi corazón. Pero mi vida va en otra dirección. No volveré a Los Ángeles en años, si es que alguna vez regreso, y tú no quieres vivir en un pequeño pueblo de Idaho. ¿Qué oportunidades tenemos?*

Era más de lo mismo, pero Liz envió el mensaje de todas formas y luego comprobó si había recibido algún correo nuevo. Para su sorpresa, Carter le había contestado: *Puedo salvarte.*

Liz soltó una risita y se frotó los ojos. Ojalá alguien la salvara, pero de ella misma.

Un mensaje instantáneo apareció en su pantalla.

*CHudson1973: He comprado las velas que te gustan, de vainilla.*

Liz sonrió ampliamente. Era Carter.

*Luvs Chocolat: Apuesto a que huelen muy bien.*

*CHudson1973: No tanto como tú.*

*Luvs Chocolat: Solo intentas meterme en tu cama de nuevo.*

*CHudson1973: ¿Y funciona?*

*Luvs Chocolat: Me lo estoy pensando.*

*CHudson1973: ¿Y no podrías pensártelo aquí? Me gustaría que vieras mi casa, he desempaquetado algunas cajas.*

*Luvs Chocolat: Eso sí que son buenas noticias.*

*CHudson1973: He pensado que voy a estar por aquí un tiempo, unos meses, así que es mejor que me ponga cómodo.*

*Luvs Chocolat: ¿Eso es otra estratagema para que me acueste contigo?*

*CHudson1973: Debo de ser más transparente de lo que yo pensaba.*

No exactamente. Ella apenas sabía nada de él, pensó Liz, pero él parecía a gusto así.

*Luvs Chocolat: Tal vez no seas el hombre más fácil de comprender del mundo, pero eres bueno, eso sí debo reconocértelo.*

*CHudson1973: ¿Bueno en qué sentido?*

*Luvs Chocolat: ¿Buscas que te halague?*

*CHudson1973: Esperaba que me dijeras algo muy caliente.*

*Luvs Chocolat: ¿Bromeas? Sé adónde nos conduciría eso. Por cierto, gracias por todo lo que compraste hoy, ¿cuánto te debo?*

*CHudson1973: ¿Te incomoda la conversación?*

*Luvs Chocolat: Me incomoda lo que la conversación me hace sentir.*

*CHudson1973: ¿Y si yo siento lo mismo?*
*Luvs Chocolat: Tenemos que tener en cuenta más cosas.*
*CHudson1973: Podría ir a tu casa.*
*Luvs Chocolat: No quiero que Mica o Christopher se levanten y se encuentren a un hombre en la casa.*

Hubo una pausa.

*CHudson1973: De acuerdo.*
*Luvs Chocolat: No me has dicho qué te debo de las compras de hoy.*
*CHudson1973: Una cena, mañana por la noche.*
*Luvs Chocolat: Tengo que trabajar.*
*CHudson1973: También tienes que comer. Cierra durante una hora. Quiero estar contigo.*
*Luvs Chocolat: ¿Te refieres a que quieres verme?*
*CHudson1973: A las dos cosas.*

Él parecía tan interesado en continuar su relación como ella. ¿Podía ser cierto?

*Luvs Chocolat: Carter… No creo que debamos involucrarnos mucho mutuamente.*
*CHudson1973: Ya estamos involucrados.*

Liz suspiró con la vista clavada en la pantalla. Ella nunca se había visto envuelta en un romance apasionado como aquel. La asustaba y le encantaba a la vez. Cada vez que había ido a su casa el fin de semana, se había dicho que tan solo se trataba de tres días. Pero la realidad era que no se cansaba de él, que quería más. Estaba planteándose incluso que él fuera a visitarla esa misma noche, cosa que la hizo darse cuenta de que debía cortar aquella conversación.

*Luvs Chocolat: Estoy agotada. ¿Hablamos mañana?*
*CHudson1973: Antes de que te vayas, ¿has sabido algo de Dave?*
*Luvs Chocolat: ¿Recuerdas su nombre?*
*CHudson1973: Recuerdo que quiere tener una relación seria contigo.*
*Luvs Chocolat: He cortado mi relación con él.*
*CHudson1973: ¿Y cómo se ha tomado la noticia?*
*Luvs Chocolat: Me ha dicho que me ama.*

Hubo una larga pausa.

*CHudson11973: Menuda sorpresa. Lo último que yo había oído era que te llamaba de vez en cuando.*
*Luvs Chocolat: Para mí también ha sido una sorpresa.*
*CHudson1973: ¿Así que tengo algo de competencia?*
*Luvs Chocolat: ¿Lo dices en serio? ¿Te molesta que Dave me llame?*
*CHudson1973: ¿Tú qué crees?*
*Luvs Chocolat: No tienes de qué preocuparte. Si Dave es listo, esperará hasta que tú te vayas. Ganará por falta de adversario.*

Hubo una pausa aún más larga. Pero eso era cierto, si Dave estaba realmente interesado en ella, solo tenía que esperar unos meses. Liz volvería a estar libre entonces.

*Luvs Chocolat: ¿Hola?*

*CHudson1973: No te entretengo más. Keith no ha vuelto a molestarte desde que se marchó de la tienda, ¿verdad?*

*Luvs Chocolat: No he vuelto a saber de él, ¿por qué?*
*CHudson1973: Solo comprobaba.*

Carter deambuló por su cabaña pensando en Liz después de su conversación por chat. Estaba usándola como una distracción, se dio cuenta. Cuando recordaba sus piernas, su piel, su boca, no pensaba en Laurel, ni en el hombre que la había torturado y violado antes de que él la rescatara de aquella habitación de hotel, ni en el paquete de Johnson que seguía sin abrir encima de la mesa. Carter podía fingir que no existía nada aparte de Dundee, cuyo acontecimiento del día había sido la inauguración de La Chocolatérie.

Carter no tenía una vida muy emocionante, pero le gustaba aquello. Le gustaba lo que había hecho en la tienda. Era algo bueno y él había ayudado a crearlo. Además había hecho feliz a Liz, ella no había dejado de sonreír en todo el fin de semana.

Él necesitaba gente positiva como ella en su vida.

Quizá debería regresar a la construcción, después de todo. Pero para comenzar un negocio así debería establecerse en algún lugar. Incluso si construía casas y no lograba venderlas, podía alquilarlas, y eso requería dedicación y mantenimiento. Podía contratar a alguien para que lo hiciera, pero si tenía casas allí, ya estaría atado a aquel lugar. Y él necesitaba ser libre para poder huir de los fantasmas que lo perseguían. De momento Dundee era un buen lugar para él, pero los fantasmas también lo encontrarían allí, siempre lo encontraban.

Deshizo las cajas que había vaciado y las dejó junto a la puerta para tirarlas por la mañana. Por lo menos le importaba el aspecto del lugar donde vivía, pero solo porque quería que Liz se sintiera cómoda cuando fuera allí.

Carter se preguntó si ella pasaría el fin de semana con él. Tendría a los niños con ella, lo cual no era muy prometedor. A él le caían bien, le parecían buenos chicos. Pero no parecía que Liz quisiera que lo conocieran. Carter podía comprenderlo, hasta cierto punto, pero eso no hacía más fácil la relación con ella.

Sonó su teléfono móvil, que estaba en el despacho. ¿Quién lo llamaría tan tarde? Comprobó el número y sonrió.

—Mamá, son las dos y media de la madrugada, ¿qué haces levantada tan tarde? —saludó.

—Aquí son las cuatro y media, me he levantado temprano —dijo ella—. La lluvia me ha despertado y no he podido volver a dormirme.

—¿Qué ocurre?

—He estado fuera un par de días con Suzanne, la amiga que conocí en el anticuario. Y cuando llegué anoche a casa, había varios mensajes para ti en el contestador automático de un tal agente especial Johnson.

Carter miró el sobre que estaba en su escritorio. Había estado a punto de tirarlo a la basura, pero su innato sentido de la responsabilidad le había impedido hacerlo cada vez que lo había pensado.

A Carter no le hizo gracia que Johnson hubiera telefoneado a su madre.

—¿Y qué dice?

—Dice que no contestas al móvil. Quería saber si yo tenía otra forma de contactar contigo.

—Pero qué hijo de... Él sabía que a ti sí te respondería si me llamabas por teléfono y que me dirías que me está buscando.

—¿No quieres hablar con él?

Carter se hundió en su silla, sintiéndose enormemente agotado.

—No.

—¿Qué es lo que quiere de ti? —preguntó su madre.

—Charles Hooper dice que quiere hablar.

Hubo un silencio.

—¿Sobre lo que le hizo a Laurel? —inquirió su madre al fin.

—No. Sabe que eso no me interesa. Ya está encarcelado por lo que le hizo a Laurel.

Carter se preguntó si se había equivocado presionando a Laurel para que testificara. ¿Había contribuido eso a que ella perdiera las ganas de seguir viviendo? Él había estado tan seguro de que podía ayudarla, de que una vez casados él sería capaz de hacerle olvidar la violencia que los había unido...

—Johnson cree que hay más... cadáveres —añadió él—. Hooper es un hijo de perra.

—¿Y qué quiere contarte, lo que les hizo, dónde están sus cuerpos?

—Eso es lo que le ha dicho a Johnson, pero yo creo que quiere fastidiarme un poco. Debe de haberse enterado del suicidio de Laurel, por eso quiere hablar conmigo. Quiere restregarme en las narices que ella está muerta, que por mucho que yo hice, vivo una cadena perpetua igual que él.

Hubo otro largo silencio y luego su madre suspiró.

—Si Hooper va a hablar, podrías cerrar algún caso sin resolver y permitir que las familias de esas mujeres obtuvieran algo de paz —dijo ella.

Carter no dijo nada, pero sabía que era cierto. Las familias sufrían hasta que sabían qué había sido de sus familiares. Cuando averiguaban que habían fallecido también sufrían, pero al menos lo sabían y podían despedirlo adecuadamente. Nada era peor que no saber dónde estaba la persona amada.

—Ya ves, Hooper no es el único hábil manipulando a la gente. Mira a Johnson —dijo él, se despidió y colgó.

Johnson seguía viviendo dedicado a su trabajo, implacable y hasta cierto punto imperturbable. Él nunca había permitido que la maldad con la que trabajaba formara parte de su vida.

Carter observó el paquete unos instantes. Lo abrió. Contenía tres fotografías de tres mujeres con la fecha y el lugar en el que habían desaparecido escritos por detrás.

# XVII

Gordon miró la tarjeta de Chloe, que había guardado en el parasol del coche. En los últimos días había revisado los diarios y pertenencias de ella, pero nada lo había impactado tanto como el mensaje escrito en esa tarjeta.

A su alrededor cambió el paisaje, pero él no se dio cuenta, estaba demasiado ocupado preguntándose si ella le habría desvelado alguna vez la verdad. Conociéndola, a Chloe debía de haberle costado mucho mantener el secreto. Pero lo había hecho por el bien de su hija. Seguramente temía que él se comportara precisamente como lo había hecho.

A Gordon se le encogió el corazón al recordar la expresión de dolor de Liz en la pista de tenis. Sus rasgos eran iguales a los de Randy, pero él la quería de todas formas. Eso era lo que había aprendido después de todo aquello: la quería y deseaba que fuera su hija de nuevo, aunque cada vez que la viera le recordara su dolor.

Se concentró en la carretera. Dentro de una hora y media estaría en Dundee.

Agarró la tarjeta de Chloe. *No me rendiré*, había escrito ella. «Yo tampoco me rendiré», prometió él guardando de nuevo la tarjeta en el parasol. «Arreglaré las cosas con Liz aunque me lleve el resto de mi vida, Chloe. Te lo prometo».

Carter acababa de reservar por teléfono su billete para Nueva York cuando le sonó el teléfono. Seguramente sería su madre que, aunque no lo decía directamente, creía que él debía hablar con Johnson. Carter también lo creía. Por eso iba a viajar a Nueva York.

Pero no era su madre, sino la hija del senador Holbrook, Reenie.

—Carter, me alegro de encontrarte —dijo ella con voz temblorosa.

—¿Ha ocurrido algo? —preguntó él preocupado.

—Es Liz. Alguien entró anoche en La Chocolatérie cuando ella se marchó a casa y destrozó el lugar.

—¿Cómo? ¿Alguien vio algo esta vez?

Carter recordó a Keith saliendo furioso de la tienda.

—No, que nosotros sepamos. Las estanterías están arrancadas, el lavabo también, el suelo y las paredes están pintados con spray. Por no hablar de la comida, que está toda echada a perder.

Carter se frotó las sienes mientras intentaba asumir que aquello había sucedido realmente, y en un pueblo tan tranquilo como Dundee.

—¿Liz está bien?

—Ha sido un duro golpe para ella.

Carter se pasó una mano por el pelo y respiró hondo. Los daños materiales no eran importantes, se podían reparar, pero los otros daños... Detuvo sus pensamientos antes de que fueran demasiado lejos.

—¿Habéis avisado a la policía?

—Lo he intentado. El agente Orton debería estar de servicio, pero ni siquiera estaba despierto cuando lo he llamado. Vendrá en cuanto esté presentable.

—¿Quién ha descubierto el destrozo?

—Mi padre iba a desayunar a la cafetería de Jerry cuando ha visto la puerta de La Chocolatérie abierta y se ha acercado a comprobar qué ocurría. Cuando ha visto lo que había pasado, ha avisado a Liz. También nos ha llamado a Isaac y a mí, cosa de la que me alegro.

—¿Y cómo esta Liz ahora?

—Está de pie en mitad de todo, observándolo como si todos sus sueños y sus esperanzas estuvieran esparcidas por el suelo. Este lugar significa mucho para ella.

Carter maldijo en voz baja. Quien hubiera hecho eso tendría su merecido. Quizá Hooper había reído el último con Laurel. Quizá la violencia y la maldad habían ganado antes. Pero solo porque Laurel había dejado de pelear.

Tal vez el vandalismo en la tienda era algo insignificante respecto a la batalla que él había librado por Laurel, pero esa vez necesitaba ganar.

—Ahora mismo voy.

Liz no lograba asumir que ese día no iba a poder abrir la tienda. Sus ojos se pasearon de nuevo por la pintada de la pared: *Vete a casa, zorra*. Lo leía y no podía creérselo. ¿Quién haría algo tan mezquino? ¿Quién la odiaba tanto que le haría daño tan cruelmente?

Menos mal que había dejado a Mica y a Christopher en casa de su abuela antes de ir a la tienda para que ella los llevara al colegio. Liz no hubiera podido manejar sus preguntas ni su decepción. No podía manejar ni la suya propia. Se sentía como cuando su padre le había dicho que no era su padre: medio atontada, como si todo aquello no fuera real y en cualquier momento alguien fuera a decir de pronto que era broma.

Pero nadie lo decía.

Liz observó al senador Holbrook, a Isaac y a Reenie recogiendo el lugar. Había sido una locura quedarse en Dundee. Debería haber regresado a Los Ángeles y reconstruir ahí su vida. Pero había empezado a sentirse a salvo en Dundee, parte de su comunidad.

Hasta ese momento.

—Como haya sido Keith, voy a darle una paliza que se va a enterar —oyó que Isaac le decía a Reenie en voz baja.

—Y yo te ayudaré —le contestó Reenie.

Liz hizo como que no los oía. Ella se había ido a vivir a Dundee para que Keith pudiera estar cerca de tus hijos. Sabía que él se había marchado enfadado la noche anterior pero ¿sería capaz de hacerle aquello?

La puerta trasera se abrió bruscamente. Sobresaltada, Liz se giró y vio a Carter entrando a grandes zancadas. Tenía la mandíbula apretada y los ojos le echaban chispas. Echó un vistazo a los daños, deteniéndose unos instantes en las palabras de la pared. Liz se dio cuenta de que estaba así de furioso por lo que le había sucedido a ella y comenzó a llorar sin poder detenerse.

Carter la vio y su expresión se suavizó. Se acercó a ella y la abrazó. Isaac y Reenie los miraron, pero a Liz no le importó lo que pensaran. Sus hijos no estaban por allí, así que podía permitirse mostrarse cariñosa con Carter. En aquel momento, él le era tan necesario como el aire que respiraba.

—No te preocupes —le dijo él apartándole el cabello del rostro y haciendo que lo mirara—. Lo arreglaré todo, ¿de acuerdo? Tengo que irme a Nueva York unos días, pero arreglaré esto en cuanto regrese, te lo prometo.

Carter se apoyó contra la pared trasera de la tienda de Mary Thornton. En menos de una hora tenía que subirse al avión, Johnson lo esperaba en Nueva York. Pero eran casi las nueve de la mañana, Mary tenía que abrir su tienda en cualquier momento y quería hablar con ella.

No creía que ella lo hubiera hecho, a Mary le

preocupaba demasiado su reputación como para arriesgarse a mancharla con algo así. Pero él podía estar equivocado. Ya se había equivocado en otra ocasión y eso había supuesto que Laurel pasara un día más en aquel hotel con Hooper. Tal vez ese día extra había sido el que le había dejado las cicatrices más profundas. Por eso quería hablar con Mary, por si él estaba cegándose con Keith. Aunque después de la forma en la que Keith se había marchado de la tienda la noche anterior, era difícil no culparlo.

Reenie había encontrado sustituta para ese día en el colegio e iba a quedarse a ayudar a Liz a recoger aquello y Carter se alegraba de que Liz tuviera apoyo ya que él tenía que irse fuera.

Mary llegó por fin. Aparcó su coche en la aparcamiento y se acercó a su local.

—La tienda de Liz es aquella, por si no se ha dado cuenta —le dijo a Carter señalando la chocolatería—. ¿O acaso ha decidido ser amigable con algunos de los demás?

—No vengo con espíritu amigable —dijo él—. Quiero hacerle varias preguntas. ¿Dónde estuvo anoche?

Mary frunció el ceño levemente.

—¿Por qué quiere saberlo? —preguntó y metió la llave en la cerradura del local.

—Alguien entró en la tienda de Liz anoche y ha destrozado el lugar.

Mary se detuvo unos instantes, pero luego abrió la puerta, entró y encendió las luces.

—De acuerdo, estuve con Lou Masters —confesó.

—¿Qué estuvieron haciendo?

—¿Cuántos detalles desea? —preguntó ella con una sonrisa insinuante.

—Me vale que me diga si él la apoyaría en esa declaración.

—¿Declaración? ¿Ahora trabaja para la policía o algo parecido?

—No, pero si no quiere hablar conmigo, puede hacerlo con ellos. Llegarán enseguida.

Mary lo miró con arrogancia.

—No intente fastidiarme. Podría decirle que se fuera al diablo, estoy en mi derecho.

—¿Y lo va a hacer? —preguntó él.

—Se lo merece... por ignorarme —dijo ella haciendo un mohín—. Podríamos hablar de esto esta noche, cenando.

—Me voy fuera del pueblo.

—¿Alguien acaba de destrozar la tienda de Liz y usted se marcha?

—¿Sabe quién puede estar detrás de este acto vandálico? —preguntó él.

Mary se dirigió a la caja registradora y empezó a llenar el cajón.

—No tengo ni idea, a menos que sea el tipo que vi. Estaba en el aparcamiento, observando la chocolatería. Lo vi cuando cerraba mi tienda. Se lo comenté a Liz el día de la inauguración.

¿Por qué Liz no le había dicho nada?, se preguntó Carter.

—¿Quién era?

—No lo vi bien, estaba oscuro, pero si hubiera sido de por aquí creo que lo hubiera reconocido. Pero no me era familiar.

Lo que significaba que aquel hombre debía de ser un turista o alguien de algún pueblo vecino. ¿Por qué iba alguien que no era de Dundee querer hacer daño a Liz? Después de dos actos vandálicos a su tienda, era evidente que no era un hecho casual.

—¿Puede describírmelo? —le pidió Carter.

—Era alto y llevaba una ropa muy holgada y una sudadera con la capucha puesta. No sabría darle más datos sobre él. Estaba apoyado en su camioneta y bebía algo que me pareció cerveza.

—¿Qué camioneta era?

—Ya se lo dije a Liz, una Toyota roja. No era muy nueva y le faltaba el parachoques trasero.

—¿Pudo ver la matrícula?

—Caray, ¿ha sido usted policía o algo así? —protestó ella.

—Algo así. ¿Consiguió ver la matrícula? —insistió Carter.

—No, era matrícula de Idaho, de las antiguas, pero no vi el número.

—¿Qué más recuerda? ¿Fumaba, mascaba tabaco, escuchaba música?

—No, pero como decía creo que tenía una botella de cerveza en la mano. Cuando salí de mi tienda, él tiró la botella en el contenedor de escombros, se subió a su camioneta y se marchó.

Así que al extraño no le gustaba que lo vieran... ¿Qué conexión existía entre él y Liz?

—¿Se le ocurre alguien que podría querer hacerle esto a Liz? ¿Ha oído algún rumor últimamente?

—He oído que se acuesta con usted —señaló ella mirándolo de reojo—. ¿Es cierto?

Carter no iba a permitir que ella le hiciera ponerse a la defensiva.

—Estamos hablando del destrozo de La Chocolatérie, no de mi vida privada.

Ella lo miró furiosa y comenzó a limpiar el mostrador.

—¿Quiere una lista de sus enemigos? Yo hubiera apostado a que era Keith hasta que vi a ese extraño en el aparcamiento.

—¿Y qué me dice de usted? —preguntó Carter suavemente—. Usted no está muy feliz de tener La Chocolatérie al lado de su negocio.

Ella lo miró fijamente hasta que captó que él la estaba acusando.

—Ya se lo he dicho, anoche estuve con Lou Masters.

—Podrían haberlo hecho juntos.

—Un momento. Liz vende muchas cosas parecidas a las que vendo yo y me preocupa que eso me cueste el negocio. Pero nunca destrozaría su tienda.

—¿De veras?

—De veras —dijo ella cruzándose de brazos y elevando la barbilla con gesto desafiante.

Carter sabía que la historia del extraño podía ser una mentira para despistarlo, no era la primera vez que un sospechoso intentaba engañarlo así. Pero Mary estaba más interesada en añadirlo a su lista de conquistas que en librarse de él. Si realmente fuera culpable, querría perderlo de vista cuanto antes.

—Me alegro de oír eso —dijo Carter entregándole una tarjeta de visita—. Por favor, avíseme si vuelve a ver a ese extraño.

—¿Por qué iba a hacerlo? —preguntó ella haciéndose la ofendida—. ¿Qué ha hecho usted por mí?

—La creo, ¿no le parece suficiente? —respondió él con una sonrisa.

Ella dudó pero agarró la tarjeta.

—Es usted demasiado guapo, ¿lo sabía?

Carter rio y salió de allí. Si no se daba prisa perdería el avión.

Se dirigió a su coche que estaba en el aparcamiento y de camino pasó por el contenedor que le había comentado Mary. Solo había dos botellas, una rota de vinagre y otra de cerveza. Con mucho cuidado para no borrar las huellas dactilares que todavía pudieran estar en el vidrio, se llevó la botella de cerveza al coche y la guardó en la guantera.

Él iba a hacerle un favor al FBI, seguro que Johnson podía comprobar unas cuantas huellas dactilares para él. Dudaba que fuera a servir de mucho, porque salvo que el culpable tuviera antecedentes policiales o hubiera estado en el ejército, sus huellas dactilares no estarían registradas. Pero ya que iba a ver a Johnson de todas formas, lo intentaría.

Sobre todo, porque después de lo que le había sucedido a Laurel no soportaba la posibilidad de que un extraño merodeara por el pueblo.

# XVIII

Gordon Russell intentó disimular lo nervioso que estaba frente al dueño de la única inmobiliaria de Dundee, Herb Bertleson. Gordon sabía que estaba haciendo lo correcto al regresar a Dundee, y no podía creerse que incluso en aquel momento siguiera planteándose la opción de salir huyendo de allí y hacer como si no pasara nada, en lugar de afrontar el lío que había creado, aceptar el desafío de resolverlo y enfrentarse al temor de que quizá no fuera capaz de hacerlo.

Su gran tentación era evitar los problemas, lo había hecho siempre. Pero no iba a permitir que esa tendencia siguiera arrebatándole lo mejor de su vida. Le había hecho una promesa a Chloe y, aún más importante, se la había hecho a sí mismo. Las palabras de la tarjeta se le habían grabado a fuego en el corazón y lo ayudaban a recordar su objetivo: Liz e Isaac.

Él no podía cambiar el pasado, pero el futuro estaba en sus manos.

Pensó en Luanna, que lo había mirado boquiabierta al ver el cambio que había dado. Ella era quien le había abierto los ojos. Si ella no hubiera roto la relación, seguramente él seguiría con su vida de farsa ignorando a sus hijos.

—Me temo que no tenemos un mercado inmobiliario muy amplio en Dundee —se disculpó Herb—. ¿Cuánto tiempo querría alquilar?

—Al menos un año.

Eso le permitiría recuperar los lazos con sus hijos y, con suerte, a crearlos con sus nietos.

Herb hizo un par de llamadas y luego le enseñó dos fichas.

—Tengo dos casas disponibles: una es un dúplex y la otra un trailer.

Gordon pensó en la magnífica casa que había dejado en Los Ángeles. Pero ya no era importante para él.

—¿Cuál es más agradable? —preguntó.

—El trailer está ubicado en una parcela muy bonita, junto a un riachuelo. Podía tener caballos, perros y todo lo que quisiera.

¿Caballos? Él nunca se había planteado tener un caballo, pero no era una mala idea. Podría aprender a montar y convertirse en el abuelo cowboy con un gran perro que jugara con los niños.

Gordon observó la fotografía. Era un trailer destartalado en las afueras de un pueblecito de Idaho. Pero también era la oportunidad de empezar de cero.

—Me lo quedo —dijo y rio al imaginarse enseñándole la foto de su nuevo hogar a Liz.

Carter estaba sentado en una pequeña habitación cuadrada frente a Charles Hooper. A petición de Carter, no estaban separados por un cristal de seguridad ni Hooper llevaba esposas. Carter quería que el hombre al que había logrado encarcelar por matar a once mujeres y torturar y violar a Laurel supiera que no le temía.

—Qué amable de su parte romper la monotonía de este agujero —dijo Hooper recostándose en su silla.

Carter intentó contener la repulsión y la ira que lo dominaban. El agente especial Johnson estaba fuera de esa habitación, observándolos a través de un espejo. Carter sabía que Johnson intervendría si había algún problema y que estaba más preocupado por si él atacaba a Hooper que al revés.

Carter no solo estaba furioso con aquel monstruo que tenía delante, también lo estaba con Laurel. ¿Por qué ella había permitido que aquel asqueroso le ganara la batalla?

—¿Qué tienes que decirme? —le preguntó Carter sin preámbulos.

Ya era suficientemente difícil estar en la misma sala con Hooper, Carter no quería decir nada más que lo estrictamente necesario. Pero sabía que Hooper no quería que fuera así, sabía que no sería tan fácil.

—¿Cómo está Laurel? —preguntó Hooper y sonrió mostrando sus dientes amarillentos.

Carter apretó la mandíbula. Era evidente que Hooper sabía lo del suicidio de Laurel, pero él no iba a darle la satisfacción de ver su dolor.

—Mejor ahora —respondió Carter—. ¿Y tú, cómo es la vida aquí dentro?

Hooper enarcó las cejas sorprendido de no obtener reacción de su rival.

—No tan mala como pensaba —contestó, recuperándose enseguida.

—Me alegro de oírlo. ¿Podemos olvidarnos ya de toda esta basura, o vas a empezar a preguntarme por mi salud o a hablar del tiempo?

Hooper se quedó en silencio unos momentos.

—Es usted un hombre interesante —le dijo a Carter y adoptó una expresión maligna—. Dígame, ¿le molesta saber que yo estuve con su adorada mujercita antes que usted... y que ella gimió...?

Carter sintió que todo el cuerpo se le ponía en tensión pero se controló. Aquello no era más que otro de los intentos de manipulación de aquel hombre.

—¿Y te molesta a ti saber que nunca más volverás a estar con una mujer? —le preguntó Carter.

Hooper se puso serio y se revolvió en su asiento.

—Dime dónde enterraste a Rose Hammond, Hilary Benson y Vanessa Littleton —le dijo Carter poniéndole las fotos delante sobre la mesa.

Hooper había sido juzgado por once asesinatos, y esas tres mujeres se habían hallado después. A saber cuántas más habría...

—Recuerdas a estas mujeres, ¿verdad?

—Lo intento —respondió Hooper.

Carter lo observó contemplar las fotografías. Hooper era un ser perdido, viviría encerrado y solo lo que le quedaba de vida. Su obsesión enfermiza había acabado con la vida de muchas mujeres y con su propio futuro. Debía de ser horrible vivir así, sabiendo que no era digno ni del aire que respiraba, que lo único que lo mantenía era el desprecio de los demás.

Carter recogió las fotos bruscamente.

—¿Qué hace? —preguntó Hooper alarmado.

—Me marcho.

—Pero no le he dicho lo que quiere saber.

—Has tenido tu oportunidad.

Carter sabía que Hooper recordaba a esas mujeres, tan solo estaba prolongando la visita porque, aunque fuera a través del odio, se conectaba con otra persona. Hooper estaba tan desesperado por importarle a alguien que aceptaba la forma más negativa de interés. Pero Carter no iba a permitírselo, no después de lo de Laurel. No pensaba odiarlo porque era justo lo que Hooper deseaba.

—Espere, empiezo a recordar —dijo Hooper cuando vio que Carter estaba a punto de abrir la puerta.

—Tienes diez segundos, luego me iré.

Hooper maldijo y se lo quedó mirando, pero cuando Carter se encogió de hombros y giró el picaporte, poniendo fin a su juego, Hooper soltó lo que querían saber: dónde había enterrado a esas tres mujeres. Carter le hizo señalarlo en un mapa y miró hacia el espejo. Sonrió levemente a Johnson, que sabía que estaba al otro lado. Habían conseguido lo que buscaban.

Y él además había conseguido superar su odio hacia Hooper.

Según Carter salía de la sala, lo detuvo Johnson.

—No te vayas, Carter. Tengo buenas noticias para ti. Hemos encontrado algo con las huellas que nos trajiste.

# XIX

Alguien estaba dentro de La Chocolatérie.

Liz estaba segura. Había dejado las luces encendidas con la esperanza de evitar nuevos destrozos en su tienda, pero la puerta trasera estaba entreabierta y ella estaba segura de que la había cerrado con llave la noche anterior. Se detuvo entre su coche y la tienda, dudando. Miró arriba y abajo de su calle, pero estaba desierta, las tiendas cerradas; aún era madrugada. Se dijo que debería avisar a la policía, pero habían sido de tan poca ayuda que no confiaba mucho en ellos. Además, ella no tenía teléfono móvil, y si se iba de allí, quienquiera que estuviera dentro podría marcharse en ese intervalo.

Estaba harta de no saber quién la odiaba tanto, o de culpar a Keith sin tener pruebas. Él siempre negaba las acusaciones, como había hecho esa mañana cuando ella le había telefoneado.

Quien había destrozado su tienda la había detenido unos días, pensó Liz, pero ella no iba a permitir que destruyera su sueño. Había logrado recuperarse emocionalmente del susto y se había dado cuenta de que lo que había sucedido no era el fin del mundo. Y por fin estaba preparada para limpiar todo y hacer la reparaciones necesarias. Ella amaba La Chocolatérie e iba a convertirla en un éxito aunque fuera lo último que hiciera.

Pero eso no significaba que no la asustara enfrentarse a quienquiera que estuviera dentro. Mary había comentado que había visto a un extraño acechando su tienda, ¿sería él? ¿Y por qué tendría algo contra ella?

Liz se acercó lenta y cuidadosamente a la puerta trasera. Se agachó y buscó algo que pudiera servirle como arma. Encontró una piedra bastante grande y picuda, la agarró y se puso en pie. El corazón le latía con fuerza.

La puerta chirrió cuando la abrió. Estaba enfadada y asustada. Entró en la tienda agarrando la piedra fuertemente. No vio nuevos daños en la sala principal, pero oyó ruidos en el baño.

La puerta de la habitación estaba abierta, pero le ocultaba a la persona que estaba dentro. Liz miró por la zona de las bisagras, pero lo único que descubrió fue que al otro lado había una persona alta y le pareció que era un hombre. ¿Sería Keith o el extraño que había mencionado Mary...?

El suelo crujió bajo sus pies conforme se acercó un poco más. Tal vez estaba siendo una temeraria al enfrentarse a aquel intruso ella sola, pero tenía que defender lo que era suyo.

Entró en el baño con la piedra en alto y estuvo a punto de estampársela en la cabeza a... su padre. O a Gordon, porque no sabía cómo llamarlo después de treinta y dos años de llamarlo «papá».

—¿Qué estás haciendo aquí? —le preguntó ella perpleja.

Él se había protegido del ataque con un brazo, pero cuando vio que era Liz, se relajó un poco.

—Tienes todo el derecho a estar enfadada, pero no hay necesidad de que te pongas violenta —le dijo mirando la piedra y sonrió tímidamente.

—Lo siento, creía que eras...

—¿El bastardo que te ha hecho esto? —preguntó él señalando los destrozos—. No, solo soy el bastardo que dijo algo que lamenta profundamente.

Liz vio que él no estaba destrozando nada, al contrario, estaba intentando reparar el daño. ¿Pero creía que podía anunciarle que no era su padre y luego fingir que nunca lo había dicho?

—¿Cómo has entrado? —le preguntó ella intentando recomponerse.

—He tenido que romper la cerradura, pero la arreglaré. No te he avisado de que iba a venir porque quería sorprenderte.

Y lo había conseguido, pensó Liz.

—¿Por qué?

—Herb el de la inmobiliaria me contó lo que había sucedido, así que se me ocurrió pasarme por aquí y ayudar en la limpieza. He empezado por volver a poner el lavabo en su sitio.

—Eso no explica... ¿qué es lo que estás haciendo en Dundee?

—Tal vez deberías soltar esa piedra antes de que te cuente el resto —bromeó él.

Liz dejó la piedra en una mesa.

—Adelante.

—Vivo aquí —le dijo su padre evidentemente nervioso.

Liz lo miró boquiabierta.

—No lo dices en serio...

—Me temo que sí. Ahora soy el orgulloso propietario de un trailer bastante destartalado que no está lejos de la granja de Isaac.

—¿Sabe él que te has trasladado aquí?

—Aún no. Me he instalado esta mañana. Claro que tampoco me ha llevado mucho tiempo, viajo con poco equipaje últimamente —comentó su padre.

—Entiendo —dijo Liz, aunque lo cierto era que no entendía nada.

Se miraron en silencio unos segundos. Gordon parecía estar esperando que ella aprobara el que él se hubiera trasladado a Dundee, pero Liz no comprendía por qué iba a ser importante. Gordon había dejado muy claro que no quería nada con ella.

—Lo siento —dijo ella por fin—. Supongo que has regresado porque no te gustó cómo quedaron las cosas entre Isaac y tú. Pero yo no puedo actuar de mediadora, si es eso lo que esperas.

—No espero nada. He venido para arreglar lo que he roto, si es que puedo.

—Eso no tiene sentido. Desde que mamá murió, tú solo has querido deshacerte de mí...

—Eso no es cierto —la interrumpió él—. Siempre

te he querido pero... no podía aceptar la realidad. Me era más fácil ocuparme de miles de cosas y continuar mi vida como si nada hubiera sucedido. Intentaba convencerme de ello. Y me temo que tú recibiste señales que yo ni siquiera sabía que estaba emitiendo.

—¿Y qué es lo que ha cambiado?

—Todo. Por eso estoy aquí. Por eso he alquilado una casa, para quedarme. Voy a arreglar las cosas con Isaac y contigo. Lo juro.

Liz no podía creérselo. Nunca había visto a su padre tan arrepentido. ¿Dónde estaba la sonrisa artificial que usaba siempre para esconder lo que realmente sentía, para mentirse incluso a sí mismo, para eludir su responsabilidad en cualquier problema que surgiera?

—¿Cuánto tiempo vas a quedarte por aquí? —inquirió ella.

—Tanto como sea necesario.

Liz se tapó la boca con la mano. Ella había deseado el amor y la atención de ese hombre desde que podía recordar, lo había adorado desde la distancia, ya que él no la dejaba acercarse. ¿Y, cuando ella ya había renunciado a sus esperanzas, él se presentaba de pronto?

¿Podía confiar en lo que estaba diciéndole? Evidentemente, las cosas no cambiarían de un día para otro.

—No debería haber pagado contigo mi dolor —admitió él—. No fue culpa tuya... sino mía.

Ella intentó asumir aquella respuesta. Era lo que siempre había deseado oír y él lo sabía.

—¿Cómo puedo saber que es cierto?

Él la miró con tristeza y determinación.

—Tendrás que confiar en mí.

Todas las preguntas que Liz siempre había deseado hacerle acudían a su mente, acerca de cómo, cuándo, por qué. Pero solo hizo una.

—¿Sabes quién es mi verdadero padre?

Vio que él tragaba saliva como si le costara responder.

—Sí —dijo él.

—¿Desde cuándo lo sabes?

—En cierta forma, lo he descubierto este fin de semana.

A Liz le dio un vuelco el corazón. «Deja el agua correr», se dijo. Tal vez era mejor no saber quién era, pero no pudo contenerse.

—¿Quién es?

—Yo, en todo lo que importa —respondió Gordon con una sonrisa.

—¿Significa eso que no vas a decírmelo?

—¿No es mejor que primero nos recuperemos de lo que ha sucedido, que nos conozcamos, y entonces, si es importante para ti, lo hablemos más adelante? —propuso él.

Liz sabía que algún día volvería a preguntárselo. Pero dentro de un tiempo.

Asintió.

—Gracias —dijo él—. Te quiero.

Cuando Liz fue a recoger a sus hijos a casa de Isaac, Reenie y él estaban limpiando juntos la cocina. Se acariciaban, se besaban y se sonreían a la menor ocasión. A Liz le encantaba verlos tan enamorados... aunque esa noche le hizo echar de menos a Carter.

Debía de estar loca por tener unos sentimientos tan intensos hacia él, ¿cómo había podido enamorarse del hombre menos adecuado... de nuevo? Lo echaba de menos terriblemente y él solo llevaba fuera dos días.

Recordó a la mujer que sonreía junto a él en el teléfono. ¿Habría ido Carter a verla? ¿O estaría visitando a su madre y sus hermanas? Él no le había contado nada. Liz ni siquiera sabía si querría seguir en contacto con ella cuando regresara.

Y encima su padre había regresado a su vida y ella tampoco podía poner su corazón en ello.

—¿Qué ocurre? —le preguntó Isaac.

Liz había recogido los abrigos de Mica y Christopher y estaba esperando a que ellos se calzaran. Después de la sorpresa que acababa de llevarse en la tienda, quería irse a casa.

—Nada —dijo ella.

Había decidido que no le contaría a Isaac que Gordon estaba en el pueblo, al menos esa noche. Primero necesitaba hacerse ella a la idea. Liz quería que Gordon e Isaac se llevaran bien, pero la asustaba que estrecharan su relación y a ella la dejaran de lado. Necesitaba esa noche antes de enfrentarse a la reacción de Isaac ante la noticia.

Pero él sabía que algo la preocupaba.

—Te pasa algo, pareces alterada.

—Solo estoy cansada.

—¿Es por la tienda? Las clases terminan en unos días y sabes que voy a ayudarte a limpiar lo que haga falta. Y sé que Carter también va a hacerlo.

Carter le había prometido que la ayudaría cuando regresara, pero Liz no sabía cuándo sería eso.

—Ya me las apañaré —dijo ella.

—¿La policía tiene alguna idea de quién ha podido hacerlo? —preguntó Isaac.

Liz negó con la cabeza.

—Esta tarde he hablado con el agente Orton, pero no hay nada nuevo. Ha intentado localizar al extraño que Mary dice que vio en el aparcamiento, pero nadie sabe nada.

—Seguramente Mary quería despistarte —murmuró él.

—Tal vez.

Reenie se unió a ellos. Isaac la miró.

—¿Se lo decimos? —susurró y su cambio de tono y de actitud intrigó a Liz.

Liz vio que Mica y Christopher, con los zapatos puestos, habían vuelto a jugar con sus otras hermanas hasta que ella terminara de hablar con sus tíos.

—¿Decirme el qué? —preguntó Liz curiosa.

—Tenemos un secreto y queríamos que tú fueras la primera en saberlo —le dijo Reenie con una amplia sonrisa.

—¿De qué se trata? —preguntó Liz dejando los abrigos de los niños en una silla.

—Ven, no queremos que los niños se enteren hasta que se lo hayamos dicho a mis padres.

Fueron al cuarto de estar y cerraron la puerta tras ellos.

—Me muero de curiosidad, ¿qué tenéis que decirme?

Reenie tomó de la mano a Isaac.

—Díselo tú —lo animó ella.

A Isaac se le iluminó el rostro de orgullo y alegría.

—Reenie está embarazada —anunció—. Estamos esperando nuestro primer hijo juntos.

Liz se cubrió la boca para amortiguar su grito de alegría y abrazó a Reenie.

—Enhorabuena —dijo—. Me alegro mucho por los dos, no hay nada como tener un hijo.

—Llevábamos meses intentando quedarnos embarazados, pero no sucedía —le explicó Reenie—. Luego empezamos a tener tantas cosas que hacer que dejamos de calcular los días y hacer todo como debería ser. Y hace unas semanas me di cuenta de que llevaba casi dos meses sin tener la regla.

—¿Has ido al médico? —le preguntó Liz.

—No, pero lo he confirmado con un test de embarazo de la farmacia.

—Con dos test —puntualizó Isaac.

—Y yo soy como un reloj para eso.

Liz también era un reloj para eso. Con Mica y Christopher había sabido casi el día en que había concebido...

De pronto, le fallaron las piernas y el terror se apoderó de ella.

—¿Qué ocurre? —le preguntó Reenie.

Liz no podía hablar. Estaba demasiado ocupada intentando recordar. ¿Cuándo había sido la última vez que ella había tenido el período? Como los últimos dos años no tenía una vida sexual muy activa, había perdido la costumbre de llevar la cuenta. Pero desde luego hacía más de sus habituales veintiocho días...

—Liz, ¿estás bien? —le preguntó Isaac preocupado—. Ven, siéntate. Pareces a punto de desmayarte.

Y lo estaba. En su interior sabía que debería haber tenido el período hacía días, aunque no quisiera admitirlo. Tal vez se le había retrasado a causa de los nervios de la tienda y de su padre, por no mencionar la competencia de Mary ni los intentos de reconciliación de Keith.

Ni por supuesto, Carter.

Él era el verdadero problema, ¿o no? Habían hecho el amor bastantes veces. Él siempre había usado preservativo, pero tal vez en algún momento se le había escapado algo. Y los preservativos a veces fallaban...

—Me estás asustando —dijo Reenie inquieta.

—No es nada. Estoy muy contenta por vosotros, de verdad —respondió Liz.

—Cuál es el «pero» —señaló Reenie.

Liz se dijo que debía respirar, sonreír y tratar de mentir lo mejor posible. Pero no se le daba bien mentir, y estaba muy mareada, así que recurrió a lo único que podría justificar su reacción.

—Papá está en el pueblo —dijo—. Ha alquilado un trailer no lejos de aquí y planea quedarse.

# XX

Liz se sentó a solas en el salón de su casa, con las luces apagadas, dando gracias de que Mica y Christopher se hubieran dormido por fin. Porque ella no podía seguir fingiendo que estaba bien. No, desde que había comprobado el calendario. La última vez que había tenido el período había sido ¡hacía treinta y cinco días!

Necesitaba comprar un test de embarazo, solo que no podía hacerlo en Dundee o todo el pueblo se enteraría. Además, la asustaba conocer la verdad.

¿Qué haría si estaba embarazada? Carter y ella apenas se conocían. Se imaginó dentro de ocho meses, preparándose para la llegada del bebé al tiempo que llevaba la tienda y cuidaba a sus otros dos hijos... y le entró un sudor frío. ¿Cómo iba a explicarles la noticia a Mica y a Christopher... y al resto de la gente?

Sería una paria en aquel pueblo. Y no podía mudarse a otro, acababa de abrir La Chocolatérie. Además, si se iba a otro lugar, ¿dónde le darían trabajo si finalmente estaba embarazada? ¿Y adónde iría? ¿De vuelta a Los Ángeles para encontrarse con Dave?

No.

Hundió el rostro entre las manos intentando no pensar en lo peor de todo: anunciárselo a Carter. ¿Cómo reaccionaría él? Carter ni siquiera tenía pensado quedarse en Dundee y mucho menos convertirse en padre.

Sonó el teléfono. Liz lo miró con suspicacia y agarró el auricular. Estaba convencida de que serían Reenie e Isaac. Se habían creído que estaba alterada porque Gordon hubiera regresado.

—¿Diga?

—Por fin te encuentro.

Liz expulsó el aire lentamente. Era Carter.

—¿Cómo estás? —le preguntó ella agarrando el auricular con más fuerza de la que debería.

—Bien, ¿y tú?

—Bien también.

—Pareces cansada.

—Ha sido un día muy largo —respondió ella poniéndose más nerviosa aún porque él fuera tan intuitivo.

Pero no sospecharía lo que sucedía, ¿verdad?

—Te he llamado a casa unas cuantas veces, pero no he dado contigo. También lo he intentado en la tienda... y me he llevado una gran sorpresa cuando Gordon ha contestado al teléfono.

—Ha regresado —apuntó sencillamente Liz.

Hubo una pausa larga.

—¿Por eso estás tan apagada?

No, estaba apagada porque era posible que se hubiera metido en el mayor lío de su vida. Casi estaba segura de ello.

—Supongo —logró responder.

Debería preguntarle a Carter dónde estaba y cuándo iba a regresar, no había dejado de pensar en ello desde que él se había marchado. Pero si estaba embarazada, eso ya no tenía importancia. Cuando él conociera que iba a ser padre, se sentiría atrapado y terminaría la relación.

De pronto Liz recordó una de sus primeras conversaciones, cuando ella le había preguntado si tenía hijos y Carter le había respondido que él no tendría hijos fuera del matrimonio. Así que su relación no terminaría, él se casaría con ella, tanto si la quería como si no. O quizá le pediría que abortara, pero para Liz esa no era una opción posible.

—Liz, ¿estás bien? —le preguntó él preocupado.

—Sí, no te preocupes —dijo Liz y oyó que la llamaban por la otra línea—. Tengo otra llamada.

—Esperaré. Tengo noticias sobre los actos vandálicos en tu tienda.

¿Carter tenía noticias sobre eso? ¿Cómo era posible? Él se había marchado justo después del destrozo inicial y la policía no podía haberle dicho nada.

—De acuerdo, espera un segundo —dijo Liz y cambió de línea—. ¿Diga?

—¿Liz?

Era Dave. ¿Por qué todo se complicaba al mismo tiempo?

—Ahora no es un buen momento, Dave.

—De acuerdo, si no quieres hablar por teléfono, iré allí.

—¡No!

—¿Qué otra cosa puedo hacer? Ni siquiera me das la oportunidad de hablar.

—No es eso... Llevo unos días horribles —dijo Liz.

Las lágrimas la quemaban en los ojos, pero se negó a sucumbir a ellas.

—¿Por qué? —inquirió Dave.

—Para empezar, alguien forzó la puerta de la tienda y la destrozó casi por completo.

—Es una broma.

—No —le aseguró Liz.

—¿Es la misma persona que arrancó el lavabo de la pared?

—Yo creo que sí, porque ha vuelto a hacerlo, además de muchas más cosas. Ha llenado las paredes de pintadas, ha vertido agua en todas mis existencias de chocolate, ha roto estanterías y vitrinas, ha desparramado el azúcar por el suelo... No he podido abrir desde entonces.

Dave maldijo en voz baja.

—Supongo que Dundee no es tan diferente de Los Ángeles, ¿eh?

—Lo peor de todo es que no sé quién puede ser.

—Seguro que ha sido Keith.

—Tal vez —respondió ella pero en el fondo no lo creía así.

—Lo siento, pequeña —le dijo Dave—. Sé cómo te

sientes. Cuando averigües quién lo ha hecho, me presentaré allí y le patearé el trasero.

—Si es que logro averiguarlo —contestó ella sombría.

—¿Quieres que vaya a ayudarte a limpiarlo todo?

—No, ya lo tengo casi todo recogido. Además, ahora tengo que colgar. Reenie está en la otra línea —mintió Liz.

—¿Me llamas luego? —preguntó Dave.

¿Para anunciarle que probablemente estaba embarazada de otro hombre?, pensó Liz.

—Por favor, Liz. Si te importo algo, llámame.

Liz disimuló un suspiro y le prometió que llamaría.

Luego volvió a la línea en la que esperaba Carter. Él no le preguntó quién la había llamado, pero Liz no supo si era por respetar su intimidad o porque no le importaba quién hubiera llamado.

—¿Tienes alguna conexión con un tal Rocky Bradley? —le preguntó Carter.

—¿Quién?

—Rocky Bradley. Es un ex convicto que vive en Boise, en libertad condicional por robo. También ha cumplido condenas por drogas, asalto... y una amplia variedad de cargos.

—Nunca había oído ese nombre. Las únicas personas a las que conozco que viven en Boise son los Howell. Se mudaron de aquí allí el pasado otoño.

—¿Tienen alguna razón para querer perjudicarte?

—Que yo sepa, no. Apenas los conocía. ¿Por qué?

—Rocky Bradley es el extraño que Mary vio acechando tu tienda.

—¿Cómo lo sabes?

—Ella me dijo que lo vio bebiendo cerveza y yo encontré la botella. Está llena de huellas de ese hombre. Además, su madre me ha confirmado que conduce una camioneta roja Toyota de 1985 a la que le falta el parachoques trasero. Y él coincide con la descripción de Mary de un hombre alto y desgarbado vestido con ropas holgadas.

—Así que Keith no ha sido el de los destrozos —comentó Liz.

—No lo creo.

—Y Mary estaba diciendo la verdad —añadió.

—Acerca del extraño que vio merodeando, sí. Pero como no hay ninguna conexión aparente entre tú y Bradley, supongo que ella o quien sea lo contrató para que hiciera lo que hizo.

Liz se recostó en el sofá y miró al techo.

—¿Has hablado con él? —le preguntó Liz.

—No estaba en su casa cuando he telefoneado. Vive con su madre. He pensado pasarme por su casa mañana, ya que el avión me deja en Boise.

—¿Regresas mañana?

—Sí, mañana temprano.

—¿Dónde estás ahora?

—En casa de mi hermana.

Liz se colocó una manta sobre las piernas, que estaban quedándosele heladas.

—¿Has ido a Nueva York a visitar a tu familia?

—No, tenía unos negocios que terminar aquí.

Liz quiso preguntarle si esos «negocios» incluían a la mujer que aparecía junto a él en la foto del teléfono, pero no quería parecer una amante celosa.

Y menos aún si estaba embarazada. Su relación ya iba a enfrentarse a dificultades muy pronto.

¿Cómo iba a decírselo?, se preguntó Liz.

No lo haría, decidió de pronto. Al menos, no por el momento. Primero esperaría rezando que le bajara el período.

—Que tengas buen viaje —le deseó a Carter.

—Liz... —dijo él con una gran ternura.

A ella le dio un vuelco el corazón. Le resultaba mucho más difícil mantener una distancia emocional con él cuando él abandonaba su tono profesional.

—¿Sí, Carter?

—¿Crees que estarás bien con tu padre por allí de nuevo?

A Liz la conmovió que él se preocupara por ella. Pero en aquel momento a ella solo le importaba si estaba embarazada o no.

—Él es la menor de mis preocupaciones en este momento.

—¿Estás preocupada por La Chocolatérie?

—Sí —mintió Liz.

—Lograremos que la abras el próximo fin de semana —le prometió él.

—De acuerdo.

—¿Qué más noticias hay por ahí?

—Reenie está embarazada —dijo ella para ver la reacción de él.

—Seguro que tu hermano está contento con la noticia.

—Está eufórico. Pero yo soy la única persona que lo sabe, así que no le digas nada al senador.

—No lo haré. ¿Dónde estarás mañana por la tarde?

—No lo sé seguro, pero probablemente en la tienda.

—Me pasaré por ahí cuando llegue. Tengo ganas de verte.

—De acuerdo. Y ahora, buenas noches —se despidió ella y colgó.

Luego se hizo un ovillo en el sofá. Se suponía que tenía que llamar a Dave, y también a Reenie e Isaac. Pero no se encontraba con fuerzas.

Desenchufó el teléfono de la toma para que no sonara y se fue a su dormitorio y se tumbó en la cama. Ni siquiera se molestó en desvestirse.

—Mamá... mamá... despierta.

Una manita dio unos golpecitos a Liz en el hombro.

—¿Qué ocurre? —murmuró ella.

—Creo que llegamos tarde al colegio.

Liz abrió los ojos de par en par y vio a su hijo. Luego miró su despertador: eran casi las nueve. ¡Se había quedado dormida y los niños iban a llegar tarde al colegio!

Liz se contuvo de maldecir por el bien de Christopher. Se puso en pie de un salto y se pasó una mano por el pelo mientras intentaba reunir sus facultades.

—¿Dónde está Mica?

—Desayunando.

Liz se reprendió por no estar atendiéndolos todo lo bien que le gustaría.

—¿Y tú? ¿Te preparo algo?

—Yo ya he desayunado —le dijo él siguiendo sus pasos.

—¿Por qué no me habéis despertado antes?

—El abuelo Russell ha dicho que no lo hiciéramos.

—¡El abuelo Russell! —exclamó Liz y sintió que le retumbaba la cabeza.

—Es quien ha llamado al timbre esta mañana —explicó Mica cuando Liz entró en la cocina.

Liz ni siquiera había oído el timbre. Miró alrededor.

—¿Está aquí todavía? —preguntó.

—No. Ha venido solo para decirte que ha cambiado la cerradura de la puerta trasera y para traer las nuevas llaves —dijo Mica y señaló la encimera—. Están ahí.

¿Se refería al mismo Gordon que ella conocía?

—Ha sido muy amable de su parte —murmuró Liz.

—Estaba de muy buen humor —apuntó Mica—. Ha ido a su casa a darse una ducha y afeitarse, pero va a venir a llevarnos al colegio. Por eso ha dicho que te dejáramos dormir.

Liz no podía creérselo.

—Puedo llevaros yo perfectamente.

—No, mamá. Él nos ha prometido que pararíamos a por algún bollo si estábamos listos a la hora —dijo Mica y le hizo una mueca a su hermano—. Supongo que yo voy a ser la única que pueda comerse un bollo, ya que este bocazas te ha despertado.

—¡No soy un bocazas! —protestó Christopher.

Liz le pasó el brazo por los hombros a su hijo.

—Dejadlo ya los dos. Ha sido una buena idea que él me despertara, Mica. Tengo muchas cosas que hacer.

Pero entonces recordó que quizá estaba embarazada y estuvo a punto de gemir de desesperación.

Mica observó la ropa arrugada de su madre.

—¿Ayer no llevabas la misma ropa?

—Me quedé dormida antes de poder ponerme el pijama —le explicó Liz.

—Nunca te había pasado —señaló Mica con suspicacia.

Justo entonces Gordon llamó a la puerta y Mica y Christopher fueron corriendo a por sus mochilas.

Liz se acercó a la puerta y la abrió.

—No tienes por qué llevar a los chicos a la escuela —dijo ella.

—No te preocupes, no me importa —le aseguró su padre—. Anoche parecías desbordada y he pensado que te iría bien descansar un poco. ¿Por qué no te das un baño caliente y te relajas?

¿Tan mal aspecto tenía?, se preguntó Liz.

—¿Sabes dónde está el colegio?

—Yo se lo enseñaré —intervino Mica con su hermano de la mano, listos para marcharse.

Liz se hizo a un lado para dejarles paso.

—Gracias por tu ayuda —le dijo a Gordon.

Él dio un par de pasos y se giró hacia ella.

—Por cierto, ya casi he terminado con la tienda. Podrás abrirla mañana, te lo digo por si quieres preparar algunos dulces esta tarde.

—¿Casi has terminado? —repitió Liz.

Gordon se encogió de hombros.

—Una vez que empecé no podía detenerme.

—Has debido de pasar toda la noche despierto.

—Tenía un buen objetivo en mente —dijo él y se despidió agitando la mano.

Los niños y él se subieron a su coche y se marcharon.

Liz cerró la puerta de su casa. Necesitaba acercarse a alguno de los pueblos vecinos a por un test de embarazo. Así al menos sabría a lo que se enfrentaba.

Pero justo cuando estaba a punto de salir, llamaron a su puerta. Y esa vez no era su padre.

Era Dave.

# XXI

El antiguo monitor de tenis de Liz estaba despampanante con su pelo rubio, su amplia sonrisa y
su rostro bronceado. Liz había olvidado lo guapo
que era. Pero él no era Carter y no le provocaba las
mismas sensaciones.

—Dave, ¿qué estás haciendo aquí? —logró preguntar ella una vez que se recuperó de la sorpresa.

—Anoche no me llamaste.

—Estaba agotada, me quedé dormida.

—Necesito hablar contigo.

—¿Por qué? Ya te he explicado que... se acabó —
dijo Liz, que no sabía cómo decirlo para que no sonara muy brusco.

El vecino salió a regar su jardín como excusa para
espiarlos.

—Entra, Dave —lo invitó Liz para evitar habladurías.

Él pasó a su lado dejando un rastro de colonia.

Era un aroma familiar y atractivo, pero lo único que sentía Liz era pánico respecto a su situación y ganas de librarse de Dave lo antes posible. Conocer a Carter le había hecho ver que sus sentimientos hacia Dave no eran perdurables, lo cual era una locura: solo unas semanas antes, ella había estado convencida de que estaba enamorándose de él.

—Este lugar es exactamente como me lo imaginaba —comentó él.

Su casa era de lo más normal. La Chocolatérie sí que era especial y Liz quería enseñársela, pero Carter iría a buscarla allí por la tarde y ella no quería que los dos hombres se encontraran. Y no porque creyera que podían pelearse: a Carter seguramente no le importaba ella tanto como para montar un número y Dave no era el tipo de hombre que hacía eso. Liz simplemente prefería evitar la embarazosa situación.

—Siéntate, por favor —dijo ella.

Dave se sentó y se apoyó con los codos en las rodillas. Sonrió.

—No estás enfadada porque haya venido, ¿verdad?

—Claro que no, me alegro de verte. Es solo que... con todo lo que ha sucedido en la tienda, estoy bastante estresada.

—Lo comprendo y lo siento mucho.

—No es culpa tuya. Da igual, esta es tu temporada de más trabajo, ¿cómo has conseguido vacaciones en el club?

—Les dije que me iba unos días... aunque no especifiqué cuántos. Lo aceptaron porque no quieren perderme —dijo él frotándose ligeramente las manos—. Además, yo tenía que venir. No podía permitir que las cosas entre nosotros se estropearan en el último momento.

—Dave, tú no... Quiero decir, nosotros no somos...

—¿No somos qué? —la desafió él y Liz se dio cuenta de que estaba nervioso.

Ella nunca lo había visto así de perdido y se sintió culpable por las últimas semanas. Seguro que Dave se llevaría una decepción al conocer que la relación entre ella y Carter se había vuelto tan íntima. Y Liz no quería ni imaginarse cómo reaccionaría Dave si le decía que probablemente estaba embarazada de Carter.

—No somos compatibles —terminó ella.

—¿A qué te refieres? Nos llevamos muy bien, nunca hemos tenido una discusión.

Liz dudaba que alguien hubiera discutido alguna vez con Dave. Él se llevaba bien con todo el mundo, era divertido y agradable. Y no era demasiado estricto ni consigo mismo ni con los demás en normas de comportamiento.

—Ya sabes lo que tenemos en contra.

—La diferencia de edad es algo insignificante; mi reputación tampoco importa porque he cambiado; y demasiada distancia es una cosa que podríamos corregir.

Eso no era todo, también estaba Carter, pensó Liz, pero no lo dijo.

—Liz, he venido a pedirte que regreses a Los Ángeles. Yo me ofrecería a trasladarme aquí, pero el único lugar donde podría dar clases es en el rancho Running Y, ya he hablado con ellos y por el momento no necesitan a nadie nuevo.

—¿Has llamado al Running Y? —preguntó Liz perpleja.

—Sí, y no he conseguido nada. Lo que significa que, si me viniera a vivir aquí, tendría que trabajar en Boise, que tampoco es la capital del mundo de tenis que se diga —respondió él y le sonrió compungido—. O si no, siempre podría trabajar en la tienda de bricolaje igual que Keith.

Liz no pudo contener la risa. Le gustaba Dave. Estar de nuevo a su lado empezaba a despertarle los agradables sentimientos de antes. Pero no se lo imaginaba viviendo en Dundee y ella no iba a marcharse de allí.

—No puedo irme, Dave. Están los niños y la tienda...

—¿Incluso aunque te pidiera que te casaras conmigo?

Liz lo miró atónita.

—No hablas en serio —dijo.

—Ya lo creo —afirmó él muy serio—. Sé que sería difícil apartar a Mica y a Christopher de su padre, pero yo sería el mejor padrastro que pudiera y les permitiría volver aquí tanto como fuera posible.

Instintivamente, Liz se llevó una mano al vientre, horrorizada por el hecho de que se sentía tentada por la salida que él acababa de ofrecerle. Si se casaba con Dave y se trasladaba a California, nadie tendría por qué enterarse de que el bebé era de Carter. Ni siquiera Carter.

Liz no se veía capaz de marcharse de Dundee sin contarle la verdad a Carter. Pero tampoco se veía capaz de darle la noticia. Con Dave sí que tendría que ser sincera, no podía casarse con él sin antes contárselo, por pánico que le diera.

Sacudió la cabeza intentando aclarar sus pensamientos. Antes de tomar cualquier decisión, necesitaba conocer la verdad ella.

—Perdería mucho dinero que he invertido en la tienda —replicó Liz.

—Podríamos vender el negocio.

La mera idea de desprenderse de La Chocolatérie casi le partió el corazón a Liz. Pero sería mejor venderla que cerrar el negocio para siempre.

—¿Puedo pensármelo?

Dave parpadeó y se irguió en su asiento como si le sorprendiera haber llegado tan lejos.

—Claro, piénsatelo. Mientras tanto, me buscaré una habitación en el Running Y y te ayudaré a volver a poner la tienda en funcionamiento, por si decides venderla.

Gordon había dicho que la tienda estaba casi como nueva, así que quedaba poco por hacer.

—De acuerdo —aceptó Liz.

Acompañó a Dave a la puerta y luego llamó a Reenie al instituto y le dejó un mensaje.

Cuando su avión aterrizó en Boise, Carter miró la foto de Laurel que llevaba en el teléfono móvil. Él quería visitar su tumba, presentarle sus respetos y contarle lo de Hooper, pero estaba demasiado preocupado por Liz para retrasar su regreso. Liz no parecía ella por teléfono. Y además estaba el tema de Rocky Bradley.

¿Qué conexión tenía ese hombre con Liz? Carter se había devanado los sesos intentando llegar a alguna conclusión, pero sin éxito. Y evidentemente había una razón por la cual ese hombre se había desplazado hasta aquel pueblo perdido para provocar daños en la chocolatería dos veces. Más aún, cuando era un ex convicto que vivía en libertad condicional. ¿Por qué se arriesgaría a volver a prisión por un delito tan nimio?

Carter se guardó el teléfono en el bolsillo. Antes o después lo averiguaría. Quizá fuera ese mismo día, ya que se dirigía a casa de Bradley.

Recogió su coche del aparcamiento de estacionamiento prolongado y media hora más tarde estaba en la puerta de la casa de la madre de Bradley.

—¿Quién es usted? —preguntó la señora Bradley cuando lo vio.

—Carter Hudson. Hablamos ayer por teléfono.

La mujer se protegía detrás de la puerta de rejilla cerrada con cerrojo.

—Lo recuerdo. Me hizo preguntas sobre Rocky.

—Eso es. ¿Está él?

La mujer dudó.

—Le dije que usted creía que él había destrozado una tienda de dulces en un pueblo cercano, pero dijo que estaba usted loco. Él no puede abandonar Boise sin avisar a su agente de la condicional.

—Se supone que no puede abandonar Boise sin avisar a su agente de la condicional —puntualizó Carter y observó la camioneta Toyota roja aparcada junto a la casa.

Le faltaba el parachoques trasero.

—Rocky no lo ha hecho —dijo la señora Bradley.

—Me gustaría que eso me lo dijera él.

—¿Para quién me había dicho que trabaja usted? —preguntó la mujer apartando a un enorme perro que intentaba tumbarse a sus pies.

—Para el FBI —respondió Carter.

Lo había dejado hacía dos años, pero ya que Johnson había requerido su ayuda de nuevo, se creyó en su derecho de aprovecharse de ello.

—No queremos más problemas —comentó la mujer.

—Entonces le sugiero que vaya a buscar a su hijo.

Ella suspiró resignada y apartó al perro de sus pies de nuevo.

—Voy a ver si está despierto.

Carter esperó varios minutos. Empezaba a preguntarse si Bradley y su madre habrían huido por la puerta trasera, cuando el hombre de la foto que había visto en Nueva York se le presentó delante. Iba vestido solamente con unos vaqueros anchos que dejaban ver su ropa interior. Varios tatuajes cubrían sus brazos y su pecho.

—¿Desde cuándo el vandalismo es un delito federal? —preguntó Bradley, quitando el cerrojo a la puerta de rejilla y manteniéndola abierta con un pie, haciéndose el duro.

El perro salió y olfateó a Carter, pero no parecía peligroso. Movió la cola y le lamió los dedos.

—Puedo avisar a la policía local, si lo prefiere —dijo Carter.

Bradley sacó un cigarrillo y lo encendió.

—Me da igual —respondió encogiéndose de hombros—. Se ha equivocado de hombre.

—¿Alguna vez ha estado en Dundee?

—No.

—¿Nunca?

—Nunca. Ni siquiera sé dónde está.

—Qué interesante, porque he encontrado sus huellas dactilares en una botella que se dejó allí —comentó Carter—. También tengo un testigo que lo vio en un callejón cerca de la calle principal y ha descrito a la perfección su camioneta.

Rocky palideció.

—Me di una vuelta por allí, ¿y qué? Eso no demuestra que hiciera nada malo.

—Demuestra que violó su condicional.

—Solo me di una vuelta con el coche. Esa no es razón para hacerme regresar a prisión.

—Dígame por qué estaba usted allí y por qué escogió esa tienda en particular y quizá me olvide de que su nombre ha salido en este asunto.

Bradley expulsó el humo en el rostro de Carter, pero no era más que teatro. Aquel tipo estaba asustado.

Carter le quitó el cigarrillo de la mano, lo tiró al suelo y lo pisó. El perro se puso a ladrar, pero Bradley no se movió.

—¿De verdad quiere cumplir condena por haber pintado con spray unas paredes? —le preguntó Carter.

Rocky clavó la mirada en el cigarrillo aplastado y su madre acudió a calmar al perro.

—Dime que no has hecho nada malo —le dijo la

mujer a su hijo–. Dime que no has vuelto a meterte en problemas.

–¿Y si alguien me pagó para que lo hiciera? –preguntó Bradley, frotándose las manos con nerviosismo.

–¿Quién? –preguntó Carter.

–Si se lo digo, ¿iría a por él y se olvidaría de mí?

–Eso depende.

Rocky miró a su madre por el rabillo del ojo, como si no le gustara que ella oyera aquello. Pero era evidente que la mujer no iba a moverse de allí.

–Un tipo llamado Keith me pagó cien dólares para que lo hiciera –confesó–. Es todo lo que sé. No quería que nadie resultara herido, solo quería destrozar el lugar.

A Carter le costaba trabajo creerlo. Casi apostaría a que no había sido Keith, él se había indignado mucho al ser acusado. ¿Pero cómo si no conocía Bradley el nombre del exmarido de Liz?

–¿Dónde conoció a Keith?

–En un bar aquí en Boise.

–¿En un bar?

–Sí, él y yo jugamos una partida de billar –respondió Bradley y la siguiente pregunta la hizo con algo de pánico–. ¿Va a entregarme?

La madre de Bradley ahogó un grito y se llevó la mano al corazón.

–No podré soportarlo de nuevo –murmuró.

Carter sintió pena por ella. Su hijo no era una buena pieza y seguramente volvería a meterse en problemas. Pero Carter decidió darle otra oportunidad.

—Si usted paga los daños, lo dejaremos como está.

—Los pagará —aseguró su madre—. Ayuda a su padre en su negocio de cortar el césped. Le descontaremos el dinero de su sueldo.

Carter asintió y entregó su tarjeta de visita a la mujer.

—De acuerdo. Les mandaré la factura —dijo y miró fijamente a Bradley—. Manténgase alejado de Dundee, o la próxima vez no seré tan comprensivo.

Liz miró a Reenie, que acababa de llegar a su casa con una bolsa de papel marrón. Liz sabía lo que contenía, le había pedido a su amiga y cuñada que se lo comprara.

El momento de la verdad había llegado.

—No puedo creerlo —murmuró Reenie preocupada.

—Yo tampoco.

Liz sacó el test de embarazo de la bolsa y lo miró atentamente. La ansiedad le encogía tanto el estómago que le dolía. Le había pedido a Reenie que no se lo contara a Isaac. Necesitaba que fuera su mejor amiga en lugar de la esposa de su hermano. Pero sabía que no era un secreto fácil de guardar.

—¿Estás segura de que este tipo de test es fiable? Seguramente solo estoy de una o dos semanas...

—¿Una o dos semanas? —gritó Reenie—. ¡Comenzaste a salir con Carter hace dos semanas!

Liz se encogió ante ese recordatorio que la avergonzaba. No tenía excusa. La vida y la soledad se habían llevado lo mejor de ella. Y en aquel momento estaba flotando corriente abajo en el río, como la dama de Shalott, condenada a la destrucción.

—No sé qué me ha sucedido. Salí meses con Keith antes de acostarme con él. Y con mi novio del instituto estuve un año antes de hacer nada. Pero con Carter ha sido diferente.

No mencionó a Dave, pero a él también lo conocía de tiempo antes de acostarse con él.

Reenie le dio un suave apretón en el brazo.

—¿Qué harás si estás embarazada?

—No lo sé.

—Decidas lo que decidas, te ayudaré.

Liz se dejó abrazar por Reenie. Lo que acababa de decirle era justo lo que necesitaba oír, que no estaría completamente sola.

—Saldré adelante de alguna forma —afirmó Liz, aunque no sonó muy convencida.

—Por supuesto que sí —la animó Reenie y la acompañó al cuarto de baño—. Hazte el test. Tal vez estemos preocupándonos por nada.

Liz quería creer que podía ser eso. Pero sabía que estaba embarazada antes de someterse al test. Nunca había tardado tanto en tener el período.

Y el test lo confirmó.

Esa tarde, Liz preparó la receta de su madre de salsa de chocolate, manzanas caramelizadas y otros dulces, pero no estaba segura de que tuviera algún sentido. A menos que todos aquellos dulces ayudaran a vender la tienda.

Había decidido que se casaría con Dave y se trasladaría a California. Siempre y cuando él la aceptara después de conocer lo del bebé, claro. Seguramente él no querría casarse cuando lo descubriera, pero Liz esperaba que él accediera a darle a ella su apellido por unos meses. Eso ayudaría. Le haría aparentar ser alguien respetable, por el bien de su hijo, y sería la excusa para marcharse de Dundee. También garantizaría que nadie sospecharía nunca la verdad. Sobre todo Carter.

La culpa le hizo un nudo el estómago. Liz odiaba tener que guardar ese secreto, pero seguramente era lo mejor por el momento. Tenía nueve meses para decidir cómo y cuándo decírselo a Carter. Y sería más fácil si no vivían en el mismo lugar.

Liz contempló la tienda que tanto amaba. Su padre y Dave llevaban todo el día allí, pintando encima del spray de las paredes que no habían podido quitar, y la sala parecía como nueva.

Su futuro podría haber sido muy diferente si hubiera tenido más cuidado, se reprochó Liz. Pero ella no había planeado tener un romance con nadie, o habría tomado la píldora.

—Estás muy callada —dijo Gordon saliendo de limpiar los pinceles en el baño.

—Está pensando —comentó Dave levantando la vista de lo que estaba haciendo y le guiñó un ojo a Liz.

Ella sonrió, aunque se sentía enferma a morir, y se preguntó si podría volver a trabajar como azafata de vuelo para poder mantener a su creciente familia.

La puerta trasera se abrió y Carter entró en la

tienda. Liz lo esperaba, deseaba que regresara, pero solo de verlo se quedó sin aliento. Cómo le gustaba aquel hombre.

Él sonrió al verla y se acercó como para besarla, pero ella interpuso rápidamente una mesa entre los dos.

—Has regresado —dijo forzando una sonrisa—. Me alegro de verte.

Él no pudo dejar de advertir su extraña reacción y entonces vio a Dave, que se había puesto en pie y estaba limpiándose las manos para saludarlo.

—Soy Dave Shapiro —dijo extendiendo la mano.

Carter no dijo nada ni estrechó su mano.

Liz carraspeó.

—Dave, este es Carter Hudson.

Carter frunció la boca, pero finalmente estrechó su mano.

—¿Dave de California? —le preguntó a Liz.

Ella tenía tal nudo en la garganta que solo asintió.

—¿Y qué está usted haciendo aquí en Dundee? —inquirió Carter en tono bastante amigable para ser él.

Pero Liz captó la pregunta bajo su tono calmado: «¿Qué demonios sucede aquí?».

Dave también debió de notarlo. Dudó unos segundos antes de contestar. Pero luego sonrió y recuperó la confianza en sí mismo.

—He venido a pedirle a Liz que se case conmigo.

Gordon, que estaba recogiendo sus herramientas, se detuvo y los miró.

—¿Y qué respuesta le ha dado ella? —preguntó Carter con expresión impenetrable.

Dave sonrió cálidamente a Liz.

–Aún no me la ha dado.

Liz vio que Carter se ruborizaba, pero no sabía por qué. Era imposible sentir más dolor que el que sentía en aquel momento.

–Ya veo. Pues presumiendo que ella dirá que sí, espero que sean felices juntos –dijo Carter y se marchó a grandes zancadas.

Por la noche, Carter estaba contemplando el paisaje desde su ventana, el mismo paisaje que había compartido con Liz. Llevaba así más de media hora.

Sabía que Keith era el responsable de los destrozos en la tienda, pero aún no se lo había dicho a nadie. Ya daba igual, si Liz iba a casarse con Dave y regresar a California.

Si finalmente se casaba con él... ¿Cómo podía ella pensar en estar con Dave después de lo que habían compartido juntos?, se preguntó Carter. ¿Le había contado ella que se habían acostado? ¡Si todavía sus sábanas olían a ella!

Quería telefonearle, pero temía no poder contenerse y soltarle alguna crueldad. Evidentemente, él había tenido unas expectativas diferentes de su relación, aunque no sabía muy bien cuáles eran. Liz y él habían comenzado una aventura, pero él había considerado que eran una pareja. Aunque no lo hubieran hablado, a él le había parecido bastante obvio después de tener sexo tantas veces en un par de semanas.

Llamó a Información y pidió un número de teléfono. Estaba confuso y enfadado por no tener respuestas por sí mismo. Pero tal vez Reenie pudiera ayudarlo.

—¿Diga? —preguntó ella medio dormida.

Era tarde y Carter estuvo a punto de colgar, pero entonces ella bajó la voz.

—Liz, ¿eres tú? Estoy aquí si necesitas hablar, cariño. Todo irá bien. Tienes que confiar en eso. Es la única forma de poder con esto.

—¿De poder con qué? —preguntó Carter.

Hubo un silencio mortal.

—¿Reenie?

—Carter, ¿eres tú? —preguntó ella agitada.

—Sí, ¿te acuerdas de mí? Soy el tipo que trabaja para tu padre, el que salía con tu cuñada hace tres días...

—Es tarde, Carter.

—Lo sé.

Otro silencio embarazoso.

—¿Por qué me llamas?

El pánico de la voz de ella confundió tanto a Carter como la reacción de Liz en la tienda esa tarde. Reenie no era fácil de intimidar, pero había algo que la intranquilizaba, estaba seguro.

—Cuando me marché éramos amigos, ¿ya no lo somos? —le preguntó él.

—Claro que sí —respondió Reenie lentamente.

—Me alegro, porque todo lo demás ha cambiado. ¿Ella ama a ese hombre? ¿Quiere casarse con él?

Otra larga pausa.

—No sé qué decir —respondió Reenie—. Eso... le corresponde a Liz.

—Solo dime si está enamorada de él o no —le rogó Carter.

Silencio.

—No, no está enamorada de él.

—O sea, que va a decirle que no —dijo él y sintió cómo su cuerpo se relajaba.

Hasta que oyó la respuesta de Reenie.

—De hecho, estoy casi segura de que va a decirle que sí.

—¿Cómo? —exclamó él hundiéndose en el sofá—. ¿Por qué?

—Ya te he contado demasiado. No puedo decirte nada más —dijo ella y colgó.

# XXII

El teléfono sonó pero Liz lo ignoró. Ya había hablado con Dave, le había explicado la dolorosa situación y le había dejado un tiempo para que se lo pensara. Liz no sabía cómo reaccionaría él. Al conocer la noticia, Dave se había quedado en silencio, con expresión impenetrable.

Liz se imaginaba su decepción: estaba enamorado de una mujer embarazada de otro hombre. Aunque ella no lo había engañado, puesto que no existía ningún compromiso entre ellos, la noticia no era una sorpresa agradable.

Liz estaba exhausta tras las decisiones que había tenido que tomar y las lágrimas que había derramado. Quería dormir y olvidar la expresión del rostro de Carter cuando Dave había anunciado que le había propuesto matrimonio y que ella tal vez aceptara. Pero apenas había dormitado unos segundos cuando llamaron a su puerta. Liz se puso la bata tan rápido como pudo y fue a responder antes de que quien fuera despertara a los niños.

Era Dave. La tomó en sus brazos y la besó apasionadamente. Luego esbozó una amplia sonrisa.

—He decidido que te deseo tanto que quiero que esto funcione.

Liz correspondió a su abrazo. Era la primera vez que tenían contacto desde Las Vegas. Pero ella no sentía el mismo entusiasmo que él, solo un vago sentimiento de alivio porque tenía un plan.

No se permitiría pensar en Carter.

El padre de Liz la esperaba en la tienda cuando ella llegó por la mañana.

—¿Qué haces aquí tan temprano? —le preguntó ella con curiosidad.

—He venido a ayudarte. Necesitarás a alguien cuando haya muchos clientes. Y cuando quieras irte a comer o a tomarte un descanso.

Liz quiso decirle lo mucho que le agradecía su apoyo; él se había comportado maravillosamente los últimos días. Pero ella aún temía confiar en ese cambio de actitud. Y, sabiendo que ella iba a marcharse de allí, no tenía sentido que se esforzara por transmitirle su agradecimiento. Gordon se quedaría en Dundee con Isaac y todo el mundo que ella amaba. Y ella y sus hijos se trasladarían a Los Ángeles para intentar que funcionara su nuevo matrimonio.

Liz se encogió por dentro, pero era la mejor forma de salir del aprieto en que se había metido.

O eso creía, porque estaba tan confusa que ya no estaba segura de nada.

—Gracias por todo lo que has hecho —dijo sencillamente.

Él estudió su rostro y frunció el ceño como si no le gustara lo que veía. Liz se concentró en abrir el cerrojo de la puerta principal.

—Si tienes algo que decir, dilo —lo urgió ella abriendo la puerta.

—Estaba esperando a que estuviéramos dentro, porque no te va a gustar lo que te voy a decir.

—Ya sé lo que es: que parezco cansada, que tengo que cuidarme más y dormir más. Llevas diciéndolo desde que te trasladaste aquí.

—Es cierto, pero no es eso lo que voy a decirte esta mañana —dijo él siguiéndola al interior de la tienda y cerrando la puerta tras ellos.

—¿Y qué es? —preguntó ella.

—¿Vas a casarte con Dave?

Liz se sujetó las manos por la espalda para que su padre no las viera temblar.

—Sí.

—Lo que significa que te trasladas a California.

—Eso es.

—¿Cuándo?

—Cuanto antes. En cuanto vendamos La Chocolatérie, si es que logramos venderla.

—¿Y qué me dices de Mica y Christopher? Si no recuerdo mal, querías que estuvieran cerca de su padre.

—Lo he hecho lo mejor posible. Ellos...

Liz sabía que iba a ser una enorme decepción

para ellos, que iban a odiar verse separados de sus hermanas y tíos... y del nuevo bebé de Reenie e Isaac. Ellos ni siquiera sabían que iba a haber un nuevo bebé. Liz había arruinado sin querer la buena noticia de Reenie al quedarse embarazada ella también.

—Ellos ya se adaptarán —terminó débilmente—. Por favor, no les digas nada todavía. Necesito algo de tiempo para asumir mi decisión. Dave me ha prometido irse a California y esperarme allí. Tiene que regresar a su trabajo. Así yo no tendré que explicar su presencia ni lo que diga. Daré la mala noticia en unas semanas.

Su padre la miró atónito.

—¿Mala noticia? ¿No se supone que una boda es una buena noticia?

—Mala noticia para ellos —respondió Liz intentando disimular su error.

—No me convences —comentó su padre—. Tú no quieres hacerlo, estoy seguro. Lo que no puedo entender es por qué vas a hacerlo.

Liz se dirigió a la cocina y empezó a sacar trufas, bombones y brownies para colocarlos en las vitrinas.

—A veces una tiene que hacer lo que debe hacer.

—Nadie te está obligando a esto.

—Dave está enamorado de mí —replicó ella.

—¿Y qué? Tú no le correspondes, tú misma me lo dijiste, ¿recuerdas?

—Papá... —comenzó Liz y se detuvo dubitativa.

Últimamente siempre lo llamaba Gordon, pero como estaba comportándose como su padre, la palabra se le había escapado de la boca.

—Soy tu padre —le recordó él—. Y eso me da derecho a decir esto.

—Ya sé quién eres. Pero no te preocupes, estaremos bien.

—Liz... no lo hagas —le rogó él.

—Tengo que hacerlo.

—¿Por qué? ¿De qué huyes?

Ella no respondió. La respuesta a esa pregunta acababa de entrar por la puerta.

Carter se había dicho a sí mismo que no debería importarle tanto Liz. Si ella podía acostarse con él todo un fin de semana y casarse con otro hombre al siguiente, no era la mujer que él creía que era. Pero no había podido seguir con esos argumentos después de hablar con ella. Sus palabras insinuaban que había algo más profundo. Y conforme entró en la tienda, Carter decidió que ya era hora de averiguar lo que ocurría.

—Hola, señor Russell —saludó.

El padre de Liz correspondió con una inclinación de cabeza. Carter se dio cuenta de que había interrumpido una conversación importante y privada. Normalmente, le habría dicho a Liz que lo llamara más tarde y se hubiera marchado para que ellos continuaran su conversación. Pero Carter no confiaba en que hablara con él, parecía tan decidida a evitarlo...

—¿Le importaría dejarnos a solas a Liz y a mí unos momentos? —le preguntó a Gordon.

Antes de que su padre pudiera responder, habló Liz:

—Lo siento pero no es un buen momento. Estamos a punto de abrir.

Gordon miró alternativamente a su hija y a Carter. Luego sonrió como si por fin algo tuviera sentido.

—De hecho, creo que ahora es el mejor momento. Estaré en la tienda de donuts si me necesitáis —dijo y se marchó.

Liz observó sorprendida que Carter se acercaba a la puerta y echaba el cerrojo.

—¿Qué estás haciendo? —le preguntó ella interponiendo de nuevo una mesa entre ellos.

Carter recordaba otros usos que habían dado a una mesa como aquella. Si a ella no se le había grabado ese encuentro tan profundamente como a él, la dejaría en paz, como era evidente que ella deseaba.

—Estoy asegurándome de que podemos hablar en privado —contestó.

—No tenemos nada de qué hablar.

—Ya lo creo. Para empezar, sé quién ha cometido el vandalismo de tu tienda.

Liz se debatía entre la curiosidad y las ganas de decirle que se marchara.

—Ya me lo dijiste, era el extraño ese, un tal Rocky no-sé-qué.

—Rocky Bradley es quien ha llevado a cabo los destrozos, pero él dice que tu exmarido le pagó para que lo hiciera.

Liz se sorprendió sinceramente.

—Lo dices en broma... —dijo y se quedó en silencio unos momentos—. Bueno, mejor. Eso hará mucho más fácil lo que voy a hacer.

Carter se acercó y ella dio unos pasos atrás, hasta llegar a un rincón.

—Creía que te enfadarías. ¿No quieres ver cómo lo castigan?

—No. Tengo problemas más importantes que enfadarme con Keith. Está claro que, si él ha sido capaz de algo así, necesita ayuda.

—De acuerdo, hablemos de esos otros problemas que tienes.

Liz tragó saliva con dificultad.

—¿Por qué?

—¿Qué respuesta le vas a dar a Dave? —preguntó Carter disimulando sus nervios.

—Ya se la he dado —respondió Liz y clavó la mirada en el suelo—. Voy a casarme con él.

Carter sintió una oleada de celos.

—Entonces dime que lo amas.

—Voy a hacer lo que creo que es mejor —puntualizó ella.

—Mírame a los ojos y dime que lo amas —dijo él y se acercó más a ella, consciente de que invadía su espacio, para ver cómo reaccionaba.

Si ella quería estar con Dave, no tendría problema en decirle a él que saliera de su vida.

—Estuvimos todo el fin de semana pasado haciendo el amor, Liz —añadió él.

Liz cerró los ojos.

—Lo sé. Pero «cuando se acabe, se acabó», ¿recuerdas?

—¿Se ha acabado para ti?

Carter deslizó un dedo por el brazo de ella y temió que lo retirara, pero Liz no lo hizo, sino que lo observó acariciarla embelesada mientras su piel reaccionaba al contacto.

—No he dejado de pensar en ti en todos estos días que he estado fuera —le confesó él—. Imaginaba tu piel junto a la mía, el sabor de tus labios, tus piernas abrazándome como si...

—Detente —le dijo ella tapándose los oídos—. Estoy prometida.

Carter vio el deseo de ella en su mirada, el rubor de sus mejillas.

—Eso es una farsa. Tú quieres estar conmigo.

Ella lo miró a los ojos.

—¿Y tú qué es lo que quieres?

—Yo también quiero estar contigo. ¿Por qué crees si no que estaría aquí?

—Sí, pero ¿cuánto tiempo podría durar? —replicó ella—. ¿Hasta que te marches el próximo otoño?

Carter frunció el ceño.

—No lo sé. Nos conocemos hace solo unas semanas.

—Ese es el problema —dijo Liz.

—¿Es un problema que no pueda comprometerme después de solo tres semanas?

Liz agarró fuertemente su delantal para que no le temblaran las manos.

—No te estoy pidiendo que te comprometas. No te estoy pidiendo nada.

—¡Yo sí que te pido algo! Dime qué sucede —la urgió él.

—Carter... —comenzó ella y le agarró el brazo.

A Carter se le derritió el corazón con ese gesto y se hizo ilusiones. Tuvo que usar toda su fuerza de voluntad para contenerse y no tomarla en sus brazos y besarla apasionadamente. No estaba seguro de que ella se lo permitiría.

—Estoy embarazada.

Liz apenas susurró las palabras pero a Carter lo golpearon como afilados cuchillos.

—Y, por favor, no me preguntes si es tuyo —añadió ella conteniendo las lágrimas—. No me he acostado con nadie más en muchos meses.

—¿Lo sabe Dave? —logró preguntar él casi sin aliento.

—¿Crees que me casaría con él sin contarle lo del bebé?

—¿Cómo puedes casarte con él, y más ahora? —inquirió Carter.

—¡Te estoy liberando de la atadura, por si no te habías dado cuenta! —exclamó ella frustrada.

Carter no sabía cómo reaccionar. Laurel y él habían deseado tener un hijo, pero Hooper la había herido tanto que ella no podía concebir. Carter se había entusiasmado con la idea de adoptar, pero entonces... Laurel se había metido una sobredosis de Valium y lo había dejado completamente solo.

—Yo me casaré contigo —dijo prácticamente sin aliento.

¿Qué otra opción le quedaba?, pensó Carter. No era la proposición más romántica del mundo, pero estaba demasiado conmocionado para pensar más allá de los aspectos prácticos. Él quería hacer lo correcto, cuidar de su hijo. Eso era todo.

Ella lo sorprendió poniendo distancia entre ambos y negando con la cabeza.

—No.

—¿Por qué no? —preguntó él sin comprender nada—. Yo soy el padre del bebé. Casarte conmigo seguro que es mejor que casarte con Dave. ¡Ni siquiera lo amas!

—Pero él me ama a mí. Tú sigues enamorado de la mujer de la foto de tu teléfono.

—Te refieres a Laurel... —dijo Carter suavemente.

—¿La has visto mientras estabas en Nueva York? Tal vez deberías intentar reconciliarte con ella.

—Está muerta, Liz. Se suicidó hace dos años. Te sientes amenazada por alguien a quien ya no puedo ver ni tocar —le dijo Carter.

Hubo una larga pausa.

—Eso no significa que no sigas amándola —replicó Liz—. Además, Dave quiere casarse conmigo a pesar del bebé. Y tú quieres casarte conmigo por el bebé. Hay una gran diferencia. Ya he sido segundo plato antes, Carter. No puedo volver a vivirlo, ni siquiera cuando la otra es un recuerdo.

Carter no sabía qué más podía ofrecerle, estaba demasiado abrumado.

—Te mandaré dinero.

Ella hizo una mueca de dolor pero asintió.

—Supongo que es justo que colabores en mantener al bebé. Te aseguro que no hice esto a propósito.

—Lo sé.

Él era tan responsable de esa nueva vida como ella y se sentía fatal al respecto. ¿Pero Liz tenía realmente que casarse con otra persona y marcharse de Dundee? ¿No había sitio en aquel pueblo para los dos?

De pronto Mary Thornton llamó a la puerta y Liz aprovechó para terminar la conversación.

—Gracias por pasarte por aquí —despidió a Carter en tono formal con la cabeza muy alta—. Me mantendré en contacto.

Los siguientes días transcurrieron con una agonizante lentitud. Carter pasaba por delante de la tienda de Liz cada vez que iba a trabajar a la oficina del senador Holbrook, que por fin estaba en funcionamiento, así que al menos estaba ocupado. Pero si Liz lo veía, hacía como si él no existiera.

Carter la echaba terriblemente de menos. Él había empezado a sentirse vivo de nuevo junto a Liz, y sin ella sus días estaban más vacíos que antes.

Aún conservaba fotos de Laurel y recuerdos de ella. Pero ya no le parecían tan sagrados como antes. Ya no ansiaba escuchar la voz de Laurel y sentir sus caricias cuando los miraba. Al menos se había acostumbrado a la pérdida de Laurel. Pero su mente volvía todo el rato a Liz: la forma en que hacía el amor, el sonido de su risa, el aroma de las velas que tanto le gustaban... Liz era apasionada, receptiva y mucho más fuerte que Laurel.

Pero Liz estaba fuera de su alcance. Todo el pueblo sabía ya que iba a marcharse. Keith estaba furioso y había amenazado con que presentaría una demanda para que ella no se llevara a sus hijos tan lejos, pero era evidente que no tenía el dinero para hacerlo. Y nadie le tenía simpatía después de lo que le había hecho a la tienda de Liz.

Carter había notificado a la policía quién había sido para que dejaran de buscar. El fiscal había presentado una demanda y Keith tendría que acudir a juicio, aunque seguramente no iría a la cárcel. A Carter le bastaba el castigo de que el oficial Orton lo hubiera contado a todo el pueblo.

Para Liz el tema del vandalismo había perdido importancia, estaba demasiado ocupada aplacando a sus hijos. Mica y Christopher estaban muy infelices por tener que marcharse de Dundee, pero Liz pensaba seguir adelante con su plan. Hasta había colgado un cartel de «Se vende» en el escaparate de la tienda.

En el pueblo se hablaba de que su padre podría comprarle la tienda y que Celeste estaba preparando una fiesta de despedida de soltera. A Carter no le gustaba nada la idea de que ella fuera progresando en su embarazo mientras dormía en brazos de Dave.

Carter desearía poder convencerla de que él sería un esposo mucho mejor pero, por más que deseaba que fuera cierto, no estaba seguro de que fuera a ser así. ¿Y si su relación no funcionaba? ¿Y si ella, al final, era más feliz con alguien como Dave? Dave aún era joven y no estaba maltratado por la vida.

Habían pasado dos semanas desde el día en que Liz le había dado la noticia del bebé. Era por la noche y Carter estaba al ordenador cuando vio que ella se conectaba. ¿Estaría chateando con Dave, haciendo planes de su vida juntos, preparando la venta de la tienda y hablando del bebé... de su bebé?, se preguntó.

Apenas conocía a Liz, pero ella le gustaba y le importaba. Era como una caja de bombones, que con comer uno ya se sabía si el resto eran buenos o no.

Incapaz de contenerse, Carter le escribió un mensaje instantáneo.

*CHudson1973: ¿Has ido ya al tocólogo?*

Podía preguntarle por el bebé, ¿no? El bebé también era hijo suyo.

Liz tardó tanto en contestar que él creyó que no iba a responder. Pero al final lo hizo.

*Luvs Chocolat: Aún no. Voy a esperar a estar en California.*
*CHudson1973: ¿Cuándo te marchas?*
*Luvs Chocolat: Dentro de tres semanas.*
*CHudson1973: ¿Ha encontrado Dave una casa para todos?*
*Luvs Chocolat: Está buscando.*

Carter no sabía por qué había comenzado aquella conversación. Cada línea aumentaba más su dolor.

*CHudson1973: Creo que estás cometiendo un error.*
*Luvs Chocolat: Keith quiere hablar cara a cara con Rocky Bradley. Dice que quiere tener la oportunidad de limpiar su nombre, que él no es el responsable de los actos vandálicos.*

A Carter no le sorprendía que ella prefiriera ignorar sus comentarios. Tampoco le sorprendía que Keith quisiera un careo con Bradley, porque juraba y perjuraba que estaba siendo acusado injustamente.

*CHudson1973: Lo sé. Me ha pedido que organice un encuentro entre los dos.*
*Luvs Chocolat: ¿Tú qué opinas?*
*CHudson1973: Sinceramente, me parece inocente.*
*Luvs Chocolat: ¿Y por qué Bradley sabía su nombre?*
*CHudson1973: Tienes razón, pero tal vez haya otra conexión.*
*Luvs Chocolat: ¿Cuál? No conozco a nadie en Boise.*
*CHudson1973: Quiero verte.*

La última frase le salió sin pensar a Carter y al instante supo que no debería haberla escrito, pero no había podido contenerse. En lugar de olvidarse de Liz, cada día estaba más obsesionado con ella.

*Luvs Chocolat: No voy a responder a eso.*
*CHudson1973: ¿Puedo pasarme por allí? Tenemos que hablar.*

Hubo una larga pausa.

*Luvs Chocolat: No. Sabes que acabaremos haciendo otra cosa.*
Carter sintió una oleada de esperanza y deseo. Si era una amenaza tan grande para la fidelidad de Liz, tenía que sentir algo por él.

*CHudson1973: Odio imaginarte con Dave. Odio imaginarte con nadie más que conmigo.*

*Luvs Chocolat: No sigas. Ya hemos tenido esta discusión otras veces. Las cosas están mejor así.*

*CHudson1973: ¿Mejor para quién? ¿Para ti? No. ¿Para mí? Tampoco. ¿Para el bebé? Desde luego que no. Solo son mejores para Dave.*

*Luvs Chocolat: Tuviste tu oportunidad. A él ya le he dado mi palabra.*

*CHudson1973: No estás cerrando un trato de negocios, maldita sea. Estás hablando de un matrimonio, hasta que la muerte os separe.*

Sin respuesta.

*CHudson1973: Yo aún te importo.*
*Luvs Chocolat: Eso no es una pregunta.*
*CHudson 1973: Lo sé.*

A Carter se le aceleró el corazón.

*CHudson1973: Por si todavía importa, estoy enamorado de ti. No encuentro otra explicación para lo mal que me siento. Me muero sin ti.*

Ella no respondió.

*CHudson1973: Tal vez el futuro es incierto. Tal vez no puedo prometerte grandes cosas. No voy a fingir que soy tan fácil de tratar como Dave parece serlo. He tenido experiencias en la vida que me han dejado cicatrices. Pero quiero intentarlo. Eso tiene que contar para algo, ¿no?*

Casi añadió que quería ayudar a criar a su hijo

o hija, pero temió que ella lo malinterpretara y creyera que él quería casarse con ella solo por el bebé.

Pasó mucho tiempo, pero al final ella respondió.

*Luvs Chocolat: Sí, cuenta para algo.*

Tal vez la había perdido del todo, pensó Carter. Respiró hondo y escribió:

*CHudson1973: ¿Es suficiente?*
*Luvs Chocolat: Carter, no sigas. Estás pidiéndome que asuma un riesgo muy grande.*
*CHudson1973: ¿Y crees que casarte con Dave es una garantía de algo?*
*Luvs Chocolat: Voy a seguir adelante. Si no, destrozaría a Dave.*

Él iba a responder, pero Liz se desconectó.

# XXIII

—Papá no lo hizo. Me lo ha prometido.

A la mañana siguiente, Liz estaba en la cocina con Mica preparando el desayuno. Afortunadamente, los niños ya estaban de vacaciones, pero Liz tenía que ir a la tienda. Su padre se había ofrecido a abrir, pero ella quería estar allí hacia el mediodía. Tenía que preparar más dulces para reponer los vendidos.

—Cariño, los adultos a veces hacemos cosas extrañas y por razones aún más extrañas —le explicó Liz—. Y algunos no dicen la verdad. A veces, se mienten incluso a sí mismos.

Mica iba a protestar cuando sonó el teléfono. Contestó Liz.

—¿Diga?

—Hola, cariño. ¿Ya estás despierta?

Era Dave, cómo no. Llamaba varias veces al día.

—Creo que he encontrado una casa. Voy a ir a verla esta noche —anunció él.

Sintiéndose enormemente culpable por haber chateado con Carter la noche anterior, Liz respiró hondo. Solo mirar a Carter ya le parecía una traición porque todo su ser se encendía de deseo. Pero Dave había sido quien la había rescatado cuando ella más lo había necesitado, él se merecía su lealtad, ya que no todo su amor. Cómo iba a echar de menos a Isaac y a Reenie y sus hijas...

También iba a echar de menos a su padre. Su relación estaba mejorando mucho y le iba a costar separarse de él. Le había contado lo del bebé y él la había comprendido, aunque no estaba de acuerdo con su decisión.

—Qué bien, ¿dónde está la casa? —preguntó Liz intentando parecer entusiasmada.

—¿Estás bien? No pareces muy animada.

—Sí que lo estoy, pero anoche no dormí muy bien.

—Pues cuídate y descansa. Por cierto, dile a Mica que le he comprado una buena raqueta de tenis. Ya es hora de que le enseñe a jugar —dijo Dave.

—Se lo diré. Seguro que le encanta —dijo Liz y observó a Mica, que la miraba con mala cara desde que había sabido que quien llamaba era Dave.

—Tengo que irme al club —anunció él—. Luego te llamo.

—De acuerdo.

—Te quiero.

Liz sintió una opresión en el pecho. Ella quería decirle que también lo quería, pero aún no era capaz de hacerlo. Cada vez que pensaba en aquellas palabras, Carter acudía a su mente.

—Hasta pronto —dijo ella y colgó.

—No me gusta Dave —comentó Mica.

—¿Y qué te parece Carter Hudson? —preguntó Liz.

Mica no se esperaba esa reacción y la miró atónita.

—Parece simpático —contestó la niña.

Carter no era simpático. Era enigmático y complejo, y a veces difícil. Carter era un interrogante.

Pero era todo lo que Liz deseaba.

Carter y Keith estaban sentados en la cafetería de Jerry. Keith había insistido en que quería hablar con él, pero Carter siempre tenía cosas que hacer y que pensar. El vandalismo de la tienda no era su prioridad en aquel momento, aunque le parecía que algo no encajaba en la historia.

—Así que tú no lo hiciste —dijo Carter cruzándose de brazos y recostándose en su asiento.

—No, no lo hice —contestó Keith—. No sé cómo demostrártelo, pero te juro que yo no fui. Lo que no sé es de dónde sacó ese Bradley mi nombre. No lo he visto en mi vida.

—¿Ni siquiera en el Honky Tonk o algún otro bar, por ejemplo en Boise?

—Llevo más de un año sin ir a Boise —respondió Keith.

Eso era parte de lo que no encajaba. Keith no salía apenas de copas, un fin de semana tenía a los hijos que tenía con Reenie y el otro a los que tenía con Liz. Y durante la semana trabajaba en la tienda de bricolaje.

—¿Recuerdas lo que estaba escrito en la pared? —le preguntó Carter.

—Todo el mundo lo recuerda. Decía: «Vete a casa, zorra». ¿Por qué iba yo a pagarle a alguien para que hiciera eso? Yo no quiero que Liz se marche, y menos aún con mis hijos.

Carter dejó unos dólares en la mesa y se puso en pie.

—Vente conmigo —le dijo a Keith.

—¿Adónde?

—A Boise.

Carter aporreó la puerta de los Bradley, esperó unos segundos y volvió a aporrearla. La señora Bradley abrió la puerta enseguida. No pareció muy contenta de verlo.

—Oh, no, es usted... —protestó ella.

—Siento molestarla —dijo Carter—. Me gustaría hablar con Rocky de nuevo. Quería preguntarle algunos detalles.

Era mediodía y Rocky debía de estar despierto.

—No está en casa. Lo he mandado a por leche. Y además tenemos una boda en la familia y le he pedido que recoja mi vestido de la tintorería —explicó la mujer.

Carter miró hacia la carretera. La camioneta Toyota roja no estaba allí.

—¿Le importa si esperamos?

Era evidente que le importaba, pero la mujer se encogió de hombros.

—Como deseen —dijo ella.

—¿Quién se casa? —preguntó Carter para mantener un poco de conversación.

A la mujer se le iluminó el rostro.

—Mi sobrino. Es un jugador profesional de tenis —anunció orgullosa.

Carter y Keith se miraron. Keith iba a contestar indignado, pero Carter se le adelantó.

—Así que es bueno al tenis, ¿eh?

—Sí. Vive en Los Ángeles, así que nos vemos poco. Pero para la boda sí que iré hasta allí.

Carter recordó la pintada de la tienda. «Vete a casa, zorra». ¿Quién deseaba que Liz regresara a Los Ángeles más que nadie?

—Yo soy del sur de California —dijo Carter—. ¿Cómo se llama su sobrino? Tal vez lo conozca.

—Dave Shapiro —respondió ella.


Cuando Carter entró en La Chocolatérie, Liz estaba ocupada con dos clientes. Miró a Carter y pareció incómoda, pero intentó disimularlo. Los clientes, una pareja de turistas del Running Y, estaban probando diversos dulces y comprando un poco de casi todos.

Carter sonrió orgulloso al verla trabajar. Sus miradas se encontraron y ella se ruborizó. Y entonces él supo que la amaba. Se habían conocido hacía cinco semanas, pero eso no importaba. Él quería estar a su lado, y no por el bebé. La quería a pesar de Laurel. Ella le ofrecía lo que él más necesitaba: amor, aceptación y cambio.

Un renacimiento.

Carter se dijo que tendría que hacerse a la idea de que iba a pasar muchos años en Dundee, porque nunca podría separar a Liz de su tienda. Si Dave la amara de verdad, él tampoco lo haría.

Los clientes se marcharon con sus compras y por fin Liz y Carter se quedaron a solas.

—¿Dónde está tu padre? —preguntó Carter.

—En la cafetería, cenando.

—¿Y los niños?

—En casa de Reenie e Isaac —respondió ella y desvió la mirada—. Desde que saben que nos vamos de aquí, quieren estar allí todo el día, apenas están en casa.

—Entonces será mejor que les digas que no vais a iros, después de todo —dijo él y se acercó hasta la vitrina que los separaba—. Al menos, no muy lejos.

—Carter, estoy prometida.

—Me perteneces... igual que yo te pertenezco a ti.

Liz lo miró con cautela, aquello sonaba demasiado bien.

—¿Y qué le digo a Dave, que por fin has venido a por mí? ¿Que ya no lo necesito?

—Dile que, si vuelve a mandar a Rocky a Dundee de nuevo, le partiré la cara.

Liz lo miró perpleja.

—¿Cómo dices?

—Fue Dave. Él fue quien encargó a Rocky Bradley que destrozara la tienda.

—Pero Rocky es de Boise... —comenzó ella y de pronto tuvo una revelación—. ¿Es su primo?

Carter asintió.

—¡Pobre Keith! Lo acusamos injustamente...

—Dave le dijo a Rocky que acusara a Keith si lo cazaban.

—Encima involucró a un inocente —murmuró Liz sin dar crédito y enfadada al mismo tiempo—. ¿Y por qué Dave querría hacerme daño?

—Supongo que se estaba cansando de esperar a que regresaras a Los Ángeles y temía que la tienda te hiciera quedarte aquí indefinidamente.

—¡Él sabe lo mucho que amo esta tienda! ¿Cómo ha podido hacerme esto?

—Podríamos preguntárselo cuando le telefoneemos para anunciarle que te vas a casar conmigo —sugirió él y la tomó entre sus brazos.

Liz dudó un instante si resistirse o no. Carter le hizo levantar la barbilla y mirarlo a los ojos.

—Dame una oportunidad —le dijo él.

—¿Qué me dices de Laurel?

—Ella no se interpondrá entre nosotros. Seguramente nunca dejaré de amarla, pero está muerta, Liz. Ya lo he aceptado. Te puedo amar tanto o más que a ella. Me he dado cuenta las dos últimas semanas, porque te he echado de menos tanto como a ella.

Liz sonrió y se abrazó fuertemente a él.

—¿Dónde viviremos?

—Aquí, en Dundee. Construiré una casa con un gran jardín para que Mica y Christopher puedan jugar. Y construiré también una cuna para nuestro bebé —dijo él poniendo su mano en el vientre de Liz.

—Tienes buenas manos —susurró ella con una sonrisa insinuante.

—Quizá deberíamos cerrar la tienda unos minutos para retomar ese contacto que tanto hemos echado de menos.

Ella le apartó el pelo de los ojos con ternura y luego se puso muy seria.

—¿Qué me dices de todas esas cajas de mudanza sin desempaquetar? ¿Crees que puedes ser feliz quedándote en un solo lugar?

—Siempre y cuando te tenga a ti a mi lado —contestó él y la besó.

# EPÍLOGO

Carter se meció en la mecedora y miró a su hijo, que ya casi tenía cuatro meses. Era de noche y él se había colado en la habitación del pequeño solo para tenerlo en brazos un momento. La dulce inocencia del pequeño, su absoluta confianza y su dependencia satisfacían algo profundo en Carter que no sabría explicar.

El bebé le había cambiado la vida, Carter sentía que su antiguo idealismo volvía lentamente. La herida dejada por los crímenes de Hooper comenzaba a cerrarse conforme se involucraba más con su familia, su negocio de construcción de casas, la tienda de Liz y el pequeño pueblo que él nunca hubiera creído que se convertiría en su hogar.

Besó a su hijo y lo dejó de nuevo en la cuna. Luego regresó a la cama con Liz. Ella lo estudió unos momentos.

—¿Qué te ocurre?

—Estaba pensando en la dama de Shalott —contestó él y sonrió—. Me gusta más nuestro final.

Ella lo abrazó y lo besó apasionadamente.

—A mí también.

# Tiffany™

## Brenda Novak

## Un completo desconocido

Aquel accidente había sido culpa de Hannah Price. Un momento de distracción que había cambiado la vida de Gabe Holbrook y había acabado con todo lo que siempre había querido ser.

Él lo había tenido todo: inteligencia, atractivo y riqueza, y había sido uno de los mejores jugadores de la liga de fútbol americano. Ahora había regresado a Dundee, la pequeña ciudad en la que había crecido, pero era un completo desconocido para todos los que lo habían tratado

en otro tiempo. Se había vuelto introvertido y amargado, aunque él estaba convencido de que sólo era porque estaba concentrado en recuperarse. Sin embargo, por culpa de Hannah, había cosas que jamás podría recuperar. Y ahora se veía obligado a tratar con ella…

## La otra mujer

Elizabeth O'Connell había sufrido una de las peores traiciones que cualquier esposa podría imaginar. Descubrir que no era la única mujer en la vida de su marido significó el fin de su matrimonio y el principio de un verdadero infierno. Ahora sólo quería concentrarse en su nuevo negocio y en criar a sus dos hijos.

Carter Hudson no figuraba en sus planes. Pero a medida que fue pasando tiempo con él, Liz se dio cuenta de que le gustaba tenerlo en su vida. Sin embargo, Carter tenía algunos secretos en su pasado de los que no conseguía escapar, secretos que parecían relacionados con cierta mujer…

N.º 165

# JAZMÍN.

## SUE SWIFT
### EN BRAZOS DEL JEQUE

El jeque Rayhan ibn-Malik estaba a punto de olvidar que la dulce y sensual Cami Ellison era la misma pilluela que había prometido utilizar como instrumento para su venganza. Había jurado hacerle pagar al padre de Cami por haberlo estafado. Pero no había previsto que la muchacha conquistara su corazón de aquella manera.

## RENEE ROSZEL
### EN BRAZOS DE UN SEDUCTOR

Taggart Lancaster había accedido a hacerse pasar por su amigo por una buena razón. Pero su papel de mujeriego estaba teniendo tanto éxito que todo el mundo creía que así era él realmente. Mary O'Mara no quería tener nada que ver con un tipo así. El problema era que no le quedaba más remedio que pasar algún tiempo con él.

N.º 569

## SUSAN LUTE
### UNA VIDA PERFECTA

Dillon Stone andaba buscando a la esposa perfecta, pero no podría ni haberse imaginado casado con la irresistible Eleanor. Lo que necesitaba no era pasión, sino una madre para su hija. ¿Sería aquella la mujer que le daría el amor y la ilusión que tanta falta le hacía?

# DESEO

# MAUREEN CHILD

## UNA MENTIRA INOCENTE

Viajar en el avión privado de Luke Barrett y pasar un fin de semana cargado de pasión con él resultó bastante arriesgado para Fiona Jordan. Confiaba en no estropear su misión secreta de convencer al multimillonario de la industria tecnológica para que regresara al negocio familiar. Cuando Luke descubriera la verdad, ¿lograría Fiona evitar la caída? Mezclar el placer con los negocios podría terminar siendo el malabarismo más complicado de su vida…

N.º 532

## MAGIA EN EL MAR

Hacer un crucero de lujo en Navidad debería ser como estar en el paraíso, pero Mia Harper tenía que confesarle algo a su multimillonario ex: ¡seguían casados!

Ahora estaba atrapada entre el tremendamente sexy Sam Buchanan y el abrasador deseo que los había rodeado siempre y, por si eso fuera poco, Sam le iba a hacer un pequeño chantaje: le concedería el divorcio si le daba lo que él quería por Navidad: una breve aventura con ella.

# DESEO

## KATHERINE GARBERA
### SOLO POR UNA NOCHE
La heredera Iris Collins necesitaba un acompañante para una boda y el millonario Zac Bisset era el mejor candidato. A cambio, ella tenía que invertir en el equipo de regatas de Zac. El acuerdo era redondo, y todo iba bien hasta que acabaron en la cama.

## KIRA SINCLAIR
### PECADOS DE UN SEDUCTOR
Gray Lockwood había cumplido sentencia por un crimen que no había cometido. Para limpiar su nombre, necesitaba la ayuda de Blakely Whittaker, la severa y preciosa auditora cuyo testimonio le había enviado a la cárcel. El problema era que la línea entre la enemistad y la pasión entre ellos era extremadamente fina.

N.º 531

## JULES BENNETT
### AMOR EN LA CIUDAD DE LA MÚSICA
El propietario de su nuevo sello discográfico, el hombre a cargo de su carrera profesional, era demasiado atractivo. Tanto que Hannah Banks solo podía pensar en él. Para evitar la tentación, se hizo pasar por su hermana gemela, una mujer mucho más discreta. Pero Will Sutherland quería a la auténtica Hannah en el estudio de grabación… y en la cama.